1943（昭和18）年１月　信英17歳　平塚療養所病室前で

1943（昭和18）年１月　平塚療養所の庭で両親と　信英17歳

奉天時代の信英と父（方平）
スケートをしている

奉天の自宅の前で　信英と両親

奉天中学の頃　1941（昭和16）年３月

1940（昭和15）年１月　両親、姉（ちつる）、信英

信英の大叔父・志賀潔の自宅の庭で（青山高樹町）
左から２人目が志賀潔
右から２人目が信英の父・方平

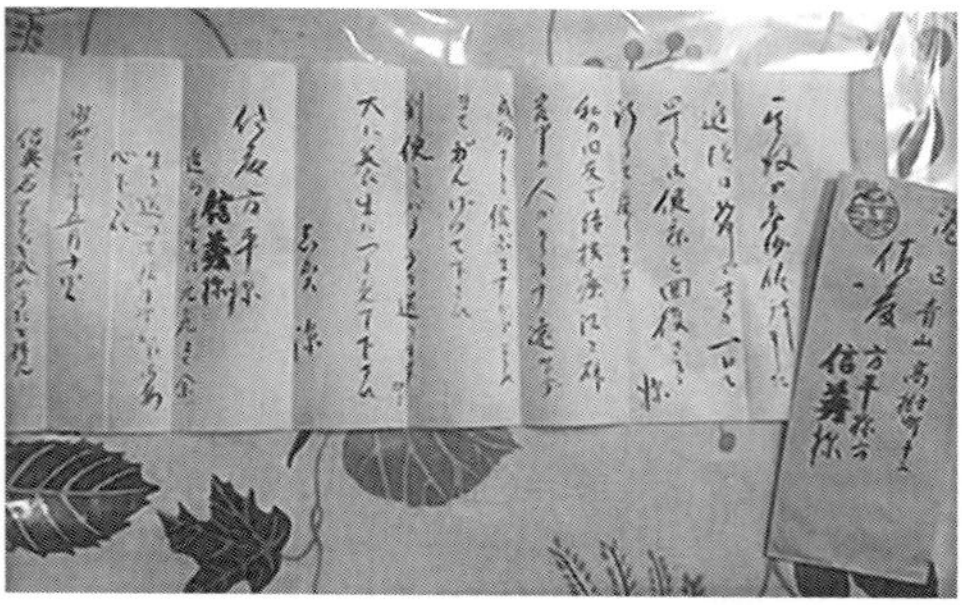

信英は、肺切除の手術の是非を大叔父である志賀潔に相談した。写真はその返事の手紙である。〔志賀潔は赤痢菌の発見で知られる、医学者・細菌学者。〕

信英の母と母の妹（中川敏子叔母）

佐藤信英全歌集

あなたへ

佐藤栄子・編

同時代社

歌集に寄せて

歌に託し結核と共に生きた医師の生涯

公益財団法人結核予防会理事長
工藤翔二

プロローグ

人は、時代という大きな流れの中で、それぞれの人生を刻んでいる。どのような病気であれ、医学の歴史の中の〝いつ〟の時代に、人生の〝いつ〟の時期に病を得たのか、病の〝いつ〟はしばしばその人の人生を左右する。結核ほど、その〝いつ〟が色濃く人生に影を落としてきた疾患はないだろう。

明治以後、富国強兵のもとで近代工業が発達するなかで、日本の結核は蔓延していった。そして、多くの若者たちが命を落としていった。「大かたの人にはあはで

過ぎしてし　やまひの床に秋は来にけり」樋口一葉（明治二十九年没　享年二十五歳）、「痰一斗糸瓜《へちま》の水も間にあはず」正岡子規（明治三十六年没　享年三十六歳）、「呼吸すれば胸の中にて鳴る音あり　凩《こがらし》よりもさびしきその音」石川啄木（明治四十五年没　享年二十七歳）。誰もが知る明治文学史の中で生き、若くして結核に斃れた三人の辞世の句歌である。[*1] 佐藤信英さんに短歌の目覚めを与えた長塚節（一八七九年〜一九一五年）もまた喉頭結核に苦しみ、三十七歳の若さで世を去った。

太平洋戦争のさなか十六歳で発症

本歌集の著者であり、私の友でもあった佐藤信英《のぶひで》さんは、すでに太平洋戦争が始まっていた昭和十七年（一九四二年）の秋、旧制東京高校の一年生、当時十六歳で結核を発症した。結核は、満州事変以後の戦時体制の進展により増加の一途を辿っており、昭和十七年の日本の結核死亡者数は、明治以降最高の十六万人を超えていた（正確には十六万千四百八十四人）。新規発症者は登録制度が不完全であったため正確な数字はないが、おそらく年間六十万人を超えていたろう。ちなみに、私の属する結核予防会がときの皇后（香淳皇后）の令旨によって設立されたのは昭和十四年のことである。国は、昭和十七年に「結核予防は国家喫緊の要務」であるとし、「結核予防要綱」を閣議決定した。

そんな年に、信英さんは結核を発症した。

信英さんは、発病から間もなく神田駿河台の杏雲堂病院で佐々廉平先生の診察を受ける。杏雲堂病院は、明治十五年（一八八二年）に佐々木東洋によって神田駿河台に杏雲堂医院として設立され、第二代院長の佐々木政吉が、自邸内に研究室を新築して結核の研究を開始し、明治二十九年には結核サナトリウムとして杏雲堂平塚療養所を設立した。信英さんを最初に診察された佐々廉平先生は、東京帝国大学内科教室（青山胤通教授）からミュンヘン、ウィーンへ留学、大正三年杏雲堂病院に迎えられ、昭和十三年から昭和三十三年まで杏雲堂病院の第四代院長を務めている。信英さんが診察を受け、「鋭い目つきとゆったり優しい笑顔」と描いた佐々院長は、当時六十歳であった。

後に医師となった信英さん自身は、「一九四二年の夏休みに、姉と二人で当時の満州に旅行した……その旅行で私は結核の初感染を受けたのであろう」と記し、「右肺中野の初期変化群をなす病変と、かなりはっきりした縦隔リンパ節腫脹」であったと、記憶に残るレントゲン写真の所見を医師の眼で回顧している。当時の結核は、高齢者結核が圧倒的な今日と違って、初感染に引き続く発症が多かった。千葉保之、所沢政夫*2は一九四一年～四二年にかけて関東地区鉄道従業員約五万人を対象とする結核検診によって陽転者五千二百名をコホートし、信英さんのようなＢＣＧ未接種の二千七名では、陽転一年以内に十六％（東京地区千三百八十三名では二十二％）が発症したとしている。この研究は、新たな感染者（陽転者）を潜在性結核とする、今日の発病予防治療の基となった。

杏雲堂平塚療養所での療養

信英さんは、杏雲堂病院の分院であった平塚療養所に入院することになる。当時は、今日のような抗結核薬は存在せず、三大療法といわれた「大気」、「安静」、「栄養」の療法しかなかった時代である。

明治中期以降、湘南地方には鎌倉養生院、杏雲堂平塚分院、中村恵風園療養所、南湖院と結核サナトリウムが次々と開設され、最も多い時には十二のサナトリウムが湘南地方にあった。当時、東京医学校（現在の東京大学医学部）のドイツ人医師、ベルツ博士が、スイスのダボスのような高原療養所が日本にまだない状況下で、理想とする「空気清爽ノ地」を湘南海岸に求めたことによるといわれる。当時の民間サナトリウムは、戦後の療養所とは違って、とうてい庶民向けの施設とは言えなかった。ちなみに、湘南のサナトリウムの一つ南湖院の入院料は、昭和十四年に一番安い病床でも一日三円、一ヵ月入院すると百円弱で、大學出の初任給とほぼ同じであった。[*3] これは戦時下でもあまり変わらなかったのではないだろうか。

彼の入院時（昭和十七年秋〜十八年一月）の主治医であった神津克己医師は、記録では一九一六年生まれとされているから、当時二十七、八歳の青年医師であったろう。昭和十六年東北大学を卒業後、熊谷内科から杏雲堂病院へ移り、信英さんに出会った。戦後、国立療養所清瀬病院を経て、昭和三十一年（一九五六年）に静岡県浜松市の聖隷病院（現：聖隷三方原病院）の第三代院長となって地域の結核医療に貢献し、肺結核の気管支鏡検査、気管支造影法に関する著書がある。信英さんが過ごした杏雲堂平塚療養所は、現在、公益財団法人佐々木研究所付属湘南健診センターとして営まれている。

再発と死の影に怯える自宅での療養生活

信英さんは、数ヵ月の入院で「安静二度」から「安静三度」となって、翌昭和十八年一月には退院となる。しかし、退院後半年、復学して間もなく、右結核性胸膜炎とシューブで再発する。以来、十五年の間、自宅でつらい療養生活を送ることになる。なぜ、彼が平塚病療養所への再入院ではなく、自宅療養としたかはさだかではないが、経済的な事情も当然あったろう。

その頃の歌には、自宅の病床から眺めていただろう庭の自然描写とともに、病める我が身への焦燥と死への不安、自己犠牲的に労り続ける母と姉への複雑な想い、そして戦時下の世の情景が垣間見られる。空襲を避けるために、一家は世田谷区大原の自宅から経堂へ移る。信英さんを乗せたリヤカーを引いたのは父であった。もとの家はその夜に焼け落ちた。彼は、「戦のさなかにありて病むこと久し」と、いくつかの歌を遺している。

昭和二十年（一九四五年）八月に敗戦を迎えた時には国土は焦土と化し、国民は疲弊しきっていた。占領軍総司令部（ＧＨＱ）は結核を含め感染症対策の推進が自国の将兵の安全のためにも必要であったため、積極的に指導と援助を行って公衆衛生対策を強力に進めた。昭和二十二年（一九四七年）三月には結核の届出規則を改正、翌年にはＢＣＧを含む予防接種を法制化した。

そんな世の動きの中にあって、昭和二十一年に始まる信英さんの歌からは、繰り返す喀血と病巣の両肺への拡大に、死を感じながら、暗闇に身を置く、一人の青年の孤独が伝わってくる。昭和二十三年六月から信英さんの結核は、対側肺から胸膜、左腎、膀胱、腹膜、腸と侵していき、しだいに体力と精神を消耗していった。

看護する家族との葛藤と療養所への入院の迷いを歌にしたのは、昭和二十四年（一九四九年）頃のことである。終戦間もない昭和二十二年（一九四七年）は、結核死亡数十四万六千二百四十一人に対して病床数五万三千三百九十一床、その内三万四千四百床が国立療養所であった。七年後の昭和二十七年（一九五二年）は死亡数五万五千百二十四人と減ったが、病床数は二十一万六十二床と、およそ四倍に増加している。この頃の歌には、家族、特に父と姉への恨み辛みを込めた歌が散見される。もし、信英さんがこのどこかの時点で療養所に入っていたら、彼の歌に込められたこれほどの孤独と葛藤を味わうことはなかったのではないだろうか。そんな思いが、ふとかすめる。昭和三十三年（一九五八年）の家庭での療養を描いた映像[*4]が残されている。家族への励ましを目的とした映画とはいえ、そこには信英さんが呻くように詠った家族への重圧は感じられない。すでに、薬がある時代になっていた。国民の結核を予防から治療まで支える体制をつくった結核予防法（現在は感染症法に統合）の大改正が行われたのは、昭和二十六年（一九五一年）のことである。

小説家藤沢周平は師範学校を出て、中学校の教師となった二年後に肺結核を発見され、昭和二十八年、二十六歳のときに東京東村山の保生園（現在の新山手病院）で手術を受ける。肺切除が出来る時代に入っていた。「うまくいけば最初の一回で済むはずだったので、私の手術はあまりうまくいかなかったことになる」と、彼は余裕を見せている。[*5] 当時の手術療法とリハビリテーション（呼吸訓練法）の有様は、今も映像で見ることができる。[*6] 信英さんが「手術受けたし」と歌にしたのは、昭和二十二年のことである。しかし、その時代の手術と麻酔の技術は、彼の病巣の広がりからみても、到底及ばなかったのではないだろうか。藤沢は、手術後三年間の療養生活の中で、結核仲間との交流を通して、後の小説家としての基礎を築く。ほんの数年間で結核の治療と療養のあり方が変わっていった時代である。

ストレプトマイシンでようやく快方へ

進行するばかりであった信英さんの結核を快方に向かわせたのは、抗結核剤ストレプトマイシン（SM）であった。昭和二十三年（一九四八年）秋には、ストレプトマイシンの記事を読んだこと、それへの期待を詠んだ歌がある。信英さんが初めて自宅で「ストマイ」を打ったのは、昭和二十五年（一九五〇年）四月十五日であった。打つ場所、打ち方を、杏雲堂病院の主治医から教わった母は、手が震えてしまって、姉が代わって打つことになったと妻に語っている。

SMは昭和十九年（一九四四年）、米国のワックスマンによって発見されたが、わが国に入ったのは昭和二十三年（一九四八年）十二月のことである。GHQ（連合軍総司令部）がSMの菌株を厚生省に渡し生産を進めるように指示し、これが軌道に乗るまでの分としてSM二百キログラムの供与をしてからである。[*7] SMは通常は一回一グラムを筋肉注射で用いることから、二百キログラムは二十万回分に相当する。当時は、一人四十回とされていたから、わずか五千人分である。当時、庶民がこの薬を手にするには困難を極めた。多くは相当な金額をはたいて、伝を頼って進駐軍から闇のルートで入手したといわれる。信英さんは、「ストマイ」を買ってくれない父と姉への苛立ち、そして「ストマイ」を買うために二万円を割いてくれた父への想いも歌にしている。昭和二十五年の大学卒銀行員の初任給は月三千円であったといわれるから、現在に換算すれば百六十万円程になるのではなかろうか。

信英さんは、SMだけでなく、その後パス、イソニコチン酸ヒドラジド、マイシリンなど、世に出た抗結核薬を次々と使っている。昭和三十年（一九五五年）頃になると、彼の身体は確かな回復をみせ、ご近所のレコード鑑賞会に招かれたり、翌年になると図書館に通えるほどになっている。

将来への模索と医師の道、そして結婚から晩年

信英さんが、ようやく薬を用いなくなったのは、昭和三十二年（一九五七年）のことであった。「結核癒えて吾三十二歳」と題する五首を遺している。やっと癒えた身体を抱えながら、将来への模索を経て、東京医科歯科大学へ入学と勉学、呼吸器を専門とする医師となっての生活、そしてかけがえのない妻、栄子さんとの出会いと結婚。その後の人生が次第に確かな、そして随所に幸せを滲ませた数々の歌に遺されている。

信英さんは、昭和四十九年（一九七四年）一月にかつての腎結核を患った左腎臓の摘出を受け、平成十一年（一九九九年）からは結核後遺症による慢性呼吸不全のため在宅酸素療法（ＨＯＴ）を開始した。酸素を吸入し、夜間には非侵襲性人工呼吸器（ＮＩＰＰＶ）を着けての、十五年間の生活であった。ＨＯＴが保険適用となったのは、一九八五年のことである。厚生省特定疾患「呼吸不全」調査研究班のＨＯ

T実態調査（一九八六〜一九九五）報告[*8]では、新規HOT例の基礎疾患は、慢性閉塞性肺疾患（COPD）、肺結核後遺症、肺がん、間質性肺炎の順であり、肺結核後遺症は三十三％から年々減少し十八％となったが常に二位を保った。

彼の人生は、十六歳で有効な薬のない時代に結核を発症し、結核治療が激変した戦前戦後に十五年間の闘病生活を送り、新たな人生の黎明から濃密な五十余年間。膀胱がんで二年間の闘病の後、平成二十六年（二〇一四年）十月十四日、信英さんは八十九歳でその生涯を閉じた。晩年もまた、結核が遺した病に悩まされた。結核は彼の人生と共にあった。ちなみに、六十九歳で逝った藤沢周平もまた、その命を奪った肝炎は、かつての結核手術の際の輸血が原因といわれる。

結核と人の人生

冒頭に、結核ほど、〝いつ〟の時代に、人生の〝いつ〟の時期に病を得たかが、色濃く人生に影を落とした疾患はないだろうと記した。信英さんや私が、すでに医師となっていた時代に結核を発症した一人の小説家がいる。『からゆきさん　おキクの生涯』、『世界無宿の女たち』など、数々のドキュメンタリー小説を書き続けている大場昇さんである。

大場さんは、著書『わが心のサナトリウム保生園 結核予防会と新山手病院物語』[*9]のなかで、自らの結核との闘病の人生を克明に描いている。大場さんは、昭和四十九年、二十七歳で結核を発症し、かつて藤沢周平が手術を受けた保生園で八年余にわたって療養した。彼の人生を貫く結核との闘病が始まった頃には、すでに結核治療を六〜九ヵ月間で治す短期化学療法が始まっていた。抗結核薬リファンピシンが結核治療に用いられるようになったからである。しかし、大場さんの結核は相当に進行したものであったばかりか、不運にもアレルギー反応のためにリファンピシンは使えなかった。

この著書には、信英さんが歌に託した絶えず死の影に脅かされながら病に生きる人の心の揺らぎと往時の療養生活が、時代と人を変えて緻密な描写で描かれている。大場さんは、長い闘病をくぐり抜け、結核がもたらした障害を抱えながら人生を切り拓き、今を築いている。信英さんとは違った時代、違った人生の時期であっても、結核が人の命と心、そして人生に深く関わる病気であることは変わらない。

今、日本の結核の新規発症は年間二万人弱と減ったが、明治以来一千万人ともいわれる結核に斃れた人々がいる。世界に目を転じると、この地球上には今二十億人もの人々が結核に感染している。現在も、毎年九百六十万人が発症し、百五十万人が命を奪われている（ＷＨＯ、二〇一四年）。その六割はアジアの途上国の人々である。そこにもまた一人ひとりの、そしてその家族の心と人生がある。結核はけして終わっていない。

エピローグ

〝シンエイさん〟、みんなそう呼んでいた。信英さんが十六歳で結核を発症した昭和十七年に私は生まれた。私より遥か年長なのに、医学部の卒業年次が同じ信英さんは、それまで長い闘病の時代があったことを感じさせない若々しさで、友として接してくれた。心の澄んだ、学究の徒、そんな表現が似合う信英さんであった。亡くなった年、信英さんが駒込病院に入院する直前に、電話で言葉を交わしたときも、四十年前と変わらない明るい声からは、身体の弱りを感じることすらできなかった。

そんな信英さんの人生は、戦前戦後の薬がなかった時代の結核との闘病から、三十歳代初めまでの療養、そして腎結核による左腎臓の摘出、晩年には慢性呼吸不全による在宅酸素療法と、まさに結核と向き合った生涯の詳細を知ったのは、本歌集であった。結核予防会に籍を置いている私は、そんな信英さんの心の歩みを、日本の結核の歴史に重ね合わせながら、深い思いをもって読ませていただいた。

八百頁に及ぶ本歌集は、その生涯を自らの結核という病と向き合って生きた一人の医師の魂の歌の総集編である。とりわけ、今、結核対策に取り組んでいるすべての人たちに読んで貰いたい。そして、この歌集が結核の歴史の中に刻み込まれることを願っている。

文献
1　福田真人『結核の文化史—近代日本における病のイメージ』名古屋大学出版会、一九九五年

2　千葉保之、所沢政夫『結核初感染の臨床的研究：結核症の発生機序』保健同人結核選書1、保健同人社、一九五〇年

3　島尾忠男、竹下隆夫「湘南地方サナトリウム旧跡訪問」複十字、No.３３７１、26—18、二〇一一年

4　結核予防会：映画「お母さんの幸福《しあわせ》」（四十八分）、桜映画社、一九五八年、公益財団法人結核予防会、電子資料館より視聴できる。http://www.jatahq.org/siryoukan/archive/index.html

5　藤沢周平『半生の記』文藝春秋、一九九四年

6　結核予防会：映画「再起への道—肺機能訓練療法」（二十一分）、桜映画社、一九五九年、公益財団法人結核予防会、電子資料館より視聴できる。http://www.jatahq.org/siryoukan/archive/index.html

7　青木正和：わが国の結核対策の現状と課題1「わが国の結核対策の歩み」、日本公衛誌、55：６６７—６６９、二〇〇八年

8　合田晶、宮本顕二、川上義和 他「在宅酸素療法実施症例の（全国）調査結果について」厚生省特定疾患呼吸不全調査研究班平成七年度研究報告書、５—９、一九九六年

9　大場昇『わが心のサナトリウム保生園　結核予防会と新山手病院物語』文藝春秋企画出版、二〇一五年

佐藤信英全歌集　あなたへ ——◆—— 目次

第一部　結核の病勢がまだおだやかに進行している

第三部

第五部　医師として妻と歩む

部扉イラスト：宇田川一美

まえがき

〔この「まえがき」は、本歌集の著者である夫、佐藤信英が歌を作るようになるまでの経過や、本歌集の特に第一部に収録された歌の背景・周辺について知っていただくために、信英が書き記した雑記、歌のノートなどに記されていたメモなどの文章から、編者（著者の妻）が再編集したものである。なお、〔　〕内の記述は編者による。〕

入院の日

一九四二（昭和十七）年十月二十一日の秋晴れの日が入院の日であったと思う。母と二人、平塚駅に降りた。その頃の平塚駅は木造平屋の小さな駅で、改札口を出るとすぐに砂地になるような道であった。人力車にフトンと二人が乗って松林の中の療養所に向かった。

持って行きたい本もすでに手に入るような物はなく、父の書棚から一冊だけ持っていったのは、今はその名前も忘れてしまった女流歌人の歌集であった。それも本が小型本であったのと、中にこれから行く湘南の歌があったことくらいが理由であった。

結核発病・診断

一九四二（昭和十七）年の夏休みに、私は姉と二人で当時の満州に旅行した。その頃、父はまだ長春（満州国首都・新京）で「満州農産公社」の嘱託をしていた。一九三九（昭和十四）年春まで「満州」で育った私たちにとっては三年半ぶりの満州であり、姉はその二年前の結核性胸膜炎が癒えて津田英学塾の本科に通っており、私はその春、旧制府立六中の四年を終えて、旧制東京高校の文科乙類の一年生になったところであった。戦争はすでに始まっており、列車は常に満員で、関釜連絡船には危険があった（その春、連絡船「崑崙丸」が潜水艦によって沈められていた）。また久しぶりに出合う植民地、〝王道楽土〟のはずの「満州」での若者としての私の感じた強い違和感は、今も記憶に残っている。しかし姉弟二人での旅行は初めてであったし、私たちは楽しい旅行をしたような記憶がないでもない。その旅行で私は結核の初感染をうけたのであったろう。旅行先の「新京」の父のアパートで私は原因の分からぬ発熱に苦しんで解熱剤を幾日も飲み、父と姉とに心配をかけた。

その秋の学期末試験に私は再び何日も続く発熱に苦しみ、試験の最終日を休んで東京高校の大成寮から、自宅に帰ったのであった。その頃母の実家では、母の長兄が長い重症結核で杏雲堂平塚療養所に入院しており、その長兄によって感染したと思われる母の妹（私の叔母）は、長い自宅療養の日々からようやく解放されようとしていたところであった。私は数日で解熱し元気にはなったが、そうした実家の家族の発病を見ていた母は、祖母と相談し、私を神田の杏雲堂病院に連れて行った。その時診察してくださった、鋭い目つきとゆったり優しい笑顔の佐々廉平先生が、私に付き添った祖母と母とに何と話したか私の記憶には何も残っていない。私は佐々先生の綿密な胸部聴打診を受けたあと、ツベルクリン反応（ツ反）の皮内注射を受け、胸部レントゲン像をとられて帰ってきた。多分その二日後だったのだろうが、次に連れて行かれたとき、私は杏雲堂平塚療養所に入ることに決められたのであった。杏雲堂自慢のそのシーメンスのレントゲン機械（のちに戦争の爆撃で全焼した）でのレ線像に写っていたのは、今から思えば右肺中野の初期変化群をなす病変と、かなりはっきりした縦隔リンパ節の腫脹であったのではあるまいか。とにかく前腕のツ反だけは、赤く硬く腫れていつまでも残っていたことを思い出す。

入院生活

療養所は広い松林の構内に一病棟ずつ離して建てられていて、すべて個室で広いベランダがついていた。そのベランダに籐の寝椅子が置いてあり、ベッド上での絶対安静の時間以外はその寝椅子で室外安静をしなければならなかった。冬には、その寝椅子に布団をしき、湯たんぽを入れて、私たちは冷たい外気安静療養を強いられた。ベランダに開くドアは、真冬も夜中も開かれていて、大事な療養とされていた。

入院の頃からは熱ももう出なくなっていて、私の「処方」は安静二度（午前と午後に絶対安静の時間がある）から三度（絶対安静は午後だけ）に、やがて散歩が許され、松林を抜け海岸道路を越えて海岸に出てみるまでになった。海岸の広い砂地の一角には高射砲の試射場が作られていて、数基の砲台が馬蹄型に配置されていた。実弾射撃の行われる日には砲台の上に高射砲が据え付けられ、長い砲筒の先に付けた赤白染め分けの吹き流しを引く飛行機が海上の空にあらわれると、高射砲が一斉に射撃を始めた。射撃のある日には海岸道路までで足留めをくう私は、その寒い道路端でしばらくそれをぼんやり眺めて帰ってきた。その時の私は、シャツの上にネルの寝間着風の着物を着て、その上に叔父から譲ってもらった旧制高校生用の例のマントを羽織っていた。海岸道路から西に仰いだ二子山をきわだたせた箱根の連峰とその右手に鮮やかに富士の景色が見えた。

療養仲間

私のいた三病棟には十幾つかの個室があり、私が十五号室、十六号室には同盟通信社記者の小林猪四朗さん、十七号室には慶応の国文科を出て、戦争前には同盟通信シンガポール支局長であった斎木拙児さんであった。療養所の中で少年は十六歳であった私と一歳年下の中島孝雄君だけであった。

冬に入る晴れた日には、ベランダの寝椅子で安静をしながら私と小林さんと斎木さんはよく会話をした。その頃戦争は、ガダルカナル、ソロモンの敗戦の最中であったので、そうした戦争の話であったり、退院した若い人のほとんどが半年もたたずにここにまい戻ってくるという話であったりした。

退院・病変の増悪

私は年があけた一九四三（昭和十八）年一月に退院できた。小林さんと斎木さんは重症であったが、玄関まで見送ってくれて大声で「もう帰ってくるなよ！」と叫んでくれた。

退院して一年の留年となり復学する前に、平塚で受持医であってくださった神津克己先生に厳重に言われていたように再び佐々廉平先生の外来を受診した。その結果を聞きにゆくと、佐々先生は他の検査成績はよいが、赤沈だけがきわめて速い、その原因が分らなければ復学に賛成できないと言われた。しかし私はすっかり元気になったつもりでいたから、佐々先生の言葉を無視してしまった。そして復学してまもなくの六月梅雨の頃に私は激しい右結核性胸膜炎を発症した。

私の結核は、一九四三（昭和十八）年初感染発病の右湿性胸膜炎後、八月から秋にかけて同側に起きたシューブのあとは激しい進展は見せなかったが、微熱はとれず強い疲労感が日々にあって机に向かう元気は全くなかったし、その胸のレントゲンといえば右胸は胸膜肥厚のために真っ白であったから東京高校に復学しうる可能性はなかった。

〔シューブ　急性増悪のことで、結核の慢性経過中、病状が急速に悪化・拡大することをいう。〕

斎木拙児さんからの手紙——俳句から短歌へ

その夏一ヵ月たっぷり続いた胸膜炎の熱が治まって間もなく、引き続いてのシューブのためと思われる熱に、更に秋の一ヵ月を苦しんだ。その頃の苦しみを、今も悪夢のように思い出すことがある。私が短歌や俳句を作り始めたのはその苦しみの中であった。

療養所で一つおいた隣室にいた斎木拙児さんが、療養所の中の句会に句を出さないかと手紙を下さったのがきっかけであった。

暫くは俳句を随分熱心に作っていた。そのうちに斎木さんが短歌のほうが好きであったこともあって、いつの間にか私も短歌を作り始めた。斎木さんは私に、歌を作るなら「アララギ」しかないとはっきり断定したし、斎木さん自身もアララギ会員であった。

短歌に移ってみるとその発病の前の復学の二ヵ月間の行き帰りに、父の書棚から持ち出して絶えず持ち歩いて、殆どの歌を暗誦するまでになっていた茂吉自選歌集「朝の蛍」（改造文庫判）があらためてよみがえった。しかしいつぞや「青南」に書いたが、これを真似するのは難しかった。

〔青南　一九九七（平成九）年に歌誌「アララギ」が十二月号をもって終刊された。その後、いくつかの歌誌に分かれた。「青南」はそのひとつで、一九九八（平成十）年三月より発刊。夫・信英は、この「青南」に入会、所属した。〕

草伝ふ朝の蛍よ短かかるわれの生命を死なしむなゆめ

これなどは好きで好きでたまらぬ歌の一つであったが、朝の蛍にこう呼びかけることができる生命は青春のただなかにある生命であって、年齢は近くとも、病のためにその行く末の茫として定かでなくなった私の生命からは遠過ぎた。「朝の蛍」の他にその昭和十八年の戦争中に病床の私の手に入ったのは、その前年父がたまたま新京（満州国の首都・現長春）の本屋で手に入れてくれた「白桃」、斎木さんに教えられて、母に買いに行ってもらった「左千夫歌集合評」くらいなものであった。「白桃」もまた真似るには歯がたたず、困っている私に、斎木さんは岩波文庫「長塚節歌集」がもし手に入ったら見てごらんと言ってくれた。私は高校英語教師をしていた姉にたのみ、同僚の国語教師からその「長塚節歌集」を借りることができた。私は「長塚節歌集」にはすっかり心をうばわれた。なかでも後半の「病中雑詠」から「鍼の如く」にかけての歌は、当然のことながら私の胸に沁みた。姉はそれをみて、丁寧な字で私のノートに、病中雑詠以後の部分を筆写してくれた。私は何度それを読み返したか。

私は作った歌をせっせと書いて斎木さんに送ってみてもらっていた。だが、「たくさん歌ができるのはいいことです」とは言ってくださったが、○のついて返ってくるものは殆どなかった。今残っている斎木さんからの手紙を引き出してみると、斎木さんは実にまっとうな注意を私にしてくださっている。「対象をきちんと写生しなければだめだ」「表面的な気分だけで歌を作ってはいけない」「それには叙景の歌から入るのもいいだろう」と。

今から思えばその頃の私に、こうした注意がどれだけ伝わったか心許ない。それでも私はせっせと歌を作り続け、一九四四（昭和十九）年秋には「本気で歌を作る気ならアララギに入るしかない」という斎木拙児さんの言葉に従ってアララギに入会した。入会後、私が初めて歌会にでかけたのは一九五七（昭和三十二）年十一月十日であったが、歌会までのその間には死を目前にした結核との長い厳しい闘病生活があった。〔この間の歌は第一部に収めた。〕

そして空襲である。世田谷下北沢大原町の家の庭に掘られた壕の中で、寝間着の私は震えながら三月十日早暁の下町の空が火の粉と黒煙に閉ざされているのを見た。空襲はさらにせまって五月には世田谷がやられ始めていた。文部省に勤めていた姉が経堂に疎開あとの空き家を友人から借り、引っ越したのが五月二十五日の昼であり、その大原町の家はその夜の空襲で隣の小学校と共に焼け落ちた。その引っ越しで、病気の私は近くの酒屋さんから母の借りてきてくれたリヤカーに乗り、父に曳かれて移ったのであった。

友人・山田正篤氏のこと

「山田兄」とは、旧制東京高校の同級生である。彼は、旧制高校を出てからは東大医学部に通っていたが、私の自宅療養中にたびたび見舞いにおとずれ詩歌を届けてくれたり、枕元で詩や歌を朗読してくれたりした。そのあと海外に留学中にもたびたび手紙を送ってくれ、研究者としての道を歩み始めてからもそれは続き、二〇〇五（平成十七）年十二月十六日に逝去されるまでに送ってくれた手紙、はがきは数百通に及ぶ。

戦後いくつもの歌集・詩集が復刊され、また新しいものが出ると彼はそれを次々と手に入れて読み、ついで病床の私にまわしてくれた。私は彼によって、中原中也、三好達治、高村光太郎、佐藤春夫、立原道造を知った。

佐藤佐太郎の処女歌集「歩道」（昭和十五年刊）が戦後二十一年に再刊されると、山田正篤が早速手に入れて私に見せてくれた。私はその詩集を繰り返し読み、一冊のノートに病床で書き写したりした。今もそのノートが残っている。そのあと、私は初めての大喀血をしたのだが、その頃山田正篤と何度も話し合った。「歩道」に載せられた歌は、佐太郎のうっ屈していた青春の日々を日常の嘱目の中に詳細に表現していて若い我々を引きつけたのだと。

中原中也の詩集では、「羊の歌」の中の「祈り」、「在りし日の歌」の中の「含羞《はじらい》」「みなさん、今夜は、春の宵。なまあつたかい、風が吹く。」で終わる「春宵感懐」などは早くから私の好きでたまらない詩であった。昭和二十七年に角川文庫から出た立原道造詩集の中で「私の貧しさは……」「晩春」「初夏」などの透明なやさしさを持つソネットも好きでたまらなかった。

山田正篤の見せてくれたマチネポエティックのグループの詩を真似して、私自身も詩を作って正篤に送ったことがある。「信英の短歌には、さび戸のきしりのように僕らの心を打つものがあったのだが、これはなぜ詩でなければならないのか解らない」という批評が返ってきた。その後、私は二度と詩を作ることはなかった。

山田正篤（やまだ・まさあつ）
一九二五（大正十四）年東京に生まれる。一九四八（昭和二十三）年東京大学医学部医学科卒業。国立予防衛生研究所病理部を経て、一九六九（昭和四十四）年東京大学薬学部教授。東京大学名誉教授、医学博士。専門は細胞生物学。

歌評　「信英の歌について」　山田正篤

心傾けて歌集をみつづくる吾なれどさきはひといふにはあまりに遠く

なやみと、あきらめと、さびしくつづられあはされたこの歌が送られてきたとき、僕は何をいってよいかわからなかった。はげましても、なぐさめも、どうして言葉がでてこよう。この歌からも知れるように信英は己のこころを歌う。

かにかくに吾癒えなむと真日の照り寂しき昼に蝉ききてをり
憎しみを超えむと心願いつつ幾日かすぎて秋に入りゆく
いやさびしき世に生きなむと病みつつも飯はむときに吾ひたにはむ
枕辺にアララギを積み読み返す心澄むときあるといへばありて

病床にある心の幅が如何にせまいものであろうと、ひたすらに深くおし入ってゆく。〝……狭くして深い生命の新しい兆しは、最も鋭いまなざしで、自分の生命をみつめているところに迫ってくる。どの家の井戸でも深ければ深いほど竜宮の水をつりあげることのできるものだ。この水こそは、普遍化の期待に湧きたぎっている新しい生命である。〟まさに信英はこうした道を歩んでいるのだ。

健やかにあるべき人はとことはに健やけくいませ嘆き少なみ

彼にして歌える、そして彼にしか歌えないこの歌は、何とかなしい響きをつたへることか。

夜ひとよの劫火《ごうか》の消えし朝ぞらは濁りて人は物憂げに語る

空襲に明けた朝の人々の彼の、動きが、感情が、僕らの心に迫ってくる。こうしたのが信英の歌なのだ。

いづくよりともなく木蘭の匂ひくるを誰言ふとなく話題となしぬ

ゆふべゆふべショパンのエチュード熱心に弾づる姉を臥床《ふしど》にみつむ

はじめの歌はどこかにほのかなリリックがあって形がととのわず、後の歌は、歌としてあまりにも散文的であり、病床にあってゆっくりこの点を考えてもらいたい。

信英は先月からHümoptoe〔喀血〕により病床に絶対安静を強いられている。

僕は作品をすべて君に捧げてきた。そして形は友であろうと、明らかに僕の師だ。勝手なことを述べたには、君をなぐさめたいからに他ならない。非礼をゆるされよ。

（「みくろこすもす　第六号」より）

〔「みくろこすもす」は、山田氏の仲間で作られた手書きの冊子で、第六号が何年の刊かは定かでないが、昭和二十一年頃かと思われる。〕

「病牀雑詠抄」

一九四五（昭和二十）年九月十五日　午後四時　信英記

一九四五（昭和二十）年八月五日、どんな日であったか忘れてしまったが、見舞いに来てくれた山田正篤が「二人で歌集を作ろうではないか」と言い出したので、その頃何時《いつ》も歌のことが念頭にあった私は、「うん作ろう」とあっさり返事をしてしまった。

丁度その前後、私はまた少しばかり熱を出してそれがなかなかひかなかったし、戦局もまた米航空部隊の本土攻撃はいよいよ激しさを増していた。私の家庭の中でも皆一様に暗い影を持って、お互いに作り出さなくてもよい不愉快まで作り出していた。七日には恐るべき原子爆弾が使用された由の報道があり、九日にはソ連の参戦があった。私はこうしたごたごたの中で、磨りへらされた私の歌心がせめて自分の稚作の歌に接することによってでも湧き出て来ないかと思って今まで作った歌を選び出した。歌の中にでも逃げなければ永く臥せたきりの私のいたみやすい心はたまらなかったと言ってよい。私は山田君と約束した通り百二十首ばかりを選んで、いや選んでというより拾ってザラ紙に書いておいた。

その内に戦局はいよいよ最終段階に突入していた。原子爆弾に怯えた数夜を過ごしたあと、八月十五日が来た。私も粛然として静臥した。大詔を奉戴しても状勢は依然として混沌としていた、いや一層混沌として来た。私ももだもだとした数日を過ごして八月を終えた頃、漸く先にやりかけていた歌集に向かった。インクで白い紙に出来るだけ丁寧に自分の歌を書いていく時、私は初めて何かホッとしたものを感じた。そうして書き上げたのがこの貧弱な歌集である。書いているうちに歌はいつの間にか百八十ばかりになってしまったが、私にはその内のいくつかを消す気もないからそのままにしてしまった。

一九四四（昭和十九）年の秋の霧雨の終る頃から漸くまたしきりに歌を作るよう

になった。私にとってはその頃の歌は、幼いながら何か一番惹かれるように思われるのである。十月頃であったか、私は姉の勤め先の某文学士からアララギ叢書の万葉集研究を借りて来てもらい、引き続いて待望の「長塚節歌集」を借りた。その時の嬉しさはいまだに新鮮な思いを持っている。私は姉に協力してもらって、病気になって殆ど外を歩いたこともない身体を半ば床の上におこして毎日数十分ずつを費やして明治三十八年以降の歌を写しとってしまうほどのよろこびようであった。「鍼の如く」あるいは明治四十年の歌、四十一年の歌等はどれほど私の心を打ったか分からなかった。私は毎日長塚節の歌を見て興に乗ってはいくつも歌を考え練った。これは私にとって忘れがたい思い出である。一九四六（昭和二十一）年は多幸でありたいと思う。心からそう思う。しかし私には自信がない。私の病に痛めつけられた神経は不気味な脅威しか持つことができないようだ。

私はあいかわらず濁った頭を持って寝ている。そうした心の一隅に固まりつつある諦観のような不快な気持ちのあることも寂しく振り返ってみなければならない。健康ははかばかしく恢復してゆかない。

〔この山田氏との約束から作られた「病床雑詠抄」は今もそのまま残っている。また、山田氏の歌のノートもそのまま残っている。この「病牀雑詠抄」の歌百八十首は、本書第一部の歌と重なっているため、特に取り出すことはしていない。ただし、この雑詠抄の作成時、歌稿帳から歌を転記した時に、その歌の感想を夫・信英が述べている。歌詠のその後に述べられているこの感想が歌の作成時と違っているのはそのためである。〕

第一部

結核の病勢がまだおだやかに進行している

一九四三（昭和十八）年六月〜一九四六（昭和二十一）年九月八日

第一部　目次

その三　微熱がつづき喀血が始まる前まで――敗戦　157

一九四五（昭和二十）年七月〜一九四六（昭和二十一）年九月八日

七月詠……………………218

八月詠……………………223

九月詠……………………227

その一　結核療養所から帰り自宅療養が始まる

――俳句から短歌へ

一九四三（昭和十八）年六月～一九四四（昭和十九）年十二月

一九四三（昭和十八）年

五月十七日〜六月八日　薔薇一輪

遅咲きの八重の桜花《はな》あり若葉かな

哨戒機の爆音ありて五月闇《さつきやみ》*

夏めくや若葉やや濃きかへでかな

此処にだも初夏あり色濃き若葉かな

寡兵《かへい》*よく出撃せしか北辺の島の守りにつき居し兵よ

薔薇《ばら》一輪のすがしさありて書見かな

けろろ遠く蛙《かわず》鳴くなり梅雨渇れし

机上一輪の薔薇《バラ》の香りや書見かな

---

*五月闇　五月雨《さみだれ》の降る頃の暗さ

*寡兵　兵の数が少ないこと、またその部隊

薫風や夜空に星の二つ三つ
一輪の薔薇夜深けて書見かな
一輪の薔薇今宵は書見かな
一輪の薔薇《バラ》今宵の書見かな

六月二十六日〜二十八日　梅雨

梅雨晴れて遠く蛙の鳴く夜なり
熱にあへぐ夜な夜な梅雨を耳にせし
熱にあへぐ夜な夜な梅雨の音をききし
白百合の花の真白さ梅雨わびし
壁白き我病室のついり*かな
病牀六尺の狭き世界もついりかな

---

*ついり　梅雨入り

グラヂヲラス《グラジオラス》の花の列ある梅雨かな

七月二十二日　大暑

ねがへりを五六度うちし大暑かな

朝寝して雲の峯などながめけり

新京*風景

大ロータリーを馬車が行くなり夏の雲

七月二十三日　初蟬

初蟬を病床《とこ》にひねもすききにけり

---

*新京　一九三二年に建国の「満州」国の首都（現・長春）、一九四五年の日本の敗戦で消滅

屋並《いえなみ》遠く雲の峯あり動かんともせず
眼に痛き雲の峯あり空まさら

八月十六日　夏山

雷雨して大山《おおやま》夢の如く聳《た》ち
山霧深く何かこだまのある如し
名を知らぬ小さき花あり杣道《そまみち》＊登る
木苺を喰《は》み喰み山をめぐりけり
一日《ひとひ》見ても夏山緑まだ深し

＊杣道　杣人《そまびと》（きこり）の通るような細くけわしい道

補逸*　六月二十八日　病床にて

日《ひ》一日《ひとひ》壁を見て臥《ふ》しさつゆ*かな

梅天《ばいてん》*やグラヂオラス《（グラジオラス）》の花の列

夏雲や馬車行く通り大らなる

秋雑詠

今宵母に逝《い》かれし子あり虫時雨《むししぐれ》*

虫鳴くや母に逝かれし子ある宵

虫鳴くやしつこく*の夜空銀河冴《さ》ゆ

---

*補逸　補遺　あとから補うこと

*さつゆ　早い梅雨

*梅天　つゆぞら

*虫時雨　秋に鳴きしきる虫の声

*しつこく　漆黒　真っ暗

虫鳴くや星も生《せい》ある如きなり

八月二十四日　新涼

新涼《しんりょう》*や二百二十日のあとの空
新涼や赤いダリヤを生《い》けてみし
新涼やダリヤの赤い花瓶《かびん》かな
新涼の朝ダリヤ等母生けし
新涼の三日月雲を離れたり
虫時雨三日月雲を離れたり
虫時雨月の明い夜更けかな
りんだう《（りんどう）》の紫もあり花生くる
秋涼しりんだう群れて咲けるかな

---

*新涼　初秋の涼しさ

九月十七日　追悼

小林猪四郎氏、九月十七日死去さるの報あり。訃報が新聞に出て、私は八重子夫人にお手紙をさしあげ、ご返事をいただいた。〔5頁参照。〕

君の逝《い》けるを露も報《し》らざり彼《か》の時は君が事など人に語り居しに
共々にあと一年と言ひ給ひし君の御声の忘られなくに
歌も出ず句も出ず我は花に向ひ思ふともなくなき人思へり

絶へ難き淋しさにあり世はかかる*甲斐《かい》なき我を必要とせずと

十月五日　秋雑詠続

秋晴や萩の庵《いおり》に住めるかな
思ふ事なくて居にけり萩の庵

*かかる　このような　こんな

寂《じゃく》として萩のみ咲ける庵かな
思ふ事なし菊など画《か》いて居《い》たりけり
何思ふ事なし菊を写生せん

十月七日　萩叢《はぎむら》

秋晴やはぎむら塀《へい》を越えにけり
はぎむらを塀越しにみる臥床《ふしど》かな
ほほづき赤しあるは時雨《しぐれ》のくる日かな
寝て四月花瓶《よつきかびん》の菊の黄なるかな
黄菊《きぎく》よし白菊《しらぎく》もよし臥床《ふしど》かな

十月九日　雨

秋の夜の雨にぬれけり萩の叢《むら》
萩叢の秋夜の雨にぬれ居けり

しぐるるや床に黄菊の生《い》けありぬ
秋の雨床《とこ》の黄菊のただ黄なる
雨に暮るる火箭《かせん》の如く黄なる菊
黄菊一《ひと》つさしてありけり雨に暮るる

十月十五日　懸崖《けんがい》の菊*

懸崖の菊ありわれは昼寝かな
懸崖の菊も馳走《ちそう》の昼餉《ひるげ》かな
懸崖の菊うたたねゆさめにけり
うたたねゆ*さめて菊ある窓辺かな
群小菊われうたたねゆさめにけり

---

*懸崖の菊　上から幹や枝が垂れ下がるように作った菊
*うたたねゆ　うたたねから　「ゆ」は格助詞、上代語で、動作・作用の起点（〜から）、場所・経由地（〜を通って）、動作の手段（〜で）などを示す

永患を父にも告げん群小菊（十月十七日）
懸崖の菊あり独《ひと》りうたたねす

永患

四月《よつき》寝しと独り念いり床づれし腰の痛みに夜半《よわ》に覚め居て
大輪の白朝顔の咲き初《そ》めて迎へし朝も床づき*て居り
床づきて迎へし朝の清くして白朝顔の咲きて居たりき
考ふべき事のはやなしいたつき*のわれは何して日をたつるべき
懸崖の菊の美し床づきて四月を経たる今日此日頃
いたつきて四月目《よつきめ》の日なり群れ咲ける赤い小菊の美しき今日は
懸崖の赤い小菊を見て居たり床づきてより四月目の今日は

＊床づき　病気で寝たきりになる
＊いたつき　病気

十月十八日　野菊

さにわべ*に紫野菊清く咲ける初秋の候に又床づけり
さにわべに紫野菊咲ける候を又床づきて我は迎へたり
われは復《また》床づきてけりさにわべに紫野菊咲かむ頃なれど
秋の夜の雨に雷あり黄菊かな
鵙《もず》鳴くや柿の一葉《ひとは》のこそと落つ
夕鵙や葉枯れし菊を捨てに行く
深き秋を榾火《ほたび》*に思ひ夜食かな
時雨日《しぐれび》ややぶさんざし*に実ありけり
野紺菊《のこんぎく》は小さし時雨に暮れし夕

＊さにわべ　狭庭辺
＊榾火　ほたび　たき火のこと
＊やぶさんざし　スグリ科の植物の一種

霜夜

討匪行《とうひこう》の傷兵《へい》迎ふ霜夜かな
担送の傷兵ら物言はず霜夜かな
戸の外は杉原深し霜夜かな
書見器《しょけんき》のみしりと揺れし霜夜かな
大つごもりや悪夢の如き日日ありき

一九四四（昭和十九）年

一月詠

わかざり

わかざりはカルテの上に飾りけり
雪空になりて暮れけり四方拝《しほうはい》

おろがみて*戦を思ふ初日かな
盆梅《ぼんばい》*や病牀《びょうしょう》年を経たりけり
千両や日南に独り居たりけり

一月十八日　雪柳

夢の如く過ぎし月日の永き思ひわが臥す病室《へや》に雪柳白し
わびしさをかみて我が臥す病室のかたへに白し雪柳の花
空《うつ》ろなる心もてわが病む病室に姉の生けたる雪柳白し

一月二十日　母

ひたすらに子等の平癒《へいゆ》*をのみ願ふ母を思ひて今日も涙せり

---

*おろがみて　拝みて
*盆梅　盆栽に仕立てた梅
*平癒　回復

たらちねの母を思ひてわが心の空《うつ》ろなる事を悲しと思ひぬ

御《ぎょ》し難き心此処にありて今朝の我を見詰めし母のまなこうるめり

歌等《など》は愚かしき事に思ひ定め今宵は早やに灯《ともし》を消しぬ

われにては春もわびしき日日続かむと独《ひと》り思ひてあざ笑ひて見き

臥《ふせ》り居《い》て今日も見居《お》れば窓越しに冬日の暮るる空なつかしき

一月二十八日　啄木の歌

啄木てふ《（という）》歌人の歌の三つ四つを親しみ思ふなり病みて久しければ

一月三十日　霙《みぞれ》

思ふ事みなうら悲し独りしてみぞれ降る日にこやり*て居れば

---

*こやり　臥やり　伏す

二月詠

二月初めの日　終日風強し

こやり居れば縁《えん》のあなたに 東《ひんがし》へ飛ぶ雲見ゆる冬の朝けかも

病牀《とこ》の辺《べ》のかめに二《ふ》た三《み》つ水仙を挿《さ》して風吹く冬日くれにけり

スタンドの光の画きし大き輪の壁に動かず風すさぶ夜半

寒夜*

今は亡き人あり風の寒夜かな

今は亡き人あり寒《かん》に入る夜かな

死を怖《お》づるわれありて寒夜更けむとす

盆梅に 蕾数《つぼみかず》あり寒明くる

*寒夜　かんや　さむよ　冬の寒さが厳しい夜

二月四日　唐紅《からくれない》の牡丹

我が病室《へや》に紅《あか》い牡丹一つありて氷雨《ひさめ》降る日に咲き初《そ》めにけり

雨に暮るる小暗き病室に一つありてわびしき物か冬牡丹の花

冬日暮れて小暗き病室に一花《ひとはな》の唐紅《からくれない》の牡丹咲かんとす

二月五日

春立つや小雨しきりて止まぬ今日

二月七日　友

熱ありて不快

いたつきて心荒びし我なれど今日は友をばなつかしみけり

二月八日　死を怖ずる

寒夜更けて目覚めて居《お》れば死を怖《お》づる心止みなく月冴《さ》え居《い》たり

夜半《よわ》にして目覚めて居《お》れば死を怖づる心起りて止み難きかも

二月十一日　人待つ心

春めける日の照り止まぬ今日なれば何か人待つ心地《ここち》するかも
何がなし人待つ心地止《や》まずけり生暖かき春の夕暮

二月十二日　曇り

蕾固き乙女椿に薄々と淡き陽《ひ》させり二月の曇り
薄陽《うすび》させばひともと生けし水仙の花に影浮く二月の曇り

二月十三日　椿

七月《ななつき》を病みて来ぬれば春の日は乙女椿に人恋ひしわれ
春浅き二月を病めば人恋ひし乙女椿はまだ咲かずして
病床《とこ》の辺《べ》のかめに室咲《むろざ》き椿ありて二月を病めば友恋ひしわれ

室咲きの椿の花は八重にして病む身にわびし二月の春は

二月十五日　思う道きびしくあれど

静臥してわが行かむ道思ひけり戦きびしき二月の夕

再起して自が行かむと思ふ道きびしくあれど楽しみ多し

二月十六日　あらせいとうの花

悲しみを胸内《むなぬち》に持つ花ならむ赤紫のあらせいとうの花

二月十八・二十一日　悲しき海近きサナトリウムにて

悼中島孝雄君

海近きサナトリウムに逝きし少年の淋しき面影《おも》は忘られなくに

平塚は悲しき処海近きサナトリウムに思ひ出多し

一年をサナトリウムに臥居して命淋しき少年は逝きにけり

過ぎし日日はただ色あせぬかくばかり命淋しとわが思はなくに

相病みて共に少年なりしかな戦の前に死にてはるけし（一九九六年詠）

〔平塚療養所内で少年は、十七歳の信英と、同じ病棟にいた信英より一歳年下の中島孝雄君と二人だけであった。〕

二月二十日　甲斐ある命生きたし

居る事は何にてもよしひたすらに甲斐ある命生きたしと思ふ

二月二十七日　心の寂しくて

荒びたる自が心の淋しくて歌読まぬ日の六日続けり

書《ふみ》読めど淋しさ止まず書置きて転寝《うたたね》すればうら寒し春は

春浅き二月を寒み四人の子等に囲《かく》まれ病む媼《おうな》のあり

二月二十九日　桃

明日よりは三月なるぞ我が病室《へや》の瓶《かめ》とふ《(とう)》瓶に桃をば生けし
桃の花も我には悲し三月は庭歩きせむと思ひて居しに

三月詠

三月一日　白蘭《びゃくらん》

白蘭は何故か悲しき一つのみ白く大らに咲く病室《へや》なれば
花瓶《はながめ》の白蘭の花一つのみ首《こうべ》もたげて大らに咲きぬ

三月二日　龍のひげ

紫の実二つなれりわが庭の一握り程の龍のひげかな
わが庭は小さくあれどひともとの楓の下に龍のひげ生《お》ふる
三月の春はなつかしほの甘き白蘭の香の漂へるかな
臥床《ふしど》より我が見る庭に一本《ひともと》の沈丁花ありて春近きらし

三月五日　吹雪

今日はなんと冬の国なる吹雪かな
盆梅《ぼんばい》の満開なるや吹雪の日
七枚の葉蘭《はらん》を生くる雪夜かな
雪寒し葉蘭を生くる独人《ひとり》かな

三月六日　春雷

春はまだ白蘭一つ咲きなづみ
花にあきぬ一年近き病臥《やみど》かな
大山《おおやま》の山襞《やまひだ》暗き二月かな
春寒《はるさむ》や松の山襞暗きかな
春雷《しゆんらい》を聞きて仰臥《ぎようが》の読書かな
春雷や白蘭の花一つ咲き
春雷や白蘭今日は咲かんとす

春雷のある日白蘭一つ咲き
水仙を鉢に移しぬ雨の朝
水青し花のみ続く小土堤《こどて》かな

三月二十九日　口笛

何となく我が吹き出せし口笛に聴き入りて居ぬ四月近き日
色深きあらせいとうの花一つわが枕辺に咲ける悲しさ
わびしきは我が心なり枕辺に彼岸桜のほ白く咲きぬ

四月詠

四月一日　黄水仙

病気になった時植えた黄水仙が咲く。小林氏〔5頁参照。〕の事がしきりに思われる。

中学に入りし子ありて生生と日焼せし顔を我に見せに来ぬ
平塚に君を残して来しわれの今年又植えし黄水仙の花

四月二日　苦しみを乗り越えるべく

大いなる楽しみ一つ我にあり独りの母に護られて居れば

四月四日　春の雲を仰ぐ

少女《おとめ》なりし日の事などをしみじみといたつき*の児に語る母かも

青山の墓地のもなかを行く道を通ひしと言ふ少女なりし母

まばらなる椎の葉の間ゆさせる陽の此の暖さいとほしきかも

我と共に憂ひを持てる如くなり春陽の淡き空を行く雲

四月五日　水仙に思う

五つばかり水仙の鉢を枕辺に並べて居たり春のわびしさよ

はぢらへる如く花みなうつむきて庭の片へに咲くヒヤシンス

---

*いたつき　病気

山吹の蕾黄ばめり四《よ》つ五《い》つと出《いで》し若葉の色の明るさ

東京のはづれの町は森として古き瓦《かわら》に春の日させり

四月六日　紅《もみじ》あおい

夜の中《うち》に散りし花びら葉の上に一ひら乗れり紅《もみじ》あふひ《（あおい）》の花

学校に行く夢などを見てさめしわがはだの上《へ》への汗の冷たさ

眼さめしわがはだの上《へ》の汗なども其の冷《つめた》さの悲しかりける

いつよりか熱に闘ふ心失せて僅《わず》かの熱を怖づる我かな

四月七日　幼なじみの別れつげに来ぬ

岡本倬君別れに来る。

桜色の頬《ほお》して別れ告げに来ぬ召され征《い》くと言ふ幼《おさな》馴染《なじみ》の友

〔奉天小学校のときの友人。〕

四月二十九日　父母在《いま》して

父母《ふぼ》在して楽しと思ふ桜かな

〔父はこの頃、長春（新京）で働いており、この時は東京の自宅に休みをとって戻っていたのであろう。〕

落花しきり天長節の飛機の群

五月詠

五月一日　友訪ね来て

一本《ひともと》の沈丁花など咲き終りてわが小さき庭に春つきんとす

久々に親友《とも》訪ね来て他愛なき事語り合へり春の昼過に

他愛なき事の限りを語り合ひて春の一日《ひとひ》を親友《とも》とすごせり

五月二日　こでまりの花

久々にわれを見舞ふと来て呉《くれ》し友にしあれど語る事もなし

庭先の若木の柿の新芽をしわが臥床《ふしど》より見るべくなりぬ
こでまりの花薄白く枝をおほひ夏めける物か緑葉の並び

五月三日　芍薬の花

手を添えし芍薬《しやくやく》の花のひら一つはらりと散りて朝の地に落つ
静臥椅子にポルカを聴くか狭庭辺《さにわべ》に芍薬の花散りそめんとす
芍薬の咲く日に独り床に臥し物を思はずポルカを聴けり
芍薬の一《ひと》ひら散れり寝覚めかな
芍薬の咲く日に聴くやポルカかな
静臥椅子にポルカを聴くか春のひる

五月四・五日　仰臥椅子にて

久々にわが出て臥せし仰臥椅子の色淡き空に鯉のぼりあり
梅若葉桜若葉の色深き庭にのぞめりわが静臥椅子は

五月七日　友の文《ふみ》

葉桜を吹き揺りて来る風ありてわが病室《へや》は初夏を迎ふ

Über sich spotten は嫌ひと書ける友の文《ふみ》のウラにわびしく絵を画いてみき

〔Über sich spotten は自分をあざけり笑う。〕

五月九・十日　初夏

ひすいなる玉をし思ふまだ小さき柿の若葉の其の緑かも

柿若葉日に日《け》に伸びて御戦のきびしさ年の夏は来向ふ

初夏は病む身に楽し庭見れば若葉々々の重なりてあり

歌詠まむと手帳を持てるわが腕に葉桜を吹く風清《すが》しかり

五月十二日　をだまき

鏡台の前に置きたる白き瓶《かめ》にをだまきの花三つばかりあり

をだまきを歌に詠まむとわが思へど子規居士既に詠みて居たまへり

一色に朱色なる花のかはゆくて小さき瓶に挿《さ》しぬ姫百合の花
君とわれと幽明境《ゆうめいさかい》を異にすと葉桜を吹く風にも告げん

五月十三日　若葉

若葉々々病ややよき静臥かな
葉桜の葉鳴りの中の静臥椅子
静臥すれば桜若葉の葉鳴りあり
長病《ながやみ》の牀《とこ》に若葉を愛すかな
病牀《とこ》にありて若葉を愛《め》づる心かな
何処やらに頰白鳴ける若葉道
若葉青し飛機消ゆる空淡くして
病室《へや》の瓶《かめ》に一枝挿《さ》せる若葉かな

五月十四日夕　かきつばた

かきつばた濃紫《こむらさき》なる花一つ
かきつばた其の緑葉のすがしくて
水盤の水緑なりかきつばた

愛用の筆に

此の筆や歌文《うたぶみ》書ける事多し
此の筆に病の心託すべく

五月二十日　うばら

早梅雨《さつゆ》こむる垣の片へにわが折りし赤いうばらのしづくの光
手折《たお》り来し赤いうばらの花びらに水たま小さしさみだれの日は

五月二十二日　頰白

柿若葉の小さきも嬉し長病《ながやみ》の牀《とこ》に迎へし此の春なれば
六日降りし早梅雨《さつゆ》のあとの朝にして葉桜の中に頰白鳴けり
えにしだの花濃く黄なりつゆに入《い》る

五月二十三日　バラ

文机の小さき瓶《かめ》に挿《さ》さむ物とわが折りしバラは紅《くれない》の花
二階なる窓辺の椅子にわが居れば近き木欑《こむら》に頰白鳴けり

五月二十四日　初試歩

初試歩のわれの出《いで》し道昼引けの子等行き続き砂埃りせり
初試歩のわれしみじみと庭畑に白菜の色を愛《め》でて立ちたり
病前のわれのゆきなれし道は此れ淡き陽さして砂埃りせり
庭畑の白菜の葉はやや伸びて大しま蠅《はえ》をのせて居たりき

柿若葉の葉裏にひそむまだら蜂《ばち》しばし動かず夏きたるらし

唸り立てて病室《へや》に入り来しまだらばちに夏をおもへり 病人《やまいびと》われは

此処に又かくも美しき緑ありと初試歩のわれは八つ手を愛す

五月二十六日　療養所の思い出

一人してわが行く試歩の道細み松の林に頬白《ほおじろ》鳴くも

一人してわが歩む道に松多く遠近《おちこち》の枝に頬白《ほおじろ》鳴けり

高砲の火を吐くあたり背丈低き松続き居《お》りて海近きらし

海辺路にわが返り見れば松続き遠山峰の碧くかすめり

〔平塚療養所での散歩の時を思い出して。〕

五月二十七日　試歩にて

畑道のゆきつくすあたり若葉多き家一つありて昼静かなり

五月二十八・二十九日　紅芍薬《べにしゃくやく》

芍薬が咲く。地咲の芍薬だから花は小さいが今まさにほころびかけた所で一番美しい。くれないがかった桃色だ。去年も姉が芍薬を活けてくれた。竹づつに真紅の大きなのを四本か五本挿してくれて、非常に見事であって数日自分の目を奪った事を覚えている。白と赤のあっさりしたのも活けてくれた。歌帳をめくってみるとその頃の歌がある。

梅雨《つゆ》近き長雨の日の枕辺に四つばかり咲く紅き芍薬
白きあり紅《あか》きもありて梅雨近き長雨の日の芍薬の花
大き目の濃緑《こみどり》の葉もさやけくて一色《ひといろ》に紅き芍薬の花
絵に画かむと思ひてみれど此の色は絵具にはなし紅き芍薬
病人われ今日も歌詠まむ枕辺の赤き芍薬白き芍薬
萱草《かやぐさ》はつゆに咲く花朝ごとに黄色く咲きてとく*しぼみゆく

*とく　疾く　すぐに

最初の一首が出来てから次々と出来て、姉から貰ったすべすべした原稿用紙の裏に太い芯のシャープで乱暴に書きつけた事を覚えている。当時、数首の歌を一度に作って歌によっていくらかでも自分の心を出す事を覚えかけて来たばかりの頃で、これがその二番目くらいの作であったかと思う。今読んで幼稚だと思うが、その時分の私の心がにじみ出てくるような気がしてなおす気になど勿論なれない。そっと私の心の奥にひそめて置きたいような作である。この頃私はやっと起きて二階の寝椅子に出たり、夏目漱石という部厚い本を興味をもってほつりほつり読んだり、時々はそっと庭に出てみたりする事が出来るようになったばかりの頃であった。それでも毎日かなりの頭痛があって、起きて歩く事に喜びと又激しい不安とを持っていた。この真紅の芍薬《しゃくやく》とその少し前にかきつばたとを私は発病以来初めて水彩画の絵筆をとって四つ切の大きな画用紙に画いて見た。私はそのどちらも疲労のために気のすむまで画きあげる事が出来なかった。芍薬にはバックも塗らなかった。それでも燕子花《かきつばた》の方には、

かきつばた濃紫《こむらさき》なる花一つ
かきつばた其の緑葉のすがしくて
水盤の水緑なりかきつばた

の三句を書き、芍薬の絵には、

芍薬《しゃくやく》のひとひら散れり寝覚めかな
芍薬の咲く日に聞くやポルカかな

の二句を書きこんだ。前の句も後の句もその頃得意であったように覚えている。

芍薬《しゃくやく》の絵も燕子花《かきつばた》の絵もまだひき出しの中に入れてある。例によって幼い平面的な絵だが、その濁った薄い色づけと白紙のまま残されたバックとにはその頃の私の心の中にどうしても消え去り難かった不安がにじみ出ていて、私にとっては忘れ難いものとなっている。

画用紙の片隅には乱暴な鉛筆書きで五月二十八日の日付がある。

〔以上の五句は再掲である。この時の芍薬の絵は残念ながら残されていない。〕

六月詠

六月二日　紅き芍薬の花

濃緑《こみどり》の葉もさやけくて花瓶に一色《ひといろ》に紅き芍薬の花
芋作らむと子等の集ひてたがやせる武蔵野は青し初夏の野は

六月五日　折にふれて

わが病いゆる日もあらむと庭畑に菜を間引きつつ思ひてみるも

六月七日　夏を迎ふる

わが頬《ほお》のやつれもわびし二《ふ》た年《とせ》の病の牀《とこ》に夏を迎ふる

われも又彼の人の如くなりてきたり握り捨てし花をさびしみてみる

飛機を追ひてわが仰ぐ空くま*もなく夏の陽てれりしじま*の中に

六月十日　木苺咲く

たたずみて小さき子とわれと二人語る夕近き小路《こみち》の木苺の花

まじまじとわが顔をみて行く子あり木苺白き夕暮の小路に

＊くま　かげり

＊しじま　静まりかえって、物音ひとつしないこと

はてしれぬしじまの中に夏陽照りて豆の花白き畑続き居り

六月十五日　そけい

この頃、私はいくらかでも気分のよい痛みの忘れられる日があると、一生懸命歌や句を作ろうとしていた。そうして又不思議に私のこの不安の中にもほっとしたような気持が何首かの歌を作らせた。

洞爺湖のほとりにいます君いかにわれは臥床《ふしど》につゆごもりせり

〔斎木拙児氏のこと。斎木氏からの手紙によれば、北海道洞爺村にある洞爺療養所に入院されていた。歌集はなかなか手に入りにくいだろうと、中村憲吉「軽雷集」より二十三首、「しがらみ」より数十首の歌を送って下さった。〕

一本のそけいの枝をいとほしみ物を思はずつゆごもりせり

仰臥椅子にわが出て居れば真向ひの電線に来たりつばくらめ一羽

六月十七日　萱草《かやぐさ》

私は六月も半ばになってから痔を悪くして発病以来四度目の熱を出した。激しい疲労と痛みとが私の身をさいなんで、当分は身動きも容易でなかった。私は絶望をもって天井を仰いでいた。欄間の額の上に、私は一心に自分は死なない、自分は死なないと書いてみた。その文字が私の頭の中にはっきりとしみついて、そうしてやがて消えて行った頃、あれ程動き易かった私の熱もようやく落着いて来た。

その頃の日記を開いてみると、荒々しい字で〝今日も血膿出る。甚だしく痛し〟と書きなぐった短い記事の傍らに幾つかの歌がある。

つゆの朝は萱草の花黄に匂ひ淋しらに*咲けりわが小さき庭に
わが庭の名も知らぬ木に花さきて雀ついばめり其の小さき花を
此の町のはずれの小路《こみち》に一本《ひともと》の木苺ありて白き花咲く
うす赤くあるかなきかの花咲けるも何か楽しきうめもどきの花

＊淋しらに　淋しげに

六月十八日　ちぎれ雲に

大煙突ゆいでゆく煙ちぎれ雲のあまたある空にうすれてゆけり
唸《うな》り立てて飛機ゆきしあとの夏空にちぎれ雲あまたたゆたふて居たり

六月二十日　霧雨《きりさめ》

六月のわれの物憂さ縁に居れば暮近き空に霧雨《きりさめ》降れり
夕近く今日も降出せし霧雨に淡くまじれる焚火《たきび》の匂ひ
夕近き此処の茶畑に霧雨の雨脚光りしらじらと降る
六月の庭畑《にわはた》に降る霧雨の雨脚《あまあし》光り夕迫りたる

*大煙突ゆ　大煙突から
*たゆたふ　揺蕩ふ　猶予ふ　定まるところなくゆれ動く

六月三十日　つゆばれ

白き雲の切れ目にみえてふかぶかと碧色《あおいろ》したるつゆばれの空

つゆ晴れの昨日今日《きのうきょう》吹く風ありてまさらなる空を淡き雲行けり

七月詠

七月一日　つゆあけの光

ふしどよりわが見て居《お》れば樫《かし》の木の新葉《にいば》きららなるつゆあけの光

梅雨明けの碧深き空の高空に日のきららなる薄雲一つ

何となく耳たてて居れば表路《おもてぢ》を人の足音物憂げにゆけり

枯色《かれいろ》の古葉《ふるば》のみゆる樫に来て雀あまた鳴けりつゆの日のくもり

七月八日　熱にあえぐ

熱にあへぐわが顔の上を蝿一つ飛び去りてゆくけだるきうなり

こういった歌も日記のあちこちに出ている。そうしてそれまで几帳面につけられていた又それが楽しみでさえあった私の日記は、痔を悪くした頃からブランクが多くなり、七月はその三分の二がブランクに過ぎた。
七月に入って大分たった頃から、私の身体はどうやら安心が出来るくらいの所まで行った。

七月十二日　ぎぼし

枯《か》れ色に咲き終りたる小さき花は野の匂ひせり二《ふ》た本《もと》のぎぼし
むざうさに赤き小瓶《こがめ》にさされたりぎぼしの花と萱草《かやぐさ》一つ

七月十八日　たづくりの南瓜《かぼちゃ》

わが庭の夏よそほいは三本の南瓜に出《いで》し尺余《しゃくよ》の緑
大らけく尺に余れる葉をつけて夏をたたへたりたづくりの南瓜
尺余なる南瓜葉をゆりてかそかにもわたる風あり夏の日のくもり
ぱんぱんと軽き音して狭庭辺《さにわべ》の南瓜大葉《かぼちゃおおば》に降る夏の雨

七月二十五日　ちぎれ雲

一方《ひとかた》の空にちぎれ雲あまたありて此の真夏日も夕暮れてゆけり

北の国に出水《でみず》ありと言ふ真夏日の曇りの空はひとかた紅《あか》し

此の朝け軒にかかりておもおもと暗き雲一つ北に流るる

枯色《かれいろ》の古葉《ふるば》のみゆる樫《かし》に来て絶え絶えに鳴く昼の蟬一つ

遅れ咲く一本《ひともと》ゆりの葉の黄ばみわが出《いで》し庭の陽ざしの暑さ

八月詠

夏雲

端居《はしい》*してわが見る空の半ばおほひゆるく流るる夏の昼の雲

雨上り碧《あお》深き夏の空の下を四つ五つゆけりきれぎれの雲

---

*端居　はしい　家の端近くに出ていること　特に夏、風通しのよい縁側などに出ていること

八月に入りて今年は雨多し朝々空を雲流れけり

八月はひぐれひぐれの空に淡く巻雲ありて夕焼するも

夕近き八月の空の高空にゆるく流れてうろこ雲出ぬ

ゆるやかに没陽《いりひ》にむかひ流れよる八月の空のうろこ雲かな

八月の空のかなしさ此の夕は雲一つなくてたそがれてゆく

月に（ようやく秋も近し）

臥床《とこ》にみるつくよみ*の光まどかにも庭樫の葉にいくつも光る

はらばひてわが見て居れば庭樫の木欑《こむら》に照れるつくよみの光

秋近しみやまりんだう（りんどう）の紫のしみじみ親し八月の朝

此宵静か添寝の母と吾と語る病室《へや》に入り来《こ》よ満月のひかり

---

*つくよみ　つきよみ　月のこと

朝、何鳥か庭に来て、短く淋しく鳴く鳥あり。

庭に来て色鳥鳴ける此の朝はわがけだるさを悲しと思ふ

秋なれば朝に来て鳴く色鳥の唯一羽なるも親しと思ふ

秋近き空のま高さ家々の屋根をかすめて飛ぶ白き雲

戸の内にめざめて居《お》れば朝の気のなかに蟬ありてかなかなと鳴く

此の朝はひいやりと寒し一羽きて庭に色鳥の鳴く声きこゆ

水道の水のしたたりを聴けばかなし八月の秋の夜のつめたさ

秋の朝の曇はわびし物の皆のひいやりとして背《そむ》けるごとく

高空《たかぞら》を征《ゆ》く飛機軽《かろ》し雲の峯

雨雲のおほひくるなかに飛機ありぬ

故小林氏の一周忌九月十七日なれば、

一周忌ほつほつ近く虫鳴けり

八月は私にとって割と落ち着いた月であった。だがやはり日記帳は白紙のまま続いてしまった。

九月詠

紅《べに》おしろいの花（九月に入る）

荒れ果てし晩夏の園の寂しさは木下闇《こしたやみ》におしろい咲けり
秋荒れの園の片へにひともとのおしろい残り紅《あか》き花咲く

晩夏

赤とんぼ一つ来て塀にとまりたりとまりて翅《はね》を伏せ居るらしも
此の心いづくにややらむと思ひつつ庭歩きせり秋荒れの庭を
秋づきし西陽《にしび》の中にそこばく*の虫よりて舞ふを見つつ悲しも

---

*そこばく　たくさん

虫しだく*朝にわれありて病床内《とこぬち》に物思ひすればうすら寒しも
月あらぬ今宵の暗さ端居《はしい》するわがかたはらにかねたたき鳴く
新月の闇より来り灰色の秋の蛾一つともしびに舞ふ
夜くだちて*蚊帳《かや》に寄り来し晩夏の蛾しばし翅音《はおと》をたて居たるかも
寝むとして灯《ともし》を消せば部屋すみに秋の蛾ありて翅音をたつる

九月三日　白木槿の花

煤竹《すすだけ》*の籠《かご》に挿《さ》したる白木槿《しろむくげ》此の朝は二つ咲きいでにけり
手折《たお》り来てわが挿し居けば葉黄ばみて此の朝一つ咲く木槿《むくげ》かな
秋近き朝に咲きたる白木槿日盛りになりてはやしぼみたり

＊しだく　拉く　乱れ散る　荒れる
＊くだちて　夜がふけて
＊煤竹　焼いて赤黒くした竹

鶏頭《けいとう》の花

わがためにとて、母の一束の鶏頭を求めたまえるを枕辺の瓶に活けて、飽かず眺むる事数日。

白き瓶《かめ》にあふるるばかりわが挿《さ》せば風も吹きゆる鶏頭の花
両手《もろて》もてわが握り居《お》れば紅にこぼれんとしたる鶏頭の花
白埴《しらはに》の瓶の冷たさ紅《べに》深き鶏頭を挿しぬあふるるばかり
たらちねの母の賜ひし鶏頭花病床辺《とこべ》の瓶にあふれんとするも
白き瓶にあふるるばかりたらちねの母の賜《たま》ひし鶏頭の花
たらちねの母の賜ひし鶏頭花《けいとうか》わが手の内に握りあませり
瓶《かめ》にあまる鶏頭の紅のしづもりに日暮れむとする部屋の寂《さび》しさ
白埴《しらはに》の瓶にあまれる鶏頭の紅のしづもりに秋ふけむとす
朝よりの雨に打たれて庭すみの鶏頭土に倒れんとするも
掃き寄せし落葉の上に倒れ伏す時雨降る日の鶏頭の花
待避壕のまはりの地の赤らみに此の朝降れる時雨の寒さ
夕暮の園に降り来し大蜻蛉《おおとんぼ》翅《は》音《おと》枯々《かれがれ》と飛び返りたる

秋荒の園に降り来て枯々と翅音をたつる夕暮の蜻蛉《あきつ》

九月八日　枕辺

宵早み黙《もだ》し伏すわれの枕辺の近き畳みに竈馬《いとど》いで来ぬ
灯《ともし》して書《ふみ》読むわれの枕辺にこほろこほろぎ寄り来て鳴きぬ
時雨降る夜を更《ふ》けがてに我があれば部屋のくまみに鈴虫が鳴く
雨後《あまあと》の縁《えん》にわが出て見つつあれば没陽《いりひ》にむかふ雲のよろしさ
雨後の陽を覆《おお》ふ切れ雲黄金《くがね》なす光の箭《すじ》をあめに放《はな》てり

九月八日　病人配給洋梨二つ

母、病人配給とて洋梨二つを得てこらるる。珍らしければいと嬉しく二日ばかりは食わず枕辺の皿に入れて眺むる。物なべて乏しき秋とよめるは、おかしけれどこの秋は何一つ季節の果物を得る事なければ、

白皿に二つ並べて置かれたる洋梨の肌にぶく光れり

物なべて乏しき秋にわが得つる此の梨の肌にぶく光れり
物なべて乏しき秋の梨二つひと日は食はず眺め居たるかも
此の秋に初めて得たる梨嬉し二つ並べて見て居たるかも
もたれ合ひて二つ置かれし洋梨の皿白くして青き絵ありぬ

九月九・十日　洋梨をたぶる

一つずつこの梨を自らむきてたぶる。

病める身の幼な心は梨一つむきてたぶれば満ち足れるかも

九月九日　命の子

先に父より「秋深し父と母との命の子火をも水をもしのぐ若き子」の歌を賜いしに答えて。

父母の命の子なりと思ふ時に病み伏せる身のひたに＊せつなし

＊ひたに　ひたすらに

永病《ながやみ》の病床《とこ》に伏す身をせつなしとひたに思ひぬ父よりの文《ふみ》に
父母《ちちはは》の命の子なりとちちのみの父宣《のたま》*へばわれはせつなし
力足らぬわれにはあれど父母の命の子なればくぢけじと思ふ

九月十一日　日照り雨降る

野分《のわけ》してしどろ乱れし萩むらに秋深みつつ日照《ひで》り雨降る
四つ五つのきりぎりす鳴く昼さがり草むら叩《たた》き日照り雨降るも
紫の野菊の花のゆれつつも日照雨《そばえ》降れば庭面《にわも》白し
高空《たかぞら》に秋の雲ありて此の朝け*ゆく飛機の音《おと》のさはやかにきこゆ

＊宣う　言うの尊敬語
＊朝け　朝早く東の空が明るくなる頃

九月十二日　一日雨降る

部屋暗し花つぶらなる水引《みずひき》を活《い》けてこもれり秋雨降れば

水引の花のよろしさ遠《とお》みればつぶらなる花みな光りたり

籠《こも》り居て暮近ければ庭先の萩に降る雨白白《しらじら》と降る

秋雨の夕かたまけてやや止めば萩の茂りを風乱し吹く

秋雨のひねもす降れば赤らめる実うめもどきにしづくたる見ゆ

いんげんの蔓《つる》枯れ残る畑さびし秋雨ふればぬれそぼちたる＊

秋雨の畑にならびて大根の芽ぶくをみつつ籠り居にけり

九月十三日　姉、萩と黄菊を活く

一枝の萩に添ふべく黄《き》にもゆる庭辺の黄菊《きぎく》手折りてもとむ

白埴《しろはに》の瓶《かめ》こそよけれ菊に添へて萩のさ枝《えだ》を挿《さ》さむ秋来《き》ぬ

＊ぬれそぼちたる　濡《ぬ》れてびしょびしょになっている

白埴の瓶《かめ》に活《い》けたる萩嬉し夜も枕辺を離さざらしむ

九月十四日　秋雨

此の夕の秋雨しげく庭すみのおしろいの花みなしぼみたり
ひねもすの秋雨止《や》めば暮近し萩の下にしてこほろぎがなく
紫の野菊の花の小さけれど一つ一つに秋わたりゆく

九月十五日　霧雨

歌など作らんとこの夜初めて庭に出《い》づれば、夜空の一方ほの明く霧の如き雨かすかに降れり。
此の宵の月まだ出でずわが立てる縁の冷たさ秋たけにけり
ぬばたまの夜の秋深みひとりして庭に出づれば霧雨《きりさめ》降れり
秋深き夜にひとりしてわがあればいつとしもなく霧雨降れり

九月二十七日　いぬたで

姉、いぬたでの花を幾房か手折り来てくれぬ。姉の茶の師匠なる上馬のなにがしの尼寺の庭にありたる物なりと。

犬蓼《いぬたで》の房の紅《あか》きを手折《たお》り来て瓶《かめ》に挿《さ》すべし秋たけぬれば

九月二十八日　秋の陽

秋の陽のひざしをぬくみ風吹けばかそかに光る庭萩の花

小さき葉の風吹くたびに光りゆるる庭先の萩花咲きにけり

庭先の萩に咲く花風吹けばゆれ光りつつこぼれたるかも

秋はよし椎《しい》の木欉《こむら》にさせる陽のあたたかくして美しく光る

南瓜《とうなす》を二つ並べて干す縁《えん》の陽射《ひざ》しの中に虫飛べり見ゆ

九月二十九日　秋

筵《むしろ》して縁にわが干す馬鈴薯《ばれいしょ》の土の匂ひに秋しめらなり

此の夕も庭の片へに白粉花《おしろい》の紅き花咲きて秋わたりゆく

九月三十日　夜々月を見る

夜《よ》くだち*てわが臥し居ればしらじらとさし来て冷ゆる月読《つきよみ》の光

ひとりして窓辺に立てば月寒しわが顔の上にしらじらと照る

十月詠

十月一日　癒ゆるべきわれと思へど

雨降れば馬鈴薯を干す土間暗し土の匂ひして秋たけにけり

病床《とこ》にみる十坪の庭のひとすみに実うめもどきは紅《あか》深みけり

手折り来て黄菊《きぎく》活《い》けつつわが病癒《やまいい》ゆべしと思ひ心なごむも

十月の空の寒さは色淡し雨雲北に流れてゆけり

---

*夜くだち　夜降ち　夜がふけること

癒《い》ゆるべきわれと思へど此の頃の心空虚《こころうつろ》なれば悲しくもあるか

十月二日　野菊

暮はやき庭にありてか草ひばりしめらに*鳴くをわれは聞き居り

癒ゆべしと人には言へどわが心空虚なるままに秋深みゆく

秋冷《ひ》ゆる土に倒れて紫の薄き野菊は咲き続くなり

蒸し馬鈴薯《いも》は箸もて刺せばおもむろに湯気立ち上《のぼ》り楽しかるかも

此の秋も病床《とこ》に書物《ふみ》読むわれの手のかぢかむ頃と深みたるかも

十月三日　戦い征く友

去月二十九日、奉天の友人、藤井順三・岡本倬の両君特甲幹*として入隊のため（十月十日）別れに来る。この頃、友幾多《いくた》いで征《ゆ》くに歌多くいでねど思う事多し。

＊しめらに　一日中

＊特甲幹　特別甲種幹部候補生

たたかひに出《い》で征く友の多くなりて秋深みたり十月といへば
たたかひに出で征く友の眼《まなこ》清しいでゆく時は生死《いきしに》を言はずと

小菊の色の黄《き》深きに嬉しくて

この日、姉の水仙、黄小菊、竜胆《りんどう》を活《い》くる。小菊の色の黄深きが嬉しくて。

黄に深き小菊を挿《さ》せば壺内《つぼぬち》の水も冷たく秋たけにけり
蕾《つぼみ》ほど庭の小菊は黄に深く朝々寒き秋たけにけり

十月四日　庭先の小菊、竜胆《りんどう》、木瓜《ぼけ》の花

この日も同じく。

蕾ほど黄《き》の色深き庭先の小菊はわれに親しかりけり
枕辺の瓶《かめ》に活けたる竜胆の茎の赤きも秋立ちにけり
わが活《い》くる秋咲木瓜《あきざきぼけ》の一枝に薄紅《うすあか》き花三つばかりあり

枝先に三つのみ咲ける木瓜の花一つは薄く紅ふふみたり*

十月五日　霧雨降りて止まず

ひと日霧雨降りて止まず、あれこれと歌を思う。

霧雨《きりさめ》の間《ま》無く降る日は枕辺の瓶《かめ》の小菊の黄深みてみゆ
竹垣の庭のくまみ*に青紫蘇《あおじそ》は穂に立ちて小さき花つけにけり
霧雨の間無くし降ればうなかぶし*花濡れにける萩の叢《むら》あはれ

この日朝に。

霧雨《きりさめ》の間無く降る日は戸を開けて湿《しめ》り親しと膚《はだ》ふれにけり

と詠み置きけるに昼過あまりに湿り甚しければ、

＊ふふみたり　含んでいる
＊くまみ　隅（すみ）はしっこ
＊うなかぶし　首をたれて　うなだれて

霧雨の間無くし降れば身をいたみ湿り厭ひて戸を立てにけり
故《ゆえ》なくにわれいね難《がた》しガラス戸に押し照る月を見つつ黙《もだ》せり
黄に深き小菊の花に茎赤き深山竜胆《みやまりんどう》は添ふべかるらし

十月六日　この日も雨

この日も雨、昼過ぎ一時止みたるも又降り出す。水滴の多くかかりたるガラス戸を隔てて庭を見るに、

雨滴《あまだれ》のいたくかかりしガラス戸ゆ*わが見る庭は顕《うつつ》にもあらず
雨降れば一つ一つの朱《あけ》深き実にしづくせり庭うめもどき
雨滴の物憂き庭にうなかぶし花こぼれたる萩叢《はぎむら》が見ゆ
竹垣の庭の隅《すみ》に穂に立ちて紫蘇《しそ》の花咲く秋親しかり
ガラス戸にいたくつきたる水玉の光りたればか部屋ほの明《あか》し

---

*ガラス戸ゆ　ガラス戸から　ガラス戸をとおして

十月七日　猛烈な雨

一日猛烈な雨、西風強くすざまじき日なり。いとわしき湿りの全身にしみわたるを覚え不快言はん方もなし。夕になりて初めていささかのやすらぎを得たれば、

此のひと日外の面《とも》に煙《けぶ》る雨速し夕灯《ともし》してわれ息衝《いきづ》けり

十月八日　秋の日暮れむ

明日はと昨日思い居しが如く快晴なり。但《ただ》し風強し。動きすぎて不快、いささか頭痛あり。

椎《しい》の木の梢の茂りただ淡く西陽して秋の日は暮れむとす

十月九日　白粉花《おしろいばな》の紅き

この夕冷え冷えと寒し。今年は蒔《ま》かざりし白粉花《おしろいばな》の、去年の種残りたるにや、*庭隅に数本出でたるが、花の色ことごとく紅《あか》にて、この日も夕迫りていくつか咲けるに、

---

*残りたるにや　残っていたのであろうか

白粉花《おしろいばな》の紅《あか》きが咲けば夕まけて秋はしめらに*冷えいでにけり

十月十日　白菊三つ

暴風雨後二日ばかり快晴なりしが今日ははや曇り、時折通り雨もあり。日中不快なる事のみ幾多続きて心静まらず。四時頃姉が勤め先より帰り来て、錦木《にしきぎ》*の紅葉ほどよく美しきに、端正なる白菊三つを添えて活《い》けてくれたれば、漸く心落ちて、

白菊の花の清《すが》しさ三つ挿《さ》して錦木《にしきぎ》の朱《あけ》に添はしめむとす
瓶《かめ》に活《い》けむとわが取り持てるたまゆらの白菊は清し秋冴えにけり

十月十一日　物憂くて

昨日よりは気分よけれど物憂し。天気の曇りなるのも重苦しく不快なり。但し曇れる日も晴れたる日も不快なる事多きこの頃なり。

---

*しめらに　一日中
*錦木　ニシキギ科の落葉低木

物憂《ものう》くて此日もあれば白菊のすがしき花の悲しと思ゆ

十月十二日　白粉花《おしろいばな》可憐に咲く

初冬の如き曇り。一日おもおもとうそ寒し。されど今日は気分よく嬉し。庭隅の白粉花朝より可憐に咲く。

十月の半ばの今日はひと日曇り真昼ひややかに白粉花《おしろいばな》が咲く
ひややかにひと日曇れば昼過の庭の静けきに白粉花が咲く
枕辺の瓶《かめ》の錦木《にしきぎ》朝毎に秋やたけぬ*と葉を落したり

小夜更けに雨の降りすぐるを聞きつ、
面白《おもしろ》き果《み》の錦木は此頃の夜毎の雨に紅葉するならむ
此頃は夜毎夜毎に雨ありて秋やたけぬと寝《い》ねがてに思ふ

---

*秋やたけぬ　秋が更《ふ》けた

十月十三日　甲斐《かい》なさの悲しさ

独り臥《ひと》し居《い》る事の何としても淋しさに堪えられず、無性に本を読みつ、ひととせにわたりたる病なる物をと今更にわが甲斐なさの悲しく、

独り居るわが悲しさに安静をせむと思ひつつ本読みにけり

十月十五日　友の送りし本二冊

朝、藤井順三（奉天に居た時の友人）よりの「アララギ」十七年十一月茂吉編集号と赤彦歌集の小包来る。一日嬉し。

入隊の友の送り来し本二冊藤井順三と墨書《すみがき》のあり

友は既に入隊しあれば添書《そえがき》の無くて届きたる島木赤彦歌集

十月十六日　友を送りて

見舞に来てくれたる友を送りて門前にいづれば、嘗《かつ》て通い馴れたる小路の足ざわりしみじみとなつかしく、幾多の思い湧きて堪えられず、あわてて病牀《へや》にもどる。

病前に行き馴れし路《みち》の土寒し湿り赤らみて深き壕《ほり》あり

わが病嘆くにはあらねど本読みつつ心うつろになるあはれなり

十月十七日　山田兄来て

朝、山田兄〔11頁参照。〕来る。絵や歌を見せて貰い、尾瀬沼行の話を聞きて昼前を過す。ただ嬉し。

湖上よりの燧《ひうち》ヶ《が》岳《たけ》の絵が一つ忘られずなりぬ何故ともなしに

白樫と友の教へくれし庭の木を今日よりわれは親しみて見るも

十月二十日　ヒルティの一語

山田兄より御手紙あり「雲居こむ神嘗《かんなめ》の祭に訪《おとな》ひし友心静けくなほれわが友」の歌あり。又ヒルティの日記の一頁「突きぬけろ」の一語ありてわれの胸を打つ。

劈頭《へきとう》にただ突き抜けろとヒルティの語を書きくれし友ありにけり

十月二十一日　ヒヤシンスの球根

この日母、われのためにヒヤシンスの球根二つを求めて来給う。例年の如く水色と白の栽培瓶につけたるに、今年も美しく咲けなどと祈る心起りて、

ヒヤシンスの球根の膚《はだ》の紫はやや赤らみて暖かくみゆ
球根のはだの紫に手を触れて其の手ざはりに心なごみ居《お》り

十月二十二日　球根の気にかかりて

この日も球根の気にかかりて楽しく、

花の色はピンク色なりと聞く事も嬉しくわれは球根を活《い》けぬ
濡縁《ぬれえん》の陽ざしに置けば球根のはだの紫が光る楽しさ

十月二十三日　暗灰の空低く

この日曇り。

迫り来れば金属音の聞ゆなり暗灰《あんかい》の空を低く行く飛機

十月二十五日夕　厨の音

しんしんと寒さの迫り来る感じあり。一人病牀にありて頭の冴えくるままに、あらゆる物音に聴き耳を立つる。

物を切る厨《くりや》の音のひびき寒し独り聴き居れば夕迫りたる
冬近し独り臥《ふ》し居て物を切る夕の厨の音聴きにけり

十月二十六日　鮭汁

この日、塩鮭の頭もて汁を作る事ありて家中これをかくみて夕餉《ゆうげ》を食す。かかる事もわれは嬉しく、

両《もろ》の手に椀《わん》をかかへてわがすする鮭汁《さけじる》の香のなつかしきかも
夕の飯《いい》の鮭汁の香のただよひはほのかに立ちて外《と》は暮れにけり

十月二十七日　祖母上《おおははうえ》からの栗

北九州豊津に疎開されたる祖母上のわがためにとて粒入りの栗を送り給う。この日朝、小

包着きて皆していそいそと開く。

祖母《おおはは》は筑紫の国に休息《やす》み居まし我にと宣《の》らして栗送り給ふ

しらぬひの筑紫の国の祖母の賜ひし栗は口もてぞむく

ゆで栗は口もてむけばほろほろと*ほの甘くして悲しきろかも*

十月二十八日　四つずつ食べる

祖母の賜《たま》いし栗を四つずつ食ぶる事昨朝《さくちょう》より毎朝のならいとなれり。この朝も四つひとしきりかかりて食ぶるが嬉しくて、

大陸のわれは育ちなればゆで栗をむくは遅しと言ひつつぞむく

ゆで栗は口もてむけばほろほろと薄黄の屑《くず》のこぼるる悲しさ

ほろほろと食ひこぼしつつゆで栗を口むきて食ぶる秋たけにけり

---

*ほろほろと　ぽろぽろと　ぱらぱらと

*悲しきろかも　悲しいことだなあ

十月二十九日　母の外出

母の外出したるにひとり臥し居れば、

独り居れば天井の上を鼠あまた行交《ゆきか》はしたり驚けるならむ

十月三十日　曇りガラス戸

寝むとすれば月の光ただに明るく、

月照れば曇りガラスの戸は明《あか》し月光《ひかり》にみゆる物かなしけれ

十月三十一日　河原石

十一、二歳の頃、奉天運河の河畔にて拾いたる石を押入の中にみいだす。これを水仙の鉢に入るる事あり。

水仙の鉢に入れむと河原石の丸きを持てば心はづめり

十一月詠

十一月一日　B29一機進入

十三時半、突如空襲警報鳴る。B29一機京浜地区進入の由《よし》情報あり、三時解除す。家になにひとつ用意なく、われもせんすべなけれど＊思いのみはチヂにみだる。

敵機《てきき》進入とラヂヲ(ラジオ)の告げてよりしばし昼寝せむとわれ眼鏡《めがね》とり居り
なにせむにわれはすべなし敵機来の報ありてひとり眼鏡拭き居り
敵機来の報ありて街の静けきに心とまりつつ黙《もだ》し居たりき

十一月二日　白薔薇三輪

姉、白薔薇三輪《しろばらさんりん》、ブバルヂャと言う白く甘き香の花、〝りょうぶ〟とか言う紅葉一枚を活《い》く。

白薔薇は一つもよきに三つあれば心満ち足りて臥し居たりけり

＊せむすべなけれど　することがないので

夕の熱は六度八分と計りてより此の夕は再び熱計らざりき

十一月三日　ただひたに悲し

激しき雨、夜に入りて風も強し。

夜更けて雨のしきるを聴き居ればわが心悲しただひたに悲し

巷《ちまた》には戸のあふらるる音すなり夜更けて風の増すにやあらむ

しばし絶えて又続きたり夜更けて樋《とい》より下る雨滴《あまだれ》の音

十一月四日　鼠憎し

夜々いでくる鼠ありて、

夜更けて部屋にいで来る鼠等《ねずみら》をただに憎しと思ひ居たりけり

十一月五日　脈まさぐれば

この頃毎日、薄熱《うすねつ》の出づるに、この夕もふと脈をさぐれば、いたく速く打てるも悲しく、

心なくま探《さぐ》れば手の脈速く今宵の我のたよりなきかな
まさぐればわが手の甲の脈速し数へつつふと涙出でたる
宵々に脈をまさぐるならはしの悲しく此の夜更けにけるかも

十一月七日　夏の名残の小虫

夕餉《ゆうげ》の時にまだ夏の名残《なごり》の小虫出で来る事ありて、
十一月の夜の小虫はたはやすく自ら膳の上に落ちたる

十一月二十日　「万葉集」を読みつつ

この一月薄熱《うすねつ》気味のため「万葉集」を手にする事無かりしを、この日久々に又取出し見る。

日を故《ふ》りて再び万葉集を開きたり読みつつ心落ち居《い》たりけり

十一月二十七日　茶の花の白き花びら

昨日、姉が渋谷の家（母の実家）に咲きて居たりとて茶の花の一枝をわがために手折り来てくれぬ。金色の花しべ、白き花びら、花はいずれも葉裏に向きて咲けるがいとゆかしく美し。

茶の花は白くかそけく葉の裏にあまたは咲きぬ陽はかげりつつ

時雨《しぐ》るれば庭の片への茶の木には白くかそけく花散るらむか

十二月詠

敵機編隊

光りつつ空のまほらを駈り行く敵編隊は吾も見守《まも》りぬ*

臘梅咲く*

臘梅《ろうばい》は光り透《とお》れる黄《き》の色にみなうなかぶし咲き出でにけり

---

*見守る　じっと見る　目で守る

*臘梅　二月頃に黄色の花が咲く落葉低木

毛百合《けゆり》の花

冬早み二《ふ》た本《もと》毛百合《けゆり》求め来てわが枕辺に咲かせてみたり

その二　病床に就き二年

――戦い（第一次世界大戦）激しくなる・リヤカーに乗って避難

一九四五（昭和二十）年一月～六月二十四日

一九四五（昭和二十）年

一月詠

戦を思う

たたかひは四歳《よとせ》続きぬ二歳《ふたとせ》を吾は病み臥して過し来《きた》れり

たたかひはかくもきびしき遠く来《きた》れる父と語り居て涙したりぬ

乏しさに吾等堪えむと父母《ちちはは》と夕餉《ゆうげ》の膳を囲《かく》み合ひにき

〔この時、父は満州の新京に居て勤めていたが、正月休みで帰省していた。休み後新京に戻ったが、戦況の悪化を心配した母や信英たちの強い望みで、父は一家の住む下北沢大原町の家に戻ったという。この機会を逃したら父はもう日本には戻れなかったであろうと、家族皆が思っていたそうである。〕

病みてふたとせの冬

瓶《かめ》ながら白き水仙は朝々にほつほつ咲きてにぎはひにけり

此日頃わが心足れり朝々に腕時計《とけい》巻く事の習ひとなりつ
朝な朝な雲美しとわが仰ぐ病みてふたとせの冬深みけり
暮方の空に流るる雪雲の怪《あや》しきたたずまひを見つつわがあり
曇りガラスの戸の側《かたわ》らに椅子を寄せ明るき空を仰ぐひととき

B29

この頃、敵襲ある事の多し

此の夜も敵機来らむと語り合ひぬ月齢十九の月*遅く出づ
東南に敵は投弾せり焼夷弾《しょういだん》の紅き火の粉を吾等見守《まも》りぬ
投弾せし敵を捉《とら》へて蒼白き探照灯《たんしょうとう》の照射《しょうしゃ》にじり進むみゆ
探照灯の照射の中に光るもの敵既に投弾し逃れむとすらし
心高ぶりて吾独りあれば砲声は南に起り東にも起りぬ

---

*月齢十九の月　寝待月《ねまちづき》ともいう　横になって待つほど月の出が遅い

ぬばたまの夜の雲低し砲声は光無き街《まち》のひとかたにあり
須臾《しゆゆ》*にして砲声は起りぬ今し敵は帝都上空を駈け過ぐるらし
わが眼《まなこ》はたと開きて夜の空を駈け過ぐるらしき爆音を追へり
夜の空にひびきとよもして*真一文字に駈け過ぐる敵を憎まざらめやも
高々度《こうこうど》の光まばゆし編隊の敵B29等霞《かす》みて見ゆる
高砲の煙敵を追へり編隊を崩さず敵は偏針しつつあり
敵編隊を眼に認めて壕《ごう》に入れり憤り湧きて荒く息衝《いきづ》きぬ
待避壕の土の湿りに息衝きてをみな子供等幾人《いくたり》かひそめり

冬牡丹

一花《ひとはな》の冬の牡丹の紅《あか》深し思ふ事ありて今日も黙《もだ》せり

---

*須臾にして　一瞬にして
*とよもして　声や音を鳴り響かせる

紅《くれない》の冬の牡丹にわが持てる遠き幻想を悲しと言はむ
切り置けば此の日咲き初めし冬牡丹紅《あか》き花びら乱れて咲きぬ
おほろかに*わが手を触れし冬牡丹の花びら重く散りにけるかも

一花の色濃く咲きぬ冬牡丹
花弁《はなびら》の乱れて咲きぬ冬牡丹
寒牡丹風を厭《いと》ひて活《い》けにけり
長病《ながやみ》を憂《う》しとは言はず冬牡丹

＊おほろかに　いいかげんに　なおざりに

二月詠

雪

夜半《よわ》に降る雪のさやぎ*にわが心ひそかに止り物思はざりき
警報にひとたびさめしわが眠り雪のけはひにふたたびもさむ*
むらぎもの心なごめば明近く降る雪の音を疑はずけり
めざむればガラス障子の鼻白《はなじろ》み昨夜《きぞ》の雪なほ降りまさりつつ
樋《とい》を下る雪解《ゆきげ》の水のおびただし雲いささ高く昼なりにけり

雪雲

雪雲にひびきとよもして*爆音の過ぐる悲しさを思はざらめやも

＊さやぎ　さやさやと音を立てる
＊ふたたびもさむ　ふたたび目が覚めてしまう
＊とよもし（響もす）　どよめかせる

薄雲の下へに低く雪雲はあり監視哨《しよう》に今人無きが如し

疲れ

睡眠《ねむり》足らぬわれのめざめの物憂《ものう》さよおもおもと雲は雪もてるらし
狭庭辺《さにわべ》の木瓜《ぼけ》のはつかに咲く時し此頃はわれ疲れをおぼゆ
わが身体いささ疲れしと思ひし時雪雲は出でて夕さりにけり
現身《うつしみ》は悲しきものか眠りさめて夜の静けさに聴き入る心
埃《ちり》つみし屋根に飛び移る雀あり雪雲は重く迫り来るかも

二月二十二日　吹雪の中の水仙

この日烈しき吹雪あり。部屋のうちあたりの雪の光入りたるにや、あやしきまでにかなしき光あり。水仙の花殊の外美し。

水仙は白くさやけし朝けより吹雪しきりて真昼となりぬ

二月二十四日　雪明り

この頃昼は思う事あまりにも多きに、夜は努めて何も思わず。夜半にめざむる事*ありても呆《ほう》けたる如く頭うつろなり。

灯《ひ》を消して寝なむと思ふ静心《しずごころ》雪明りせる部屋の夜は浅し
ねむりさめてしばしためらひ寝返りしつおぼえず*われは声あげて居り
夜更けて雪に浮べる月影をあはれと思ふひとりの心

二月二十五日　敵艦上機大挙

この日も例の如く空襲あり。再び敵艦上機大挙来る。

敵侵入近きを告ぐる情報の声の落着《おちつき》を疑はずなりぬ

＊めざむる　目覚める
＊おぼえず　思いがけず　思わず

二月二十六日　雪晴れの朝

雪すがすがしく晴る。珍しき大雪なり。

雪晴の朝のさやけさ庭樫《かし》の梢《うれ》に餌をあさる黒き禽《とり》二羽

此朝は雀ほがらかに鳴きにけり陽光《ひかり》まぶしく雪晴れて居たり

雪の上に夕さりたればしらじらとまなこにしみるゆふべのひかり

三月詠

三月一日　春近き

何やら春を思う事もあり。

春近しとわれと我身に言ふ如くはつか*に咲きし木瓜《ぼけ》活《い》けにけり

眼鏡をとりて見あぐる空に浮きて冬木の花芽ふくらみにけり

此日頃黒きつがひの小禽《ことり》来て茂りに鳴けば春近きらし

---

*はつか　かすかに　ほのかに　わずかに　ほんの少し

雪どけの水音《みのと》ゆたけき庭に来て餌をあさり鳴く黒き禽何《とりなに》
眼鏡にうつりて見ゆる芽ほどびし冬木の梢《うれ》に虫のまゆあり

三月四日　桃の花

桃を購い来て活《い》くる心もさびしく、

戦ひはいたくもきびしさもあらばあれ桃を求め来て挿《さ》しをく心
春浅み木瓜《ぼけ》の枝《え》を挿す花瓶《はながめ》もその冷たさの悲しかりける
悲しみに触れじとしたるわが心ひと日雨音《あまおと》に気付かざりけり

三月九日　風荒々しく

陽ざし明らかなれど昼前より風吹き出でて荒々し。病床《とこ》にあれども心落ちず。

まひるなか風強く増《ま》さるなり静心なくわがありにけり

三月十日　帝都焼く（東京大空襲）

この日未明、Ｂ29百数十機低空より群がり襲うて帝都を焼く。砲声嘗《かつ》て無きほど激しかりしかど、漸く心の落着を得る事を得たり。天に注《さ》せる火焰《かえん》より見ても極めて多数の罹災者ある事必《ひ》せり。或は明夜はわが身の上ならんか。かかる時にそぐわずと言えど、敵機過ぎたれば不思議に落着あり。

此日頃夜の砲声にも馴れ来しと臥しつつ思ふ春ならむとす

三月十一日　召集兵

隣りなる国民学校の校舎に一隊の兵ら移り来る。いずれも年多き召集兵なり。

家近き国民校舎に移り来て兵等朝々御勅諭《ごちょくゆ》を唱《とな》ふ

三十路《みそじ》過ぎて召されし兵の集ひといへど勅諭奉唱《ほうしょう》の声さやかなり

三月十二日　一隅*の明るき心

厳しき戦いに押し流さるるが如き現実を思う。されど一隅《いちぐう》に明るき心無きにはあらず。

たたかひは本土に迫《せま》れり今更に何をか思はむ吾にはあらず

三月十三日　被害幾多

被害状況を幾多耳にす。

心たかぶりて居るにはあらねどたはやすく*罹災者の事を口にせりけり

避難準備をなすとて、今日は少しく身体を使う。

今日はわれいささかの事をなせりける夕迫《せま》り来てそこばくの疲れ
いささかの疲れいだきて床内《とこぬち》に眠らむと思ふしばしをありぬ

＊一隅　ひとつの　かたすみ
＊たはやすく　たは易く　容易に　たやすく　軽々しく

この頃常にわが心を離れざる事あり。

此頃吾が持ち居たる考への正しかりしかと思ふ事あり
事にあたりて悔いずと言ひし古人あり吾が此頃はいかにと思ふ

三月十四日　しみじみとわびしき

しみじみとわびしき心ありて、

罹災者の事を冷ややかに吾が聴くは悲しきろかも*何のゆえならむ
此日頃心すさびしゆえならむか人死にし事を聞き捨てにけり
某々の社長も敵のスパイなりきと友告ぐれども憤《いきどお》り得ず
狂ほしく猛火の中に迷ひけむと思へどもわれは心うつろなり

天井を仰ぎて臥すれば、湧き来る思いあり。

---

*悲しきろかも　悲しいことだろう

生命あらば強く生きよといさかひし吾が心さへさぶしくなりぬ

むらぎもの心ゆらぎに熱さへも許らずなりて十日あまり経つ

此日頃心ゆらぎに堪えかねて父母をすら憤《いきどお》る事あり

静かなる心持ちたしと幾そたび*日記に書きし吾なりにけり

此の夜のしばしの時を遠《とお》つ人万葉の歌を懐《おも》ひ恋ひ居《お》り

三月十五日　ひと日曇れば

大いなる世の足音を聴く心地曇りひややかにわが籠《こも》り居り

花に

夜も昼も敵機激しく来る時蕾ふくらみぬ丹《に》つつぢ*の花

＊幾そたび　幾十度《いくそたび》　何十回、何度も

＊丹つつぢ　赤い花の咲くツツジ　ヤマツツジ

此の冬の寒波《かんぱ》きびしみ茎《くき》立たず咲き初めたるヒヤシンスの花

三月十六日　あゆみ

春耕《しゅんこう》の埃《ほこり》立つ畑をぱかぱかと大き靴はきて越えて来にけり
春耕の埃立つ畑のぬくとさにみとれてありぬ越えゆかむとす

三月十七日　庭に出づ

ふた足にかく踏める土の楽しさよ此の楽しさも久しくせざりき
下《お》り立ちて庭を歩めばわが心幼児の如し手を振《ふ》りて見つ
幼子の紅き上衣の楽しさよ下り立ちてわれも遊ばむとしつ
庭土《にわつち》にわが下り立ちて戯《たわむ》れに歩めばかなしふた足の疲れ

三月二十日　夜の汗

しつとりと夜の汗あえしわが身体身じろぎにけり小夜更《さよふ》けにして

小夜更けに起き居てかなししつとりと汗あえし身の現《うつ》つにはあらず

三月二十四日　みな帝都を離れゆく
親戚知人の者も次々に帝都を離れゆく。

人あまた此れの帝都を逃げゆかむとす此頃かなし埃風立つ

三月二十九日　早春

春浅し庭に立ち出で草の芽の青きに触れる心かそけさ

四月詠

四月四日　春の雨

春の雨降ればかそけし*草の芽の青きにふれて滴《したた》りぬらむ

＊かそけし　幽し　かすかだ　ほのかだ

沈丁の花のほ白き一叢《ひとむら》をかそかに雨は降り籠《こ》めにけり

此日頃吾の心に消え去らぬ　蟠《わだかま》りあれば物憂《ものう》かりけり

四月七・八日　春の曇り

たい紅*の木瓜《ぼけ》の花咲けば曇り多し吾に物憂き春さりにけり

日《け》並べて*空はおぼおぼ曇りたれ病み居れば心ゆらぐ悲しさ

久方の空の日並べ曇りたればかそかに吾の心ゆらげり

この曇り曇りて暮るる空の色を見てあれば心ひそまりて来《こ》し

四月九日　おさなごに

幼児《おさなご》の遊ぶを見れば愛《いと》しかも手を振りて居つためらひもなく

＊たい紅　薄いべに色

＊日並べて　日数を重ねて

幼児は相呼ばいつつ幼《をさな》どち遊びたはむる物思《も》ひもなく

四月十一日　昼の光（一）

窓の外《と》の桜花《はな》を見てあれば独り臥す吾の心はかそけかるかも

窓近きほづ枝の椎《しい》の若葉小さし風いささあればゆり止《や》まぬかも

昼されば臥床辺《とこべ》の窓ゆ*わが仰ぐ空の色薄し風立ちぬらむ

昼されば曇り物憂《ものう》し窓の辺の明《あか》き処《ところ》にまだら蜂飛ぶも

四月十六日　昼の光（二）

部屋に盈《み》てる真昼の光悲しければ壁に向ひて一刻《ひととき》を居《お》りぬ

窓ゆ見れば道をへだてて紅椿《べにつばき》けうとく*咲けり真昼の光

＊窓ゆ　窓から

＊けうとく　気疎い　親しみにくい　物さびしい

飛び交《か》ひて小さき唸《うな》りをたつる時蠅《はえ》は物憂し昼過の部屋に
風出づれば光の中に寂しさもよ*電線は皆ゆり動きたれ
三方に窓ある部屋に寝て居れば光悲しもよ真昼の光

四月十七日　風

柿の葉はいまだ小さし荒々しく衢《ちまた》埃を吹きつくる風に

四月十八日　営庭閑日《えいていかんじつ》*　のどけき真昼

大方は花散り過ぎし木の下に兵寄りて居ぬ若葉明《あか》しも
樫《かし》落葉を集めて焚《た》き居る兵ありぬ営庭の真昼に薄青き煙
兵来《きた》り樫の若葉を焚《た》き初《そ》めぬ営庭の真昼静かなるかも

---

*寂しさもよ　寂しいなあ
*営庭閑日　兵営の中の広場でゆったりと過ごす日

おのもおのも兵は営庭に憩《いこ》ふらし明るき声もなきにはあらず

兵は今暇《いとま》あらしもシャツを干して営庭をもどるゆるきあしどり

屋根に出《い》でて布団干し居る兵の声も折々は聞こゆのどけき真昼

暇あれば兵等《へいら》営庭のひとすみに真昼静けく焚火《たきび》をするも

営庭閑日　屋根に干されたる白きシャツ

朝明けて営舎の屋根に干されたる白きシャツ見ゆ兵居らぬらし

或る兵は営舎の屋根に夜一夜白きシャツ等干し忘れけり

高まりて又自ら静まるは営舎に憩ふ兵の声ならむ

或る時は兵等を呼ばふ将校の声聞え来も夕の点呼に

消灯のラッパ尾をひきて消ゆる闇《やみ》浅し兵舎自ら静まりて来《こ》し

営庭閑日　警報の夜の町に

情報のたびに営舎に呼びふるるは軍曹ならむか胴太《どぶと》き声

警報の夜の町に出て大声に呼ぶも兵ならむ有難きかな
高屋根に電線を直す兵のシャツの眼にしみて見ゆ光の中に

四月十九日　山吹の咲きつつ

曇り。風ありて不快、夜に入りて漸く雨あり。二十日この日は朝より湿気多き曇り、夕より再び雨となり心地よし。山吹の一枝《ひとえだ》を活《い》く。

山吹は咲きつつかあらむ夜をこめて静に雨は降り出《い》でにけり
昼の間の埃しづもり夜に入りて降り出《い》でし雨の聴《きき》のよろしさ
夜をこめて雨の降れれば山吹の垂枝《たりえ》に小さき水玉かあらむ
ひそやかに一重《ひとえ》の花の山吹は顔すり寄せて見らくしよしも
朝清《すが》し一重の花の山吹の垂枝を挿《さ》さむ鈍色《にびいろ》の瓶《かめ》に
此の朝のしめりかなしも山吹は垂枝《たりえ》にあまた花咲きにけり
山吹の垂枝《たりえ》を挿《さ》さむ花瓶《はながめ》は霧など吹きておくべかりけれ
此庭を珍らしむ子が山吹をいつくしと言ふ言《こと》のよろしさ

ベランダにいでて臥すればさやかなる燕来るをみる。

ころぶしてわが見て居れば燕あまた白き腹みせて飛び来るなり

雨ゆけば萌葱《もえぎ》*若葉の町清《すが》し燕来て高くとよもし*鳴けり

庭すみに山吹やあらむ風吹けば黄の花動く早緑《さみどり》若葉

四月二十一日　営庭閑日（続）

空飯盒《からはんごう》を持ちて昼餉《ひるげ》の兵ゆけり木苺蕾《つぼ》む物洗ひ処《どころ》

営庭は真昼しづけし若葉陰に哨兵《しょうへい》歩むゆるきあしどり

山吹

山吹の垂枝《たりえ》を挿《さ》せばはらはらと黄《き》の花散るも畳の上に

＊萌葱　黄と青の中間色

＊とよもし　声をひびかせて

手折《たお》り来て二日を経《へ》れば山吹の垂枝の花は散り出《い》でにけり
よく見れば一重の花の山吹に白き斑紋《はんもん》ありいとしかりけり
灯《ひ》ともせば垂枝の花の山吹は色あせにけり灯影《ほかげ》に浮きて
灯ともせば瓶《かめ》の垂枝の山吹の影面白し畳の上に
灯ともせば咲き満ちにたる山吹は黄の一片《ひとひら》を灯影に落す
咲き満ちて散るべくなりし山吹の黄の花惜み手折らんとすも
風吹けば陽光《ひかり》淡々《あわあわ》し咲き満《み》てる山吹散りぬまなかひにして
昼の陽光《ひかり》かそかに至る庭隅に山吹咲きて散らむとするも
淡々し陽光の中に咲き満ちて山吹散るも黄の花散るも

朝

樫《かし》若葉の伸びを清《すが》しみ立ち出《いづ》れば春の朝冷ゆ真土《まつち》のしめり

四月二十三・二十四・二十五日　木蘭《もくれん》

木蘭《もくれん》をわれに手折《たお》りくれたる人あり。

木蘭《もくれん》の花咲けば悲しも枝先にあまたも咲けば愁《うれ》ひの如く
いささかの熱ある此身慰さまむと木蘭を挿《さ》しぬ香り高しも
木蘭の大《おお》らけき花に昼立ちぬ息衝《いきづ》く如く花びらの動き
木蘭の香のある部屋に昼久し籠《こも》りて居れば風立ちにけり
木蘭の香りの中にある事も悲しかりけりひとときを経《へ》れば
咲き過ぎし八重の桜の一枝も瓶《かめ》に挿《さ》さなむ春ゆかむとす
夕まけてわれにいささか熱あれば厭《いと》ひて臥しぬ木蘭の香を

四月二十六日　露地にて

木苺《きいちご》の白く小さき花一つ手折《たお》りてゆきぬ何心なく
ふと折りて木苺の花のほのかなる香りをかげば忘れ難しも
昼されば黒き蝶来て舞ふ露地にしづもり深し暗灰《あんかい》の雲

トラック来てガソリンの香の流るる路路《みちみち》の辺《べ》に白し木《き》苺《いちご》の花

曇り空にトラック止り久しければ少しただよへりガソリンの香り

路の辺にわがふと折りし木苺の花の香《か》のごと心かそけし

どくだみの葉の出《い》で揃《そろ》ふ露地の陽光《ひかり》曇りなれどもいささか暑し

雲出《いづ》れば真昼の露地に黒き蝶白き蝶舞ふ夏は来《き》にけり

ふと折りし木苺の花の雌《め》の蘂《しべ》は透《とお》りて青し夏来《きた》るらし

眼を上げて陽光《ひかり》の中に舞ふ蝶の行方《ゆくえ》もとむる心となりし

四月二十七日　暑さの中で

いささかなれど暑さをおぼゆ。

露地にしてどくだみの葉の生え揃《そろ》ふ頃となりにし陽ざしの暑さ

葉桜の茂りくろずみて夜に入れば降る雨の音の少し暑しも

ただ一つ咲き遅れたる木蘭《もくれん》は暑さのゆゑに萎《な》え咲くらしも

此の朝の暑さのゆゑに木苺の薄き花びら散りいそぐらし

柿若葉日に日《け》に伸びて色を増せり夏はさやかに近づきぬらし
木苺《きいちご》の花咲けばすなはち散る如く花びら薄し香を淡くして
春昼の陽光《ひかり》の中に舞ふ蝶を眼に追ひて居て呆《ほう》けたるごとし
花多く咲き終りたる木苺は風にさやげり葉も茎もみな
木苺は茂りの上に抜き出《い》でて花少し咲けり散りたるもありて

四月二十八・二十九日　夕焼雲

窓の辺にわが立ち居れば手冷たし夕焼雲の出《いで》て消ゆる頃
かの雲にいのちこもると思はずば淋しからまし*夕あかね雲
ひとときを空のそぐへ*に怪《け》しくいでて消えゆきにけり夕あかね雲
丹躑躅《につつじ》の枝の直《なお》きも嬉しけれ花咲けば紅《あけ》を点づるごとく

---

*淋しからまし　淋しかろうに
*そぐへ　遠く離れたあたり　果て

四月二十九・三十日　山藤

姉、玉川より野性の藤を折り来てくれぬ。

藤の房ひと房なれば散り落ちし一つの花も惜しみけるかも
山藤の花の紫薄ければ現《うつ》つに夢をみる心地せし
山藤のひと房ゆえにわが部屋の春はさやけく暮れにけるかも
山藤の花の紫薄ければ緑葉すがし花房のゆえに
思はぬに藤の茂りに出《い》でければふた房折りぬふたつの腕に
ひと房は瓶《かめ》に挿《さ》さなむひと房はしばし持ち居むとふた房折りぬ（三十日夜）

疎開荷物

夕刻より馬力来り。疎開荷物を運ぶとて騒ぎあり。諸々の事わずらわしさ言わん方もなし。されど珍らしく二階の一室にて夜をすごせば、三方のはり戸に月なき夜のひかりあやしきまでに妙なり。

昨日、姉の活《い》けてくれし藤の一枝を思い出でて、数首作りたるも未だ歌心絶えず。たとえ愚かしき歌なりとてもとて筆をとりて、

らうがはしき世の煩《わずら》ひは煩ひとせよ夜のひとときは静かに居《お》らむ
酒を飲みて楽しみ笑ふ人もよし彼の人は彼の人として居かむ
折々は遠くきこゆる汽車の音夜のひびきをも聴き澄ましけり
まさやけき宵の暗さの中にしも葉桜はあり葉ずれのさやぎ
葉桜の茂り家並もわかぬ程さやけき宵は立ちにけるかも
かかる時かの藤浪*の花房を夜のひかりはさしとざすらむ
月なければ夜の光淡しはり戸越しにわが枕辺をほの明《あか》くせり
夜更《よふ》けて諸々《もろもろ》の声起るなり吾の心に感ぜよと言ふか

五月詠

五月二日　雨に濡れた山藤

この日頃頭痛し。雨あり。

＊藤浪　藤の花が浪のようにゆれ動くさま

山かげの藤の一叢《ひとむら》若ければ花房小さし紫も薄く
雨降れば紫薄き山藤の花房揺るる短かけれども
雨ゆえに紫薄く咲きけむとひそかに折りぬ山藤のふさ
雨に濡れてかの山藤の若木には短きふさや咲き揺るるらむ
雨の日は瓶《かめ》に挿《さ》したる藤のふさ紫の花に影淡く浮く
ふと起きしかそけき心窓にいでて手すりの蜘蛛を吹き落しけり

五月五日　初夏の風立つ

庭に白き敷布を干したれば初夏の風すがしく、心地よしとて数首の歌を書きなぐりたるもおろかなりける手すさびなり。

庭にして敷布を干せばさやさやにさやぎて風の涼しかりけり
たらちねの母の干したる敷布にはさやけく初夏の風立ちにけり
部屋近くわれの敷布を干す時は風少し吹けさや鳴る程に
部屋近く庭に干したる敷布には雲映《うつ》り過ぐるさやけき白さに

初夏の風しまし＊間おけ庭に干す敷布に雲の影映る見む

葉桜にさやげる風を清《すが》しみと白き敷布も干しにけるかも

板の間をわれの歩めばひやひやと足裏《あうら》に初夏の風しみにけり

ひやひやと足裏にしみる初夏の風の親しき頃となりにけるかも

陽かげればどくだみの葉の新葉《にいば》には暗き陰《かげ》しむ初夏となりにし

露地に生《お》ふる＊どくだみの葉の暗き葉の色より夏は立つべかるらし

五月十日　菜畑の菜

菜畑の菜、日に日に伸びて心地よし。

此の朝のわが庭畑の菜の伸びをすがしといでつ雨晴れにける

雨降れば目に立ちて伸びる庭畑の菜の伸びすがし風にゆりつつ

＊しまし　暫《しば》し

＊生ふる　伸び育つ

雨ゆけば土のか黒き菜畑に菜はゆれて居て茎白くみゆ

五月十二日　雨止みてのち

夕も迫りて激しかりし雨やみぬ。

ががんぼは雨後《うご》の陽あたる壁に居てひつそりと翅《はね》をつくろひけるも

えにしだの花に来てとまる縞蠅《しまばえ》の動きも寒し雨やみぬとて

ぼつさりと向つへの屋根のいただきにあはれ羽を干す鳩並びけり

赤らみて雨後の陽あたる壁に来る蠅が面白翅ずりを止めず

五月十五日　雨降り続く

夜に入りて静かなる雨降り続く。

庭畑《にわはた》の菜に降る雨の夜に入《い》れば聴きをよろしみねもやらず*きく

---

*ねもやらず　寝もしないで

夜に入りて裏の菜畑に降る雨は早梅雨《さつゆ》なるらしたゆげ*に降るも
菜畑の菜の茎立ちの白きをば思ひつつ居り夜の雨はたゆし
此日頃庭の菜畑の茎立ちの白きが目立つ梅雨近くして

五月十六日　寝椅子にて

午前中は雨あれど昼より晴れていくらか暑し。ひとときを寝椅子にてすごす。

雨はれて陽ざしいささか暑くなりぬすなはち燕《つばめ》飛び交《か》ひにけり
涼しさを少し持つらしき雲がゆく初夏の空は澄み照りて居て
雨あとの五月の雲は照り徹《とお》りほがらに浮けり見つつ嬉しも
雨はれて子等が外の面《とも》にさわぐ時陽ざし暑しと思ひけるかも
溜《たま》り水に映《うつ》りて空の照れる時やうやく雨後《うご》の陽は暑くなりぬ
見つつ居れば臥床辺《とこべ》の窓に雲来り雲去りゆきぬ雨後の空碧《あお》し

＊たゆげ　だるそう

すべなければわが足先を布団よりしばし出して居ぬ風涼しきに
ひとりある心静けさに両腕《もろうで》のシャツをまくり居ぬ風さやげとて
ふとわれの心寂《さぶ》けくなりし時かそけく*屋根に鳩啼きて居つ
わが仰ぐ窓をよぎりて飛ぶ燕飛びつつ高くとよもして啼け
昼の露地を通る人ありわが知れる人ならむかと思ひわが居し
天ひびき鋼鉄《こうてつ》の爆音駈《かけ》りゆく心地よきかないざ戦はな
昼さればわが病室《へや》は少し暑し畳に這ふ蟻を見て居たりけり

五月十七日　小路

この日ふとであるき、見知らぬ小路にも入りて見つ。
しましく*は大きとさかして雄《を》の鶏《とり》がわがまなかひに居たりけるかも

---

*かそけく　かすかに
*しましく　少しの間

寝疲れて外《と》の面《も》に出《いづ》ればわが歩む歩みの下の土乾き居り

ゆきずりの小路の片への水槽にひらめきて鮒《ふな》は消えにけるかも

椎の木の高きに枝を伐《き》る兵の手斧は光る夏の陽の中に

あてどなく家を出づれば衢《ちまた》にて飛機の音にも驚きけるも

わがゆけば光の中にひらめきて水底《みなそこ》に消ゆる鮒は悲しき

病室《へや》に帰れば歩き過ぎたるに、身体だるし。

部屋の中にここだく*蠅は飛び交ひて見つつ臥す吾の眼を疲らしむ

世の中のなべての事に関はらず芍薬《しやくやく》は咲きぬ三つ四つばかり

芍薬は昼ともなればしづやかに三つ四つ花を開きけるかも

剣の如きあやめの葉には風さやぐ清《すが》しき風と言ふべかりけれ

---

*ここだく　幾許く　数量が多い

撫子《なでしこ》のあまた咲きぬと書く時は吾の心はたはやかに*躍る
見るうちに空の曇りて来りければ八ッ手の陰も涼しくなりぬ

五月二十二日　苦しまぎれ

経堂のあたりによき家あればひとまず家移りをせんとて、既に荷造りをも終りたれど、病ある身なれば疲れ甚だしくて気も進まず。歌を詠まんとするも苦しまぎれの事共なり。

彼《か》の家にて吾は病みぬと時ありて心淋しく思ふ事あらむ
はろばろ*にわが移り来て此の家に六歳《むとせ》を経れど思ふ事なし
ふた歳を病みぬと言へば彼の家の六畳の間もなつかしきかな

＊たはやか　しなやかなさま　優美なさま
＊はろばろ　遥々　遠くへだたっている

五月二十三日　睡眠不足

毎日の如く睡眠不足、過労なればただ物憂く、物につかれたるが如き日を送るのみ。

朝の部屋に低く飛び出《い》でし蝿を見つつ再び吾は眠らんとしつ

睡《ねむ》り足らぬ朝は物憂ししましく*は早や飛びいでし蝿を見て居り

昼下りひととき晴れし空の碧《あお》心よきまでに光を持てり

梅雨にはいまだ早しと小雨空柿の若葉の色深みけり

五月二十四日　激しき空襲

早朝零時頃より激しき空襲あり。戦法例の如くなれど帝都西南郊及び西郊を狙う。近々五百米内外の処にも数個所焼《しょう》夷弾《いだん》を浴び、煙炎消火のどよめき、異様なる落弾音《らくだんおん》いずれもすざまじく病牀《へや》にある事をおびえしむ。されど予期せる事なれば諦めに似し落着もあり。幸いに吾家は免《まぬが》るるを得たり。かくて朝あければ、

---

*しましく　暫しく　少しの間

夜ひと夜の劫火《ごうか》の消えし朝空は濁りて人は物憂げに語る

五月二十五日　リヤカーに乗りて避難する

二十五日の昼に、経堂の姉の友人の空き屋を借りて、遂に引越す。病気の私は近くの酒屋さんから母が借りてきてくれたリヤカーにのり父にひかれて移った。庭かなりに広くあまたの木草あり。又かなりの畑もありて嬉し。されど疲れ甚だし。二十六日一日も落着きて庭をみる事能《あた》わず。目にとまりたるままに数首の歌を詠み続けたるも意に満ちず。

夏浅み早やも来て鳴く松蟬の一つの声は梧桐《あおぎり》の梢《うれ》に
青き実のここだ*籠《こも》れる桃の樹の樹肌さやけし手を触れてみつ
此の冬の寒さに半ば枯れにける葡萄の棚もやや青葉せり
仰ぎ見て陽光《ひかり》透《す》きたる柿の葉の愛《いと》ほしければ幾度《いくたび》も仰ぐ
丹躑躅《につつじ》の遅れ咲きたるひと株を揚羽の蝶が訪《おと》なひにけり

＊ここだ　幾許　たくさん　多く

縁近く南瓜《とうなす》の苗を四つ五つ移し植えたれば心足らへり
風立てば葡萄の棚の葡萄葉は一斉にひるがへる楽しきかなや
葉の繁き野菊の中に抜きいでて春蘭《しゅんらん》の花咲きにたらずや

五月二十七日　家全焼

二十五日夜の空襲によりて下北沢大原町の家ととなりの小学校もともに全焼し、世田谷も至る処相当程度の被害ありたる由を聞く。かの隣組も六軒中三軒は全焼。他は辛うじて焼け残りたりとの事。転宅後数刻ばかりの事なれば、さすがに胸騒ぎを禁じ得ず。かくてはならじと思いて筆をとりて、

戦ひはかかる物ぞと吾が心に思ひ決め居《き》しをゆらぎあらめやも
戦ひのかくも厳しき事をしも思はざらめやも炎の中に
いたつき*を打ち砕くべき雄心にきほひてありし吾にはあらずや

＊いたつき　病気

この日も嘱目《しよくもく》数首。

風ありて縁の涼しき頃ほひをカナリヤの鳥はまろらかに鳴く

移り来て新しき家の広庭にわが馴《な》るる頃ヂキタリス咲く

紙の如《ごと》花びら薄き白バラは少しの雨にうなだれて咲く

蒼空のそきへ*を限る梧桐《あおぎり》の葉広青葉はさやけくもあるか

臥《ふ》して居て梧桐のもとに藁屋根《わらやね》の一つある見ゆ映《うつ》りよろしも

トマト苗を今日は植うると父と姉と夕の畑にかがみ居る見ゆ

トマト植え唐茄子《とうなす》の苗も植えたれば庭は豊かにならむと思ふ

街《まち》遠み未だ涼しきに灯《ともし》には蛾《が》の虫なども飛びて来《きた》りつ

五月二十八日　梧桐《あおぎり》は心よしとて

梧桐の葉広青葉のさや鳴りを聴きつつ朝の飯《いい》はみにけり

＊そきへ　遠く　果て

病ありて朝の飯はむとわが部屋にひとりはみ居れば寂《さぶ》けくもあるか
ゑんどうの薄紫の花に来る蜂を見て居て楽しむわれは
虫取ると桃の樹下にわれ立ちて青き木の実を数へけるはや
葡萄棚にはやも小さき葡萄の実成りたるが見ゆやさしきかなや
梨の木に梨の青き実いささ成りて色濃き葉裏にひそめる如し
種々の菊此の広庭のをちこちにあり此の家の主は菊好むらし

五月二十九日　畑は嬉し

町遠き藁屋根《わらやね》の家に飼はれたるカナリヤの声はまどかにてよろし
門を入《い》れば金雀枝《えにしだ》の花咲き過ぎて茂りの中にきはだちてみゆ
白バラは茂りの奥に花咲きて寂《さぶ》けく地に散り朽《く》ちにけり
虫取ると朝々吾の立寄れば親しくもあるか桃のひと樹は
芽生え遅き五寸人参のひとうねもやうやくに小さき芽をふきにけり
蕪《かぶ》もよし大根もよし豌豆《えんどう》の花咲く畦《あぜ》も楽しからずや

思はぬに庭の片へにあぢさゐの明《あか》き緑は茂らひにけり

梅の木はいまだ若けれど青き実をあまたも持ちて畑の辺に立てり

夕畑にトマトの苗を植うるとてかがめば土は親しきろかも*

庭をいでて少し歩けば麦畑に麦はさやけく黄ばまむとしつ

縁さきの庭のへりには細々と唐黍《もろこし》の芽もいで並びたりつ

種とるとほける*がままにおかれたる菜は面白し畑すみにして

五月三十日　麦畑

畑《はた》の辺《べ》にわれのかがめば膝に触れしあざみの花はまだ莟《つぼみ》なり

車前草《おおばこ》を踏みてわがゆく畑の道曇りとなれば蒸す如く暑し

朝すがし庭を歩めば梅の木の青き木の実に陽は透《とお》り居《お》り

＊親しきろかも　親しいよなあ

＊ほける　放ってある

麦畑の真近き家に移り来て杜鵑草《さつき》咲く頃に逢ひにけるかも
厨辺《くりやべ》のさ暗き庭に栗の木のまづしき花は咲きいでにけり
朝の陽はいたくも清《すが》し納屋をいでて青き苗床《なえどこ》にわれあゆみけり
梧桐《あおぎり》の風もいささか暑しとて端居《はしい》の臥床《とこ》を移させにけり
芝庭を見て居れば暑し蘭の葉に真昼も近き陽は光り居り

六月詠

六月一日　麦畑を歩く

朝のうち曇りて朝靄などかかりけるを心よしとて、姉と麦畑の方へいであるく。

歩みいでて町を過ぎれば朝靄は陰《かげ》るが如く麦畑を閉《とざ》す
朝まだき馬鈴薯の葉の露を含み黒々と畑に並ぶいかしさ
麦畑は朝靄の中に濃く薄く斑《はだ》らの影を浮べつつあり
朝靄のいささか晴るる薯畑の向ふに葱《ねぎ》はほけ立ちて居り
朝靄の低く地を這《は》ふ薯畑の暗きが中に咲く草の花

草の穂のしみたつ路《みち》の朝靄は低く地を這ひて動きつつあり
朝の畑にわがありし時三光鳥《さんこうちょう》は遠き木立におどろおどろしく鳴きぬ

六月二日　戦い激しさを増す

この頃、戦いの厳しくなり増したれば、幾多わずらわしき事日々の生活の上にも起りて、心静まる事少なし。ただ朝夕畑をめぐり歩く事をのみいくばくの楽しみとなす。

朝な朝な家に真近き麦畑を歩めど心静けくもなし
朝の畑に吾の歩みは寂《さぶ》かなり物を思はずひたすらに歩む
厭《いと》ひ居し諸々《もろもろ》の世の営みも親しき如し独りして思へば
麦畑の豊けきに居てわが思ひしばしが程は現《うつ》つならざり
麦畑の麦の穂の中にしばし吾歩み止めつ何の心ぞ
馬鈴薯の暗き葉の露はわが足を冷たく濡《ぬ》らして地にしみにけり
薯畑《いもはた》に黒々と続く薯の葉を悲しき物と吾立ちにけり

馬鈴薯畑の畦間《うねま》には、多く昼顔等はびこりて、稀《まれ》にはうす桃色の花の乏しらに咲きたるもあり。この日は霧のごとき雨止み無く降る。

霧の如き真昼の雨に薯畑の昼顔は濡れて花咲きにけり
畦間《うねま》には昼顔の花一つ咲き一つ莟《つぼ》みぬ雨しとどなり
薯畑《いもはた》の暗き畦間に昼顔は花咲きて細き雨かかり居《お》り

六月三日（一）　露草

ここの畑は湿り多きにや、露草等の道の辺に早やもあまた咲きて可憐なり。又麦の穂に光る陽光も美しとて、

露草の早やも咲きたる畑道《はたみち》のなべての朝は心よからむ
露草を折らむと吾の立ちし時しとどに裾《すそ》は濡れにけらしな
麦の穂の一穂一穂に朝の陽はきらめきて照れり喜びの如く
夏来ぬと麦の畑の麦の穂の一穂一穂に光る陽よろし
麦の穂の陽ざし暑しと畑にかがむ藁帽《わらぼう》の人は動かざりけり

しみじみと心楽しく青深きキャベツ畑をひとときは見し

六月三日（二）　悲しき心

かかる時にもふと陰るが如く去来するは、悲しき吾が心なり。思えばわれの病もこの十七日にてすでに満二年が程にならんとす。

病み居るは悲しと口に出さまくを怖づる心の消えさらなくに

疲れはてし吾の心のたまゆらのゆらぎにも似て昼顔は咲く

草の花を折らむとしたる朝畑のひとときの心恋ほしむべしや

六月三日（三）　月の光

風いたく吹きてガラス戸を揺るるにめざむれば、縁の左端南東の茂りの上に、細き下弦の月やうやう《ようよう》いでたるばかりなり。

病み居れば夜の長きに吾が心乱れて浅き眠りを眠る

ガラス戸をいたくもゆする夜の風に眼覚めて月の乏しきを仰ぐ

現身《うつしみ》の夜の睡りを乱すべく風は猛《たけ》りぬ月さへもわびし
世の中のなべての人はかかる夜をただ健《すこ》やけくいねて居《お》らむを
物に怖《お》づる吾の心は夜半にして光乏しき月を恋ほしむ
小夜更けて光乏しき月なれどあはれ玻璃戸《はりど》に木々の影浮けり
うつせみの人の心のわびしきに月もかそけく小夜更けにけり
うつせみの世の人吾やかかる夜は月の光さへ怖《お》ぢていねなむ

六月四日　切迫した事態

事態の切迫したれば心を決めて、身一つにても仙台へなり何処へなり行く事、最も善きにあらずやと父も姉も友も口を揃《そろ》えてわれに説けど、われも永く病む身なれば諸々を思い切りて、新しき生活を始むるにためらい無きを得ず。母もいたく疲労して日々の生活にもがつがつの有様なれば、早急に決断をつくる事もとより能《あた》わずとて一日一日と遷延《せんえん》して今日にいたる。この日又父よりこの事を説かる。われとても焼出《やけだ》される事必至と言う現下の事態を思わぬにはあらねど、さすがに悩み無きにはあらず。日夜すべもなき事をのみ思い暮す。

心寂《さ》びてわがある時は世の中のなべての花はうつろひにけり

六月七日　ひとときの安静に浮びたる歌

この日朝より細き雨しきりに降りて、この頃ようやくに見馴れし庭の、物憂きわれの眼にも早朝ばかりは珍らかに見えたれば、行き詰りたるわが心を晴らさんとにはあらねど、朝食後ひとときの安静に歌等いくつか浮びたるもおかし。

棕櫚《しゅろ》の花散りて積みたる庭のへに流れて光る雨静かなり
カナリヤは又も鳴きいでつ霧の如く降り来る雨の聴の清《すが》しさ
葡萄棚に止《や》まず音立てて降る雨にひたりて咲ける南天の花
流れ降《お》りて茂りの下に光りたる雨はかそかに羊歯《しだ》の葉を濡らす
霧の如《ごと》流れ降《ふ》る雨に畑《はた》の辺《べ》の露草は濡れて咲きひろごりぬ
馬鈴薯の畑に降る雨細ければ黒き畑地に吸はるるがごと
朝まだきトマトの畑をめぐる時雨はひそかにわれの手にふりぬ
栗の木のいまだも固き花総《はなぶさ》を伝ひて雨はしづくを落す
単衣《ひとえ》来て梅雨に間近き霧雨の涼しき程は庭畑《にわはた》を歩く
蜘蛛《くも》の囲《い》に白く光れる水玉は間近き梅雨の精とこそ見れ

虫喰ひのこちたき*蕗《ふき》の下つ葉に雨は流れて繁くなりにけり

草の穂の靡《なび》きて白く光りたる草生《くさふ》の雨は流るるがごと

六月八日夜　梅雨の二夜

寝つき悪《あ》しきままに、ひとときの程は心よき蛙の声に耳を澄ます。雨は既に二夜の事なり。

やうやくに梅雨に入りゆく雨とこそ蛙の声の高し此の夜は

ふた夜降りし雨を嬉しと厨辺《くりやべ》の蛙の声も心よき程

湿り地の畑を近みと浅き夜の蛙は声を合はせてや鳴く

畑を限る二筋《ふたすじ》の溝の小流れに蛙は居てか遠鳴《とおな》きに鳴く

戸を立てて外《と》の面《も》のいまだ青しとも思ふ浅夜《あさよ》を近《ちか》鳴く蛙

更けぬれば蛙の声も折々は途絶えてやめる外《と》はただに暗し

夜の闇のいまだ青しと思ふ程浅夜の蛙戸を立てて聴く

---

*こちたき　はなはだしいさま

六月二十二日　世のさまいよいよ厳しきに思う

戦のいや厳しからむ世のさまを忘れむとするかひとときの心に
さやぎ多き世に生きなむと病みつつも飯《いい》はむ時は吾ひたにはむ
いや貧しき飯にはあれど此れの世に生きなむとはむ飯にはあらずや

六月二十四日　紫陽花

朝の雨かそかなるに、

蜀黍《もろこし》はいまだも若し風にさやぐ葉末《はずえ》の雨は霧《き》らふ如くに
紫陽花《あじさい》の花に流るる此の朝の雨は清らに地にしみにけむ
霧《き》らふ如*《ごと》雨の流るる朝早み遠き蛙をいねて聴く吾

＊霧らふ　霧やかすみがあたり一面に立ちこめる

その三　微熱がつづき喀血が始まる前まで

——敗戦

一九四五（昭和二十）年七月〜一九四六（昭和二十一）年九月八日

一九四五（昭和二十）年

七月詠

七月五日　畑の夕焼

畑の夕焼は何にもましてわが心を惹《ひ》くものなり。夜に入りてもかの大《おお》いなる景、われのまなこを離れず。

大らけく夕焼にならむとしつつある雲の重りにまなこは痛し
大夕焼《おおゆうやけ》に移らむとしたる陽の光ひとときは厳しくひとときは愛し
夕の畑に仰げば今しあかねさす雲ことごとく片寄りにつつ
畑のあなた茂りの上に大き陽は没《い》らむとするも棚雲のあひゆ
吾心おしひそまりて麦畑に大夕焼を仰ぎけるかも
夕雲のはゆる麦畑に吾ありて命てふ《（という）》事を愛しみにけり

七月六日　梅雨の夜の蛙

雨繁き時にも、四方の窓は開け放ちて寝る。外気の快さを愛する故なり。この夜も雨しきりに降れどひろらかに窓を開け放ちぬ。

しめやかに夜の気は吾を包むなかにひそまるごともいねなむとする
身体痛し寝もやらず居る吾故にいらだちて鳴くか蛙は近し
雨気《うき》も入れと四方の窓あけて寝る程は近く居て鳴け梅雨の夜の蛙
寝むとして梅雨の盛《さか》れる此の夜の浅きが程は鳴く蛙遠し
夜更けて雨は止みたり遠方《をちかた》に鳴き合へる蛙物憂くも聴こゆ

七月十一日　民族の戦い

戦のさなかにありて病む事久し。これを思えば何時もして心安まる時なきに。

同胞《はらから》の弾《たま》を爆《は》ぜたる死様《しにざま》を思ひ居て吾は現《うつ》しくもなし
民族の戦と言ふひとすぢにきびしき物を人し味はふ
ひたすらに静めむとしつつある吾の心にひらめく物は死《しに》と言ふ事

ひとりあれば諸木々《もろきぎ》にだに心惹《ひ》かる朝々来《き》鳴く鳥の声もよし

七月十三日　心のやる方なく

梅雨明けも近きにや雨風いたく激し。日中も風強く折々雨をもたらす。昼過ぎあまりに心のやる方なければ強風の中を畑に出づ。

仰ぎ見て雲の裂間《さけま》のただならず空は澄みたり風いたく早し
諸木々をひた吹きに吹きて寄る風の只中にしも吾の身を置けり
吾ひとり歩みいでし時畑《はた》の辺《べ》の大樹《たいじゅ》の鳴りにも心とまりつ
あはれあはれわが籠《こも》り居れば風の中に大樹は鳴りぬ潮騒《しおさい》のごとく
梅雨明の嵐吹き過ぎし昼つ方の空の蒼《あお》きに来鳴く鳥何

七月雑詠

草の中に咲きの盛りの桔梗は乱れて揺りぬ雨の脚速し
此の日頃やうやくに暑し蟬の声四五日《しごにち》ふりぬと思ひつつをり

曇り空の雨をもよほす昼つ方鬱々《うつうつ》と吾籠《こも》り居にけり
この月日むなしくなりし我心ひたすらに傾けて蚊を叩き居り
門の辺に山梔子《くちなし》の一つ咲きたりと聴く事が今日の出来事でありぬ
窓の辺の棕櫚《しゅろ》の朽葉《くちば》に吹く風を聞きつつねなむ雨は上りぬ
吾心疲れて今し浅き夜の眠りを欲《ほ》るとめがねをぞとる
庭の面《も》に向ひて吾の静心めがねをとりぬ真日中にして
めがねとりてわがおぼろかに見つつある庭の緑に陽はかげり来も
此の夜更棕櫚の葉に吹く疾風《はやち》にも怖《お》ぢつつあれば 憤《いきどお》ろしも
蚊遣火《かやりび》の赤く小さき火の玉に惹かれつつありぬ浅夜の程は
椋鳥《むくどり》は巨《おお》き梢にかまびすし*夕べ迫れば吾憩ひなむ
昨日《きぞ》はよくいねしとぞ思ふ朝明にたうなす《（とうなす）》の畑をめぐりてありぬ
諸木々《もろきぎ》の照りに青める昼の陽を手のひらに受けて吾見つつあり

---

*かまびすし　やかましい　さわがしい

朝の陽の明《あか》く流れ入る臥床《ふしど》にてまどろまむとしつ吾物憂かり
吾ひとり蚊帳《かや》に入り居て宵浅し蚊の飛び居るに心むかへり
きららめくひざしは満てり葡萄棚ゆ*飛びて昇れるまだら蜂ひとつ
ひたぶるに歓びの声をあげつつある幼子よ汝は生命を知れりや
此の愛《いと》しき生命にこもる歓びを知りて幼子は歩みそめけむ

咲き匂ふ山梔子《くちなし》

ほのぼのと木《こ》の下闇《したやみ》に咲き匂ふ山梔子《くちなし》に向ふ此の心はも
山梔子《くちなし》の花をし挿《さ》せば山梔子の香り部屋に満つ曇り日の真昼
まさびしく*夕べ細々降りいでし雨なればいでてぬれつつぞありぬ
山梔子の一つ咲きたる下闇に夕べ降《ふ》りいでし雨のかそけさ

---

*～ゆ　起点を示す格助詞　ここでは「棚から」
*まさびしく　真にさびしい　真は完全、真実などの意

山梔子は夕べ細々降りいでし雨にぬれつつ香をこそ放つ

はるしや菊*はうつろひにけり紅に盛りに近きおいらん草の花

嵐来《く》と木々のさやげる此の夜更《よふけ》めざめて汗を拭《ぬぐ》ひ吾居《お》り

小夜更《さよふ》けて嵐途絶えし時の間や赤き蚊遣火《かやりび》を目守《まも》りてありぬ

夕近く嵐途絶えし時の間の空やや明《あか》し雲動くみゆ

朝の陽のさしてくまなき*空広ら*陽光《ひかり》はたたきて*鳩飛びにたり

日ひと日幼な子を守る若きをみな*の諏訪《すわ》なまりにも心は寄りぬ

---

*はるしや菊　ハルシャギク　ハルシャはペルシャのこと
*くまなき　かげりがない
*広ら　広々としている
*陽光はたたきて　ひかりが照りつけて
*をみな　女

七月二十七日　乙女と言えば

山田兄の歌に答えて送る。

さにづらふ乙女と言へばあしひきの山豊《ゆた》に咲く百合の花ならむ
わが心親しき如し畑中に新聞紙ひきてしばしすわれり

七月二十九日　夕景

畑《はた》の辺《べ》に並み立つ黍《きび》の穂のゆれに夕べ早近し蟬の鳴く声
此日頃伸びいちじるき陸稲畑《おかぼばた》に人みたりかがむ夕づきにけり
畑広ら空を覆《おお》へる薄雲に光あせつつ陽は傾むけり
没《いり》つ陽の光は淡し畑の辺に穂に立ちてしるき猫じゃらし草
薯畑《いもはた》のおどろが中に鳴く虫は途絶えてもあらず陽は傾きぬ
真紅《まくれない》に没陽《いりひ》は紅《あか》し遠き畑遠き木立に心寄りて居《お》り
たたなはる地平の雲のあなたにて陽は大いなり没《い》りつつありぬ
没《いり》つ陽を背にしてしばし遠畑の夕顔の花に吾眼を放つ

薄雲のあなたにて没らむとしつつある陽は親しもよ夕顔の花に

宵浅く空のそぎへに光りたる遠稲妻《とおいなずま》は片窓を照らす

宵々《よいよい》に月の出遅《おそ》し夏深く雨をみざれば天《あま》の河《がわ》澄めり

八月詠

八月一日　夏も深し

夕づく陽部屋にさし来て庭木立《にわこだち》ひとときに暑し蟬の鳴く声

かにかくに吾癒えなむと真白の照《て》りきびしき昼に蟬聴きて居り

うつせみの人の生命はおろそかならず人死ぬを聴きつつも吾疑はず

戦は大き真理を含める如しかくもたやすく人の死にゆくは

此の日頃畑を歩まずなりにけり夏深くしてけだるさを思ふ

庭木々にひもすがらなる蟬の声厭《いと》ひつつあれば心すべなさ

すぐ裏に続きて旧き農家一つあり。

堆《うず》高く納屋につまれし藁《わら》の束《たば》藁のいきれ*にも夏深くして
裏庭に大いなる木あり日もすがら蟬かしましく人を黙《もだ》さしむ
昼深く陽差しとどかぬ軒端《のきば》に干す馬鈴薯も香に立つらむか

すでに八月に入りて数日、たまたま畑を歩めばかの陸稲《おかぼ》のなみもはや腰ばかりになりて、立ち止りてみれば早きはひとふた青き穂にいでたるもありぬ。

ひろ畑の陸稲《おかぼ》まじりに穂にいでしかやつり草も日を経《へ》りにけり

八月十一日　朝の霧

朝霧のしみてか黒き路の上《え》を覆ひて咲けるつめ草の花
露草は草まじりに広ごりて朝露に咲けり其の小さき花

---

*いきれ　熱れ　蒸されるような熱気

草の花の小さきは嬉しそこらく*に折りて持てれば朝の霧深く
朝の霧晴るるすなはち蟬の声畑をめぐりて黍《きび》の穂赤し
朝の霧流れて深しほのぼのと黍《きび》の垂穂《たりほ》に寄る心はも

八月十五日　玉音《ぎょくおん》放送を聞く

八月十五日の朝日紙上の釈 迢空《しゃくちょうくう》氏の歌。
大君の宣りたまふべき御詔《みこと》かは然る御詔を吾聴かむとす
（硫黄島なる写真も共にあり）
戦いに果てしわが子も聴けと思ふかなしき御詔うけたまはるなり
大君の民にむかひてあはれよと宣《の》らす御詔に涕《なみだ》かみたり
三首を読みて感あり。されどいささかも歌にはならず、黙《もく》し思うのみ。ただ一首、
大君の玉のみ声のみふるえに觸《ふ》るる心のすべもすべなさ

＊そこらく　十分に　たくさん

八月二十三日　台風

昨日より台風あり、夜に入っていよいよ激し。

ガラス戸をへだてて空のほの明《あか》りひと夜の嵐尚止《や》まずけり

八月二十八日午前　空の際《は》に

南風強くして快きにさそわれ、姉と二階に上れば西及び北の窓よりはるかなる空のはてに山々連なりてみゆ。常にあらざる事にして、又満州に育ちしわれら姉弟の山を憩《おも》う事甚《はなはだ》しければ喜びて、しばらくは窓を離れ得ざりき。山なみのあたりには切れぎれの雨雲のかたまりむくむくと集りて暗く、又きらきらと光を放つ。朝の天気予報に山岳地帯にては俄雨《にわかあめ》もありなんと言いしはまさしく秋の雲の事ならんと山峡《さんきょう》に降り過ぐるならん雨の事を思うにますます爽快《そうかい》をおぼゆ。頭上の高空には南風にひきなびかされて巻雲《けんうん》の切れ切れ伸び走る、すがしさ言はん方もなし。二階を降りたる時はすでに十二時を過ぐる事十数分なりき。

乱れ雲幾重たたなはる空の際《は》に遠き山みゆ秩父にかあらむ

遠山並《とおやまなみ》に乱れ雲暗しひややかに夏もたけたる雨降りにけむ

快よき南風《みんなみ》強しはろばろ*に雨雲を呼びて暗き山並

蓼《たで》の花

嵐すぎれば、はや陽は秋づきぬ。九月近き事なればもとよりとは言えど、七月も八月も戦のさまただひとすじにけわしくなり増さりて、内にも外にも心煩《わずら》わるる事のみ多く、身にしみて秋を待つ心もなかりき。ふときがつけば何時の程にか花壇の中に抜きいでて薄紅き花ぶさ幾つかつけたるそれは大毛蓼《おおけたで》なり。

唐茄子《とうなす》の葉枯れし庭に吹く風に揺れ定まらず咲く蓼《たで》の花
抜きいでて揺れを止めざる蓼の穂の葉の茎赤し秋にかもあらむ

白芙蓉の花

われの頭上の窓のすぐ左横に、八月に入りて次第に伸び茂れる叢《むら》ありて、何ならんかと思

---

*はろばろ　遠くはなれているさま　はるかに

いいしに、昨朝めざむれば霧の中に白き花一つ咲きぬ。父を呼べば彼《か》こそ芙蓉《ふよう》なりと言う。この朝は又一つふえて二つとなりぬ。

朝霧の晴るる庭清《にわきよ》みほのぼのと咲きて浮べる白芙蓉の花

朝まだき花粉にぬれて寄る蜂の動きこまかなり芙蓉の花に

ひややかに真昼曇れば咲きなづみ花びらを寄せし白芙蓉の花

九月詠

九月四日　台風それて

台風《たいふう》は朝鮮半島に抜けたりとて、この日の昼少し前、数日の曇り空たちまち晴れて空に雲《うん》塊《かい》多けれど陽ざし快く明るし。

台風は本土をそれて此の真昼晴るれば明るしちぎれ浮く雲

空の際涯《はて》地平の雲は光明るし山やみゆると眼《まなこ》をこらす

九月十日　夕べひややかなり

夕暮の光ほのかに部屋に入りし蜂の弱りも身にしむものを

見て居れば火の見に登る人一人夕暮れて暗き空の冷たさ

地のおもの湿りは寒し穂を引けばはらはら落つる紫蘇《しそ》の花小さく

夜に入る頃、雨とはなりぬ。

宵浅くそぼ降る雨に濡《ぬ》れて鳴くこほろぎさびしここだく*は鳴かず

九月十一日　点景《てんけい》*

陸稲《おかぼ》の穂やうやくに出たり籠《かご》を持ちて家路に向ふ男の歩み

日の照りに畑を歩める百姓のをきなさびしも藁帽《わらぼう》の色

---

*ここだく　こんなに　たくさん

*点景　風景画などをそえて趣をだす

年老ひて農を止《や》めざる百姓のをきな羨《とも》しも草花を愛す

納屋の辺に少し蒔きたる鶏頭《けいとう》は穂にいでにけり紅の穂に

鶏頭の赤きが少し納屋近き糸瓜《へちま》の棚に来る蜻蛉《あきつ》*あり

畑の辺に唐辛子赤し立ち初《そ》めし案山子《かかし》に触《ふ》るる陸稲の穂並

刈り捨てし草にこもりてあまた鳴くこほろぎ寂し日は照りながら

夕暮れはいささか寒し広畑の陸稲《おかぼ》穂並《ほなみ》に浮く蜻蛉《あきつ》あり

九月十四日　秋葉

湿り地のか黒き畑に此の日頃秋菜は伸びて空さやけかり

九月十六日　白萩

門を入りて右脇、西窓より見ゆる所に一叢《ひとむら》の白萩ありてこの日頃ようやく咲きぬ。何時《いつ》と

---

*蜻蛉　とんぼ

て美しき風情《ふぜい》なきにはあらねど、夕方は殊の外おもむきあり。

白萩《しらはぎ》をはらら吹き乱す夕風にいささか寒き雨まじりけり

九月十七日　風いよいよ激し

台風《たいふう》近畿中国を通る故、風雨強くなるべき旨の予報あり、夕食後縁にあれば南の空に忽《たちま》ち怪異《かいい》なる黒雲あらわれて朧《おぼ》ろに見えいし十二夜の月を隠す。風ようやく起れば電気忽ち消え夜空を走る雲しきりなり。われは戸を立て蚊帳《かや》をつりて早く床に入れり。夜に入りて風いよいよ激しく、朝に至りても尚《なお》止《や》まず。

見るうちに南の空ゆ広ごりて月を覆《おお》ひし宵の雲怪《あや》し

灯《ともし》消え吹きまさり来る風の音今宵は早く嵐来らしも

夜をこめて窓をゆるがし吹きとよむ*嵐にこもる人の心あはれ

---

*とよむ　鳴りひびく

九月十八日昼　カンナは折れて

雨は絶えたれど風は依然激しく戸を開くる事能《あた》わず*。室内は空気籠《こも》り埃立ちて厭《いと》わし*けれど外にいでて強風の吹くに身をまかすればひややかにして快し。

疾風《はやち》吹けばけならべ靡《なび》く草の穂に流れつつゆくしほからとんぼ

畑の辺に刈りて束《たば》ねし黍稈《きびわら》や真昼疾風に虫の声多し

咲き誇りしカンナは折れて地のおもに吹かれつつある花びらの紅さ

夕も六時頃に至りて、風落ち空晴れぬ。二階に上れば西窓に山脈黒々と浮きて、陽は既に没《い》り、山脈の上に雲幾筋か紅に燃え、又あせつつありき。ふり返れば南窓に月澄みて明るし。空の色やや黒みをおびて中天に二、三片の綿雲これもほのかに紅《あか》らみて流れつつありぬ。

嵐落ちて夕べ迫れば山脈《やまなみ》の暗きが上に空碧《あお》く深し

---

*能わず　できない
*厭わし　いやだ

山脈の暗きがあなたにたたなはり燃ゆる雲みれば空大いなり

夜に入れば。

嵐晴れ今宵の月はいたく明《あか》し虫声や増しぬといねがてに居《お》り

日一日の疾風《はやち》衰へて夜に入ればおし照る月はいたく明しも

おろそかに蚊帳《かや》を透《とお》せし月なれや手をふれば吾の手に光りつつ

こほろぎはおのれさびしか夜更けても草にこもりてしめらかに鳴きぬ

九月二十二日　山田兄の帰省

先日見舞に見えられし山田兄、今明日中《こんみょうにちちゅう》には久々にて帰省するつもりとの事なれば、われも君の心を思いて自らほほえみを顔に昇《のぼ》す。先ず故郷の君に便りせんとて紙をひらけば、

わが心やすきがごとしさすだけの君が喜びと思ひつつあれば

心すさびてわがあり経《へ》れば此日頃友をなつかしく思ふ事多し

北国の越後といへど遠からず君に聴き馴れし美《うま》し国はや

美《うま》し国のはたて*に高きうまし山を君みつらむか心ゆくがに

山々は秋の色深く親しみあほぐ君がまなかひに連なりてあらむ

雁木《がんぎ》通りは秋陽明るみ居るならむ歩み居る人の見ゆる思ひす

秋の陽はいたく明るしうまし人どちのどけくいませふるさとの国に

小千谷《おぢや》はよき所ぞと語る君のかの顔の明るさを失ひ給ふな

わが庭の萩はさかりを過ぎにけり君います国は何咲きてあらむ

白萩《しらはぎ》の咲きゆく見ればふるさとに帰りています君し思ほゆ

憩《おも》ひつつありといへども時折は文賜《ふみた》びたまへ吾はさびしゑ

尚、書きゆくうちに心あまりて、紙の終りに書きたる歌数首。

健《すこ》やかにあるべき人はとことはに健やかにいませ嘆き少なみ

〔この歌は山田兄が評価している。13頁参照。〕

---

*はたて　果たて　果て　限り

現身《うつしみ》は悲しきかなや生きの限り子を守《も》る母の心すべなさ

幼子にほのかにありし乳の香も吾が心ゆゑに泣かまほしきものを

幼子をだきてふと思ふ吾も又幼かりし時は健《すこや》けくありき

この命はかなしと思ふなひたぶるに歩み歓ぶ幼子もあるに

日一日吾の身を思ひ憤《いきど》ほれりやらふ方なき憤ほりはや

九月二十四日　白萩《しらはぎ》はこぼれつつ

かの白萩さかりとみるばかりにて、地の上にもあまたこぼれたり。

法師蟬鳴きて又止む真日中《まひなか》にこぼれつつありぬ白萩の花は

白萩はこぼれつつ咲きぬ昨日《きぞ》の雨に濡れて香《か》の立つ其の地の面に

九月二十五日夜　熱あり胸さわぐ

熱あり。窓を立てとばりをひきていぬれば、夜更けてあやしく胸さわぎす。

此の夜の窓にふかぶかとわがひさしとばりの外に月冴えてあらむ

夜はふかしとばりおろせし窓の上《へ》のほの明るみは月にかもあらむ
怒りにも今は堪えなむ吾故にやつれていすます母をし思へば
猛《たけ》りあふるるわが怒りだにやつれたる母を思へばすべなきものを

九月二十六日　秋もようやく深く

昼のひかり澄みて、おだやかに明るく秋もようやく深きを思わしむ。

ことごとく倒れて燃えし鶏頭《けいとう》の赤きに昼の日はしみにたり
葉鶏頭《かまつか》にさす陽しみらに寄りそひて百日紅《さるすべり》が三つ四つ紅し
ほうき草刈りて積み干す庭の面《も》に光りてゆき交ふあきつの流れ

九月二十七日　萩

桜紅葉《さくらもみじ》はや落つるあり下蔭《したかげ》の羊歯《しだ》の葉固くややくろずみぬ
秋の陽は澄みて明るし眼をあげつ光仰げば親しきものを
此日頃蟬の音《ね》遠し畑《はた》の辺《べ》の黍《きび》も刈るべく秋深むらし

雑草《あらぐさ》の固く秋づく畑の辺に咲きてうつらふ穂蓼《ほたで》の紅《あか》さ
昼もはや陽ざし傾きぬ下葉落《したはお》とす桜のもとに咲く萩の花

十月詠

十月三日　日照り雨

本州北側において不連続線ありと、南風強し。日の中に二度吹き降りの雨あり。空忽《たちま》ち曇り、雲忽ち流る。昼の間陽ざしあれば甚だ暑し。

時の間《ま》に雨はいたりぬ咲き残る紅きカンナの花びらのふるえ
地に伏して紅寂びし鶏頭にしばらくそそぐ日照雨《そばえ》の音
日照り雨過ぎて傾く昼の陽やさび色の雲西空に多く
白萩はうつろひにつつ日のうちに幾たび来《きた》る日照り雨の音
遠山に流れい向ふ雲多く時の間雨は過ぎにけらしも
秋に入りていささか芽ぶく木々の芽にさす光淡し身にしむばかり
五時と言へば灯さしぬいくたびか日照雨来つつ夕づきぬらし

夕まけて風は落ちぬれたたへしづもる空をさわたる鳥のいくむら
おのづから疲れを思ふ夕まけて高空をわたる鳥のいくむら

山田兄の手紙にこたえて

十月三日、朝のうちの雨に濡れてとどきたるは、一日付の山田兄の便りなり。先ず第一に田舎に帰りてより柿ばかり食いて歌の一向いでざるを言い、人間充分満足したる時は歌など出来る物にあらず。心からの喜びの歌を作る気持は日本人には持合わせ少なきようなりとありて、吾《われ》もすこぶる同感。微笑まざる事能《あた》わざりき。返信の終りに、

ふるさとの柿はうまからむそを食ひて新た代の力養ひ給へ
柿食ひて歌を思はずありと言ふ便りに吾もゑみかたまけぬ

野分けの雨止まず

雨は四日より降りいでて、五日も終日激しくふりぬ。夕にいたれば寒々として、又湿気の室内にこもりたるも厭《いと》わしく熱もいささかあれば心落ちずして夜に入りぬ。かかる時は殊更

にわが身の病の腹立たしく、涙も枯れし思いをおぼゆ。

いらだちて起き伏してありぬ野分《のわけ》の雨降りて止《や》まねば寒くなりきつ
灯ともして波璃戸《はりど》に寄りし秋の蛾のかそけきも見つ雨は夜に入《い》りぬ
わが心の此のいらだちはわびしもよからだ疲れて雨ききて居《お》り
夜の雨は身にしみて寒し白き蛾のはりつきし窓に幕たれにけり

十月六日夜　星の光

昨夜より蚊帳《かや》をつらず、夜気冷えびえと身に迫るをおぼゆ。

ふけぬれば星少しありておのずから時雨《しぐれ》となりぬ夜のかそけさ
さよふけて空の半ばを雲おほひ残れる星の光さむけき
夜の雲は低くしあらし庭のおもの暗きにしづみ鳴く虫の声

十月七日　コスモス

朝のうち晴る。庭に咲き始めたるはコスモスの白及び薄紫、ダリヤの真紅、ほととぎす草又咲き盛りて小径《こみち》に倒れかかる。

コスモスの白きが咲けば晴れわたる庭に来て鳴く四十雀《しじゅうから》の声

桔梗も芙蓉も今は実となりぬかたへにしなふほととぎす草の花

「われは十首」を作る

雨は八日より再び降りいでて、十一日に至る。十月始めよりの風邪、遂にこじれ、十一日は朝より寒気ありて熱七度四分に昇る。二方のガラス戸を固く閉してベッドより終日雨をながめ暮すに頭昇《のぼ》せ、眼熱にうるみたれば見飽きたりし庭の雨景も何やら珍らかに面白くおぼゆ。つれづれの慰《なぐさ》みに子規居士にならいて「われは十首」を作る。これも熱におびえたるわれの心やりなり。四時頃になりて雨漸《ようや》く止む。

ガラス戸の内にこもりて柿紅葉《かきもみじ》濡れそぼつ雨を見て居るわれは

秋の雨樋《とい》を下りておやみなし昨日《きぞ》も今日も見て居る吾は

いささかの熱にしあれば瓶《かめ》に咲く金木犀《きんもくせい》をいつくしむ吾は

百舌《もず》が来て雨の止み間に高鳴くをガラス戸の内ゆ見て居る吾は

此頃の雨に痛みて赤らみし白萩《しらはぎ》の花を見て居る吾は

木犀《もくせい》の香りほの甘き一枝を瓶《かめ》にし挿《さ》して熱をやむ吾は
ガラス戸にはららにつきし水玉の光を見つつ熱を病む吾は
山茶花《さざんか》の莟ふくらみぬ雨しづく滴《した》りて止《や》まぬを見て居る吾は
蚤取粉《のみとりこ》側《かた》へに置きて長雨《ながあめ》の降り止まぬ夜をいねがてにす吾は
いねがてに臥しつつあれば降り止まぬ雨いとふ心止み難し吾は

山田兄より葉書届く

この日昼過ぎ、山田兄よりの葉書《はがき》雨にぬれて着きたるが中に、「叔父にさそわれて開盛座にゆく」と詞書したる一連の歌ありて、いささかの熱に痛みし吾の心に沁み入る如きをおぼえたれば、

白服《しろふく》の道化男に吾が心触れにけむかも悲しとを宣《の》らす
大衆の笑ひひろごる小屋の中に独り黙していいます君あはれ

十月十三日　狭庭《さにわ》に

快く晴れわたりたれば、

鉄《かね》を打つ槌《つち》の音きこゆ思ひしづめ秋陽明るき狭庭《さにわ》に対す
百舌《もず》が来て高鳴き交はす木の梢《うれ》に日のしむごとも明るむみ空
白萩のうつらふなべに鳴き交はす百舌の高音《たかね》は冴えにけるかも
うつろひし萩の側《かた》へのダリヤの紅きは土に面《おも》伏しにけり
ほけ立ちて紫苑《しおん》は咲きぬ花に寄る蜂のうなりをききつつ居《お》らむ
降り立てば吾より高き狭庭辺《さにわべ》の紫苑は昼の日を揺りにたり
朝の陽の明るくあれば咲き満《み》てる紫苑まぶしと吾しばし立つ

その夜ふけて、

背《せな》の汗冷めたしと思ひおそれつつ身じろぎにたり心《うら》さびしけれ

十月十四日　百舌

この日も又快晴なり。

折々は雀にまじり百舌《もず》が来て高鳴くきこゆ空晴れにたり

ふりあほぐけやきの梢《うれ》に百舌が来て高鳴く秋は恋ほしくもあるか

庭近き樫《かし》に来て鳴く百舌が音をききつつあれば心ほがらに

葉鶏頭《かまつか》の紅《あけ》も古《ふ》りたる*裏庭にすがれて*赤きほうき草みゆ

十月十八日　雲間

昼頃より曇りて雨も少しありぬ。

群《む》ら鳥は樫の梢《こずえ》に木《こ》の葉掻《はか》き曇りの空に鳴きも立てなく

此日頃山は雲間に遠ぞきぬ照り曇りつつ冬近むらし

＊古りたる　年月のたった

＊すがれて　末枯れて　盛りがすぎて

藁《わら》屋根の軒端《のきば》にかかる稲束《いなづか》の香《か》に立つ雨は寒けくもあるか
汝《な》が友の健《たけ》き思へばおのづから心萎《な》ゆるにすべもあらぬかも

十月二十二日　熱八度近く

この日、熱八度近くまで昇りて気管支甚だ痛く、食欲なくて昼食を廃す。頭さして熱くはあらねど異様なり。

さびしさは秋も終りの法師蟬遠鳴きいでて木の葉落つる時
さびしさは昨日《きぞ》まで鳴きし百舌の声聞えずなりて昼くもる時
さびしさは萩はうつろひくれなゐのダリヤ倒れて曇り続く時
さびしさは熱やいづると真日中《まひなか》の玻璃戸《はりど》に幕をたれて居る時
さびしさは熱にたかぶるわが心曇りの空をいとひやまぬ時
さびしさは昼の玻璃戸の垂《た》り幕のもやう怪しく吾を笑ふ時
さびしさは病に怖《お》づるわが心三歳《みとせ》をへぬと思ひいづる時
さびしさはたまに立ち出《いで》て時雨《しぐれ》来る畑のおもてに手をよせる時

十月二十五日　母がみとりに

熱に痛む頭をかかえて、この日昼過ぎ、山田兄に送るを思い浮ぶままに長歌一首を書く。
その反歌《はんか》に、

ひたぶるの母がみとりに吾が病癒えなむ日月《ひつき》近くしあるべし
吾を思ふ母を思へば吾が病癒えなむ望《のぞみ》絶ゆる事あれや

十月二十六日　山茶花《さざんか》

昨日頃より吾が部屋の東窓にすぐ近く、山茶花の花一つ二つ咲き始めたり。

吾が病癒ゆる日近み窓近き山茶花の花咲きにけるかも
山茶花の紅《あか》はやさしきいささかの熱にうるめる吾のまなこに
寝返ればすなはちみゆれ窓近く紅のやさしき山茶花の花
山茶花の紅の薄きが咲く庭に日まねく曇る空の寒けさ
蜘蛛《くも》の囲《い》のさびしくかかる山茶花の下枝《しずえ》の梢《うれ》に赤き花一つ
山茶花の紅の薄きに寄る蜂も寒けくぞあらむ曇り続くに

十一月詠

十一月三日　黄菊

快晴。枕辺の瓶、一昨日、姉の友達の持て来てくれたる菊の花一束ありて、色合わせ美しく、又庭にも赤紫の小菊、今朝頃よりようやくまなこの如き花を開きぬ。朝は水霜いたく深し。

水霜《みずしも》は深くいたりぬ紅の穂ながら枯るる蓼《たで》もしとどに
おしなべて草生《くさふ》枯れゆく水霜に色あせて咲きぬ鉢の小菊は
朝の陽の移り寂《さぶ》けし瓶《かめ》に咲くくさぐさの菊の色の明るさ
ひとときを部屋にさし入る朝の陽に瓶の黄菊《きぎく》の明るく浮ぶ
赤に黄に色くさぐさの菊の花瓶にしもれば*心たのしも
部屋のうち昼ともなれば少し寒し瓶にもりし菊の明るさを語る

＊菊の花瓶にしもれば　菊の花を瓶に満たせば

十一月二十三日　没陽《いりひ》

夕刻、二階に上りて西窓に寄れば、陽はまさに遠き山並みの彼方に入らんとし、その山並みのあたりにも畑《はた》の上にも農家の庭に高々と聳《そび》ゆる樫《かし》の大樹の上にも、低く続く家々の屋根の暗きが上にもおおろかなる空のひろがりにいずこよりともなく湧き来てただようは霧なり。陽はいまだ没《い》らねば、赤きひかりの流れその内にとけ入りて、山もあたりもあやしき心地こそすれ。

夕霧は空の高きゆ＊降《お》り居つつ没陽《いりひ》に赤き山遠ぞきぬ
没つ陽の方に連なる山並にひた向ひ居たりさぎり＊湧き来ぬ

十二月詠

十二月五日　冬空

昼さがりいちじろくあせし空の青樫の木立の埃りかにみゆ

＊高きゆ　高いところから
＊さぎり　狭霧　もや

やうやくに朝の日赤らみ窓近き南天の葉にこごる霜見ゆ

柿の木の老木のうれのかがまりにあたる日親し冬深むなり

青木《あおき》*の実はつはつ*赤らむ親しさを心に持ちて起き伏すわれは

十二月十日　五日月

冬空は暮れむとしつつ五日月《いつかづき》白きがかかり雲収《おさま》りぬ

在満邦人のかなしみ

十二月も終りに近い日。農産公社支社に出向いた父から満州はほぼ絶望状態であり殊に奉天はひどく、死ぬ者は大方死んで居るであろうと言う話を聞いた。この話はさらでだに*弱りゆらいでいた私の心に深刻な衝動をあたえ、涙しても消え去らぬ苦痛は年が明けても続い

---

*青木　みずき科の木
*はつはつ　わずか（に）
*さらでだに　そうでなくてさえ　ただでさえ

た。

をとこをみな老ひも稚《わか》きもたたかひにあまた死にしを吾生きにけり
このうつつに男《おとこ》 女《おみな》等みづからに死にゆくとききつ北国にして
玉かぎるいのち絶たむと同胞《はらから》ら相集《あいつど》ひつつ居たりけむかも
ハルビン奉天望みなしとききき吾の頬に出づる涙も今は枯れたり
年深く思ひひそまらむとする時に 擾乱《じょうらん》の地の惨事をききぬ
いまのうつつに凍野に絶えゆくもろもろのいのちを思ひわが心あやし
年明《あ》くれど在満邦人《ざいまんほうじん》のかなしみは心にしみてしばしも離れず

年の夜

年《とし》の夜《よ》の夜更けて曇る空の色物を恋ひつつ吾居《お》りにけり

一九四六（昭和二十一）年

一月詠

正月

かざよけの樫に赤らむ冬の日や北風強く昼過ぎむとす
町外《はず》れ畑に下れる埴土路《はにみち》に土埃《ほこり》立つみゆ冬日は赤く
まどかなる冬の月かもガラス戸ゆ仰げばまなこやや痛きまで
北風は昼のさがりに落ちにけり晴れつづく冬の空ぞと仰ぐ

「冬の旅」シューベルト

朝のラジオの音楽は私の日々の楽しみの中の一つである。ある朝ふとスイッチをひねると、シューベルトの「冬の旅」が流れて来て、私のうつろな心に不思議なまでひたひたとしみ入った。

朝明けて故無《ゆえな》くなごむわが心さびしき歌を聴かむとすなり

冬の月

満月も近い頃になると私は毎晩のように枕もとの電気を消して、私の一日の一番終りの安静の寝床の中から、一日一日まるみを増し、あるいは欠けて東窓にゆっくり昇って来る月を眺める事にしている。この頃は多く夜の空は恐ろしいまでに晴れているから、東窓の大きなガラス戸をぼーっと明るくし、そうして棕櫚《しゅろ》の木の間を、静かに昇って行く月はあくまでも冴え澄んでいる。まんまるい月が東窓を昇りきってかくれ、やがて再び頭の上の南窓の片すみにあらわれると夜はもう九時近くなる。

晴れ透《とお》る浅夜の空に冬の月いでつつあれば吾目守《まも》りたり
師走の望《もち》にかあらむまろき月いでつつあると臥床《ふしど》に仰ぐ
冬の月やうやくいでつつ窓近き棕櫚《しゅろ》の葉うれに照り光るみゆ
灯を消してわが居る時にひむがしの窓よりまろき冬の月いづ
冬の月東の窓に冴え照りて移りつつあるに心ひかれぬ
時の間《ま》もとどまる事なしまどかなる月は中空《なかぞら》に移りつつあり

まろき月中空に移りゆきし時小さき星屑に心とまりぬ
棕櫚の葉のすがれの間《あい》ゆ冬の月移りゆくみればはるかなるかも
ぬばたまの冬の浅夜の空にして冴え照る月の光くまなし*

一月二十五日　赤ん坊君

一月二十五日に母方の祖母と母の妹夫婦、それに妹夫婦の生後六ヵ月になる赤ん坊君の四人が私のうちの二階一間と階下一間に移って来た。赤ん坊君は女でくるくる固肥りにふとっていて頗《すこぶ》る愛くるしい。叔母君ご自慢の健康優良児である。祖母が又大へんな可愛がりようで一日中赤ん坊君をあやしておられる。

みどりごの乳《ちち》飲み足りて笑むさまを心ほがらになりて見て居《お》り
みどりごは乳飲み足りて笑みにけり此れの笑《え》まひ*のあまり明るさ

---

*くまなし　かげりがない
*笑まひ　ほほえみ

むづかりて泣き止まぬ子よ涙たり*ひたぶるにありいましが母は
つちくれの冷たきがあひゆ青みいづる夢をしみれば心恋ほしも

二月詠

夜半の月

うつつ無くまなこを閉ぢて吾にさす夜半の月を恋ほしみにけり
まどかにも月は渡りてさ夜更けに南の窓ゆ吾を照らせり
硝子戸《がらすど》ゆ吾の被《かが》ふる夜着の上に押し照る月は明るくもあるか

*涙たり　泣いている

三月詠

三月九日　西風

昼の雲　悉《ことごと》く去《い》にし夕空にひたぶる*にして西風《にし》吹きにけり

三月十日　雪

朝からの曇りが、昼からは雪となって夜に入っても降り続いた。

三月の十日寒む寒む雪となりぬ去年《こぞ》を思へど言ふ言葉《こと》のなき

諸人等《もろびとら》黙深《もだ》くあれや*三月の十日寒む寒む雪降りいでし

牡丹雪降りしきりつつ夜となりぬ何処《いずこ》にか雪のとくる音する

---

*ひたぶる　ひたすら　全く

*あれや　あるであろう

きさらぎ*八日の月

きさらぎ八日の月は照りにけり庭に消え残る斑雪《はだれ》の上に
宵浅く空になづさふ*薄雲の明るむ見れば月既に高し

三月十三日　雪の朝

雪雲の低き朝《あした》や窓近く餌《え》を喰《は》みに来《こ》し鳥は鳴かなく
庭木々に雪げの音を聴き居たり朝明けて吾に思ふことありや

三月十五日　庭面《にわも》の雪

曇り空高まりにつつ昼近し庭面の雪のややに明るむ
路地にして昨日《きぞ》降りし雪は残りたり陽かげの寒さいまだ身に沁《し》む

＊きさらぎ　二月
＊なづさふ　なれ親しんでいる

三月十六日　十日の月

うつせみの世のあらそひもうつろなる吾の心はうべなふらしき＊
北西風ややいでにつつ月明《あか》し庭木々のかげはり戸に動く
雲多く夜に入《い》りしかど＊やや深けて十日の月は高きに照りぬ
十日の月は高きに昇りたり黒みひそまるは樫《かし》の木立か

三月十九日　療養記

ラジオで永田環《たまき》と言う人の療養記の朗読をきいた。

療養記聴きつつ泣かゆかくのごと癒え来し人を悲しと言はめ
療養九年父母も今はいまさずとわが聴きし時涙あふれたり
われ病めばすべなかりける心かも療養記ききて泣く事多し

＊うべなふらしき　もっともなのだろう
＊夜に入りしかど　夜になったけれど

療養記に肉親の愛情と言ふを聴き涙こみあげて居たりけるかも
うつせみは生きつつあれば人も吾れも苦しむ時にひかりあらむぞ

二月の末から私は又々発熱して、いよいよ庭中の花が咲き誇ろうとする時、一ヵ月ばかりもの間、私は病室《へや》に籠《こも》らざるを得なかった。

三月半ば以後の無茶な生活が、私の数ヵ月にもわたる安静を一挙にくつがえしてしまったのを無性に腹立たしく思い浮べながら、毎日のように薄熱の出る物憂い身体を病床に横たえて十日、十五日、二十日と籠り続けているうちに庭中の花が残らず咲いて又散って、いつのまにか五月になってしまった。

四月詠

四月三日　庭中の花が残らず咲いてまた散って

庭の梅はやも散り過ぎ深みゆく春と思へどすべもなし吾は
瓶《かめ》に挿す木瓜《ぼけ》の此頃皆咲きて起伏《おきふ》しに思ふ春のうつりを

裏庭の樫《かし》の木末《こぬれ》*にやや暑き春日傾き白みたるみゆ

四月四日　右胸の痛み

むらぎもの心みだれて籠《こも》れども遠鳴く雲雀《ひばり》の声はきこゆる

右胸の痛みに心とまりつつ寝《ね》につくまへの熱を計りぬ

四月十五日　木蓮《もくれん》を見守《まも》る

空曇り生ぬるき風吹く昼に庭の木蓮をわれ見守《まも》り居つ

四月十七日　たゆさこらえて

此の真昼曇りの空の明るきに咲きふえて居たり庭の木蓮《もくれん》

木蓮花咲きふえてゆく真昼曇り生あたたかき埃風《ほこりかぜ》吹くも

---

*木末　こぬれ　こずえ　木《こ》の末《うれ》の転

埃風《ほこりかぜ》庭の木蓮に吹き居たりたゆさこらへて吾はまもれり
熱ありてたゆき此の身はすべもなし臥床《とこ》に起き立てど歩みもあえず

四月二十日　熱いささ下りて

枕辺の瓶《かめ》に生けたる山吹の咲きゆくを此頃の楽しみとなす
山吹の咲き盛りたる垂枝《たりえ》にしまなこ近付けて吾はよろこぶ
ふりそそぐ雨はやまねどある時にほがらかに鳴くことりがきこゆ
熱いささ下《さが》りし時に窓辺にて春深き庭を吾はみたりし

四月二十四日　身を横たえて

ぬるき風吹きしくままに埃あがりゆれしるく見ゆ庭の木蓮
南の空ににび色*の雲はいで風つのりつつ昼をすぎにし

---

*にび色　鈍色　濃いねずみ色

月あまり微熱ひかぬ身を横たへて思はむは何と何との事か

五月詠

五月八日「方丈記」

「方丈記」に飢饉の描写のある事を今宵まざまざと思ひいでつも

資本家をののしる人等今日此頃何食《なにく》ひて居《お》らむと下思ひつつ

百姓に独りの飢うる者無きを今宵思ひつつ涙し居りぬ

戦争の責任の故に飢うるべしとうそぶく者あれどうべなひ難し

階級にはこだはりなしと言ひし言葉のそらぞらしさは面《おも》もむけられず

厳しかる飢えを前にして今は吾等大衆の力を信ずるのみぞ

飢えゆく大衆を前にしてそらぞらし政治とはかかる物にてよきや

飢ゑ迫る時代《ときよ》となりて高搾取の自由を言ふか憎々し彼奴等《きやつら》

五月十四日　ひとときの眠り

ひた思へばすべなかりけりかかる世に病み呆《ほう》けつつ生きなむとする
病める身をかなしとか言はむ吾を守る母のやつれも年たちにけり
ひるひととき眠りてさめたり歳《とし》永き身内の疲れ切なくて居《お》り
かくしつつ生きゆかむものかひるひととき思ひ疲れてまどろみにけり
まどろみてめざめてみれば昼の陽はややに傾き薄雲がありし
滅びゆくものの姿かまどろみておどろく如く吾はさめにし
いつの間に眠りしものか俄《にわか》にさめ昼深き部屋白々明るし

五月十五日　萩の花

この朝明《あさけ》*雨やや冷たし窓越しに庭下草の茨《いばら》の花みゆ

---

*朝明　朝早く

五月十六日　思いかなしも

汝《な》が心はげましはげまし生きつがむと悔《く》ゆるが如《ごと》も思ひけるかも
今日はもよ思ひかなしもことごとくひがみにいづる吾のいやしさ

五月二十日　ジキタリスの花穂

ジキタリスの花穂伸びそめ庭つつぢ終りに近し此頃の雨に

五月二十二日　廿日《はつか》過ぎの夜空

廿日過ぎの夜空ならむかと仰ぎたり広らの窓に星は親しも

五月二十三日　宵毎宵毎《よごとよごと》鳴くかわず

宵毎宵毎かはづ鳴く頃になりたりと思ひつつ居《お》りてかなしむごとし

五月二十四日　棕櫚《しゆろ》の花散れり

窓の辺《べ》に音たてて棕櫚の花散れりこのたまゆらに吾はいきづく
昨日より窓辺の棕櫚の固き花しばしばこぼるると心にとめつ
ねむる前のさびしさは今も小《ち》さき時に変らぬと思ひまなこをつぶる
静臥して身体いくらか休まればさだまりの如く母の事を思ふ
今朝の雨時折風をともなひて棕櫚の小花の音たててこぼる
花菖蒲《はなしょうぶ》の黄なるが咲きぬと思ひ居《い》しに三日四日へて早やもうつらふ

青葉にふりそそぐ雨

身体疲れて吾はみて居《お》りこのゆふべ庭の青葉にふりそそぐ雨を
薄雲の紅《あか》らむ空ゆこのゆふべ雨はにはかに青葉にそそぐ
夕立の音庭の青葉の上にしてしみみになれば空ややくらむ
このゆふべはだらに浮ぶ薄雲の紅らむ頃に雨しばし来る
通り雨しばし続きて青葉のかげゆふべの明り俄《にわか》にくらし

空の色さだかに見えぬ頃となりて夕通り雨やうやくしげし
青葉の匂ひいきるる頃近し夕べの雨をしみじみききつ
桐の花咲きをへし木末《こぬれ》にこのゆふべ薄青空ゆ雨そそぎ居り

山田兄に　本を枕辺に積みて

わが友の心弱りときく時のうらさびしさは告げ難きかも
本を借り枕辺に積みてしばらくは明るき心保ちて居たり
疎開荷物を開き居て二十四色のクレパスがあれば手に取りて居つ
高村光太郎詩集を借りて其の事を母に姉に告ぐる心楽しも

五月二十七日　つゆの雲

つゆの雲麦畑の上の空にしてむらむら浮び日は没《い》りかかる
つゆの雲俄《にわか》に消えて夕明り空に残れば切れ雲が白し

五月二十八日　母を養い得る日は

寝床の位置少し動かして梅雨早き夏の起き伏しを吾はさびしむ

此の春は窓ぎはの南天《なんてん》に花穂のあまたいでたりと吾は誰にでも語る

玉きはるいのちをつなぐ世の事を母にまかせて吾は臥《こ》＊やるも

学校より帰り来し姉に教師仲間のこまごましたる事を吾はきき居《お》り

みづからの力にて母を養ひ得る日必ず来らむと吾はつぶやく

棕櫚《しゆろ》の花こぼれ落つる昼の曇り空梅雨《からつゆ》早き今年の夏をかなしむ

梅雨早き空はひねもす曇れども日の没《い》る頃はやや晴るるらし

早梅雨《さつゆ》の曇りあがりゆくらし夕明り空むら濃《ご》＊の雲の移りゆくみゆ

わがふとんふるるばかり近く畳の上に瓶《かめ》を置き草花をとりどり生けしむ

＊臥やる　伏す
＊むら濃　染め色の名　同色でところどころ濃淡をつけて染めること

六月詠

六月二日　歌集読みつつ

手をいだして歌集読みつつふと今宵寒しと思ひぬ梅雨近き故か
梅雨近く今宵寒ければカーテンを引きぬ瓶《かめ》の草花がかすかに匂ふ
夢のうちに吾が行末をひたすらに思ひかなしみぬさめてすべなし
枕許《まくらもと》南の広窓に此の宵は星一つ無きを見て寝につかむとす

六月三日　たゆさ悲しく

花瓶の紫露草朝な朝な咲きかはりつつ梅雨空になりぬ
桐の花咲き終へて果《み》になりゆくらし梅雨曇り空に吾の仰げば
梅雨迫りてせわしく曇る今日此頃たゆき身体を吾もてあます
花瓶に色あせし草花を見て居たり此頃の吾のたゆさ悲しく
此の日頃臥床《とこ》より月の見えざるを思ひ故《ゆえ》もなく夏をさびしむ

野荒しは学生なりきと宵の街を大声に呼ばはりすぎゆく男
飢《う》ゆる者のかかる行ひを飢《う》えざる者とがめ得るやと激しく思ふ
梅雨近く湿《しと》れる空気が腹立たし疲れ過ぎたり今宵の吾は
トスカニーニが飢餓のイタリーに帰り演奏すれば市民ことごとく熱狂したりと言ふ

六月四・五日　うつし心なく

睡《ねむ》り足りてさむるにあらねどめざめたり梅雨曇り空に朝の日淡し
六時前梅雨曇り空に朝の日の淡く昇るを臥床に見居つ
枕辺の花瓶に紫露草の此の朝の花咲きゆくたまゆら
曇り空に朝の日の上るを見て居たりめがねかけむ程のうつし心無し
朝起きしなめがねとりたるままにして歌集「歩道」を拾《ひろ》ひ読み居《お》り
此の朝明《あさけ》めがねをとりて吾が読みつつある歌集の活字親しまなくに
思ひ物憂くめざめ居《い》たる吾の傍《かたわ》らに母と姉と来て朱買ふ話す
花瓶の紫露草の今朝の花開き終へて吾のひと日始まる

歌集「浅流《せんりゆう》」に老ひたる茂吉を見る時は涙ぐましけれど彼《とも》は羨しも

六月四日虫歯デーなりと思ひあたり小学生の吾を思ひ返すも

児童劇のすがすがしさにもおのづから涙するべき心となりぬ

此のひと日薄曇り空にしばしばも雨雲のかたまりは北に流れつ

梅雨の雲暮《く》れ方《がた》の空に薄れゆき碧空が見え愛しき碧空

暮近く俄《にわ》かに晴れし梅雨空に残れる夕光《ひかり》あたたかくみゆ

隣家《りんか》の十前後なる姉弟語らふがきこゆこの夕暮れは

一日の思ひのあひに友の絵をかくるべき壁を求めて居たり

隣家のラジオ俄かに鳴りいだしぬ雨晴れし空は日暮が近し

トスカニーニの演奏に熱狂せる飢餓線上の市民があれば心はたぎつ

二十日近く熱を計らず経りしかどさびしむ心すでに持たなく

或る時に衝動の如く泣かむばかり強き身体欲しと思ひ嘆かふ

激しかりし年々の苦に近しき人なべて衰へ老ひゆくを思ふ

梅雨期に入りゆく頃ほひ誰れ彼れの衰へを思ひひとりあはれむ

梅雨期に病者の多くが倒るると知れどいましむる心は持たず

六月八日　栗の花

あわただしくひと日過ぎたる夕べにて庭柿の花の散れるを見たり

読み居《お》りし歌集「歩道」を閉ぢただちに吾の思ひは現身《うつしみ》に関はる

現身の祈りの如き心もて没日《いりひ》赤き畑吾は歩みつ

ゆくりなく廻りゆきし時裏木戸の若木の栗の花咲きて居《お》り

栗の花青く貧しく咲きし時下《した》かげに吾ひとりごちつも

夕べの礼拝の歌をラジオにし聴きつつ居ればあはれ豊けく

ラジオより流れ出《いで》たる讃美歌をこの夕べ思はぬものの如くに聴くも

此の月日あせり諦めおのづから吾の日課はきまりゆくらしき

十日月

疲れ過ぎし一日の夕の静臥にし首傾けて窓の月見る

日暮れ時しばし眠りて覚めしかば窓の端《は》に赤き月は見え居《お》り

十日月宵にしなればかうかうと光を放つ風暑けれど

月光《つきかげ》は窓ぎはの棕櫚《しゆろ》に恐ろしき物の如くに照りつつありぬ

吾が未来当処《あてど》なき事もほとほとに忘れて居たるたまゆらがあり

経済学書並べてみたれど病み呆《ほう》けし吾の幼き心向かはず

度《たび》まねく吾の心の変るをも病の故《ゆえ》と片付くるべきか

六月十日　庭歩む力さえなく

或る宵は寝《い》ね難くして現身《うつしみ》に用なき如く身を思ひ居り

蒸し暑き風としなりて梅雨の空晴れ上りたれど憩ひ難《がた》しも

此の日頃庭を歩まむ力さへ無くなりゆきぬ梅雨期深し

此の国の困苦《こんく》いや増《まさ》る年々を病みつつ来ればしばしば泣かゆ

夜更けていね難き時吾が思ひ厳しくなりぬ堪え得ざるまで
遠雷《えんらい》の暫く聴こえ居りし時僅《わず》かに勢《きお》ふ心となりぬ
苦しみに堪え堪えてゆかばひかりあらむと言へど自らは心動かず
生活の苦しみを言ひて居りし姉隣室にゆきピアノひきはじむ
物を憎む心無くなり果てし時吾の内には何が残らむ
斯くも人を憎みつつ吾の心すべて消えゆかむかと俄《にわ》かに怖《おそ》る
夜更けて親子集り語る時おのおのの心残らず暗し
吾病みて物事を暗くのみ思ふ癖つきしかと或る時笑ふ

六月十一日　すさびゆく心

荒れ気味に夜に入りゆき蛙一つ外《と》の面《も》に鳴くをあはれと思ふ
人の性《さが》かかる物ぞと自らの心に言ふは諦めに似つ
醜悪と言ふ語が一日熱気味の吾の頭を離れずにあり
誰彼を日すがら憎みすさびゆく吾の心は人に知らゆな

六月十二日　心静めて

暮々に心しづめて歌集「歩道」読まむとし居つ熱やや続く
汗ばみて眠る赤児を目守《まも》る時現身の苦は吾にせまるも
朝の日は暑くしなりてかまきりのかへりゆく所吾はみつむる

六月十五日　宵の月低く

宵の月低くわたれば部屋なかに光いつまでもとどまりて居《お》り
おほけなく飛びすがる蚊をわが布団にたたき落しぬ暮迫る頃

六月十八日　「キューリー夫人伝」

南風しきりに吹けば梅雨晴の街空に来て海鳥が舞ふ
つめ草を瓶《かめ》に挿《さ》しおき此の花のめざむるは朝の九時頃と知りぬ
庭に下り汗ばむ如き梅雨晴の昼の日の中にしばらくは居り
あしたより「キューリー夫人伝」に読みふけり暮近くなりて感傷し居り

麦畑の刈跡の向ふに焼けし電車いくつも並び梅雨晴れとなる
此の部屋にかくの如と居るもいつまでの事ならむかとうつつ無く思ふ

六月十九日　棕櫚の葉鳴り

自動車にエンヂンをかける音きこえ居り高曇り空久しき昼に
窓のはに棕櫚《しゆろ》の葉鳴りのひもすがら聴こえ居る事のある時さびし

六月二十日　歌集「歩道」

肉体に疲れある時はわが心なごまぬものと今にして知る
いねがたく居る夜はあれど現身《うつしみ》を離れ得るべき吾にあらなく
つめ草を花瓶にいけ此の花の夜毎のねむり見るは楽しも
暮近く歌集「歩道」読みつつ今をのきて時あらぬ如と吾は思へり
紫陽花《あじさい》の咲けるを見つつ庭すみにしばしたてれば吾のはかなさ
午前二時吾はめざめて高ぐもりの空に保てる明るみを仰ぐ

午前二時さだまりのごとねむりさめて吾は居たれどさびしむにあらず
月あかり午前二時頃わが部屋に雲はだらなる空よりさし来
晩近く雲はだらなる低空に月いでしかばわが部屋明るむ

六月二十一日　デューラーの自画像

デューラーの自画像をかけこの昼過ぎ何か拠《よ》り所得たる如しも
窓の端《は》の棕櫚《しゆろ》の実青くなりゆきて日暮れ日暮れの葉鳴り涼しさ
うらさびしく吾はなり居て幼子の遊ぶところをしみじみ目守《まも》る

六月二十二日　心のしまり

枕辺の窓ゆ*みあげてこころよく碧《あを》の透《とお》れる此の朝空よ
枕辺の窓ぎはに南天の幾花房咲きいでて朝の微風《そよかぜ》が通る

---

*窓ゆ　窓から

デューラーの自画像の色暗けれど壁にかけ心のしまりおぼゆる
夕畑に遠く見え居たる乱雲の迫り来る夜頃《よごろ》吾は蚊帳《かや》吊る
稲妻が折々光り北東の夜空に聳《た》つは積乱雲か

六月二十三日　暮ごとの微熱

宵早く蚊帳《かや》吊りて吾は居《お》りしかどいらだてる心なだめかねつも
暮ごとに微熱さしいづるわが身体物思ひ多き此頃なりし
微熱ある吾と知りつつ宵ごとに畑を歩まむとして居たるものか
いくらかの熱ひかぬ吾は夕畑に出でて馬鈴薯の花をつみをり

六月二十五日　戦病死

独り子が濠北*に戦病死せる母とわが母と玄関に語りつつ居《お》り

＊濠北　ニューギニア

病む夫《つま》に独り子の戦病死告ぐるべきかと嘆き語るを吾も聴き居《お》り

六月二十日　南天の花

暁《あけ》近く雲のむれ浮く低空に月は昇りてわが部屋を照らす

窓の端《は》の南天の花穂に小虻《こあぶ》来てまつはり居《お》りぬ朝のくもりに

今朝はやや霧がありしと思ひ居て食後のしばし南窓による

臥床《ふしど》にし吾のみかへる窓の端の南天の花穂日にかがよへり

南空一面のうろこ雲となりたるは夕づきそむるまでのひととき

大いなる熊蜂《くまばち》が一つ枕辺の窓にみゆる南天の花に来て居《お》り

窓の端の若木の棕櫚《しゅろ》の幹ながらをりをりゆるる此の昼の風に

七月詠

七月三日　桔梗咲き初む

朝床《あさどこ》に電車連結の音きこゆ再び梅雨の雨となりし日

つゆあけと思ほゆる頃庭先の草むらなかに桔梗《ききよう》咲き初《そ》む

七月五日　微熱ひかぬ

しばしばも雨の降り来て曇り空夕づくは錯覚の如くにてあり
日まねく微熱ひかぬは明けきれぬ梅雨期の気候のせいかと思ふ

七月七日　壁の絵をかえて

壁の絵を既に幾つかかけかへて籠《こも》り居《お》れども微熱はひかぬ
おいらん草の伸び揃ひたる花壇にし桔梗《ききよう》が咲きて十日あまり経《へ》ぬ

七月十日　くちなしの香

蚊帳《かや》吊りてをりし其の時へやすみの瓶《かめ》のくちなしが香に立ちて来つ

七月十三日　雷雨

部屋々々の玻璃戸《はりど》曇りてこころよし雷雨はげしく過ぎたりしかば

空くらく雷雨来し時ゆくりなく憩ひを得たる如くに居たり

はげしき雷雨はすぎてガラス戸に曇り残れるままに夕づく

幼子を守りて吾をり俄《にわ》かにも雷雨来《きた》れば顔見合せつ

まれまれに夕食後庭に立ちでるは祖母と吾との楽しみの一つ

桔梗咲きて二旬に近く伸び揃《そろ》ひしおいらん草の赤白咲きぬ

はるしや菊既に終りておいらん草と桔梗と咲きぬコスモスはまだ

幼子は這《は》ひ馴《な》るるらし日のうちに幾たびも吾のひざに寄り来つ

七月十四日　本欲し絵欲し

日もすがら微熱いでて居る吾にして本欲しと思ふ絵を欲しと思ふ

東窓まぢかくに立つ棕櫚《しゅろ》の樹に稀に来て鳴くは何と言ふ蟬

宵口の低空にわたる六月の望《もち》の月*をし暫し仰ぎぬ

七月十七日　微熱ひかずふた月近く

ボテッチェルリ（ボッティチェリ）の主を抱くマリヤの絵をかけたり。微熱ひかずすでにふた月に近し。

七月二十日　ゆえもなく心なぎおり

黒き蜂一つ入り来て昼過ぎの部屋の玻璃戸《はりど》にまつはり止まぬ

はげしき声ぞと思ふ庭木々に昼すぎてより鳴き立つ蟬を

手の甲の垢をこすり居し時の間はことゆえもなく心なぎ居り

七月二十九日　日々の苛立ち

落着き難き心と弱き身体とを持つ故吾は夜半に嘆かふ

---

*望の月　満月　十五夜の月

部屋の壁に軸物を掛け折々に替ふるを楽しみと言はむ此身ぞ
此の日々のわが苛立ちは物に憂むとふ言葉をすらに羨《うと》ましめり（山田兄に）
涼しき日三、四日続き或朝のラジオは伝ふ台風来を
南画の山水を壁にかけしめてやすらぎたるは幼しと言はむか
病ある身の疲れ故《ゆえ》暮方のこまかき雨をいとふ心ぞ
微熱ある吾に肌寒き暮方のこまかき雨は棕櫚《しゅろ》にしづくす
暮近き雨空にみゆる棕櫚の葉のゆれてしづくを落すをりをり
広窓の雨空に浮かぶ棕櫚の葉にしづくは見えて日暮が近し
ガラス窓に時折光る稲妻を寝《い》ねなむとする吾は見て居《お》り
夜半《よわ》近くめざめ居る時降り続《つ》ぎし雨強まりて軒に音立つ

七月二十日　百合咲きし事

帰省せる友の便りに報《しら》せこし北国の小さなる町の祭よ
庭隅に百合咲きし事をいくたびも母子《おやこ》して語るは幸《さち》と言はむか

燃ゆるごと咲きいでたりし幾株の百合散りたるは雨物憂《ものう》き日

八月詠

八月二日　驟雨《しゅうう》

歯の痛みをこらへつつ居る夜半にしていたれる驟雨《しゅうう》は暫し続きぬ
宵口に小さき驟雨の過ぎてより寝ね難く居り暑き夜すがら
宵口の驟雨はしばし軒先に音立てをりてうつらふらしき
宵に降る驟雨の中に声とほりて一つ鳴けるはえんまこほろぎ
軒先に音を立てつつ東南に移らふらしき夜の驟雨ぞ
家伝の軸物に親しむは年永く病床《やみど》にある吾独りのみ
夏ややに持直すらしきさまにして驟雨多き日二、三日続く

八月五日　雨

雨空の既に四日か壁にある秋果図《しゅうかず》の古紙《こし》の反《そ》りしるくなりぬ

あしたより窓辺の棕櫚《しゅろ》に音立つる雨は強まる日のくれぐれに
聴えくる小鳥の声を四十雀《しじゅうから》ならむかひわならむかと思ふ折あり
ひとしきり日の暮方に強まりし雨夜に入りていづる稲妻
パン焼くる匂ひがしてくるたそがれや朝よりの雨止みてしばらく
夕食後ほ暗き部屋に吾は居りこまかき雨は又降り始む

八月七日　朱色《あけいろ》の月

日の光多く入り来る部屋に住みて今年の秋もややに来向ふ
昨《きぞ》の夜の寝苦しかりし事などを昼過ぎてよりまま思ひいづ
窓下の虫声の中に二宵《ふたよ》三宵《みよ》馬追が居《お》りて今宵は鳴かず
朱色《あけいろ》をおびたる月が靄《もや》のごとき雲ある空にわたる浅宵
おそなつの宵暑くして低空にくぐもり照れる朱色の月

八月九日　「アララギ」二十一年度六月号

熱気味に吾臥し居りて晩夏《おそなつ》の暮れの庭に蟬はしき*鳴く
桔梗の実のまだ青き草むらに虫声はなくて午後の日が照る
遅れ着きし「アララギ」二十一年度六月号の活字薄くして目が痛くなりぬ

晩夏《おそなつ》

晩夏の頃としなりて薄熱をいまだ怖《お》ぢ居る吾よはかなし
西空に寄り居《い》る雲が晩夏の暮方の日をおほふ時の間
このままに秋に入りゆくばかりとぞ思ひ自らをあはれみ居りぬ
晩夏のひとひ暮れゆく頃にして落着き難き吾をあはれむ

*しき　しきりに

八月二十一日　背の汗

雷雨《らいう》来て暮早かりし部屋なかに吾汗あえて昼寝よりさむ
昼寝より目ざめし吾や背《せな》の汗ぬぐはず居りてラジオをききぬ

八月二十三日　白萩の花芽

秋空と空はなりぬれ病み続くる吾の心にしみてぞ仰ぐ
白萩の花芽ことごと伸び揃ひ芙蓉も咲きぬ此頃の晴

八月二十七日　柱にすがり鳴く背青き虫

小さなる灯《あか》りのもとに吾は居りひたぶるに鳴くは厨《くりや》のこほろぎ
浅宵の部屋の柱にすがり鳴く背青き虫吾は見て立つ

八月三十日　芙蓉の咲ける

風落ちて秋暑き日の暮つ方芙蓉の咲ける庭を歩みぬ

此の真昼吾降り立ちて庭萩の咲き始めたる事を知りつも

九月詠

九月二日　畑道に出でつつ

空遠き秩父嶺のあたり雲の峰崩れゆくさまにみゆる真昼間

秋の菜の芽立つ畑に吾来つつさびしむらしも昼のひざしを

とんぼ竿持ちて子等居る畑道を歩み来《きた》りぬ吾疲れつつ

黒々と土の湿《しめ》れる畑道に秋陽暑しと思ひわれ居《お》り

たまたまに秋陽明るき畑道に歩みいでつつも心やすまらず

夕ややに暗くなるころ遠く近く鳴き立つ蜩が暫くはきこゆ

百日紅《さるすべり》おはりに近く庭すみにやうやく高きは葉鶏頭《かまつか》の紅《あか》

庭一面の唐茄子《とうなす》のわきに葉鶏頭が四、五本ありて背ほどの紅

九月三日　祖母移りゆきて

臥床《とこ》の上に吾は起き居りこの宵のうすら寒きこと呟《つぶや》きにつつ
今宵やや薄寒くして広縁《ひろえん》の玻璃戸《はりど》に葉月七日頃の月が
乱れたる庭の其処此処に紅《あか》の大輪のダリヤ咲き初めし頃
憎しみを越えむと心願ひつつ幾日か過ぎて秋に入りゆく
花白き芙蓉一群《ひとむら》ある庭に陽ざしかげれば吹き降りる風
心大きく身を養へと言ひくれし祖母移りゆきて既にふたつき

（祖母（信英の母の母親）、叔母（信英の母の妹）、赤ん坊君（信英の母の妹、敏子叔母の子供）の三人（194頁参照）は、九州の曽祖母の家に疎開して行った。

祖母は九州の出身で、同じく九州の小倉藩士大前退蔵（信英の母の父親）と結婚し東京に出てきている。退蔵は東京の渋谷区宇田川町（当時は渋谷町中渋谷）の大きなお屋敷に住み、明治二十九年にはロシアの一等書記官に任じられている。

祖母は、世田谷の大原の家で二ヵ月余を過ごしたが、戦争が激しくなり祖母の実家（九州）に再度疎開することになった。二ヵ月間一緒に過ごした赤ん坊君が可愛かったことを夫から何度も聞いたことがある。

この頃、祖母にあてて夫・信英は手紙を書いている。

「……（省略）庭に一本だけあった沈丁香は、この冬隣との境のトタン塀を取りはずした時、移し易しと根を切った所ですが、それ以来全然元気が無く、今年は塀が無くて陽当たりがよいから見事に咲く事と思っていたのに、沢山ある蕾も残らず青いまま、この頃は葉までぐったりとして黄ばんできました。或いは枯れるかもしれないと思っている程です。母にはこれが一番淋しそうです。この家に初めて来た時『沈丁香は目黒のおじい様のお墓のまわりに幾本もあって、春になるとよい匂いでね、おじいさまが大好きでいらした』と僕たちに言ってくれたのも母でしたから。

母からも聞いておられる事と思いますが、疎開の荷を造るので今は家中ごった返しです。母は何やかやと言いながらも、毎日いくらかずつ皿や茶碗を包んだり、着物をつめたりして忙しそうにしております。姉も役所で色々なことを聞いてきては、ああしたらよかろうか、こうしたらよかろうか、何はさておき早くしなければと大いに気をもんでいてくれます。僕は残念ながらこの身体ゆえ何一つ手伝い事が出来ずただじっと寝て天井を見ているだけで、気が向けば万葉の歌を味わったり、気に入った小説等をぼつぼつ読んだりしています。それでも昨日は本を選んだりしたため、今日は右胸にいやな痛みがあって憂鬱な日を送っています。疎開のことで僕が一向相談に乗らないので、姉が『あなたのためにこうやって焦っているんじゃないの』と怒り出すことがあります。でも僕としては何一つ言うことができません。この頃は自分の心の落ち着きを得られず、何とかして平静な心を得たいと焦っている有様です。

今日は書から何か読もうと思って「島崎藤村全集」を持ってきて、その中から『ある女の生涯』というのを読んでみました。国学に凝り、晩年には不幸にもそのために精神に異常を来して座敷牢で淋しく死んでいった父と、さんざん放蕩をされ、何とか別れようとした仲でありながら死なれてみると不思議になつかしさの湧いてくる夫を持った主人公が、その夫の死後は、夫の放蕩から馬鹿に生まれついて四十になっても嫁がずにいる娘の世話をしながら、養子や弟たちの世話になっているが、自分も御霊様に憑かれたような不安な生活を送り、ただ一人自分の愚かな娘を何となしに頼りとしている。やがて自分では異常ないと思っているのに、弟や養子たちに精神病院入りをすすめられ、自分の最も信頼していた一番下の弟にまですすめられ、とうとう無理に精神病院に入れられ、そこで不服を持ちながら死んでゆく。その彼女の生涯の中に藤村の持つ、重い、ねばっこいような人生肯定の思想と、どこかに匂う春待つ心が感ぜられます。

読み終わった所の頁に、昨年三月二十八日のカレンダーの切れ端がしおりに入っていました。昨年の今頃もこの本を読んでいたのかと思ってみました。或いは母が読んだのであったかもしれません。

御祖母様《おばあさま》もこの頃少し御身体の具合がよろしくないようですが、春は一番いけない時ですからくれぐれも御大切にされますよう、僕も充分気を引きしめてゆくつもりでおります。

敏子叔母様も御無事でそちらに御着きになったことと思います。御身重の御身体で荷造りやら長旅やらさぞかし御大変なことでしたろうと思っています。叔母様には僕も姉も東京に来て以来は勿論、満州にいた時から、何時も色々と御世話になってばかりおりましたのに、今度はろくに御礼も申し上げないうちに御別れすることになってしまって、まことに残念に思っております。叔母様にはくれぐれもよろしくお伝え置き下さいませ。今日はもう大分書いてしまいましたからこの位にします。手も疲れましたから。

では末筆ながら、御祖母様《おばあさま》にも、徳長の叔父様叔母様にも、それから敏子叔母様にも、重々御身体御大切に遊ばされますように御祈りしております。早々」〕

法師蟬一つ飛び来てわが立てる小径に近き桜に鳴きぬ
柿紅葉《かきもみじ》はや散りそむる此の庭や目に立つまでに下草荒れぬ
白々と咲き続くるは狭庭《さにわ》にし背丈より高くなりたる芙蓉
茂りたる白芙蓉をば吹きゆりて雑草《あらぐさ》の穂に過ぐる庭風
形よく茂りおほせし庭萩のおもむろに咲きゆく今日此日頃
いづこにか夕帰り来て鳴きさわぐ椋鳥《むくどり》があり遠くより聴え来

九月四日　さまざまな事に

診療所より帰りし姉の病状をわれは臥床《とこ》に起き直りきく

今日一日は神経質になりすぎたりおのが心をいたはらむ今は

さまざまの事話し来てピアノ売るはさびしとつぶやきの如く姉言ふ

吾が心のいらだちのままに幾たびも庭に下《お》り悔ひつつ臥床に帰る

姉と吾の病状の異なりを何にくれと思ひ居《お》りて今日は過ごせしごとし

床づきて何一つできぬ吾の身を下悔《した》ゆる日の尚続かむか

浅宵の八日月のあたり煙のごとき雲出《いで》て居るは静かなるもの

興《きょう》薄きラジオも食事のたびごとに点灯す紛《まぎ》れて食進むかと

食欲の乏しき膳に吾むかふ秋暑き日夕づきて月みゆる頃

盛り返すごとく暑くして暮れゆく日姉も吾も食欲の無きを告げあふ

八日月窓の明かなるを仰ぐか殊更に食欲なき夕餉《ゆうげ》に向ひ

＊下　内心

親子して夜ふけひそひそ相語る生活にめあてある者はなく

一時間あまりかかりて食事終《お》ふ喜ばしともあはれとも言ふ事できず

気管支炎こじらし寝つく父の傍らに座りし吾よ何思ひ居るか

枕辺の小さきあかりをまじまじと吾目守《まも》る夜気《やき》にひびく虫声

わが行末まざまざと思ふ幾日あり起りし事は時々に異なりたれど

時すごし難けれど今日は夕食後ラジオ聴かずねむる新しき心地に

低空に美しきだんだらをなす雲が西に寄りし八日の月にかかりぬ

本売りにいゆきし姉の帰り待ち居りたる吾よ母とも語らず

段々に世慣れ来し事を憤りにも似し心もて語りたる姉よ

汝《し》が父の空想をつけたりの如くにも思ひ捨《す》つ自嘲の心にかあらむ

ある時にまざまざと母の感傷を憎みたり此れも一つの心

家欲しと強く思《も》ひしあとひとしきり呆然たりしはいかにも幼稚

ゆふべゆふべショパンのエチュードを熱心に弾ずる姉を臥床にみつむ

〔この歌について、山田正篤氏が批評している。13頁参照。〕

心傾けて歌集読み続くる吾なれど幸《さいわ》ひと言ふにはあまりに遠く
わが事を思ひくるるは父母等の他祖母のみと思ふ其れもすべなし
幼子が恋ほしくてならぬ時ありてやうやくにきまりゆくらしき吾が心
気管支炎こじらせし父の咳耳に入るしびれたる如き夜半の吾が頭
次第次第に悪意をいだく如くにて今しばらくは生き続くるか
一夜《ひとよる》をやすらかにねて朝明くれば事あらたまるがに思ふは何ぞ
ある時に何にでもならむと思ひある時に何になる事も恐ろしと思ふ
わが心みだれたるままに痰はくごと歌詠みつづけ頭痛くなりぬ

九月八日　驟雨《しゆうう》過ぎし

雨止みしあとの庭にはゆふぐれの青き空気がただよひそめつ
驟雨《しゆうう》過ぎしばらくありて青みたる空気が靄《もや》となりつつ動く
三時間余りの午後の驟雨止み霧下りつつ月夜となれり
雨やみし畑にいで来てもぎゆける雨雲の没陽《いりひ》にはゆるを見つむ

枕辺にアララギを積み読み返す心澄むときあると言へばありて

〔この歌について、山田正篤氏が批評している。13頁参照。〕

真昼いでて吾をさしたる秋の蚊をいたく激しくたたきつぶしぬ

姉も吾が病気にならねば今よりははるかに勉強しやすかりしならむ

いづこよりともなく木犀《もくせい》の匂ひ来るを誰言ふとなく話題となしぬ

きぞ見たる積乱雲の夕映えが暁方《あけがた》の夢にありしに気づく

異形の雲幾重にもある曇りよりもれ来る朝日影のごとく薄し

鼻血いたく吹き出す

しきりにはかながり居しは疲れからかややありて鼻血いたく吹き出す

朝明よりひどく疲れを覚え居《お》りしが昼すぎて不快なる頭痛に変る

病み疲れ何も為得《しえ》ぬ吾の臥床辺《とこべ》にて歴史書を読む独りの姉が

布団より足少し出して居りたるが原因か鼻血いでて止《と》らず

二時間余の眠りよりさめぬ夜半の月尚明らかに部屋にさし居て

そぎゆきし雨雲が山の如くにもそばだちてにぶく余光《よこう》に映ゆる
誰彼《たれかれ》のひとことひとことにも吾が心疲るるばかりこだはり止《や》まず
いたくあはく曇りよりさす朝の日が吾の枕の近くにとどく
夕空に雨雲が山の如くにて遠ざかりつつありし時の間

第二部

激しい喀血がつづく

一九四六（昭和二十一）年九月十九日～一九四九（昭和二十四）年十二月

第二部　目次

待ち居りし月

鳥二つ

姉の日ごろ

五月六日　つばくろめ

野菊そえて

五月十二日　くづほれし物の如くに

奥歯一つうみて

五月十三日　青葉のさやぐ

五月十六日　暑き夏せまりつつ

五月十九日　麦の花穂

五月二十日　姉弟二人熱出でて

春蝉の声

五月二十五日　つゆに入りゆく

五月二十六日　つぶやく声はみな涙声

五月三十一日　ぬすみうるは尚いくばくの平安

六月三日　臥床より仰げば

六月七日　つゆぐもり

六月八日　アララギ五月号来る

ピアノ

なぐさめがたく

夜の薬合わせ

六月九日　かみあひて生きゆくを現実となして

六月十二日　おもひ断片

六月十五日　言葉少なき日には

六月二十日　ほたる

朝な朝な

死にゆきし彼の少年を今思ふ

尚しばし生きゆかめども

歌集「つゆじも」読みて

観念と現実の相違

少年のいまはの床

七月八日　悲しき思ひさまざま

七月十六日　蝉の声はげしくて

むくみたる足なげ出して

星ひとつ

きりぎりすひとつ

一片の雲

友に出す歌の文

七月二十九日　母涙す

喀きし血潮も黒々と

みんみんの一つが鳴けば

青き月を浴びて

まなこをするゐて吾は血を吐く

嵐止みて

療友のいまは

朝冷えの日々に

崩ほるる如くかたはらに母寝入る
明るき夕日さし
荒壁の病処
レントゲン撮る事
うまくとれて居れよと願ひ言ふ
保健婦の今日はきて
日々を嘆かひて
船笛の遠くきこゆる
癒ゆる望遠くなりつつ
今一つの人生が欲し
病み疲れてめざむる時に
三月二十一日　骨のあらはになりしもろ腕
ハイドンの楽ラジオに鳴れる
尚も生きてゆきたし
家族の日ごろ
左胸の又痛くなりし
四月六日　桃の花匂うひと日
恋ひ恋ひて得しもの
この頃の思ひ
傍らに眠る吾が母に
未完成交響楽鳴り終りて
ソナタアパッショナタが今ながれ始む
母の荒き寝息

ラジオよりひびく
母を泣かせし
痰壷
心崩れてゆく時に
六月七日　涙いでて
九月（昭和二十三年）おびただしき血をはきて
いまだ生きたし癒えたし
十月二十一日　月が昇ればいくらか楽し
人生より金をせめるる
悲しみより離たれし如き夕の静臥
ストマイへの期待
母と共に泣きたるよべよ
友バターと幾冊かの本をくれし
十二月　ラジオ早く消したり

一九四九（昭和二十四）年

悲しみは限りなくして
原口氏訃報三首
静かな病室が欲し
或る夜は声を放ちて泣きつ
蚊帳にさす月光

母といさかへば
「どうせ死ぬんだからいい」
「病む事が罪なのか！」
熱が下がってくれなければ
寝たままの食事
松風に似し明時の雨
虹今日の夕べに
向日葵の花咲く窓に
涙は今はとどめ難しも
わが病む蚊帳のすこし動きて
療養仲間
七度五分の熱のきまりていづる
蝉鳴きやめば
台風ありて守る役割
こほろぎ鳴けど
下痢つづく苦しき夜に
病む事は遂に罪かもしれず
濃き重湯たびたび飲みぬ
実を結ぶコスモス
冬に入る夜々
わが病む命守らざらめや
椿姫唄ふレコードききゆれば
風まじり雨降る窓を
空遠き星輝くと
黄に照る窓の夕べを
路面電車日日にとどろく
夜を通し
オリオン冴ゆる夜が到れば
船笛

その一　喀血始まる

――吐きし血潮泡立つ

一九四六（昭和二十一）年九月十九日～一九四七（昭和二十二）年十二月

一九四六（昭和二十一）年

九月十九日　喀血後とどきしアララギ七月号

みき太き棕櫚《しゆろ》のま近く高つ窓に夕べ明るむ曇りが見えて
松虫が間をおきて鳴く午後の風嵐にも似て吹き居る中に
喀血後とどきしアララギ七月号自ら蒲団の下に入れ置く
窓近き棕櫚にさしたる昼過ぎの薄陽はもやの如くにも見ゆ
降りつづく雨静かにて朝《あした》よりしきりに百舌鳥《もず》の移り鳴く声
病まだ悪しと思へどとどきたるアララギを姉に読みて貰ふも
昼過ぎの薄陽窓ぎはの棕櫚に射《さ》し濁りたる風折々過ぐる

十月一日　我が吐きし血しほ泡立つ

うがひ吐きし器の底になほ見ゆる血しほや色のやや変りつも
うつ伏せに近くなり居て我が吐きし血しほ泡立つ器おさへもつ

かけられし毛布の下の我が体喀血半ばにて熱出で来《き》たる

静かに我がつく息の一つ一つ血がいたくにほひ心やすからず

再び仰臥して医師の言葉聞きつ口中に強く血のにほひして

俄《にわ》かにも明るみを怖づる如くにて血にむせびつつカーテンを皆下《おろ》させぬ

夜々に鳴く鳥

カーテンを閉じし病室《へや》に我れは聞く明るき庭に来る四十雀《しじゅうから》

一日の記憶としては明るかりし陽ざしと百舌鳥《もず》の声とありて暮るる

何鳥か知らねど短かき声なして夜々に鳴く鳥が居りたり

黄に染みし朝空が窓に見え居りて恋しかりにし一時《ひととき》ありぬ

昼食はミルクにて煮たるパンを食べ野菜スープを飲みて厭《いや》かなく

病巣《びょうそう》の微妙なる動きに日すがらの我の思ひは往《ゆ》きてやまなく

秋の日が午後にまはりて窓際《ぎわ》の棕櫚《しゅろ》に赤かりし事ぞ身にしむ

胸の氷かえくれし母

いたるべき所までつひにいたれるならむと添い寝の母を見つつし思ふ
九月十二日かわたれの明り*に胸の氷かへくれし母を記憶にとどめむ
往き行かむ心よはりて思ふ時なほあはれなることはなになに

棕櫚《しゅろ》の木

棕櫚《しゅろ》の実を喰みに来たりし小鳥等か樋《とい》の上にて歩く音聞こゆ
いづくにか余光残りて棕櫚の樹が黒々と窓に見え到る時
高空に余光あたりて形なき紫の雲東に動く
窓近き棕櫚が明るく見え居りて白き空より疾風《はやち》吹き来
かたむきてすでに時経《へ》し午後の陽が棕櫚の葉間《はあい》に照りみだれ居り

*かわたれの明り　はっきりものの見分けのつかないまだ薄暗い明け方

幻の如く

現実か意識にてなほも幻の如くあり経ぬ一月あまり
静臥にて思ふなべては我が生くるこの現実にかかはりもなく
静臥の日幾ゆく頃に故もなく嗅《か》ぎ親しみぬ穂しそ一茎《ひとくき》
つげの樹に熟れし樹の実を手にとれり熟れたるものの匂ひ愛《いと》しも
小夜更《さよふ》けのはり戸に白く明るみをたもつ曇りが見え居て寒し
空なべて白み渡れば流れよる霧明らかに見えてはやしも
僅かなる風出でしかば室内《へやなか》に流れ入る霧は早さを増しぬ
部屋中に流れ入りたる朝霧は粉雪の如く見えてただよふ

庭中の鳥

霧深き樹立《こだち》の中に百舌鳥が鳴き又ひとしきりして尾長らしき声
庭中に飛ぶ朝鳥が陽あたりしカーテンに速き影を落しつつ
南天の実つげの実もうれて小鳥等の喰み喜ばむ時近づきぬ

細き虫声

午後遅き陽ざしは庭の一隅に照り集まりて細き虫声
松虫の鳴きつぐ庭や風出でてかがやく如く午後の日は照り

心しづめむよすがさへなし

浅宵の庭に冷めたく雨そそぎ心しづめむよすがさへなし
夜半《よわ》に降る時雨《しぐれ》は庭にしてつぶやきの如き音をたてつつ
眠むるべく思ひ定めて居し夜半の我やわずかにたひらぎ得つつ
雲あひに明るく照りし月かげは斜めより我の部屋隅にさす

月光《つきかげ》

雲きれし時きわ立ちて明るきは臥床《ふしど》に添ひし壁に照る月
我が被《か》つぐ蒲団の襟に枕べの窓より入りし月照りて居り
月光《つきかげ》は明らかにしてただよへる夜露煙《よぎり》の如くに見えつ

降《お》りそめし夜露の中に月照りて余光の如く空を白くす
部屋隅に青き月光さし来つつ浅宵となれば熱ややひきぬ

コスモス・ダリア・山茶花の咲きて

枕べの瓶《かめ》にゆれ咲くコスモスに眼《まなこ》さだめて暫くあらな
枕べの窓ゆ＊しみら入りくるは既に色なき夕べの光
夕明り窓に残りて部屋隅の瓶のダリヤはなほし見えつつ
ダリヤの咲きなむとするこの花の濃き紅は幾日保《たも》たん
昼近き日の下にして山茶花《さざんか》の花により居つ黒き蜂らは

黒々と立つ棕櫚《しゅろ》の一群

汚れたる窓の向ふに見えながら午後の日に染む棕櫚《しゅろ》美しく

＊窓ゆ　窓から

雨あたる窓の向ふに薄黒く棕櫚見え居りて幹太きかも
窓あかり畳みにとどき始めつつ風雨午後にはおさまる気配
黄《き》に染《そ》みし棚雲が見え山茶花の咲くこの窓は既にかげりぬ
星低くかがやく時に窓外《まどそと》に黒々と立つ棕櫚の一群《ひとむれ》

窓外《まどそと》

眠《い》難《ね》く吾がある夜半《よわ》や枕べの窓に星あり光鋭し
朝光り壁に射《さ》し来て我が臥《ふ》せるむなしき部屋は明るくなりつ
さへぎりもなき空となり暮れ行くに南に細き月照り始む
青木の実色づき行くを母語る我が臥床《ふしど》より見えぬ窓外《まどそと》
悉《ことごと》く紅葉過ぎぬと床のへの話に聞きしことぞ身にしむ
花小さき冬の水仙花瓶に香に立つ今朝や心静めむ
紅《くれない》の深き南天朝の陽にかがよひ立ちて我が眼《まな》かひに

山田兄来る

床の辺に坐りし友に蒲団より我が蒼く細き腕《かひな》さし出す
今日来たり我れの床辺に語る友黒き詰襟の服新しく
わが知らぬドイツ語をまじへ語る友黒き詰衿服を今日は着居りて

〔山田兄　11頁参照。〕

一九四七（昭和二十二）年

あわれ年の夜

正月の休暇帰省も近づきて明るき日々を友生くるらし
さへづりを持たぬ冬鳥窓近き木立《こだち》に時に枯葉《かれは》を鳴らす
ひきそへし風邪に苦しみ我一人眼ざめて居りきあはれ年の夜

正月　ことほぐこころ保ちて来たりが

新年を寿ほぐ心この一日《ひとひ》たもち来《きた》りて今いねむとす

重き蒲団の下に寝がへりをうつ時に目じりにたまる涙を拭ふ

ボルシェヴィキと言ふ言葉今夜しみじみとくりかへしつつ尚しねられぬ

しづめ難き吾の思ひやありありて今夜《こよい》はおそる腸の結核

岡本倬君来る

この語る友もやせたり油気の少なき髪をかきあげてをり

髪わけてやつれ目に立つこの友よ言葉すくなに勤務《つとめ》を語る

〔岡本倬君　まさちゃんと呼んでいた。奉天（現在の瀋陽）の小・中学校時代の友人。第一部59頁参照。〕

吾が足なぜて思ふ

ふとんの下に細き吾が足なぜて思ふかくやせていつまで生きられるものか

病ある吾の此の持つやすらぎも家財売りはてし時に消へなむ
吾が叔父が夜の病室《へや》に足音を忍び入りきて吾をはげます
ドアを閉め吾が病室にひとり居り隣室に低き母の声姉の声
北風は吹きとよみをり日あたりて明るけれどもゆれ止まぬ棕櫚《しゅろ》
窓外に立つ棕櫚の木は午後の日に鋭く光る葉末《はずえ》を持てり

四月二日　中川叔母の死

朝十一時　中川叔母の訃報突然いたる。

この我が心ゆらぎはすべもなし死にせるむねの電報一つ
ひたすらにわが愛《いと》しみし幼子は死にたる母のかたへにをらむ
今は心しづまりぬべし苦しみを口に出さざりし吾が叔母死せり
今は吾が心せめなむとす口に出す言葉ことごといつはりに似たり
おどおどとしたる母かも世話になりしかの妹を死なせしと言ふ
ひとりわが部屋に居りつつ心苦し何と何を彼の人にわびたらばよけむ

つひにまなことぢてたえをり春嵐吹きやまぬ今日は納棺の頃か
めをとぢてすなはち浮ぶ面影にわが胸せまる苦しきまでに
ひとり居て目をとづる時わが心僅かに堪えてやすらがむとす
枕辺のノート静かに吾がぬぐふ砂吹きやめずこの昼の風
八重桜木蓮も庭に咲きみちてひざし明るき時にはなりつ
苦しき一生《ひとよ》をおへてかの叔母や三とせにみたぬ子を遺《のこ》しけり
吾が枕辺に来《きた》り涙して吾をいさめくれしことあり忘れがたしも

〔中川叔母は夫の母の妹で、結核療養をしていた。世田谷の大原の家で、中川叔母夫婦とその子供、祖母らと二カ月ほど一緒に過ごしていたことがあったので、夫の悲しみは大きかったであろう。194頁参照。〕

四月二十四日　激しき思ひ残して

ゆうべゆうべなくかうもりをわれききて悲しき声の如くに思ふ
うつつなに人は死にゆきぬ枕辺に仰ぐはり戸に夕雲一つ

激しき思ひ残して死にし人吾はもてれば目をとぢ難し
わが叔母のいまはのさまを聴きて坐り光明るく夕ならむとす
俄《にわか》なる死におどろしきし心かもいまはのさまをきけばすべなき
彼の人も尚《なほ》し死にたり今はもよ*世を怒りつつすべなく居らむ

「アララギ」にいくたびか出せど
いくたびか出せし吾が歌ことごとくのらざりしかもこぞのアララギに

何という鳥
この日頃新らしくふえし鳥声がいくつかあれど名はみなしらず
わが窓にたるるしゅろの実はみなれし此の鳥したし何と言ふ鳥
日当りて明るき縁かひさしにはしきりに鳥の足の音きこえて

---

*もよ　強い感動を表す　ねえ　ああ……よ

花瓶の山吹

花瓶の垂枝《たりえ》山吹部屋すみに光音なくあるにもにたり
窓ごしにまもりつさびし夕明るき空にひろがりて咲きみてるさくら
昼の風しづかになりぬ枝ながらゆれつつしるき瓶《かめ》の山吹

四月二七日　春日

みだれたる心おちゆくと時に吾等うつろに似たる声もて笑ふ
窓外《まどそと》に白くしそよぐ棕櫚《しゅろ》の葉やたけにし春日定まらんとす

一生今《ひとよ》尊くて

わがこうべ傾《かたむ》くる時からくして縁に見え居つ梨の若葉は
朝毎のめざめ物憂き事なども母より他に吾は語らず
ひとりにて臥し居る時の吾が思ひまでに言ひ及び母泣き給ふ
老ひ母にまもられ死にき苦しむ事も多かりし一生今尊くて

棕櫚《しゅろ》の樹に垂れし枯葉《かれは》が午後の日に尊きばかり明るく照りぬ
常臥《とこぶ》しの臥床《ふしど》の朝明まだ暗し寝起きの汗を額にぬぐふ

四月二九日　朝の風

さきのこる梢の桜窓越しに明るくみえて立つ朝の風

五月五日　「アララギ」を読むときに

アララギをわが読むときに職あり健康ある人ののどかなる歌
葉桜となりし梢にこの朝《あした》雀居りたり何かはみつつ

待ち居りし月

東窓の右はじに細き月ありし記憶は午前二時頃の物か
日暮より待ち居りし月枕辺の窓より吾を今し照せり
月明るく窓より入ればクレゾール液の反射臥床《ふしど》の足許の壁に

鳥二つ

鳥居て二つ鳴きかはす声したり窓より仰ぐ白き昼空
棕櫚《しゆろ》茂る窓より仰ぐ昼の空たまたま鳥飛び去る
ゆたかなるさつきの花が花瓶に次々開きゆくさまみれば

姉の日ごろ

帰りきて胸痛む所を訴え居りし姉横になりいらいらと新聞をよむ
此の春にふたたびつとめかへむとする姉はいひへりて朝々出かく

五月六日　つばくろめ

あしたより降りつつ細き雨の街なき居る鳥はつばくらめらしく
月明き今宵すがしき風立ちて遠くよりきこゆ木菟《みみずく》の啼く声
街空に時々啼き居るかうもりよ月夜となりてくらき木立

野菊そえて

色あせて大いなるかな五月鯉
庭すみに静かに柳絮《りゅうじょ》*飛び居りぬ
柿若葉揺れ居るさまが窓ごしに
桐の花未だしと友を仰がしむ
霊前の花束に野菊そえて折る
常臥《とこぶ》しの身は年惜しむこともなく
おぼろなる夜頃となりてゆくジープ

五月十二日　くづほれし物の如くに

緑葉の色ます庭を日々みつつ既に保たむ心あらなく
くづほれし物の如くに吾居りて日々のラジオを僅《わずか》にたのしむ

*柳絮　白い綿毛のついた柳の種子

枕辺のかめに眠りよりさめむとする蘭のたくび[*]の白花あはれ
柿の葉の色ますさまを時に語るすさびし日々を吾は送れば
枕辺の窓ゆ仰げばこの宵の空に輝く星もなかりき
この路地の夜更けて入り来しジープありてライト時の間窓を照す

奥歯一つうみて

奥歯一つうみて口中にうみの香のただよふままに幾日かすごつ
をりをりに痛みくる歯も幾日かすぎればすべなきものときめ居つ
むなしかる吾の思ひをゆるべく[*]はうつつに迫る苦しき話
おのづから汗ばみねむるわが顔に近づき止まる昼の蠅
おのづから汗ばみねむるわが顔に止まれるはいは間をおき動く

＊たくび　最後（を飾る）
＊ゆるべく　揺るがすであろうこと

五月十三日　青葉のさやぐ

わが窓に見え居る桜美はしき青葉となりてさやぐ朝々
しゅろの葉にしたたる雨滴《あましずく》まびさし＊の陰《かげ》に入るとき僅に光る
二日降りし雨晴れて俄《にわか》に青き空わき居る雲のいたく輝く

五月十六日　暑き夏せまりつつ

既に暑き夏せまりつつねつきあしき幾日かあればはや心なゆ
桜の葉蒼く輝く頃となり街には多きつばくらの声
薄雲の中の春日や棕櫚《しゅろ》の木の太幹に垂れし葉の影動く
縁ひろくあけしめ臥床《ふしど》より吾は仰ぐ梢に高く咲く桐の花
微熱ある体ささへてつとめより帰り来し姉に何を言ふべき
胸たえずうづける事を吾言へばうなづき居たりこの姉も病人

＊まびさし　窓の上の狭いひさし

五月十九日　麦の花穂

枕辺におかれしは麦の花穂にてこぼれ居る花粉僅《わずか》に黄なり

五月二十日　姉弟二人熱出でて

十九日夜より姉も高熱を発す。

庭木の葉おのもおのもに陰《かげ》をもつ頃としなりて雲の明るさ

青蚊帳《あおかや》をつりてねむりに入らむとすはかなさすでにゆらぐ心よ

熱いでてさめ居る夜半《よわ》のかやのうちほこりのにほひ少しただよふ

姉弟二人やむ事も遠くにてきかば小さなる事にしきかむ

遂に熱をだせし姉か無理続きし一と月のつとめ思ふだにあはれ

隣室よりきこえくる姉のをりをりの声明るきをたのみとなして

夕あけて熱ややさがると言ふきけばまゆをひらきて夕餉《ゆうげ》に向ふ

春蝉の声

小綬雞《こじゅけい》がもやあがりゆく木立にてしばらくなけり高きその声
薄雲のひろがる宵空明るくて一つの如し遠き蛙ら
春蝉の一つの声や梧桐《あおぎり》にエプロンを外さぬ姉や日向ぼこ
春の雨ふらなむとして暗き部屋枕辺の窓広くして夏嵐

五月二十五日　つゆに入りゆく

つゆに入りゆくべき雨がふりつづくさまをしみればなべて静かに
くもり空暗くなり時に明るくなりしつつ細なる雨降りつづく

五月二十六日　つぶやく声はみな涙声

立退きをせまる荒声わがやめる部屋にきこえてふけまさる夜
ののしりてせまる家主の荒き声もだしさす父母の姿浮びく
鼻血いでて居るを思へどわが意識悉《ことごと》く隣室の論争《あらそい》に向ふ

たかぶりてをれど出すべき言葉なし結局は死を怖るる吾か
わが生命あるはにぎれる論争か体熱くなりめくるめき思ひ
かく苦しき人生《ひとよ》なりしとまなぶた*のうるむ感じ遠きに似たり
たかぶりの去らざる夜の明けしかばいたくはかなし空の明るみ
家に居りて顔をあはせし親子四人つぶやく声はみな涙声
ひとよあけていひかしぎ居る*吾が母の足の音をきけば涙あふれし
窓外《まどそと》は雨こまかなる夕となり部屋にほのかに虫とびて居《お》り

〔アララギ（一九四七（昭和二十二）年十月号、二十三頁）にはじめて採用された歌。〕

雲間より日はさし居りて棕櫚《しゅろ》の木にまつはる蜂は影落し飛ぶ
一群《ひとむ》れの棕櫚の茂れるわが窓に今宵輝く白き星二つ
真面目に自殺論じ合ひて居たりしもゆめともうつつともつかざる思ひ

---

*まなぶた　まぶた
*いひかしぎ居る　言いだしかねて居る　口にだして言えないで居る

わが前にひろがりゆかむ現実に立ち向ふべき身の力なし

何一つ思ひ始めても解決なしいたづらに心しずめむとしつつ

わづかに鵯《ひよ》鳥のやすらぎをぬすみては迫る現実にくりかへしおののく

自殺をもよしとなさめどおそれ居る心をいかにあつかはばよき

病死といふ言葉たはやすくあらめどもせまり来る苦しみに身はふるえをり

気にかかる事からまりて重き頭ひねもす窓に向けてやみふす

〔この立ち退きを迫られている家は一九四五（昭和二十）年五月二十五日の空襲の日に、姉の知り合いをつてに引っ越してきた経堂（一家のだれもがみな「経堂の家」と言っていたが、正式な住所は世田谷区世田谷町）にあった借家である（１４３頁参照）。姉は自分のピアノと一緒に先に引っ越していて、皆が引っ越したその日に元の家（世田谷区下北沢大原町）は全焼し、たった半日の差で、一家全員が命拾いをした。その後この借家には二年住んでいた。この家の立ち退きを迫られて、一家四人の切実な思いが伝わって来てとても切ない気持ちになるが、夫はのちに私に「大家さん自身が住むところがなかったのでしかたのなかったことであろう」と語ってくれたことがあった。この八カ月のち、現在の住居地である南青山（当時は高樹町）に引っ越すことになる。〕

五月三十一日　ぬすみうるは尚いくばくの平安

みだれたるわが起き伏しにきびしかるうつつは迫る間《ひま》もおかず
月明るく部屋にさす夜をいねむとすぬすみうるは尚いくばくの平安
まぢかくの棕櫚に音する風ありてくもれる空の下にわが臥す

六月三日　臥床より仰げば

しきりにもなける雀か臥床《ふしど》より仰げば低きつゆ空の窓
幾日かこぼれつづきて棕櫚の木の太幹の花は今朝やや淡し

六月七日　つゆぐもり

つゆぐもりたれ居る窓を臥床より日のをりふしに吾は仰ぎぬ
つゆぐもり暮れゆく頃の窓あかり翅音《はおと》をもたぬ小虫とび居る
壁白き部屋に吾居り梅雨の窓ゆふべとなりてややかげをおぶ
しゆろの花こぼるる音のありたりし彼の幾日も忘れがてなく

六月八日　アララギ五月号来る

編集所便の小さなるわく内に会費値上りかかれをり
アララギ来り先づ見るは巻末の編集所便会費値上りの額

ピアノ

ねゆきし姉のピアノむかひ弾くは体弱き十五六の少年
エプロンにてにぢむ涙をぬぐふ姉買われゆくピアノを戸のかげに送る
ピアノうりし金にて土地買ひ家たてむと言ふ父のかくも大げさなる顔
にぢむ涙ぬぐひぬぐひして口ごもる姉の勝気はわがよくしれり
雲強くかがやきすぐる枕辺の窓に朝よりカーテンをひく
かたはらにはづされてあるガラス戸に曇れる宵空のうつりてをり
ほの白く曇れる宵空仰ぎみて今日の眠りにわれ入りゆかむ

なぐさめがたく

本の事相談にくるわが姉をなぐさめがたくみつつ臥しをり
熱いでて居りつつつとめにいく姉をとどめんとして吾口ごもる
われに買ひてやるべしとあてもなき事をも言ひぬ姉嘆く時

夜の薬合わせ

いくたびかとりかえ来つわれの花瓶に紫露草をさきつがしめぬ
行く先にあてどあらざる荷づくりか口重くして動き居る父母
療養所に入らむとしつつわが心とりとめもなしただ日々に臥す
腹痛くじゅくみんを得ざりし夜の薬をいらだちながら数合はせたり

六月九日　かみあひて生きゆくを現実となして

とまる時するどき音を立つる電車夜ふけて雨のふりふる街に
宵におぼろに星みえ居しがねむられずわが居る内に又雨となる

ぬか雨のふり居る夕べかへりきて熱もつらしき姉のひたひよ
バラックならすぐたててやると言つたと言ふ話までには受とりがたし
かえりみてかみあひて生きゆくを現実となして日々は過ぎぬ
くもり空みだれゆきつつ凪いでてあやしく白き雲をながす
くもりつつくれし窓より蛾はいりてほのかに白き壁に翅《はね》打つ

六月十二日　おもひ断片

さまざまに迷ひ居りたりゆくすゑの暗く苦しきは定りをれむ
かくもありつつあれど思ひみてうべないがたし*吾のさだめを
今朝少し起きてみしが故なきはきけはかなくなりて午後を臥し居る
ただ一つアララギに慰められると言う話も今はうべなむ*と口にしかば

---

*うべないがたし　みとめがたい
*うべなむ　もっともなことだ

生活の苦しみを言ふらしき葉書直に反ぱつし吾が身を思ふ
幼稚なる吾が感情を改め得ぬままにしてこのきびしきにあわれとも思ふ
現実のきびしさためさるる事なかりしすぎゆきとあわれとも悲しとも思ふ
新聞の片すみにある自殺記事めにしむるなりひとりよむ時
御体を御大事にとかれてある葉書わがみるときはみなそらぞらし

六月十五日　言葉少なき日には

苦しみて生き居る人が相あひてわが悲しみを口にし難し
言葉少なくわがなるときに野呂栄太郎を語り市川正一を語る

六月二十日　ほたる

南天の花かがよふこのまどにわが悲しみをややはむとしむ
黒き翅《はね》につつまれているほたる一つ枕辺にてよべばいねたり
しづかに紙の上にはわせて草なえ居る間に置けば動けり

朝な朝な

夜半《よわ》さめて咳き入る吾やかたはらのくらき外床《そとど》にて母もさめ居る
わが病気は深きか朝な朝なひそかにおそれ咳し痰はく
麦をとぐ音やみまなししらじらと曇れる昼の空のもとにて
夕となりて俄《にわか》にはれし梅雨の空気はやがて棕櫚の影立つまどに
七時過ぎやうやくくらきこの窓に仰げば低く居る星一つ
つゆくもり夕暮せまりてしゆろの葉にわづかにさやぐ風邪いでてをり

死にゆきし彼《か》の少年を今思ふ

死にゆきし彼《か》の少年を今思ふ涙でほさむばかりになりし
友死にてふた月すぎぬをりをりに夢に立ちくるおもかげあはれ
白きおもゑみさしながらはれやかに居まししし事もかなしき
おのもおのもいきゆかむとすはらからら相離り居て会ふ事もなし

〔この少年は平塚療養所で同じ病棟に入院していた中島孝雄君、十五歳。仲良しの療友

は中島のボーヤと呼んでいたと聞いている。夫は十六歳。5頁参照。〕

尚しばし生きゆかめども

かがやきてすぎゆく雲かつゆばれの空ひたぶるに風いでて居り
すべもなき思ひをもちて吾が居るに浅夜となりて星はかがやく
雨なかり夕となりし窓の外庭木の梢ややゆれて居る
つゆあれの風はひねもす吹き居りて僅かに清し瓶の白バラ
白妙のバラ咲きなんとする庭につゆあけ近きさざしきて居る
尚しばし生きゆかめどもくるしみをしのぎたへむと言えゆるか
額《がく》の花色かわりゆくこの庭につゆの終りのぬか雨つづく

歌集「つゆじも」読みて

尚静かに居るはいくばくとゆふべゆふべ歌集つゆじも吾はよみつつ
歌集つゆじもをよみたのしめりいきゆかむ心利《き》もなき日を送り居て

うんぜん*に登れる茂吉身の病守りつつ悲しき歌をのこせり
山峡《やまがい》に深く入りゆく道の上に歩みとどめておりたる茂吉

観念と現実の相違

この心今は沈《しず》めてまもらんむぞ瓶に小あぐる白バラ一つ
観念と現実の相違等言ふも吾にはすでにかかわりもなし

少年のいまはの床

少年のいまはの床にただ一人居りたる事を悲しみつたふ
なきがらのもえゆきしさま言いすてて語りつぐべきこともはやなし
なきがらをおさめしひつぎもだして釘を吾等はうちぬ

---

*うんぜん　温泉嶽《うんぜんだけ》（現在は雲仙岳、長崎県）のこと　茂吉は大正九年七月二十六日に島木赤彦らと温泉嶽に登っている

少年のいまはのへやの暗かりしかのありさまを今ぞ思はむ
あはれなる話しをしずかにききて坐り声をひくめてくやみを申す
〔少年は平塚療養所で同じ病棟に居た療友。5頁参照。〕

七月八日　悲しき思ひさまざま

身の病おもひわびつつ暑き日を臥し居る吾を誰知らめやも
南窓まぶしき故に朝よりカーテンをひきてあける事なし
切り花に青く小さなるむしをりて今ためらはずわが腕を出さなむ
あおさくもわがうでをはひて居り瓶《かめ》の小口に移るははやし
蝉の声初めてありし今日暮れて空一面の夕焼けし雲
心しくしくとわがゆくすえを思ふ時歌よむ友がかくも恋ほし
苦しみにたえて有り経し彼の人もむくはるる事なくて死にたり
蝉の声ききつつ思ふ生きがたきこのうつし世に吾いきする事
紅《くれな》ひにはゆる夕窓病ある床に仰《あお》がな心しづめて

わがまなこ今はりつめてまもらんぞくずれ果てむとするこの心
一つもみたされえむと言へどわづかなる身のやすらいを欲《ほ》りつつあはれ

七月十六日　蝉の声はげしくて

窓の向ふまだ日の残る木立にてゆふべのせみが鳴きはじめたり
蝉の声暫くはげし没《い》りつ日の光中空に流らふ頃を
蝉の声かくはげしきにカーテンをとぢたる部屋に病みて衰ふ
蝉の声たえざりし一日《ひとひ》くれそめて白々とせる雲のひろがる

むくみたる足なげ出して

苦しみて吾等生き居ると朝明の空の碧きをみつつしあかず
むくみたる足なげ出して吾は居り疲れかさなりゆくをなげきて
夕光陰となりにし窓に一枝《ひとえだ》の楓《かえで》はいまだ日をうけて居り
夕近き日を浴びる木立窓にみえ風立つ時にいたく明るむ

わが庭のなべて日かげに入るころはやきて虫のなき始めむ

すでにしてすぎし五年を思ふにも心統《す》べがたし病臥の床に

夕鳥の一日くるときほのかにも色ある空を仰ぎあかなく

星ひとつ

常のごと窓にかがやく星ひとつ病み疲れたるわがねべきころ

きりぎりすひとつ

病ある吾の臥床の浅宵にいねむとし居つなくきりぎりす

窓下になくきりぎりす小夜床《さよどこ》にしづかにきけばひとつなき居る

一片の雲

夕となり子供の時間の放送をききほる吾よ何によりなむ

涙してわがねたりしがひととせももたざる今に死にて母切なし

おいらん草さかりとなれば思はゆるこの花の関心わかれゆきなむ
一片の雲夕映えてわが見居るはり戸の空に今し動ける

友に出す歌の文

幾度めかの痰吐きおへてかきつげり友に出さむとする歌の文
わが友の油絵一つ壁にあり朝な夕なに吾みつつ臥す
〔山田正篤氏の油絵。夫・信英亡き今も夫の机の壁に飾ってある。〕

七月二十九日　母涙す

つひにみん血ふくむよ苦しみよあはれと言ひて母涙す
蝉の声激しきかなとつぶやきて午後の静臥を吾はつづく
暑き日はたえがたくなりて居り昼過ぎのはりどに風のなぎし棕櫚《しゅろ》の木
午後遅き空に明るきひとひらの雲あるさまをわがみつつ臥す
ひぐらしはなき始めたり日の光残れる雲はあはあはとして

高空になづさふ雲に没《いり》つ日はほのかに色をとどめつつをり
中空に光残りてをりしましばらくありて夕焼けとなる
高空にもやのごとくにありし雲今ひとときに夕映えに入る
風今は収まりはてて暑かりし一日の果《はて》の夕映え赤し

喀《は》きし血潮も黒々と

暑き午後やうやく遅く家のかげに半ばは入りし棕櫚窓にみゆ
傾きし午後の光にてらされて今動くなり庭木の梢
暑き日の午後深くなり青の色あせたる如き空に雲いず
夕づける空まだ青き吾の窓かすかなる虫の声立ち始む
すべもなき事と自ら言ひにつついつとせへたりすぎしいつとせ
血をはきて苦しむ部屋に盛んなる稲妻は照る荒るる夜となり
咳き上げて匂ふ血潮は音を立つわがつく息の一つ一つに
息つまり苦しき時のややありて血の収まればまどろみに落つ

かすかなる努力続くる思ひにて血をはく臥床に諦めを保つ
吾が喀《は》きし血潮も今は黒々と器の底に沈みそめたり
ろうそくの炎揺れ居る暗き部屋外の面は雨のすぎて香に立つ
暗き火のもとの器にそこばくの吾が喀《は》きし血は匂ひして居り
蝉なきて暑き日となる日すがらの臥床に赤き血をわれは吐く

みんみんの一つが鳴けば

さよ床に吾がいきどほるすべなきや鼠音する暗き家内《やぬち》に
自が父にうとまれながら病む吾よ今宵むらむらと憤りわく
月いでぬ夜半《よわ》となりたりよるべなき臥床に低きわがいかり
既にして悔てかへらぬ身となれば淋しくなり又いきどほろしくなる
午後遅き庭の日ざしにみんみんの一つがなけばこだまの如し
蝉のなける木立は窓とほく青葉の色の昏れつつ久し
夕空の光すみつつ蔭だてる木立に歌ふ一つひぐらし

青き月を浴びて

病む部屋の白壁にうつる夕空のくれなゐみつむ数分の刻《とき》
窓外《まどそと》に静なる棕櫚《しゅろ》にくれなゐの夕べの光今伝ひつつ
夕雲の明るき空におのづから鳴るごとくにて鐘ひびきなる
仰ぎみる夕雲淡し間を置きて聞こえくる鐘の音風にすみつつ
苦しみてついに死ぬべき身を思ふ今宵は青き月浴びて居り
こほろぎのきこゆる窓は浅宵の月の光の流らふる窓
かねたたきひそかに鳴くをわがきけば夜空はなべてうるほふらしく
かねたたき鳴く声聞けばこの夜のしみらにうるほへるらし

まなこをするゐて吾は血を吐く

棕櫚《しゅろ》の葉の垂れ居るさまが静かなりまなこをするゐて吾は血を吐く
部屋すみに流るる月は白壁に照る所のみ青く輝く
定まりて苦しき吾のひとよかももだゆる事も今はせなくて

収まりし熱を許れどすべもなし遂に働きえぬ身思へば
働らきて銭得る事を思ひみる遂にはるかになし得ざる事
さまざまに病の末を思へれど苦しみ死ぬよと言ふは易しき
相語るは遠く過ぎし日の事にして病む吾に母は夕餉はぐくむ
こまかなる雨も止みしか窓下に今宵声すみてなくきりぎりす
窓下に乏しき夕の虫の声背痛き臥床に今日の日を終ふ
暗き土間にこほろぎなけり吹きつのる外の面《とも》の嵐夜に入りつ
目をとぢてねむりに入らむ窓外《まどそと》は小夜更け近き嵐のとよみ*

嵐止みて

夜ふけて嵐止みたり風の音おだやむ窓に黄なる星いづ
曇りよりもるる光に白き部屋瓶《かめ》の鶏頭の紅さえて居る

*とよみ　鳴り響《ひび》くこと

窓下に昼こほろぎの声きこゆ日ざしの中にかすかなる声
雲出でて日ざしよどめる昼の窓鳴き移るもずの影時にみゆ
もずの声きこゆる窓に日もすがら吾向ひ居てたびたびまどろむ
むらがりよる蚊を追ひしわが臥す時に向う家に夕の雨戸ひく音

療友のいまは

相同じ病ひに死にきと言ふきけば心乱れて日まねく思ふ
父も母も来たらざりしと怒りつつ少年のいまはの様相伝ふ
相共に病養ひてをりしかば忘れ難し素直なりし少年の面わ*
わが怒り今悲しみとなりにつつ我に相似し人のこへきく
法師蝉朝よりなきてひざしとどく明るき窓は照りかげりしつ
鐘の音四方にひびかふ静かさや空に夕べの紅のこりつつ

*面わ（面輪）　顔の輪郭

歌を詠み詩を詠みて健かなる友よ臥床にてわが歌を記しつつこほし
〔平塚療養所にて共に過ごした中島君のこと。5頁参照。〕

朝冷えの日々に

重ねきる毛布重たく朝冷えの既にいたれる部屋にめざむる
部屋すみにはづされし窓に星もなき夜空うつりてふけゆくおそし
朝夕の冷えは俄《にわか》にいたるれば足冷えて日々の臥床に横たはり
大病をおへて地方にいゆく友今日わがために来《きた》りてにこやかに語り去る
人一人の命に関りあらむ事淡々《あわあわ》と吾はさして悲しまず
尚残る蝉は日毎にきこゆれどむなしき迄に空明るみつ
棕櫚の木に明るき秋日照りしみて光を放つ蜘蛛の巣もみゆ
秋日ざしあふるる窓に山茶花《さざんか》の蕾《つぼみ》かぐろきほつ枝《え》はみゆる
足ひえて臥し居る吾は淡々《あわあわ》ときぞの夜の夢のつづきを思ふ
すこやかに友等はありて或る者は学び或る者は早く世に出づ

涙たるばかりに人を思ふとも又あきらめて居りとも伝ふ
棕櫚の木の梢にいまだ秋日残る冷たき迄に色なきひざし
夕さりて曇りとなればやや寒しからからと稲こきの音なほひびく
涙もろくなりしを母の訴ふれど力なく吾は黙し臥すのみ
更けて降る雨清ければ月なくて暗き夜半《よわ》を吾は恋ひつつ
朝窓にすでに出て居る黄の雲のあざやかなればうつつともなし

今宵昇る月冷たくて

今宵昇る月冷たくてわが窓は白々と物の影をうかべつ
月光《つきかげ》は壁にななめに照りそめつやがては臥床《とこ》の吾をも照らさむ

日暮れの近き庭

黄なる雲いでて日暮の近き庭かねたたき窓の近くになけり
脱穀機の音は俄《にわか》にやみたればむなしき空に照れる黄の雲

白き芙蓉の朝の花弁にうす黄なる花粉はちりぬ匂ひ立つまで

枕辺に歌集幾冊もてれども

うつぶせになりて夢よりさめしかばしばらく吾はみじろぎもせず
夜毎みる苦しき夢もすべもなき現身《うつしみ》故ゑと人に語らず
枕辺に歌集幾冊をもてれどもいらだつときはまぎらしがたし

夕鳥の声わく窓に

むら鳥の声落ちくれば黄に染みし夕べの窓を吾は仰ぎつ
むれわたる夕べの鳥は黄の雲の遠くただよふ地平に消えつ
うつうつと臥床に夕を迎ふればむれわたる鳥の声きこえくる
夕鳥の声わく窓に目を放つさざなみのごとき雲のある空

秋たけし日ごろ

朝雲の今美しき形あり空気冷めたく流れ入る窓
一色《ひといろ》にみゆる空より暁の冷たき雨はそそぎつつあり
雨少しありて夜明けとなりしかばしらじらと庭にこほろぎの声
ガラス戸にくだくる朝の雨の音夢よりさめてはかなく居れば
夕べ夕べ寺の鐘きこゆ病みをればいづへの寺の物とも知らず
鶏頭の黒くつややかなる種をわが手のひらにためつつ居たり
秋たけて草にこぼれる種みればなべては小さし真砂の如く
空高く鳴きつつ鵙《もず》の飛ぶときにわが臥すへやの真上にかかる
病床《やみど》に友等の消息を伝へ来し葉書一読して枕辺に置く
熱にあへぐわが頬の血をしたたかにすひし蚊が居り夜半《よわ》暗き部屋
思へりし人には逢ひぬあはあはとして暫くは足りて居りなむ
灯をけして夜空明るくみゆる部屋ばつたはたはたと壁にとびし
黒く光小さなる種花瓶のめぐりに少しこぼれて居たり

死にまさる苦しみありと言ふ事も心にしみてわれはうべなふ
夕寒き雨の中にてくぐり戸の鈴の音する隣りの家に
一間室の夕べさむさむと紅を帯びたるみればよるべなきさま
寒々と樋《とい》を流るる雨水の音は午後より夕べに続く
棕櫚《しゅろ》の木のいただきの葉に黄金なす夕日は残る青澄める空
すがすがしき恋愛の歌いくつかをアララギに見出てひそかに愛づる
こほろぎの声はかすかに透《とお》りつつ今夕の鐘をつきいづる寺
二階の火灯《かとう》ともれば窓の棕櫚の木の梢にあわきほかげがとどく
雨の中に切りしコスモス手をやれば濡れたる花粉ほこと指につく
土ごもり蛙がなけば西空は秋の入日にはゆるくれなゐ
形なくして陰をもつ雲ありて入日のあけをはつかに保つ

熱計る

夕の熱を計り終へたり枕辺の窓に光を保つ羊雲

夕鳥の声のきこゆるしばらくや熱計り終へて静臥をつづく
下痢の通じ終へて身体の楽になれば又枕辺のアララギをとる
病《やまひ》なげく事は止めんかわが生きるすべ尚ありと今朝は思ふよ
医師の父を持つ友を羨《うらや》みて静かなる一時間程他は何も思はず

手術受けたし

くどくどと臥床より訴ふ早く手術受けたき事安らかに療養したきこと
手術受くるを望みとなして臥し居れどいつ受けられると言ふあてもなし
誰にすがつて手術受けむかと日もすがら思ひ悩みて夜は早く眠る
いかにもして手術受けむとききほひつつ昨日《きぞ》居りしが今日又悲し
枯葉たるる棕櫚《しゅろ》の木のさまを見つつ臥すいつの日に安らぎをうる身とならむ
暁の窓に輝く星みえて思ひひらくる如きしばらく

飛行機が浅夜の窓をすぐるさま

ひよどりの一群が庭をよぎりたり寒き雲たれて静なる午後
爆音はひろがりて軽飛行機すぎゆくさまが枕辺の窓にみえたり
四式輸送機街空の遠くを過ぐる時しばし機体を日に輝かす
橙色《とうしょく》の機灯ともして飛行機が浅夜の窓をすぐるさまみつ

白き冬日

常臥《とこぶし》の朝となりつつはかなさよ瓶《かめ》の黄菊《きぎく》に日のあたるさま
カーテンのひま*よりもるる陽ざしには秋かげろふが立ちてしづけし
暗くなる窓外《まどそと》に棕櫚の大木あり冷たき風は時に音して
昼すぎて白くなりたる冬日さし此の部屋の静なる畳にとどく

＊ひま　すきまのこと

朝明より血を喀き続けきて

夕光《ゆうかげ》の青みくる中に臥す吾よ朝明より血を喀き続けきて
痰壷を持ちくるる母の黒きまなこうるめるみれば悲しみ深し
夕明り部屋に入り居て吾がふせる上にはとべる羽蟻が白し
窓よりの夕光の中に白々と羽蟻むれとぶ羽音もなしに

オリオン星座

オリオン星座らしき星みゆる夜半《よわ》の窓新しき思ひわくかに仰ぐ
寒き風夜半に出でてよりわが窓のオリオンは光薄くなりたり
棕櫚《しゅろ》の木の葉間に遠く星みゆる浅夜の窓にわが向ふ時
暁の空に月昇る有様が或る時の夢のさまに似通ふ
暁となるわが窓に白々と輝やき保つ星かくりたり
夕空の紫の中に白銀の如き光を月放つさま
夕の色広がる空を仰ぎ居て今宵昇らむ月をわが待つ

夜風に鳴る棕櫚《しゅろ》

窓辺にて寒き夜風に鳴る棕櫚《しゅろ》がわが耳に雨のごとくきこゆる
病む吾のためにしてくるる行々《こうこう》*か所詮同情には限りあるべし
畳近き壁のあたりに夕空の保つ光りははえつつ久し
恋ひて居し彼の事も今は虚しかり昨日《きぞ》の夜の夢にいでてきにしが
落ちつきて療養の出きる生活を願ひそれのみに日々が明けくる
きぞの昼ひよの一群《ひとむれ》が庭をすぎし等思ひ居て今日の静臥よ
南天の瓶のかたはらのかめ一つ冬の白バラを今日匂はしむ
花瓶にひからびし南天の一房がいま朝の日を浴びて居るさま

寝返へりうちし時

寝返へりをわがうちし時白々と畳みに月のとどくさまみつ

---

*行々　行き行くさま　しだいに進んでいくさま

まろき月東に昇る靄《もや》降りて寒き夕べの夜に移る頃

今宵又血の出づる事おそれつつ

夢さめてはかなく居たりいぶり火の匂ひして朝の冷えと空気よ
今宵又血の出づる事をおそれつつ眠りに入りぬ月昇る夜

吾の身を罪悪のかたまりの如くに思ふ

人によりて生きねばならぬ吾の身を罪悪のかたまりの如くに思ふ
母と吾となぐさめ合ひて今日居しが夕べとなりていたくはかなし
胸におく氷のういたく冷たくて足暖たまることなき幾日
苦しき事のさまざまを忘れ得ず思ひ思ひてわが世はすぎむ
あはあはと雲輝きし夕べよりひとときをへて日黄なる窓

屋根の雪すべる音

静かなる夕べとなりて凍《こお》りたる雪が屋根よりずり落ちる音
日ざしいまだのこれるままに寒くなり屋根の雪すべる音街にあり

熱いでて今日も暮るるよ

いぶり火の匂ひは部屋に入りきつつ日暮はなべて静かなる街
雀の声さえざえとせる夕となり風落ちし西空は黄ににごる雲
冬の蠅一つまつはり飛ぶ所西日雲間よりはり戸にとどく
枕辺に西日のゆるる明るさよ瓶《かめ》のコスモスにも光とどきて
枕辺のかめのコスモスに思ほえぬ西日とどけばにぎはしくみゆ
斜めより秋の西日を一杯にうけてよごれしガラス戸が立つ
熱いでて今日も暮るるよわが窓に暗くなる前の空の紫
彼の人の手術うけし事をききてよりいらだちて居り今日の一日を

初めてアララギに歌とられる

十月号のアララギに吾の歌一つとられて居たり吾が名ものりて

〔「窓外は雨こまかなる夕となり部屋にほのかに蟲飛びて居り」（アララギ十月号、昭和二十二年、二十三頁）本歌集265頁、五月二十六日「つぶやく声はみな涙声」、に入れられている。〕

叔父の葉書

誤字多き叔父の葉書は吾も見て逢ひたく思ふ今日の臥床に

あせり嘆きして病む吾に遠く居る祖母の苦しき様伝へくる

山田兄の帰省思ひて　〔山田兄、11頁参照。〕

喜びて雪の小千谷《おぢや》に君帰る大学は冬の休みとなりて

君遠くふるさとの町にさりゆきてわが悲しみをよすべくもなし

雪ふぶく頃となりたる君の町思ひ思ひて吾はさびしむ

北遠き君が家居《おり》や常臥《とこぶし》の吾の悲しき思ひをよする

遠国に君さりゆきてうら悲し此の暁の寒き雨音

クリスマス讃歌

シュティル・ナハトの斉唱終りてラジオ消すクリスマスイブの今宵は更けて
暁の凍る街にてクリスマス讃歌ひびけど感動もなし
アメリカの菓子一つくひぬクリスマスのラジオ番組はなべてつまらず
かけら程の感動もなく今日すぎて眠る前にきく讃美歌一つ
日曜学校のクリスマス劇にわがいでて何かやりたる事も記憶す
足なえを立たしむる聖劇にわが役は驚く人人の一人でありし
クリスマスツリー華やぐ楽屋口に出をまちて集りて居き少年吾等
会の終りにサンタクロースあらはれて幼子吾等皆喜びき
覚えあるクリスマス讃歌の幾つかも既にはるかなる物の如くに
隣室にクリスマス番組のラジオききて居りたる姉もやがて眠りぬ
クリスマスに貰ひたる一つのキャンデーをけづりなめるをあはれがりつつ

生きたいから癒《なお》りたいから

二人の子二人とも病みて苦しむに父は結核の事知らうともせぬ

生きたいから癒りたいから気も違ふと言ひ言ひする吾は既に気がをかし

レントゲン写真医師に命ぜられて撮るにさへ父と暫くは争はねばならぬ

〔当時、レントゲン写真一枚撮るために千円かかったと聞いている。〕

わが歌をノートに書かむとしたれども疲れ思ひて又あきらむる

食卓につくたびに父と争ひて遂に血を喀きし去年を忘れず

レムブラント画集によせる

レムブラントの薄き画集を恋ふるわが心は人に告ぐべくもなし

嘆きこもる日々の臥床にてレムブラントの薄き画集は幾度かみつ

苦しみのもとに黙して死にしかど消ゆるなきものを保ちて居たり

現し世の苦しき事を語らむに僅《わずか》に得たる妻と其の子と

サスキアの輝く顔よ此の薄き画集の中に秘かに恋ふる

身にかかはる思ひ離れて故知らぬ涙はにぢむこのたまゆらや
エマウスのクリストをかきて限りなく清き光をみなぎらしめつ
光放つ如き画面にて左右よりまぢまぢと画をみつむる三人
老ひし自画像の頁を常に吾はさく涙しみあぐる母の思ひの故に
老ひこはばりし手のあたりには現し世のものともなき光落ちつつ
ヘンドリキェ窓によるさまを写したり此のほほゑみは吾を泣かしむ
涙いでて止む時もなき幾歳を経つつ老ひゆきて尚清き恋ふ
苦しみの中にありへつつ豊かなる愛情は遂に絶ゆるなかりし
テイタスの像を最もわが愛す清きもの悲しきもの美しきもの
ほのぼのと眉かがやきて居る者よ絶ゆる事なき愛情うけて
テイタスの顔にほのぼのと光とどく清きものはまなこに沁むよ
ヘンドリキェの像を幾度も画きしありひとつひとつが珠の如くにて
ヘンドリキェテイタスも彼に先立ちぬ彼のいまははいかにありけむ
蒲団の上に画集打ち伏せてしばしをりとめどなく心に涙はわきて

及び難く大いなる物と思へども恋ひておりし心すがる如くに

光うけて立つマテウスの力あるさまを画きて此の絵は朽ちず

マテウスの耳にささやく天使の顔テイタスの顔に似居つつあはれ

主の御使いマテウスの耳にささやくや妙なる楽の音もひびくべし

ヤン・シックスの像残れりと言ふにさえあはれなる話まつはりて居て

苦しみきはまりて彼の恋ひしもの神とも又光とも呼ぶ

〔これらの歌は、美術雑誌「みずゑ」の小画集「レンブラント」を手繰《たぐ》り作った歌である。この小画集は、空襲で避難していた世田谷区の借家（世田谷町三丁目）から現在の南青山（当時、高樹町）に引っ越すことが決まり、その準備をしていたころ、母が「レンブラント」の他に「ミロのビーナス」「ミケランジェロ」の三冊（後の二冊は今も夫の本棚にある）を、定価は一冊五円で当時は安いものではなかったが、母自らが選んで購入してくれた。母は夫が、絵が欲しい、本が欲しい！　と常に思い、歌にも歌っていて（220頁参照）、また山田正篤氏からたびたび送られてくる見舞いの絵葉書を繰り返し見て楽しんでいるのを知っていて、寝たきりの夫のために購入してくれたものである。

この時夫は二十一歳になっていて、これまでの歌にみられるように、繰り返す大量の喀血に苦しみ、安静しかなかった日々を送っていた。三冊の中でもレンブラントを気に入っていて、その絵からにじみ出てくる深い感情が少しずつ慰めとなって包み込み、切ない思いにさせると。このころ寝たきりの夫には絵の中の写像を手繰《たぐ》り、自分の思いを歌うことが、現実の身の悲しさから離れることのできるささやかな手段であったのであろう。

レンブラントの中で、夫が最も気に入っていたのは、「本を読むティタス」（レンブラントの愛息）で、私が勤めていた職場の同僚と夫も一緒にヨーロッパ旅行をした時（一九八六年十月、世界カソリックナース世界大会に参加）にルーブル美術館でこの絵を見ることができた。旅行グループと別行動の少しばかりの合間を利用して、早朝の開館を待って夫と二人だけで入館し、まっすぐその部屋に行った。その絵の前に立った夫は、胸の前で手を合わせて、さするようにしながら、静かにうなずきながら、満ちるように見入っていた。その夫の姿と心を今もはっきりと思い出す。

この「レムブラント画集によせる」歌の書かれた古い歌稿帳は、歌のほとんどがすでに消えていて読むことが困難にまでなっていた。しかし是非すべてを読んでみたいと思い、文字復元の専門家の力をお借りして全部の歌を読むことができるようにした。夫は歌は満足できるものではないが、と言っていたが、私には夫への懐かしい記憶が手伝ってもいるのであろうが、読者にも大きく興味を持っていただける歌であると確信している。」

その二　激しい喀血

——悲しみは限りなくして

一九四八（昭和二十三）年一月～一九四九（昭和二十四）年十二月

一九四八（昭和二十三）年

青山に移転

自動車の寝台より仰ぐ冬木の梢《うれ》夕雲はいまだ黄に染まる前

移りきて埃多きバラックにいらいらと病み臥す吾よ夜はいねがたし

〔昭和二十三年一月に青山の焼跡に小さなバラックを建てて移転した。喀血の続く夫は、寝台車で移動した。寝台車からは歌にあるように、焼跡の広く続くなかを黄に染まる夕雲を見て移動したのであろう。このあと、皆が住んでいた建物はいろいろに変わった。現在はビルになり、我々夫婦は四階に住むようになった。

この地は夫の大叔父である志賀潔（赤痢菌発見者）一家が住んでいたのだが、志賀一家は青山一帯が戦争で焼ける前に郷里の宮城県亘理郡に引っ越していかれた。志賀の大叔父は、夫の父が仙台藩からの佐藤家の長男であることから、この青山に佐藤家が住むことを願ってのことであった。志賀潔大叔父は、佐藤家から養子に出られて志賀の姓になられている。〕

移り住みし焼原《やけはら》の様相

寒き雨止みし焼跡の街空にあはき夕べの雲がなびかふ

わが視野を限る石倉の高き屋根西日落ちて雲を輝かす

焼原《やけはら》に雲の輝く夕来れば僅か居る雀のさえずりきこゆ

塀残り枯木残る焼原の中の路レールきしませて電車が曲る

雨を交えて寒き焼け跡に汽笛長く貨物車が通る高架線の上

工場のありしが焼原になりたりて五時をすぎれば窓暗くなる

車庫に出で入る貨車の轟きのきこゆるとこに朝なの病臥

〔現在の青山学院大学正面前の道路（青山通り）を隔てた反対側に広い都電の車庫跡地が広がっていた。私が夫と結婚して南青山に住むようになってからもその跡地は残っていた。南青山一帯は当時高いビルはひとつもなかったので、車庫に出入りする電車の音が聞こえたのであろう。現在は青山劇場などの大きな高いビル群がひしめいて建っている。〕

炭焼きの七輪より少し火の粉飛ぶ夕寒き臥床にてわが見て居れば

石倉の灰色の壁に美くしき光とどきて焼原の朝

石倉の壁に朱の色に朝日さすさえぎる家も木もなき焼原
焼跡の街朝となりてみなぎらふ光に遠くバラックがみゆ
荒壁《あらかべ》より土埃上る枕辺にノートも時計も皆汚れゆく
狭き家に来りて尚もおもふままにふるまいし父を誰れも彼れも憎む
とげとげしき感情を父もわれらも持ちこの狭き家に日毎争ふ
冬日寒く落つる頃至たれる焼原の果なる空がしばし輝く
さえぎりなき焼原に開く此の窓に夜は輝く星のいくつか

バラックに今日よりラジオひびく

焼原《やけはら》の中のバラックに音悪き吾のラジオが今日よりひびく
枯れし笹なびく庭先に苦しみて七輪をあほぐ老ひそめし母
乞食の如く居りてバラックに吾等暮らす今宵焼原に細き月照る
土荒壁より落ちるバラックに夜はさむざむと皆早く眠る
埃多く狭きバラックの寒き夜いらだちながら又眠るべし

細かなる土埃ふる荒壁《あらかべ》の夜は焼原の風に冷ゆるよ
移り来しバラックに今宵叔父の来て病む吾を又はげましてゆく

言葉荒く父と争ひて

言葉荒く父と争ひて居し姉もふすまの影に寝息立てそむ
不眠の夜つづく苦しさも味はひて今宵又父と憎み合ふべし
昼寒きバラックに臥《ふせ》る姉と吾ラジオきき時に短く語る
病気の事言ひ出せば又不機嫌になりて向ふむきて父早く寝る
結核は母の遺伝なりと強弁し父は冷笑を浮べてみせ
佐藤家をほめる事が吾等をけなす事になり父の今宵の話終りとなる
家長の面子と言ふ事になりて顔蒼くなる迄父はいきりたちたり
長き煙草キセルにくゆらせて今宵又母の血族を父ばとうする
眠り浅く此の夜もすぎてたえがたくいらだつ時に窓に日昇る
さげすまれて居るを感じつつ日々居りて時に激しく争はむとする

誰が好きで病気になる奴があるものかと言ひ返しむらむらと逆上して居る
四時頃より起きて煙草を吸ふ父が襖の向ふに低くしわぶく
不眠にてたゆき体寝返へりを打ち終へて又いきどほる父の言ひざまを
言葉荒く父と争ひてのち眠る父は襖の向ふの部屋に

キャッチボールする青年の声

鳩の声にはかにありて此の窓のひさしに今朝のあたたかき風
焼けし街のいづくにか小綬雉《こじゆけい》の声がする枯れし笹風に鳴る朝にして
焼跡の枯草をならして子供等がわが窓下をしばしば通る
キャッチボールする青年が若々しき声をあげるよこの焼原に
胸苦しくなりてめざめし此の夜半《よわ》にバラックは風に音立てて居る

臥して行末を思ふ時

ひさしより落ち続け居る雪しづく石倉の壁の今朝暗くみゆ

電車の下にもぐりこみて自殺せし少年の新聞記事を今朝はよみたり
清く生きる事も難しと思ふ時少年の自殺の心理思ふよ
灰色にみゆる石倉の高き壁雨の日も晴の日も変る事なく
畳み冷ゆるバラックに臥して行末を思ふ時吾の心おののく
祖母の事あしざまに言ひて来し手紙わが枕辺に幾日かありぬ
昨夜ふりし雪とけてゆく焼原にひるすぎてしばし薄き日がさす
昼過頃遠き枯木に小鳥鳴く昨夜少し雪積みし焼原
石倉の屋根に西日がみえしかど再び曇り空気凍《い》ててゆく
臥床よりわが向ふ窓にみゆるもの黒く細き冬木の梢が一つ

期待

山田小児科の看板ありしと母の言ふ或はわれの友の新居か
見舞にこし友が同窓生の話して去る者は日々にうとし等言ふ
彼の部屋のかの窓の辺よ青木の実あり鮮やかにいたらむ頃ぞ

過ぎきつる日月ことごとく

過ぎきつる日月ことごとくむなしくて今日嘆くなじみ難き焼原のバラックに
寒き夜風立つわが窓よ鮮やかにまたたく星が今日も出て居る
枯し笹なびく焼原に日は昏れて流るる雲の遠白きさま
たなびきて夜雲輝く窓の空月はまどかに昇らむとす
色あせてみゆる焼原の冬空に声なく立ちて舞ふ鳥があり
電車すぎ自動車すぐる時焼原をよぎりてライトわが窓に届く

〔家は、現在の高樹町通り（通称骨董通り）に面していて、当時は渋谷から六本木方面に行く都電が走っていた。〕

焼原《やけはら》の果《はて》なる空

焼原《やけはら》の果《はて》なる空が夕毎にかがやく事もかすかなるさち
この窓のひさしに残る夕光がひととき澄みしくれなゐとなる
焼原の果におもおもと続きたる曇りが夕べ紫をおぶ

ごみごみとして狭き部屋に言葉荒く争ひて後を寒き夜を寝る

部屋狭く寝る枕辺にカーテンのあひだより夜更けの月さして居る

焼原の一つところはさむざむと今日の夕べの烏がなくよ

バラックの窓に明るき月昇るいらいらとわれら臥床に入る頃

焼原の夜空今宵も明るくて窓の辺に寝るわが目に沁《し》むよ

痰出づる胸苦しさ

痰出づる胸苦しさにめざめたり月片すみにさす暗き部屋

壁土の落ちくる事をつぶやきて寒きバラックに又蒲団敷く

二つの部屋の電灯消して夜寒きバラックに吾等又一夜眠む

焼けし街の空に傾むきてくれなゐの横雲かかる今日の夕べは

耳痛き姉が湿布をつけに立つ埃匂ふ夜半の部屋の灯のもと

金せん花の一束

金せん花の一束も買ひ持ちて病む吾の待つバラックに母もどり来る
働き得ず病む事を父は憎むらしくさげすみ言ふよわが療養を
母の血族をののしりてやがて勿体らしく父は煙草をすひはじめたり
家庭内もつづまりは暴力によりなむと言ひて卑しき笑み浮べたり

どうにでもなれ

歌は吾の涙と書きて送りたり友よ感傷と言ひすつるなよ
襖立ててしらじらしく此処に臥し居れど心安らぐしばしだになし
焼原の風にひびかふ窓の下どうにでもなれと言ふ如く臥す
不眠つづく今日此頃や臥床にて目つむればすなはちめまひを覚ゆ
窓外《まどそと》の枯笹に霙《みぞれ》のそそぐ音昼寝に入らむ吾にきこゆる
晝《ひる》霙すぎて尚も曇れる空のもと崩《く》ゑし石倉が灰色に立つ

ラジオはシエラザードの曲をかなでる

窓外の焼原に暫《しばら》く霙《みぞれ》ふりラジオはシエラザードの曲をかなでる
暗くせし臥床にてめまひを覚えつつ居りしがやがて眠りに入りぬ
バラックの窓はたやすく風に鳴りその下に疲れてうつうつ眠る

苦しみて痰はきて

苦しみて痰はきて居り襖見え荒壁見えくる朝光中に
常臥《とこぶし》の思ひ苦しくなる時にひたすら歌にのがれむとする
眠りさめてたゆきわが目に母の焚《た》く朝の七輪の火影入りくる
焼原に直ちに開くわが窓に夜は白々とせる空がみゆ
花瓶の水仙は少し香り立つ寒々と夜に入る部屋の内

「新世界」「第六番悲愴」きき て

一時頃にききし「新世界」の旋律が眠らむとする今浮び来る

第六番悲愴のラジオききて臥す冬日かがやき射《さ》す窓のうち

崩ほるる如くかたはらに母寝入る

崩ほるる如くかたはらに母寝入るバラックの窓は白き夜となり

母の着物売りて得たりしいくばくの金の行方を今日は数ふる

働きて休む間もなく居る母の夜は頭痛を訴へつつ眠る

疲れ眠る母はかたはらの臥床《とこ》にて夜毎激しくはぎしりをする

明るき夕日さし

小綬雉《こじゅけい》の声が俄《にわか》に起りたり焼原《やけはら》に寒き雨止みし時

焼原の上に明るき夕日さし鳥の声のいづくにかある

荒壁《あらかべ》の病処《へや》

荒壁《あらかべ》に紙はり襖立てて此処《ここ》に臥すすがりつくごとく生きゆくものか

いらだちて夕べ居る時新聞紙はりたる壁がいたく白くみゆる

憎み合ひて昨夜はねたり朝光《あさひ》の満ち来る部屋にさめてはかなし

出勤を急ぐ父ががつがつと朝餉《あさげ》食ふ頃に病処《へや》に吾はめざむる

ののしりて居りたる父の横になる寒く小暗く埃立つ部屋

ののしる事やめて煙草をやや吸ひて冷えし畳に横になりたり

レントゲン撮る事

レントゲン撮る事にて今日は争ひき物憂げに父も寝転びて居る

レントゲン撮る事をブルジョアのなくさみの如くに言ひて父ののしりき

レントゲン撮る事を今日はたのみたり此処《ここ》にいかにして療養なさむ

レントゲン技師去りゆきてわが父はののしりながら弁当開く

撮影費高き事を又ののしりて一人早く父は昼餉にかかる

うまくとれて居れよと願ひ言ふ

ブザー鳴る此の数秒ようつぶせになりてレントゲン機の下にわがおり
うまくとれて居れよと願ひ言ふ吾に母よりそひて蒲団をきせる
箸音を立てていらいらと弁当を食ひ居し父の又怒り出す

保健婦の今日はきて

唇紅く眉かきし保健婦の今日はきてわが病状をききてゆきたり
姉も吾も病み臥す家につとめより戻り来て父は夜毎ののしる
ののしり言ふ父に返さむ言葉なしなすなく病みて久しき此の身

日々を嘆かひて

療養生活崩れゆく日々を嘆かひて言葉少く今日の日を居つ
土埃《つちほこり》朝よりふりて寒き部屋疾風《はやち》は窓にやまずとどろく
焼跡をへだててみゆる隣家に釘打つ音が今日もきこゆる

焼原の上に夕日のすめる空流るる雲のなべて輝く
かへりみて悔なきにあらず病処《へや》にて一人となれば思ひなげかゆ
憎み合ひののしり合ひて今日眠るよるべなくさびしき心地しながら
たかぶれる心静めて眠るべし焼原に寒き夜が来て居る
つとめより戻りし父と話少《す》こしして居しが又争ひとなる
うつぷんをはらすごとく父は病むわれらと母とに夜毎いやみきかせる
気違になるかもしれぬと姉の言ひし言葉が今宵の終りの会話
疲れはてて居る母が寒き庭先に危なげに今朝の七輪をおこす
疲れはてて火をたく母よたばこ吸ひカンパンくひて父は夕餉をまつ
父ひとり居なければ静かなんだがとなくごとくにが笑ひしつ母とわれらと

船笛《ふなぶえ》の遠くきこゆる

雨寒き此の焼原に船笛の遠くきこゆる折々があり

〔私が夫と結婚して南青山に住み始めたのは一九七一年の春であった。その頃、部屋に居て、低く「ボー」と鳴る船笛をたびたび聞いたことがある。青山は港に近く、またこの頃は周囲には高い建物は幾つもなく、さえぎるものが少なかったからであろう。この歌の頃は、焼原の続く中で、さらにさえぎるものがなかったであろうから、私が聞いた船笛の音よりもっと高く響いていたのであろう。」

焼原の上に静なる夜の来て曇りをもるる*白き月光《つきかげ》
はかながりて今日は居たりき春の雲いでて明るく輝る窓の下
窓あけて冷えし空気の中に臥す自虐《じぎやく》の如き思ひわきつつ
午後の光すみとほる空に出づる風枯れし草生《くさふ》にひえびえ及ぶ
静かなる昼の臥床《ふしど》に恋ふべきか芽ぶかんとする柳の緑
午後の空に光澄みくる窓のさま涙ぬぐひて尚《なお》生きゆかむ

＊もるる　もれる　こぼれる

癒《い》ゆる望遠くなりつつ

癒《い》ゆる望遠くなりつつ経る日頃今日は風まじり霙《みぞれ》がそそぐ
癒ゆる事あきらめてここに日を経むか思ひ浮かぶ悲しき故人いくたり

今一つの人生が欲し

今一つの人生が欲しと今日思ふ気弱き彼の友も曾《かつ》て言ひにき
相語れば疲れ深きかな病む吾と病押す姉とみとりする母と
病める体おしてつとめにゆく姉が何時よりか荒き言葉を使ふ
うつろなる思ひよ今宵焼原にすぎゆく風のとどろききこゆ
夜の光保ちて白き窓がありひびかふ音は疾風《はやち》の音
カーテンよりもれて病床《やみど》にさす朝日白く冷たく今朝はみゆるよ

病み疲れてめざむる時に

ひとときの心きほひもすぎゆきてよるべなし夕べ冷ゆる病床《やみど》に

病み疲れてめざむる時にわが胸の必ず痛し右も左も
昼寝よりさめて悲しむ落着きをえがたくて吾は日々に疲るる
嘆かひて友にたよりをかかむとす病床に仰ぐ朝碧き空
苦しみを訴ふる葉書かき終へぬ堪え難きかなこのむなしさの

三月二十一日　骨のあらはになりしもろ腕

骨のあらはになりしもろ腕くみてみる熱あれば今宵眠り難しよ
寝返へりをうちて星淡き窓に向かふ夜半《よわ》にはつかに*熱さすわが身
明方のまどろみに病を嘆く夢めざむれば又痰壷《たんつぼ》をとる
小綬雞《こじゅけい》のなけば僅《わずか》になぐ思ひ怒りはやがてあきらめとなり
星遠き窓に今宵は嘆きよる此の身は病みて癒《い》ゆる日知らず
雨の夜空ほの白き窓に向きて臥す今宵寝るとも嘆きは去らじ

---

*はつか　僅か

ハイドンの楽ラジオに鳴れる

ハイドンの楽がラジオに鳴れる時病床《やみど》の吾の淡きやすらぎ

尚も生きてゆきたし

夕暮の電灯は光暗きかなその灯のもとに又痰を喀《は》く

諦《あきら》めを得難き吾を悲しめどつづまりは尚も生きてゆきたし

家族の日ごろ

咳ながらつとめよりもどりて来たる姉家には暗き灯がまちて居り

換気悪き職場を嘆きもどる姉家にては父の煙草に悩む

のぞみなき生活と言ひながらむさぼり食ひ時に勿体らしく宗教を説く

わが為に涙ながしてくれにきと恋ひ思ふ時　暁《あかつき》近し

狭き家に住み合ふ吾等一つ灯のもとに今宵もいさかひをする

キセル離して咳き入る時に皆目守《まも》る老ひてすさびし父のありさま

夕帰りきて疲れ臥すわが姉を襖ごしに少し言葉を交はす

左胸の又痛くなりし

夕の光曇りの下に流らへばひとり痰はきて熱計り始む
やすらぎを得る日を思ひねがふのみスタンドの灯の暗き枕辺
風少し寒くなりきし昼さがり石倉の壁に雨が又ふる
月しろに明るむ窓よやすらぎをひたすら恋ひて今日過ぎてきつ
寝返へりをうてば暫らくうづく胸はかながりつつ又目を閉づる
左胸の又痛くなりし午後の静臥風絶えまなくガラス戸に当る
脈早くうつ耳を枕につけて眠る息すればかすかに胸がなりつつ
訴へ嘆くごとき言葉よ書きし葉書よみかへし又心暗くなる

四月六日　桃の花匂うひと日

桃の花匂ふ花瓶による蜂がたくましき翅音《はおと》を枕辺に立つ

病深くなるを怖れて夢にみる夜毎汗出でて眠は浅し
光明るき窓に向き居て眠りたり昼寝の夢も身を嘆く夢
桃の花咲きて香りをただよはす窓日をうけてあらはなる仮家
おぼおぼとして暮れてゆく今日の部屋桃咲きて甘き香を流しくる
桃の花の匂ひこもりて暮るる部屋寝返へればいまだ青き窓あり
焼原《やけはら》の空に静まる雲がみゆ風落ちて夕べさやかなる窓
夕雲の輝きなびく窓の空はるけきものを恋ひて病み臥す

恋ひ恋ひて得しもの

苦しむ者街に多しと君語る温かきまなざしをわが目にむけて
恋ひ恋ひて得しもの遂にむなしかりしと言ふときき居りあはれ身にしむ
沈丁花の香りある部屋夕づきてカーテンひけば窓は青く輝く
この窓の空の夕べになりゆくとはるかにみゆる雲が輝く
カーテンを閉ぢて小暗き部屋の内昼寝さむれば寝返へりをうつ

苦しみて死にし面影浮びくる貧のためと言ひて心はてなく暗し

この頃の思ひ

金の事にて争そへば誰もいらだちて雨もりの音のする部屋に眠る

雨の音宵に再びしげくなるおのおのを守りてわれら寝に就く

草の音きこゆるものか焼原の夜にさびしき風が吹く時

病ひどくなる前に自殺すると心きめ手拭を顔にかけて昼寝に入る

雨の中に汽笛いくたびかきこゆれば白き窓にまぼろしをわがかきてみる

ふきぶりの雨おとろへて来し窓に褐色に夕べの空が見え居る

紫になりしたまゆらも心沁《し》む今日暮れてゆくわが窓の空

痰多くなり来し事を告げて居り口にいづるなべてはつぶやきに似て

今日逢へば涙流して祖母は語る死にし嫁残されし幼《おさな》孫のこと

傍《かたわ》らに眠る吾が母に

傍《かたわ》らに眠る吾が母に明方の月が窓よりとどきて居たり

焼原《やけはら》に昇る朝陽の照らす窓めざむればすでにわが疲れ居る

吸のみにひえし番茶ようがひ了《お》へて尚しばらくは昼寝続けむ

曇り空晴れゆく夕べはつかなる 紅《くれない》 がただよふ靄《もや》のごとくに

雨はれて夕べとなりし空の色紅は遠く街屋根に映《は》ゆ

昼寝よりさむれば隣室の母を呼ぶ夕光《ゆうかげ》となりし窓あけむため

うづく胸に手を置きて眠りにおちてゆく自慰と諦めとこもごもありて

辞書の音しきりに立てて居たりしが得る事なき職場を又も訴ふ

灰皿にキセルはたきて少し 咳《しわぶ》く口に出すのは又金の事

限りなく青き空よと窓による昼寝さむれば又たどきなし

望なき生活を母と嘆く昼あはあはと蚊はめぐりにとびて

限りなく雲つづく空がみえて居り昼寝さめて病処《へや》よりわが仰ぐ窓

未完成交響楽鳴り終りて

未完成交響楽鳴り終りて心虚しけれ暮残る窓に雲動くかげ
曇り空白き夕にて焼原《やけはら》の或家に静かに楽なりて居り
曇り空動きゆく窓をたたみつむ楽終れば心再びむなし

ソナタアパッショナタが今ながれ始む

幻灯の如くに月に照らさるる襖《ふすま》がありて夜の狭き部屋
明るみを保ちて宵になりし部屋ソナタアパッショナタが今ながれ始む
曇り空動きゆく夕の窓をみつむ楽やめば心またうつろにて
ソナタアパッショナタ夕きき終へて眠りに入らむとす夜空白き窓の下の病床《とこ》に
焼原をへだてし向つ家に美しき楽なりぬ日曜の宵浅き頃

母の荒き寝息

眠りさめて居たるしばしよ焼原の夜半《よわ》に気笛が長々なりて

還《か》へるなき過去の幾つの思ひ出に入学の頃病み始めしころ
カーテンをひきて夜窓を暗くする病牀《へや》に得べき眠りのために
今日の眠りに落ちてゆく母の荒き寝息苦しみは広く深くいたらむ

ラジオよりひびく

追悼曲ひびくラジオより夕あかねはえつつ暗くなりゆく部屋に
シエラザードききて夕べを迎へをり風いでて焼原に草鳴りそめつ

母を泣かせし

朝飯をはぐくまれつつ頃にさびしよべばいらだちて母を泣かせし
カーテンをひきたるままの夕の部屋着物うりにゆきし母をわが待つ

（生計のために着物を売りに行く母の歌がたびたび詠まれている。

夫の母は、明治政府より任じられてロシアの外交官をしていた大前退蔵の長女である。母と母の妹（中川敏子叔母、赤ん坊君の母、194頁、228頁参照）とともに大変可愛がられていたようで、二人とも女中つきで何不自由のない生活をしていた。父（佐藤方平）と結婚し、奉天（現在の瀋陽）に暮らしていた時も実家の母親から何枚も着物が送られてくるほどで、男兄弟からうらやましがられたと聞いている。戦争が激しくなった時にはお嫁入りの時の家具や着物は疎開をしてあったようで、戦災を免れた。母は持っていた着物や家具のほとんどを売ったが、姉（私の夫信英の姉）の着物は当時のままに、きれいな着物が何着も残されていた。母は、自分の娘の着物は売らないでいたのであろう。」

昼寝さめし臥床《ふしど》に午後の痰を吐く首をまげ少し苦しみながら
草苺《くさいちご》くひてひそかに母とおり夕映《ゆうばえ》すぎて空暗きころ
金なき事言ひてさびしく坐る母ぬれし前掛を取る事もなく
涙もろくなりたる母よ今日はわが臥床《とこ》べにてひねもすぼろを繕ふ

痰壷

くらやみの中に静かに痰を吐くまなこは冴えて身にほてりあり
夜の眠り俄《にわか》にさめてたどきなし枕辺の時計のねぢを少しまく

ねがへりうちてとる痰壷よ身に透《とお》る悲しみは思ひ呆け果つる迄に
療養者をさげすむ如く言ひゆけりわが憎しみはいつか伝へむ
つづまりは誰も死ぬるよと痛みなき今宵は平静を得てねむりゆく
母の寝息静かになりぬ傍らの吾も思ひをしづめていねむ
ほがらかなるさがと言はれて此の家庭の中に育ちしいくさ終る迄
腸侵され腎臓ものども侵されしと療友の死報に記してありたり
風荒るる夜半《よわ》とならむよ昇りたる月うすうすと玻璃戸《はりど》より見ゆ
凪いでて募るればひびく草の音なべて平たきこの焼原に
庭畑になりし草苺くひ合ひて夕べを居れど和む事なし

心崩れてゆく時に

四月となる吾の病床《やみど》よ枕辺の壁にうすうす月照りて居て
心崩れてゆく時に何を願はむか彼の友にも彼の友にもよるべくもなし
検温器ふりてサックに収めたり一日はすぎて明日何を願ふ

午後の静臥終へてさびしく汗を拭くすぎしやすらぎは遂に還《かえ》らず

六月七日　涙いでて

七度五分、百十にまでなる。苦るしくて昼寝もできず。体がだるい。朝日赤の看護婦さんがきてくれる。わけもなく涙がわく。優しく言ってくれるからか。

熱いでてさびしき夕よ窓の雲黄に染まれば涙いでてそれをみて居る

日傘さして巡回にきてくれし看護婦さんが優しき言葉かけてくれたり

〔夫の歌稿帳に、「六月八日、火曜日、朝、熱七度二分、脈九十四、昨夜は脈早くてよく寝られず。一眠りの後はうつうつしたのみ。朝に七度二分は今日が始めてにて不安なり。」と書かれていた。

この昭和二十三年六月より、夫は、次々とＳｃｈｕｂ（シューブ　病状が急速に悪化・拡大すること）を繰り返し、対側肺、胸膜、左腎、膀胱、腹膜、腸と侵されていき、歌を書くことができなかったのであろう。歌稿帳の欄外に書かれた次の歌の横に、「以上二首九月」の記載がみられた。大量の喀血と共に体力、精神共に消耗の激しさが想像される。夫は、この時期から一九五〇（昭和二十五）年五月にＳＭ（ストマイ）をうつま

での期間は最も死に近づいていたと回顧していた。〕

九月（昭和二十三年）　おびただしき血をはきて

おびただしき血をはきて吾はいさぎよし外の嵐の音ききており
死ぬるとき或ひは遂に迫りたりよべよりはきし血のおびただし
（以上二首九月）

いまだ生きたし癒《い》えたし

心静かになれば思ほゆ堪え堪えて死にしかの人に吾は似なむか
出で入りのたびに萩の枝折りて来て吾にみせたり今日のわが母
鼓動はやき胸にほてれる手を添えつ寂しきかなや真夜《まよ》の病床《やみど》の
鵙《もず》の声しばらく近し病む吾を母と明るき午後を居る時
左肺も遂に侵されて保ち来し一つの希望《のぞみ》はかなくなりぬ
枕近き壁紙が風に鳴りて居り寂しき午後の静臥終るころ

松倉米吉歌集をよみて貰ひたり熱いでて淋しくてならぬ夕べに

〔『松倉米吉全集　附・その生涯』編集高田浪吉、出版十善社、昭和二十三年発行。松倉米吉は大正八年十一月二十五日逝去。生前友人に宛てた手紙に「…まるで口の中からぶちあけるやうに血を吐いてからそれからは毎夜毎夜吐きました。ほんたうにこの真紅の血潮を捨てるか、そう思うて苦しい息をつき乍ら夜分そつとどぶ板の下にすてにいくのです。…（前掲書二〇五頁）」。歌の中に、「すずかけの黄葉ひろはの雨にぬるる見て居る眼になみだながるる（電車にて）」「この日ごろ窓ひらかねば光欲しほそくながるる夕日のよわさ」などがある。私は、夫の喀血と悲しい米吉の歌調とを重ねてしまい、悲しみの中に閉じた米吉の生涯が偲ばれてならない。〕

窓ひきて虫声はすこし遠ぞきぬ熱あるままに又今夜《このよ》いねむ

自殺のみが吾を救ふとよべは言ひぬ今朝の思ひも又そこにゆかねばならず

泣き言を愚痴を並ぶるに似たれどもいかにもしていまだ生きたし癒《い》えたし

　十月二十一日　月が昇ればいくらか楽し

灯暗き枕辺に雑誌投げ捨てつ悲しいらだたしある吾の日々

色変りゆく夕空をみつつ臥すむなしかりしはかなかりし今日の一日

夕づきて日ざし弱まれば病む窓のカーテンひらく母にたのみて

癒《い》ゆる事あるのかとまどひつつ臥しており或る時はどうにでもなれよと思ふ

窓の下をゆきし少年ききけむか常臥《とこぶ》す吾の独《ひと》り言《ご》つ*声

明るくなり又暗くなる夕の雲むなしむなしとつぶやきてわが臥すひまに

遠き遠き雲がすき透る色となる没《い》り日紅になりてさす時

悲しき迄に美しく見えて居し夕雲の事もやがて思はず

苛立たしき吾の病床《やみど》に来し夜も月が昇ればいくらか楽し

苦しみなき世界を吾は思ひ続く夕窓に冴え冴えとせる雲が出て

拙《せつ》なかりしわが生きざまよ雨ながら更けゆく寒き夜に嘆かふ

父を頼み母をたのみて病み来しが今宵思ふすべてがあやまりなりし

わが病のために直ちになさるべき何かがあると言ふ気常にして居る

*独り言つ　独りごつ　ひとりごとを言う

紅の夕雲が中空に一団となり居てわが窓をいつまでもさらず
トランスある電柱の向ふの遠き空夕べは暗き棚雲がいづ
又寒き夕べがくれば鉛筆も手帳も枕辺にすててかへりみず

人生より金をせめるる

病なげく歌かきためしわがノートよごれて常に枕辺にあり
生きていく事がただ一つの課題にて今日も人生より金をせめるる
高き電柱の中ほどに一つのあかりつき果てしなき冬の空がくれゆく
寒く暗き夕が来て居つ歌かきしノート置きて独りの静臥に
死にし叔母を悼《いた》み詠み居しが今はわが身の上となり入れば
格子窓を透《とお》して秋辺にさしそめし月光《つきかげ》何か弱々しき感じ
吾が歌のまとまらぬはこの頃病進み体衰えてきしためと思ふ

悲しみより離たれし如き夕の静臥

悲しみより離たれし如き夕の静臥雲が匂ふよと口ずさみつつ

耐え耐えて居れば必ず癒ゆる日の来ると思ひて臥して居りにき

冬の月今宵はしばし遅きたり常臥《とこぶし》て動かぬわが顔の上

雨のひと日暮れゆくころに街中の駅に汽笛をならす汽車あり

雨のあと霧となりたり夕暮れて街に静かに灯のともる頃

霧降《お》りて暮れゆく窓に向きて臥すひと日の思ひ和《な》ぐ如くにし

暗くなりてゆく窓に向きてただに臥す遠く音もなくともりゆく灯よ

布団の下にほてりし手感じつつ夕べしばしの静臥を居り

ストマイへの期待

ストレプトマイシンの記事読みぬ何時《いつか》か誰かきて僕を救ってくれるかもしれぬ

点滅する希望はなべてみじめなりし今朝はストレプトマイシンの記事すこしいづ

〔ストレプトマイシンの略称ＳＭ（ストマイ）。最初の抗結核薬。ＳＭは米国では一九四五（昭和二十）年から臨床の場で使われ始めたが、日本ではSMの製造が許されたのは一九四九（昭和二十四）年であり、その頃の治療の主役は人工気胸療法、胸郭成形術などの外科的虚脱療法、次いで肺切除などの直達療法であり、SMなどの化学療法が治療の主役となったのは昭和三十年代になってからである。

ちなみに、SMは、一九四四（昭和十九）年ワクスマンらが土壌中の放線菌から発見した。一九五二（昭和二十七）年にワクスマンはノーベル生理学・医学賞を受賞している。〕

母と共に泣きたるよべよ

母と共に泣きたるよべよ今朝は熱き思ひくるまえに少しまどろむ

友バターと幾冊かの本をくれし

よるべなき思ひしてわれの居るときに来たりて君はバターをくれし
たまはりて楽しかりし本の幾冊の中に忘れ得ぬ「つゆじも」ありき
〔旧制東京高校の同期生T氏のこと〕

あきらめて時を経たりしかの事のまざまざと夢にいづる夜ありて

USハウスガードに今日よりゆく父が吾等を罵しりていでてゆきたり
死にし人をはかながりて居れば夜となりて何の星座か窓に輝く

十二月　ラジオ早く消したり

聖歌ひびく幻聴がしばし耳にありさめし苦しき夢の続きにて
きよしこの夜いくたびも今日のラジオ夜に入る前に早く消したり

一九四九（昭和二十四）年

悲しみは限りなくして

悲しみは限りなくして夕雲の流るる窓にただ向きて居つ
泣きている母の顔が遠き感じにてかかはりなき事を吾は少し言ふ
「現身の終わりの時に」と言ふ題の小説書きたしと今日思ひ居り
すがりゆく如くに友のこと思ふ折々がありて病の日々に

鮮やかに星ある窓を仰ぐ時苦しみはなべて過去の如しも
かいろ一つ抱きてわれはやすらぎぬ悲しきことは今は言ふまじ

原口氏訃報三首

心静かにあり得しや否や洗礼をうけてよりいきたゆる迄の幾日
ただ苦しみて死の床にありし幾日の中の一日に洗礼受けき
死を怖れていると伝えしかの日より洗礼うけていきたゆる迄の二箇月

静かな病室《へや》が欲し

入院はあきらめたれど願ふ事只静かなる病室がほし
療養所に入ることが只一つの解決策と今宵も涙ぐみつつ思ふ
入院に賛成せぬ母はわが病を既に諦めて居るらしくみゆ
ふた年は既にすぎつつ彼の死は運命なりしすべなかりしと言ふ声起る
白々しき汝の会話のたはやすく苦しみ死にし者に及びぬ

一日分五十円の散薬のみ終われればひきし襖の陰に目をつぶる
姉を憎む歌一つかきて寝に就きぬ病みて働き得ぬ吾のする事
「勉強できねば死んだ方がいい」と言ひ棄てぬ病みて衰えし吾に向かひて
死にてゆくものの苦しみを健やかなる汝は思ひみる事もなからむ
「吾は健康なり」と言ふ安堵汝の顔にみゆ会話或る事にふれてゆく時
共倒れになると今宵も姉言へば吾は病床《やみど》にただ涙いづ
父もいね姉も眠りてやうやくに吾に静かなる夜がきたりぬ
姉の犠牲の事もわが身に希望なき事もしりつつ生きてゆくのみ

〔一九四六（昭和二十一）年の九月十九日から喀血が始まり、その後も大量喀血を繰り返して体力の消耗が激しい夫には、歌にあるようにただ静かに臥床できる部屋が欲しかった。そのため入院をすることしかないと考えていた。歌には母が入院に賛成しないのはすでに自分の病気を諦めているからだ、と歌っているが、母は、療養所に入ったら信英などは一カ月も持たないで死んでしまうだろうと考えていたようだ。当時の結核治療は、大気・安静・栄養、しかなく、寒い冬でもベランダに出されてこたつを抱えて大気・安静療養に耐えねばならなかったし、療養所での「栄養」の現実から見れば十分などとはとても言えない食事にあまんじなければならなかったであろうから。

大学でフランス語を学びたかった姉は、自分に必要な勉強がしたく、夜遅くまで電燈をつけていて、夫には耐えがたかったのであろう。その頃の父の夫への態度は、歌からは許し難いものを感じるが、戦争終了前にやっと奉天（今の瀋陽）を逃れて一九四五（昭和二十）年三月、世田谷の大原町の家に一家と暮らし始めていた父には、仕事を得ることは難しかったであろう。戦争もあって、また信じていた満鉄の株がただの紙になってしまったために大量の財産を喪失してしまったことなどなど、家族には種々のことが重なっていた。私は一九七一年に夫と結婚したのだが、母は一年前に亡くなっていて、父と姉と夫との四人で一緒に過ごした。その頃には父は皆にやさしくしていて、早朝に起きて、仕事に出ていく皆のために朝食を準備してくれるなどのこともあった。また、私にもやさしく、二人で銀座や渋谷へ出向いた時などは、「栄子さん、腕を組んで歩こう！」と嬉しそうに言い、「信英に怒られるから」と言うと、「信英君には僕がちゃんと言っておく」などと言って、二人で腕を組んで歩いたこともある。夫と結婚して三年目に夫が左の腎臓摘出術をした。夫の退院を待つかのようにその年に父は脳卒中で亡くなったが、いろいろな懐かしい思い出からは、歌に出てくる父は想像しがたいほどである。

結婚後、夫から何度も聞いたのだが、当時母は、入院させろという父と姉に「入院なんかさせたら信英はすぐに死んでしまいます。私が一人で、この家で信英を守ります！」

ときっぱり叫んでくれたことがあって、それ以後は入院のことに関しては家族の間で決着がついたようである。」

或る夜は声を放ちて泣きつ

癒《い》ゆるなき病もてれば悲しかり或る夜は声を放ちて泣きつ
わが命悲しみ守る幾夜《いくよる》に春の嵐の激しき夜あり
発熱の事も黄痰《おうたん》のふえし事もききてくれるは母一人のみ
口いづる憎しみも怒りもつぶやきにすぎなくなりて日々に哀ふ
寝返へりを打ちて苦しき夜を眠る死を待つ自覚日々にありつつ
静かなる午後過ごしきつ窓外に夕づく前の青澄める空

蚊帳にさす月光

眠り薬独りして飲みぬ蚊帳《かや》暗き中に病み呆《ほ》けし吾や眠らむ
ほの白き光及べる蚊帳中に心静けし夜半《よわ》のひととき

熟眠《うまい》より静かにさめて楽しかり蚊帳にさし居る夏の遅月《おそづき》
虫の声いささかありて蚊帳外の窓の夕べは暗くなりきつ
淡き月光《つきかげ》蚊帳にさし居て静かなる夜半の暫しを吾は楽しむ
吸飲みよりぬるき番茶をわがのみぬ窓に静けき夜半の月光

母といさかへば

みとりする母といさかへばはかなくてうちひしがれしごとき夕べよ
薄き雲しらじらとしてなびけると仰ぎつつ居り夕の病床《やみど》に

「どうせ死ぬんだからいい」

病み疲れし吾は何時の日も早くねたし「話するな」「音たてるな」と夜毎いらだつ
はかなき希望かけて生きながら口癖の如く言ふ「どうせ死ぬんだからいい」と
カーテンをあけて仰ぎぬ朱の色の実をもつ桑と青き夕空
耐え耐えて明日のひと日も過ごさむよ今は父帰る前にすこしでもいねむ

「病む事が罪なのか！」

「病む事が罪なのか！」と激しく怒りしがあてつらう自殺位がおちとも思ふ
諦めとなりし怒りをわがもちて日々の病床に眠り又さむ
野の甘き匂ひと思ふきりん草わが傍《かたわ》らの瓶《かめ》に匂へば
風さやぐ桑のひとむらも暗くなり吾は病床《やみど》に月待ちて居る
「遠遊」を得たれば明日よりすこしづつよみてゆかむよ楽しみながら
〔「遠遊」歌集　斎藤茂吉／著、一九四七（昭和二十二）年、アララギ叢書　第一一三篇。〕

熱が下がってくれなければ

熱が下がつてくれなければ結核患者吾等死ぬよりなしと結論をしつ
働き得ぬ体持つ者のあはれなるつづまりとしてわが病む身あきらむ
希望なく働らく嘆き言ひ居しが今夜も遅くまで本を離さず
ブルジョアになりたがるプロレタリヤと吾が言ひぬ汝に対する皮肉のつもり

感傷癖と片づけられつつ病める身の夜々の眠りに眠り薬のむ

汝《な》が働きて得る金に拠《よ》りて吾は病む苦しむとも平然とも見える顔して

衰へて常臥《とこぶ》す吾に蚤は寄る暑さきびしき日毎夜毎を

寝たままの食事

寝たままの食事終れば寝返へりをうちて背中の汗ふきて貰ふ

〔喀血の始まった一九四六（昭和二十一）年九月から、喀血が間遠になっていった二七年ころまでは、寝たままの食事が続いた。夫の左手の肘には、この時にできた大きな「たこ」が残っていた。また、夫は寝たままの食事には慣れていると言って、病気臥床（結婚後も夫はたびたび病気をして臥床した）をしたときには、寝たままで水分や食事をうまく摂ることができるのだと得意がっていた。〕

楽しともはかなしともつかずわが居りぬ臥しつつくひて夕餉《ゆうげ》終れば

松風に似し明時《あかとき》の雨

午前四時雨さやかに降り過ぎぬ病床《やみど》にひとりさめつつ居れば

松風に似し明時《あかとき》の雨の音わが病む浅きねむりさむれば
苦しみし一夜《ひとよ》すぐれば明時に松風に似し雨の音する
明時《あかとき》に近く此の夜も腹痛む静かにわれは何を思はむ
明時にきざす痛みに堪えて臥す遠き　蜩《ひぐらし》霧に暗き窓

虹《にじ》今日の夕べに

暗灰色の雲を負ひてきれぎれの薄き虹《にじ》わが病む窓の今日の夕べに
思ほえずわが病む窓に虹いでぬ時なし雨の夕べ晴れ間を
薄き虹窓に思ほえずあらはれぬやめようよはかなき会話を姉よ

向日葵の花咲く窓に

向日葵《ひまわり》の花咲く窓に迫り居る積乱雲が夕の日に映ゆ
雨雲は窓に迫りて向日葵の黄はゆれて居り桑の茂りも
積乱雲夕べ　わが窓に迫り来る金色に日にはゆる　頂《いただき》もちて

積乱雲過ぎれば夕日澄みはてて海の如くに空青む窓

涙は今はとどめ難しも

病む事が罪なのかとわれは怒りたり涙は今はとどめ難しも
あてつらう自殺位がおちとも思ふ時今宵も苦しわが病む眠り
幾夜《いくよ》か怒り幾夜か嘆きたり病み呆《ほ》けし今は静にねむる
蝉の声ききつつ吾はいねむとす夕映え残る空のもとの蝉
ひぐらしの声が起れば夕映の久しき窓を蚊帳《かや》よりのぞく
呼掛《よびか》くるごとく或る日はわが心君に傾むく死にたる君に

わが病む蚊帳《かや》のすこし動きて

永かりし夕映え窓に消えゆきてわが病む蚊帳《かや》のうち暗くなる
声あげて吾は痛みを堪えて居り霧ある朝の静かなるまど
浅夜より月さす枕辺のガラス窓今宵はすこしあけて眠りぬ

霧暗き窓に明方の風起るわが病む蚊帳のすこし動きて

ひぐらしの鳴く頃蚊帳を吊りて貰ふ病めば誰よりも早く眠らむ

療養仲間

病み耐えて常に清かりし君の歌今月は「党に入る」と言ふ歌が出づ

苦しみ病む吾等の中の清き一人静かに党に加わりてゆく

七度五分の熱のきまりていづる

七度五分の熱のきまりていづる身の衰ろへ深くなりしを思ふ

ゆくりなく鏡にみたるわが顔の寂しき顔になりて居たりし

積乱雲すぎつつ夜に入りゆけば風ある桑が窓に暗しも

点灯せし夜半《よわ》のスタンドが輝きて眠り薬を吾は取りあぐ

いつまでも寝ねぬ姉等を憎みつついらいらと吾は眠り薬のむ

蝉鳴きやめば

夕づく日木々に明るきひとしきり蝉鳴きやめばひとつこほろぎ
寝つつ食ふ吾の夕餉《ゆうげ》よ法師蝉鳴けば首あげて窓の空みる
夜の雨の中にこほろぎ鳴きて居り心静かに病む身眠らむ
腹の痛みをさまりて眠りに落ちてゆく静けき夜半のこほろぎの声
夜毎鳴くこほろぎきけば熱高き吾の心はなごむ事あり

台風ありて守る役割

恐れつつ嘆きつつ待ち待ちて夜となりぬ嵐は今はただにすさまじ
病床の吾はロウソクを守る役父は風たける窓に釘打つ
風あたるたびにしなふ窓守り立つ母の寝間衣は濡れ始めたり
釘打ちて一夜守りし窓開く嵐のあとの速き雲脚
台風のあとの四五日わが臥せるめぐりに濡れし畳みが匂ふ

こほろぎ鳴けど

熱出づる夜毎夜毎に愛《やさ》しかり遅き月の出《で》しげき*こほろぎ
こほろぎのなける夜すがら侵されしわが腹膜は痛み止まずも

下痢つづく苦しき夜に

わがために泣きてくるるは母一人常に吾には優《やさ》しかりし母
下痢つづく苦しき夜に涙出づ傍らに優しき母居給へど
苦しみし夜々を思へばわが母に縋《すが》りて吾は痛み耐えて来つ
隣室におくれし夕餉とる母はわが呼べば箸おきてすぐに来たまふ
母の顔みるたびに苦しみを訴ふる言葉過ぐれば涙いづるなり
泣き泣きて今夜眠ればこほろぎの冴ゆる薄明に明日はめざめむ

---

*しげき　たくさんの　多い

病む事は遂に罪かもしれず

昨日《きぞ》の夜苦しみややに遠のきて眠りし事は幸《さいわい》に似つ
眠り薬のまなくなりて幾夜かを熱に疲れて夜毎眠りぬ
熱高きこの身眠りてさむる時水の如くに汗いでて居り
閉ぢし襖の向ふの朝の食卓に病む吾を責むる父の声あり
病む事を責められて声もなき吾をかばひて争ふ母と
コスモスの窓に冷たくそそぐ雨病む事は遂に罪かもしれず
病む吾を責むる声々よみがへるこすもすゆるる窓の時雨《しぐれ》に

濃き重湯たびたび飲みぬ

こほろぎにかすかにまじるかねたたき熱ひきて眠る夜半にしきけば
濃き重湯たびたび飲みぬ熱ひかぬこの身衰ふる事なかれかし
秋深き此頃いくつかの新しき鳥声ききぬ晴れし日曇りの日
カーテンの外は明るき秋空に舞ひつつ鳶《とび》はなきて居るらし

笛の如くなき居る鳶よ秋晴の午後静かなる静臥の時に
はげしかりし吾の思ひはわが死なば母の一人の胸に残らむ
病む命ここにこのままにして過ぎむ今宵思へば深き悲しみ
わが憎む父も姉も共にすこやかにわが死にてのちの日月を生きむ

実を結ぶコスモス

実を結ぶコスモスと高き午後の空白々として日は窓にさす
わが窓にコスモスは実となりゆきぬ時雨《しぐれ》来る日と晴れ透る日と
午後の空青きわが窓にそよぐもの実を結びたるコスモスの叢《むら》
コスモスの種を集めて母は持つ干物終へて上りくる時に
集め来しコスモスの種紙につつみ干物に戻りゆきたり母は
午睡《ひるね》終へて開きし窓よ眼鏡をむくれば種落つるコスモスがみゆ
常臥《とこぶし》のわが持つ眼鏡に種落ちる窓のコスモスが今日は映りぬ

冬に入る夜々

虫の声既に途絶えて冬に入る夜毎めざめて苦しむ吾に
わが窓に月昇る夜々を待ちて臥す心静かなる吾ならなくに
一眠りすれば定まりて腹痛む夜毎渡るる月窓にあり
早くよりさめてはかなき朝床にわが吐く白き息みゆるなり
冬に入る夜々と思へばさみしかり常の如くにさめ居る夜半《よわ》も
あたたかき午後は尚残る虫の声桑冬枯れて明るき窓に

わが病む命守らざらめや

わが一生《ひとよ》遂に苦しき一生たり静臥の窓の雲がめにしむ
沈黙は屈服ならず病むわが身力の限り吾は守らむ
アララギ読み午睡《ひるね》とり静臥しわがひと日夕べ夕べに歌すこし作る
憤《いきどお》りしづめて吾は沈黙すわが病む命守らざらめや
菊の花匂ひて寒き一日と日暮るる頃に吾思ふなり

椿姫唄ふレコードききゆれば

椿姫唄ふレコードききゆればさびし音なき時雨《しぐれ》降る街
鵙《もず》の声日のをりふしに高かりき病むわが思ひ暗きひと日に
長くひびくサイレン鳴るをきき居たり雨ふる窓に夜が来《こ》むとす
窓にみゆる街灯つけばあなさびし時雨《しぐ》るる町に夜が来て居つ
夕べ夕べ待つにもあらず街路灯つきてわが臥す窓てらす時を
病床《やみど》よりとどく窓かけひくたびに雨の軒ばの雀等が飛ぶ
言葉少なくひと日過ぎしと思ふ時窓は夜となり時雨のままに
桑の枯枝動かぬ窓に降る時雨心静まれば又涙いづ

風まじり雨降る窓を

風まじり雨降る窓を常臥《とこぶし》の吾はみて居る午睡《ひるね》終れば
雨そそぐ窓に風鳴りて寒き日よ病む悲しみを守りつつ臥す
雨寒き窓に風ある音きこゆ午後の静臥にまどろむ時に

病む心孤独になりてわがねむる雨降る窓の暗きこの夜を

空遠き星輝くと

午後の静臥終へて空澄む窓下に臥し居る吾に重き頭痛あり
静臥終へし窓のひさしに澄み果てて寒き夕日がさして居るはや
日暮待つ如き静臥のある時にサイレンならす自動車が街をゆきたり
夕べ夕べわが臥す窓の軒かげに紅《あか》き夕日のさすしばしあり
一日の寒き夕べは極はまらむ青澄む空は白くなりたり
空遠き星輝くと枕辺のノートに書きぬ寒き或る夜に
眠り薬のみて昨夜は早くねつめざめて今朝はすこし淋しも
悲しみは吾の心にわきて居り夜半《よわ》にめざめて痰はく時に
職探しにいでゆく姉が押だまりわが窓下を通りてゆきぬ
母を吾を罵しる荒き声ありて午後の静臥の時たちてゆく
逃《のが》るるが如く家出《い》でて夜毎にアテネに通ふ職無き姉は

〔アテネとは語学学校のアテネ・フランセのこと〕
病む吾を母を日毎に罵《のの》しりて職失ひし姉は家居る
荒々しき言葉静かにききて臥す既に新しき苦しみならず
わが病む部屋に来し時は親しむが如く言ふ汝が淋しさは吾知りて居り
姉を憎む吾の心は悲しかりわが運命は病みて変りぬ

黄《き》に照る窓の夕べを

月見ゆる頃と仰ぎぬはだら雲淡き黄《き》に照る窓の夕べを
時雨雲低く迫りし街空にたまゆらさして黄なる夕日よ
船笛《ふなぶえ》*と思ふ太笛なりひびく常臥《とこふ》す吾の日のをりふしに
時雨雲迫り夜となる窓仰ぐ淋しき思ひ又湧きて居て

*船笛　船の汽笛のこと

路面電車日日にとどろく

路面電車日日にとどろく此の家に病みて久しき命横たふ
よるべなく生くるわが身と思ひ居つ電車過ぐればひびく病床《やみど》に
路面電車の音とどろくを嘆かひてわが病む思ひ静かにあらず

〔青山の家は、道路に面していて渋谷と六本木方面とを結ぶ都電が走っていた。〕

夜を通し

夜を通し吾の眠りは浅かりきあるめざめには淡き月光《つきかげ》
痰多くいづる今宵は怖れつつ浅き眠りを吾は眠りぬ
冬の月窓に昇りて照らす時病める思ひはややに静けし
時雨雲すぎて明るきわが窓の空に夕日は早くかげりぬ

オリオン冴ゆる夜が到《いた》れば

悲しみはきはまりて居つ病む窓にオリオン冴ゆる夜が到《いた》れば

オリオンは昇りシリウス窓にあり病む身眠りに入りゆく時に
悲しみて仰ぐにあらず常臥《とこぶし》の窓に夜毎にオリオン昇る
輝きて常に美しきオリオンよわが病む窓に今日はまともに
オリオンのまたたく窓をとぢて眠る病む身に明日は何がきたらむ
食事終へてひとりやすらぐ夜のしばしオリオンはいまだ窓に低くも
十字架の如く輝くオリオンがわが眠る迄窓にありたり
オリオンの夜毎に昇る窓下にわが病む日々はすぎてゆくなり
オリオンの昇りゆく窓にわが顔をむけて眠りぬ此の宵も又

船笛《ふなぶえ》

船笛《ふなぶえ》は街にひびきぬ雪雲の片寄りながらくれてゆく窓
夜深きスタンドつけて吾ののむ眠り薬はすこしにがしも
吸飲みの水こぼれしをふきて居り眠り薬をのみたる夜半《よわ》に
とりとめもなきわが歌を姉読みて「病人のなぐさみ」と言ふ顔をしぬ

疲れつつ眠る病床《やみど》に思ひ出づ或る歌に「病みさらぼふ」と言ふ語ありにき
雪の中にあけ放つ静臥のわが窓に少年納豆を売りに寄り来る
雪ののちみぞれとなりし音きこえ静臥の吾はうとうととする

第三部

癒える兆し——抗結核薬の使用

一九五〇（昭和二十五）年一月〜一九五六（昭和三十一）年十二月

第三部　目次

暮れなづむ庭みて居れば
夕べを薪を割る母
母堂より送られて来し君が遺影
雑詠
クロイツェル・ソナタききて
庭隈に咲く桔梗
隣室に母縫物をしつつ居給ふ
どうにもならぬ命
六月二十四日　赤きカンナ見つつ
六月二十九日　コスモスが庭にほしいままに咲く
余光に紅き雲残りたり
出づる稲妻
百合匂ひし幾日よ
窓にのぼりゆく朝顔
夏は深まる
朝顔の咲き初めし窓
そらぞらしき歌いくつ作り終へし時
馬追が夜窓に鳴けば
一日の読書
遠くより鳴く熊蝉
夕虹は濃く又薄くなりゆく
掌を固く組みて泣く
鮮やかに虹立ちし事

「ともしび」をよむ
馬追は鳴かなくなりて
秋のカンナ
新聞よみて
秋風となりし日頃
蝉のからと朝顔の花と
思想善導と言ふ語
Ｉ君を偲ぶ
日々のこと
九月八日　一つ星あはれ
九月九日　鳥渡るその声
老ひて皮膚硬くなりし母の手
夜もすがらこほろぎ遊ぶ
九月三十日　ラジオにショパンききて
コスモスの茂り
木犀の匂ひ
今宵寂しき事あり
母君よりたまはりしＩ君の歌誌
曼珠沙華の季も終りて
薬包紙しおりにしつつ
秋日さす部屋の畳
夜もすがらふりし秋雨
青き光の星一つ

腸の痛み収まりて
「天下る四千」
枕の上の窓を仰げば
ひとしきり出でし血痰
ラジオに楽鳴りて
二十四歳の年すぎむとす
日々断片
一年を越えて
たまゆらの夜のやすらぎよ
ゆくりなく読みゆきてすがし
かの医者を遂に憎むは
ああ！
オリオンの青き光
クリスマスの朝の新聞

一九五一（昭和二十六）年

寒き朝明けゆく
一月二日　二十六に吾はなりたり
年あくる日々に
時近きを知りしイエスが
死亡広告の中の年齢

何も思はむひとときありて
届出なき結核患者として
二月の風吹きて
吹き入りし夕べの雪
二月二十五日　母が限りなく吾にやさし
うら悲しきまで香に立ちぬ
故もなき涙
炭鋸の乾きし音よ
君の死を寂しみき
狭き部屋に仰臥の四年
逝く春の雨
鉢のスミレ
背の型つきし病床
ことごとくはかなくて
病みながら二十六迄生きたるは
日ごろのこと
又きざしくるむなしさよ
母の守りしスイートピー
寂しさを越えつつ生くる
日に幾十となく自動車の
父にパス買ひてもらふ
新薬パスの事
朝のまどろみ終はる時

かつがつに保てる生を
二度のシューヴを時ありて思ふ
宝石のごとく咲く
病みて八年
小さく静かに燃ゆる
ひたすらに虚しき
わが息は喘ぎのごとく出で入る
よりどころなく臥する日日に
紅のダリヤ
ああー
梅雨晴れの街
月見草の花に
アミノピリン飲みて
つづまりの日は音もなく
みにくくやせし足を
梅雨晴れしひと日
腸の具合ふたたび三度
母になぐさめられつつ
暑き日々
病む蚊帳に
赤き西日のひとすぢ
故もなき悲しみなりき
かねたたきいつまでも鳴く夕べ

虫鳴きみてる夕べ
時雨の雨
常臥して五年たちにき
秋の陽
過ぎゆくひと日或る時は
冬に入る日々
寂しき冬に季は入りゆく
冬に入る
暮れゆきて星なき窓を
冬日
せつなき迄に今は生きたし

その二　這って縁側に出る／庭に立つ／庭を歩く——ストマイ四十本を打つ／467

一九五二（昭和二十七）年一月〜
一九五四（昭和二十九）年十二月

一九五二（昭和二十七）年——468

白き明るき光さし

冬のこのごろ
母をしひたげて生きて来りし
濡縁に出でて
涙たり思ふ時あり
雪残る巷の上に
病床より起き出でて
なべてみな
病みて九年
心はいたく汚なくなりて
嵐の闇
雪に明るき部屋
よみがへる思ひ
起き出でて来にし
サフランの鉢
濡縁に這ひてゆく
スミレの鉢
藤は若葉となりて
火星近づく夜
今宵輝く火星をみたり
つつましく病む身あらなと
ゆく春の日
六月の土
濡れ縁に出できて

おぼおぼと縁に立つ
地虫一つ
しばらく坐る
畳ふみて立つ
よるべなかりしひと日と思ふ
風鈴が時折鳴りて
風鈴を収めて眠る幾夜にて
永き永き九年
夕顔の今咲きし
ひそみ咲く小花のごとく
青蚊帳の香よ
はたはたの飛ぶ音起る
秋日かがよふ縁に坐り居る
こほろぎの繁きたのしき宵
暁の白き光に
昼の鉦叩きをじつときき居り
潮騒のごとく
秋庭に降り立つ
シュープの事もあはあはとして
ただよへる心のままに
冬晴れの午後を
冬の日の白き光
星あり南に一つ輝く

一九五三（昭和二十八）年

499

庭土に降れる白霜
冬木の梢　その下に立つ
霜どけの土ふみあゆむ
春の水仙
木々芽吹く庭を歩む時
シゲティ演奏会
窓下の青き小草
庭に立つ病む身に
五月の日照りて
生きゆかむ思ひ
ゆく春の光さして
厨に茶椀を洗ふ
ああーかの医師は
わが歩ゆむ庭に
過ぎしはるけき十年をぞ思ふ
レ線写真もとらざりし五年
父は短く病状を問ふ
母とともに茶碗を洗う
「医者にまかせておきなさい」
悔あり疑ある生きざま
やさしくまつはる如く
月蝕をみる
庭にたたずむ
松葉牡丹咲く日
馬追の冴えたる声
少年は夕顔咲きし事を
松葉牡丹咲く地に淡き日
飯をはむ母をし見れば
侵されし腸痛む時
マイシンの金
秋日さす浄き畳を
ゆくすゑを寂しみ言ひて
父は六十五歳
冬日臥床のわが肩にさす
幾たびも薬代計算す

一九五四（昭和二十九）年

525

水仙の花
冬の日を浴びつつ庭に降り立つ
このままさびしく死ぬのでしょう
廃疾者わが今日のひと日よ

薄き冬日
ドイツブルジョア
砂糖つけしパン喰む時
暖かきわが手を胸にのせながら
廃疾者無処置患者生活無能力者
諦めねばならぬ事ひとつひとつ
ああ十歳前に異ならず
タンポポの黄花
あはあはとわが待つものはなに
なすなき日々の思ひ
魯迅よみアラゴンよみ
在宅患者
啄木を説きて倦まざる幾頁
つづまりの孤独
昼のわがパンを切る
ツュベローズの花香うとき
レ線撮影二千余円
こほろぎとひとり息づく吾と
どんな生き方が残されて居るのか
老ひし父をかく捉へたり
患者陳情
病悪しかりし幾とせも今は過ぎつ
働きて素直に生きたし

読書二時間静臥二時間
幼児のごとき思ひよ
癒えゆくこの日ごろの思い
柳黄葉荒れたる土に
われは恋ふる魯迅
やうやくにわれは癒ゆるか
五十四の母
オリオンは窓の間近し
朝の日課畳拭く――病みし十二年
モーツアルトひびく夜
結核仲間
英語を学ぶ
癒つたら何をするのかと
ありふれし苦しみながら

惑ひ疲れし
工夫らの小さき焚火
雪ぐもり
枯れし笹
煙霧立つ街

その一　床ずれが痛む

——はじめてストマイ十本を打つ

一九五〇（昭和二十五）年一月〜一九五一（昭和二十六）年十二月

一九五〇（昭和二十五）年

雪の明り

静臥する吾をめぐれる壁紙に雪の明りは白くうつりぬ
わが病床静けき午後や窓の雪霙《みぞれ》となりて音たてて居り
いづくにか月昇り白き雲動く今宵死の床にある汝や如何に
午睡《ひるね》よりさむれば窓に夕日さす雲が幾重にもなりて照り居つ
不眠続く夜々を嘆きて臥す吾をわが母はひとり知りて居給ふ
常臥《とこぶし》のわが身は遂にすべなかり不眠続けば悲しくなりぬ
わが窓に月明るしと隣室に静かに縫ひて居る母に告ぐ
窓の月照りて鋭しそよぐ笹枕の上の壁にうつりぬ
死の床にある少年のやつれたる顔を赤児の如しと言ひぬ
死にてゆく汝の淋しき夜と思ふ月は雲より出でて明るし

シリウス光る夜の窓に

いづる熱恐れつつさびしく眠る時シリウスが窓にキラキラとする
シリウスの殊《こと》に輝く夜と思ふさびしき事は思はずにいねむ
靄《もや》こむる空にオリオンは遠く光る病みて淋しきを君知るや否や
あきらめのつきし如くに吾は居つシリウス光る夜の窓にむきて
常臥《とこぶし》のわが楽しみしオリオンも窓に現はれぬ夜頃となりぬ
シリウスとプロキオンと二ついづる窓に或る夜は親しみ或る夜は無関心となる

涙とむるすべなし

残りし物売りて再び耐えなむと涙ふきつつ母はつぶやく
まどかなる月わが窓にまともにて病みて寂しき心照らしぬ
わが窓に月まどかなる夜となりぬ苦しければ涙とむるすべなし
悲しみて常臥《とこふ》す吾の枕辺を白く豊かに月照らすなり
部屋すみに明方の月白くさすさまをさびしくなりてみて居り

はや風のとどろききてさめて居し昨夜《きぞ》を思へば又もはかなし
カーテンをひきめぐらして臥して居つ堪え難き迄に風吹く午後を
埃吹く風に一日鳴りて居し窓に夜更けて赤き月昇る
疾風のあとに静かに雨ふりてわが頭痛きひと日暮れたり

左胸が痛む

ふえて来し黄疸《おうたん》の事つぐる時諦《あきら》めし事の如く言ひたり
何時ともなく午睡《ひるね》よりさめて吾は居つ熱ある体夕べはたゆく
雨の音ききつつ眠る夜半《よわ》にして圧さるる如く左胸が痛む

床づれの痛む夜

めがさむるたびに床づれの痛む夜なればめがさむるたびにはかなし
又明日もはかなくてすぎむと思ひ居つ夜半のめざめに床づれが痛む

夜の猫が来てのぞく

ただ早く眠らむと焦りつつ臥する吾をひそかに夜の猫が来てのぞく
灯のきえし部屋に怖づ怖づと入りて来し猫がつぶやく如く啼きたり

西洋水仙の白花

水仙の鉢枕辺に置く時に思ふ永かりき花のなき冬
銀に光る花さきし柳の花瓶を枕辺より日あたる畳に押し出す
眼鏡をとりてつくづくと病床《やみど》より眺めたり美しきかな西洋水仙の白花
雪とくる音は夜もすがら続くべし宵早く吾は灯を消して眠る
首あげてしばしば仰ぐ病む窓の視野限る石倉に雪そそぐさま
屋根の雪が街灯に青白く見えて居る夜を病床《とこ》に早く眠りぬ
風に動く笹が夜もすがらうつる窓下にさめやすきわが眠り

療養所のみじめなるさま

療養所のみじめなるさまが歌になり此のアララギにものりて居るはや
人を苦しめる事もなく苦しめずに療養できる世があいつか吾等にもくるのか否か
働く者の世の中のきて居る国の記事病む吾も又しみじみ読みぬ
結核対策云々の記事出でて居る空々し今日の新聞も又
踏み殺さるる如く死にゆきし結核患者等はこの国に幾千幾万と数知れずありき
生きる権利等と歯ぎしりして吾が言へど所詮病む者は踏みころさるる

「大学にゆかれなかつたから」と

「大学にゆかれなかつたから」と言ふ時に病む弟吾を君は憎むのか
病みて生くる故に罪ありと吾を言ふならば君をも吾は憎むよりなし
「大学にもゆけず働らかせられる」と言ふ時に姉よ病む弟の吾を憎むのか
誤植あるわが歌を淋しくアララギに読みぬわが姉を憎み詠みし歌
母をつれて死ぬ事が只一つ可能なる父と姉とへの吾の復讐

四月よりアテネにゆかむ何にゆかむ金が足りぬと言ふ姉を憎しみもちて吾はみつむる

春始めて聴きし囀《さえず》り　二月十七日

囀《さえず》りを持ち始めたる何鳥か鳴きて近づくわが病む部屋に
春始めて聴きし囀りと書き止む二月十七日雲のたれこむる朝
わが家の真近くを啼きゆきし鳥一羽暫らくゆきて又啼きて居り
春始めてききし小鳥の囀りを枕辺のノートをとりて書き止む

床づれの痛かりしひと日

床づれの痛かりしひと日が屈辱のみじめさに似て忘れ難しも
手拭を眼に置きて身動きもせずに居るたまらなく淋しき午後すごすべく
曇りの下吹く風にカーテンが又動く限りなく淋し午後の静臥も
幸福なぞもう二度とこないと母は言ふ常臥《とこふ》す吾に粥すすめながら
襖の向ふに静かに縫物をする母はわが今日の病状を知つて居るああ

「ストマイの事父にも説得してくれ」

ストレプトマイシンの金の事は今宵も遂に言はず母が寝に来ればすぐに灯を消す

〔ストレプトマイシンは抗結核薬、略してストマイ、とも言う。〕

「ストマイの事父にも説得してくれ」と叔父にかきし葉書には返事なかりき

実現の見込もなき結核予防法がしらじらしく朗報として記事になる

食事運びて来《こ》し母は黙つてみつめてる際限もなく痰出づる吾を

赤く光る星

何星か赤く光る星が病む窓の夜毎に昇るを心に止めつ

母のほか誰も居ぬ午後をうとうとする病む一日のやすらぎの時

さらされ*て芽の出でぬ桑がなびき居りわが窓とどろく埃風の中

庭石菖《にわせきしょう》白く花も咲きし鉢雨の日は枕辺に近々と置く

＊さらされる　長い間、風雨や日光に当たるままになっていること

母がかけてくれる便器なれば

好き勝手に病気になつて金使ふと言はれしかば涙とめどなく出づ

便器の上に下痢に苦しむ午前三時昨日も今日も遠き雞《にわとり》がなく

母がかけてくれる便器なれば明方の下痢もわが生の楽しき時間

下痢強まりて苦しむ吾を照らす月今宵は雨あとの紺の空より

めざめ居て痰吐く夜半《よわ》に悲しみは堪《た》えし水の様に似たるか

五本ないし十本のストマイを打つたなら

歌作つて居てもつまらないストマイの金出してくれぬ父と姉が憎し

五本乃至《ないし》十本のストマイを打つたなら腸も治りまだ僕は生きられるものを

悲しみかはた憎しみか常臥《とこぶし》のわが胸に常に堪ふる物あり

訴ふる言葉が遂に涙になり返事せぬ父が憎くてならず

悲しみに永く永く耐えて来し思ひ夜半にめざめて痰を吐きつつ

既にして傷しまねども君が姿熱ある夜の夢の中に出づ

既にして傷しまねども夢の中に君の面影立つ事多し

枕辺の瓶《かめ》に桃匂ふひと日なりき心和ぎし時吾にありしや

聴きて居し母おどおどと泣き始む

諦める事はすなはち悲しむ事すぎゆくひと日ひと日が苦し

死ぬ日までかくの如く臥して居む母の愛のみがただ頼みにて

八重桜すでに時過ぎ埃風強き日なりき三年前の事

リヤカーに棺のせゆきし時の話わが胸の内に常に鮮《あた》らし

亡骸の燃ゆる見て出でし草道に嘆きの言葉短かかりけむ

聴きて居し母おどおどと泣き始む病む我儘《わがまま》を吾は言ひしか

高校教師となりて夜毎に遅く寝る姉が憎しよ衰へし吾は

ストマイの金二万円さきてくれし

ストマイの金二万円さきて呉れし時の老父も書きて置くべし

下痢の便器はづしてくるるわが母が涙ぐみつつ何かつぶやく
侵されし腹がやみなく痛む日よ苦しみに耐えてわが友もあれ
病まざりし一生も遂に淋しからむ老ひに入りたるわが父の一生
「恵まれて病みて居る汝」と母言へば今日の静臥の淋しくてならず
恵まれて病みて居る身と思ふ時に吾の心は淋しくなりぬ
父死にて後の不安を常に言ふ母も老ひたり吾をみとりて

朝夕に打つストマイの十本

打ち終へしストマイの空箱手にしつつ既《すで》にはかなし吾の心は
朝夕に打つストマイの十本を頼むとも頼まぬともなく落着かぬ日々
注射受けて居つつ思ひぬ今宵鳴きし地虫は今年始めての声

〔一九五〇（昭和二十五）年四月に、父と姉がかき集めてくれたお金でストマイ十gを闇にて買うことができた。ストマイは当時、闇でしか手に入らなかった。ストマイは最初は母が打つことになっていたが、母は手が震えてしまい、姉が代わって打つことになった。打つ場所、打ち方は、病院から教えてもらった。注射器の消毒は、お鍋に注射器具を入れて煮沸《しゃふつ》消毒をした。ストマイは最初一日目は、一回一gで打ったが耳がガーンと鳴ってしまったため、一gを朝夕に二回に分けて打った。ストマイをはじめて一回打っただけで下痢がぴたっと止まってしまった。杏雲堂病院の主治医からは、すでに死は覚悟してください、と宣告されていたときであった。夫は私に、これらの話を何度も話してくれた。

本歌集第二部330頁にも述べたが、夫によれば、一九四八（昭和二十三）年六月より次々とSchub（シューブ）を繰り返し、対側肺、胸膜、左腎、腹膜、腸と侵されていった。夫が当時記載していた（一九四七（昭和二十二）年〜一九五八（昭和三十三）年までの温度表をみると、このシューブを繰り返し始めた一九四八（昭和二十三）年六月四日からは、三八度台までの熱が続き（巻末口絵参照）、この後ストマイを打つ一九五〇（昭和二十五）年五月まで、朝は三十七度を大方下ってはいたが、夕には三十八度を超す日が続いている。またこのシューブを繰り返し始めた年から黄痰《おうたん》が増え、九月には大量の喀血を繰り返した。十月からは腹痛が激しく、下痢が続くようになって、朝夕共に三十七度〜三十八度の熱が続くことも多くみられる。ストマイを打ったあと、しばらくは症状の進展を食い止めることができたようだが、全体として症状が軽減せず、悲しみの歌が続いている。

一九五〇（昭和二十五）年四月十五日、最初にストマイを打った時の夫の詩がある。

専門家からみれば上手とは言えないかもしれないが、夫には記念すべき日であった。その時の夫の喜びを読者と共有したい。」

偉大なるストマイを今夜から打つ

今宵夜空さやかなる窓にカーテン引き
室内には親しみを増した電燈の輝き
その下で私はうつぶせになって注射を待つ
偉大な薬のストレプトマイシンを今夜から打つ

この薬で私の病状がよくなってもならなくても
病んですごさねばならぬこれからの幾歳月
又既に病んですぎた七年の歳月
私は思ふ　注射のすむのを待つ間にも

いつのまにか地虫の声の泣き止んだ宵闇が
カーテンの向ふに生ある如く息衝《いきづ》き
すぎさった事の一つ一つがあざやかに私の脳裏に浮ぶ時
私は姉の操作する注射器の針が銀に光るのを
その針の先から一滴二滴薬がしたたり落ちるのを
だまって見つめて居るのであった

〔タイトルは編者がつけた。〕

〔一九五〇（昭和二十五）年四月十五日からストマイ十本をはじめて打った。その後の夫の化学療法（抗結核薬療法）の経緯は、一九五一（昭和二十六）年四月よりパスを約六ヵ月間、十月よりチビオンを一ヵ月半服用している。

一九五三（昭和二十八）年九月より再びストマイを四十本、一九五六（昭和三十一）年四月より三たびストマイを二十本打ち、ストマイは合計七十本打って終了している。

パスは再び、一九五三（昭和二十八）年十一月より二ヵ月間、一九五五（昭和三十）年十一月より一年五ヵ月間服用して終了。

ＩＮＨ（ヒドラジド）は、一九五二（昭和二十七）年十月より服用、途中で中止されていることもあったが、概ね一九五九（昭和三十四）年五月くらいまで継続服用され終了している。

夫の残したメモによれば、パスの使用量は、ヒドラジドと共に四kg、ストマイと共に五百g、それ以外に単独で使用したものを含め、全部で五・五kgとなっている。またINH（ヒドラジド）の使用量は、パスと共に七十五g、ストマイと共に十五g、単独で十gで、総使用量は百gとなっている。

パス、INH、ストマイの三剤併用は、一九五三（昭和二十八）年の末に約一ヵ月間、一九五六（昭和三十一）年三月から約三ヵ月間くらいの短い間のみとなっている。夫の化学療法は、保険適用がなく自己負担で薬剤を購入していたこともあったのだろうが、本人が語ったことによれば、三剤併用のエビデンスが確立したのはもっと後のことで、薬が出た時にぽつりぽつりと使っていたと。薬代を父からもらうことを悩み悲しむ歌をたびたび歌っている。パス五・五kgは当時でいくらぐらいだったのだろうか。

こうして夫の結核は、抗結核薬の使用と共に咳、黄痰、腹痛が落ち着き始めやっと結核が癒える兆しが見え始めてきた。一九五一（昭和二十六）年十二月に床に座ることから始まり、縁側に這い出て庭を眺める、窓に寄りかかる、庭に立つことができるようになり、寝たきりから解放され始めた。これ以降の歌の中にもこの経過がよくあらわれているように思う。

記すべきことは、母親の献身的な深い看護が体力の消耗を最小限に抑え、命の復活に大きな力となったことである。」

長塚節《ながつかたかし》思ひつつききぬ

長塚節《ながつかたかし》思ひつつききぬ窓外の浅夜に既に鳴きて居る地虫
既にして窓の浅夜に鳴く地虫夏は必ず吾死なざらむ
浅蜊《あさり》売る声が巷《ちまた》に起る頃長塚節吾は偲びつ
長塚節歌集枕辺に置きて聴く春蝉庭の木にて啼き居り

春の花楽しき

長き午睡《ひるね》さめてみて居り濡縁に日を受けて光る吾のチューリップ
日に出せば次々に咲きてゆくスミレ楽しき鉢を吾が持ちて居り
アネモネの紫もくれなゐも花咲きてわが枕辺の楽しさ此頃
チューリップアネモネスミレと鉢三つ朝々母は持ちて来て見す

熱計るたびに

静臥終へてはかなき時に辞書引きてマイシンの空箱の英字読みて居つ

熱計るたびに暫《しばら》くは淋しもよマイシン打ちても引かぬわが熱

歌詠まざりしひと月

歌詠まざりしひと月の事思ひみる淋しく居たる時とも言ふべし
繰返へし繰返へし泣き言を並ぶると吾を葉書を人は評さむ
此の日頃朝な夕なに美くしく啼く鳥きつつひと月経たり
朝庭に春蝉なきぬ病む身にも爽やかな日が来るのかもしれぬ
常臥《とこぶし》のわが楽しめば日毎日毎庭に苺は熟れてゆきたり
腸侵されし吾は食ひ得ぬ庭の苺母の持つざるにあふれて赤し

I君哀悼

死にゆきしI君を再び三たび思ふ曇りて虫の鳴かぬ此の夜
清瀬にて死にしI君の最後の夜その夜地虫は鳴きて居しや否や
夜更くる頃と窓下に地虫鳴き死にしI君が止まず思はる

苺熟るる時が今年も来て居れど曽《かつ》てこの庭に降りし事なし

おととしより文通始めしI君は五月十二日清瀬にて死にき

ストマイの事書きしハガキ衰弱せしI君はああ悲しまずよみきや

葉書には歌多くかかざりしI君の遺《のこ》せし歌稿吾は読みたし

文通のみせし友なれど今は恋ほしI君は清瀬にていかに死にしや

死にしI君の苦しみ思ひ落着かぬ吾に静臥時が早くすぎたり

おくやみに行きたる母はI君の遺歌十首母堂よりききて帰りきたりぬ

毛布一つかけ足して静臥にわが入る時に死にしI君が思はれてならず

〔池谷清氏（I君）一九二八（昭和三）年東京に生まれる。一九四五（昭和二十）年日本大学農学部に入学後、その年の十月肋膜炎にて大学中退し家庭療養。一九四七（昭和二十二）年再発、一九五〇（昭和二十五）年国立療養所清瀬病院にて永眠。その後清氏のご母堂が夫の病床（南青山）を訪問してくださって、池谷清氏の遺歌集と写真を謹呈くださった。年齢の近い療友の死は、夫には悲しみが深かったようで、この後もたびたび清氏の歌を詠み偲んでいる。〕

膿痰のおびただしく出でしか

膿痰のおびただしく出でしかの朝は母にも口をききたくなかりき
スタンドの下に今喀きし黄痰を見て居る吾を君よ偲ばね
レーニンを読みて或る時は心澄む病みて衰ろふるのみのわが日々
あはれなるきほひとも思ふ党に入れ不在投票せし彼の日の吾を
小綬雞《こじゅけい》は遠くなりたれど此の春は三種類程の鳴禽《めいきん》*ききぬ
何処に移り行きても死を待つばかりにて病みて貧しき者は救はれず
読み継ぎしレーニンに心親しめば常臥《とこぶ》す吾のややに楽しも

文通せし療友I君

文通せし療友I君が死にたればさびしく日々の静臥して居り
手紙くるる人誰か無きか療友が死にて淋しき常臥《とこふし》の吾に

*鳴禽　きれいな声で鳴く鳥

雲が黄に映ゆる

頬白かもしれぬ小鳥が又も来つ窓に夕雲が黄《き》にはゆる時

雨ながら暮《つの》るるわびしき夕べにて枕辺に白きアララギがあり

熱出でて居りし二箇月にI君はいかなる歌をよみて死にしや

〔I君　388頁参照。〕

空遠き雲が黄に映ゆる夕暮を病むこの窓に日々に愛しむ

限りなき時の流れのある夕べ死にゆく者にくれなゐの雲

歌思ひて眠らぬ夜に熱昇るらしく吾が耳の鳴り始めたり

日毎来るアカハタを或る日は重荷にし或る日は楽しむ常臥《とこふし》の吾

激しく痰が出づ

永き夕べ夜に移りて吾独り臥床《ふしど》に出でくる痰をはきはく

コデインが切れて激しく痰が出づ母よ吾が部屋に入りて来るなよ

積乱雲既に高々と湧きて居る窓を仰ぎてわびしきめざめ

香ぐはしき草の実《み》苺《いちご》汝《な》が熟るる明るき日日を人死なめやも

いつまでも明るき夏の夕べにて翳《かげ》持つ雲が窓移りゆく

蚤取粉《のみとりこ》臥床にまきまきて

蚤取粉臥床《ふしど》にまきまきて苛立たし蚤はいづくに湧きて襲ふか

蚤取粉臥床に幾度も撒布して午睡《ひるね》の時間たちまちに過ぐ

蚤はねる音耳もとに又ありぬ此の夜は頭洗えて痛しも

蚤取粉まきていらいらと居るうちに今夜も眠れなくなり吾は

夜も昼もなく蚤の襲ふ病床《やみど》にてうとうととすればただ足がだるし

いつまでも明るき夏の夕べにて陰翳《いんえい》持つ雲が窓移りゆく

アララギの白き表紙

枕辺の汚なきなかに新らしく来しアララギの白き表紙あり

新しきアララギめづるひねもすの窓外は梅雨に入る暗き雨

夕の風吹き来る病床《やみど》にアララギを読み居て淋しくなりたり吾は

暮れなづむ庭みて居れば

暮れなづむ庭みて居れば紫陽花《あじさい》の花は此の頃白くなりたり
竹すだれ買ひで吊《つり》しぬ病む窓の雲は此頃皆白く光る
夕映《ゆうばえ》は遠き地平に退《しりぞ》きて桑も藤も窓に暗くなり来つ
蚕取粉まきたる病床《やみど》ざらつきてあぢけなし今日の永き夕べを

夕べを薪《まき》を割る母

紫陽花の花昏れ残る庭先に出でて夕べを薪《まき》を割る母
父や姉に邪魔されず夜早く眠りたし耳に綿つめてみたりなどする
綿の栓耳につめこみて夜毎に少しでも早く眠らむとする

母堂より送られて来し君が遺影

わが枕の下に贈られて遺影あるを君が御霊《みたま》は知るや知らずや

母堂より送られて来し君が遺影われの枕の下にあるなり

蒲団の下の亡き君の写真わが心淋しき時は常に思ふも

死にし友清君の便り一つにしわれはしまひぬ秘密の如く

ためらひて君の遺影をわが見しが何故か淋しき心開けぬ

〔Ｉ君のこと。３８８頁参照。〕

雑詠

暴圧をほしいままにして来る過程憎みつつ一つ一つ読みたり

きまり文句に飾らるるステートメンツ出づるたび新聞は掲《かか》ぐ鷲鼻の写真

一つ一つ人無視されて大戦の前の時代によく似て来る

クロイツェル・ソナタききて

夢なかの吾にだに気力湧きて居よクロイツェル・ソナタききて眠る夜に
バラの花咲く頃となり病む吾に赤きバラ白きバラ人は賜ひぬ
白きバラ枕頭台に自ら散り始めたりこの夜明くれば
ただみじめに臥し居る夕べラジオよりコラールひびく甘き死よ来れと

庭隈《にわくま》に咲く桔梗《ききょう》

白妙の菖蒲《しょうぶ》花瓶に咲きほぐれゆきつつ久し此の雨の朝
庭隈《にわくま》に咲く桔梗《ききょう》を母言へど常臥《とこふ》す吾は見る事もなし
桔梗の花咲く庭の一《ひ》と隅を雨の朝《あした》の静臥に思ふ
病床《やみど》より暮れなづむ庭見て居たり紫陽花《あじさい》の花此頃《このごろ》は白し

隣室に母縫物をしつつ居給ふ

わが窓は月明《つきあかり》となり隣室に母縫物をしつつ居給ふ

心静かに居しにあらねど窓に昇る満月を見し夜忘られず

体ふきて貰ひつつ母と語る時此の朝も庭に懸巣《かけす》来て居る

血痰に怖ぢつつ臥して居る吾に夕食は何にしようと母が声かく

どうにもならぬ命

病み病みて此れ以上どうにもならぬ命薬呑みて夜を僅《わず》かに睡る

しめりたる血止薬《ちどめやく》の粉薬《こなぐすり》食後食後にひとりして飲む

頼み来し眠り薬も此の夏は効かなくなりてただみじめなり

衰へし睡《ねむ》り夜毎にさまたぐる姉を歳永く憎み来しなり

六月二十四日　赤きカンナ見つつ

常臥《とこぶし》のわが窓にみゆる桑の木が枯れたることもいたくさびしも

甘き死よ来れ等ラジオの唄ふ時臥床《ふしど》にみじめなる夕べ来て居り

くれぐれの窓見て居れば親しもよ朝顔に殊更伸びし一つあり

竹組みて登るを待ちし朝顔も病む窓に今は見るべくなりぬ

赤きカンナ見つつ臥し居りわが心虚しき迄に疲れたる午後

青くさく匂ふ雨あとのコスモスを病む窓下に植えて貰ひぬ

襖《ふすま》の上に照り昇る月は吾の臥す蚊帳《かや》にも薄く照りて居るらし

黴《かび》くさき蚊帳に見て居り今宵照る月は息衝《いきづ》く如く照り来る

湛《た》へられし水の如くに胸にあるものを悲しみと言ふべきか否か

湛へられし水の如くにわが胸に悲しみありて夜半《よわ》にめざむる

六月二十九日　コスモスが庭にほしいままに咲く

いきれたつコスモス移つすを仕事とし雨止みし庭に母いでて居る

眼がさめて安らぎに似し思ひある此の夜の吾を君よ憐れめ

コスモスが庭にほしいままに咲く時迄病む身障《さわ》りもなくて有り経よ

曇りたる今朝は殊《こと》の外《ほか》美くしく頰白《ほおじろ》が鳴く朝飯《あさいい》の前に

朝顔に母は夕べの水をやる病床《やみど》の吾に声かけながら

痰壷の蓋《ふた》にわが顔を映し見る醜くき顔にひげ少しあり

永く生きて歌を詠まなむとあるを見る此処にも病みて生くる生命あり

余光に紅《あか》き雲残りたり

笹叢《ささむら》に虫鳴く夕べ わが窓に余光に紅《あか》き雲残りたり

思ひもかけぬ時に涙の出づる事八年《やとせ》病みし今に知りたり

寝苦しく居し昨日《きぞ》の夜を思ふにも病みてすべなき身は涙出づ

只一人の姉を憎みて此の狭き家に三年《みとせ》を病みて来たりし

うから等の常に一人を憎み来ぬ苛立ち病みしわれの八年

諦めし身を思ひ居て眠らざる夜半に長鳴く犬一つあり

夜更けし犬が吠ゆれば限りなき悲しみはわが病む身をひたす

常臥の吾に迫りて暑かりし午後過ぎゆきてうとうととする

わが背中《な》の肌にしきりに汗流る午睡《ひるね》取らむともだゆる時に

病みて終りし命の事を話す時君よそんなにすげなく云ふな

カーテンに鳴る風ききて昼寝する病む吾を人は安しと見らめ

出づる稲妻

見つつ居て淋しくなりぬ病む窓の夜空に遠く出づる稲妻
稲妻の今宵近きを言ひながら母はわが窓閉めに来て居り
親しみて見て居し遠き稲妻も夜が更《ふ》くれば堪え難く淋し
夜半の雷低く頭上に迫り居てさびしき病む身眠りよりさむ
音もなき稲妻にしばしば照らさるる部屋に眠りを待ちて臥し居る
うなりたてて過ぐるかなぶん蚊帳外に飛びて雨止みし涼しき浅夜

百合匂ひし幾日よ

いつ迄も眠れぬ此の夜さびしきに背中に汗がすこし出て居る
花瓶《はながめ》に百合が匂ひし幾日よ病み経る吾に安らぎはなく
眼がさめて聴きて居たれば夜半の街自動車過ぎて淋しき音す

眼の上に畳みし手拭おきて睡《ねむ》る百合が匂ひて暑き暑き午後
傍らの瓶《かめ》にしきりに百合匂ふうつうつとして永き静臥時

窓にのぼりゆく朝顔

窓にのぼりゆく朝顔を楽しみぬ堪《た》えて生くれば生は静けし
此の夜は心安らかにわが寝ねむ夕澄む空を仰ぎつつ思ふ
窓に組みし竹登りゆく朝顔は夕べ夕べにわきて親しき

夏は深まる

笹叢《ささむら》の夕べに啼きて静かなりしきりぎりす聴きしは病める吾のみ
蚊帳《かや》中に飛びて居る蚊が白くみゆ窓夕昏るる吾のひととき
ねつかれぬ夜に思へば現《うつ》し世の事はわが身に終りたるらし
午睡《ひるね》さめて淋しき吾は花瓶《はながめ》の夏コスモスを取りて見て居る
澄み澄みて今はかそけき夕光《ゆうかげ》に二つの窓の雲匂ふなり

昼暑き南風《みなみ》吹き入る部屋中に蟬ききながら暫《しば》しまどろむ
茎細くなりて紫露草の咲きつぐ庭に夏は深まる
鐘ふりてキャンデーを売る青年は暑き路上を歩みて居らむ
ふた月は忽ち過ぎて思ふ時Ｉ君は死を予期して居しや
〔Ｉ君　３８８頁参照。〕

朝顔の咲き初めし窓

朝顔の咲き初めし窓朝な朝な楽しみ開く母と二人して
ビールジョッキに挿《さ》して楽しむ朝顔の今朝はさしきれぬ程母切りて来し
朝顔の茂りし夜窓《よまど》見て居たり病む吾の蚊帳今宵静けし

そらぞらしき歌いくつ作り終へし時

そらぞらしき歌いくつ作り終へし時病む身睡りの刻《とき》が来て居る
憎みつつ老父に頼り病む吾よ苦しみにすこしも堪えられぬ吾よ

嵐めき雨降るひと日むし暑く病む身はたゆし堪えがてぬまで
遠き雷時にラジオに入り来つつ楽華《がくはな》やけし雨ひびく後を
カーテンを引きし窓に激しくなりてゆく此の夜の雨をひとり聴き居る
茎太く伸びしコスモス病床《やみど》より見て居れば庭に又雨が降る

馬追《うまおい》が夜窓に鳴けば

睡《ねむ》らむと居し昨日《きぞ》の夜《よ》に窓近く馬追*鳴きし事思ひ出づ
鳴き急ぐこほろぎきこゆ何も思はず病む夜いねむとわが居る時に
馬追が夜窓に鳴けば傍らの母も気づきて吾に言ひ給ふ

---

*馬追　キリギリス科の昆虫　鳴き声（雄の鳴き声はスイーッチョと聞こえる）が、馬子が馬を追う声のように聞こえることから名づけられた

一日の読書

ラティフォンディウムの事少しく読みたりし雨荒ぶ朝の暗き屋内《やぬち》に

〔ラティフォンディウムは古代ローマにおける奴隷労働に頼った大土地経営のこと。〕

プリーニウスと言ふ名覚へて病む吾の一日の読書既に終りぬ

遠くより鳴く熊蝉

悲しくて泣き居る夜に馬追の今宵は鳴かぬ事も思へり

憎しみの心悲しみに移りゆく姉がああ又病む者をそしる

熊蝉は昨日《きぞ》も今日も鳴きて居りからくして日日の静臥つづくる

遠くより鳴く熊蝉をききながら静臥を守ればあはれ淋しさ

夕虹《ゆうにじ》は濃く又薄くなりゆく

常臥《とこぶし》のわが見る窓に此の夕べ　聚雨《しゅうう》のあとの虹《にじ》現はれぬ

去年《こぞ》の夏もこの夏も一度病む窓に虹《にじ》がいでたり忘れ難しも

朝顔の茂りし窓に見えて居る夕虹《ゆうにじ》はやや に色濃くなりし

屋根の上にとも雲にともみえながら夕虹は濃く又薄くなりゆく

今宵も淋しき夢みるのかと思ひつつスタンド消して蚊帳に臥し居り

狭き家に病みて苦しむ悲しさを泣きつつ夜々はねるべかりけり

夜々に啼く馬追啼かぬ此の夜にて病む吾に堪えがたき悲しみがある

涙いでつ夜半を居りしが窓近く昨夜《よべ》鳴きし虫此の夜は鳴かず

いたぶりし雨過ぎたれば石倉に今朝は秋づく日が照りて居り

高く飛ぶ蜻蛉《かげろう》病む窓に見えたりしたまゆらを限りなく恋ひて居り

掌を固く組みて泣く

沈黙は屈服ならずと歌ひしが衰へし今は涙出づるのみ

バロビタール今宵は飲まむうまゐ*して夜を経れば病む心《こころ》和《な》ぐべし

---

*うまゐ　ぐっすり眠ること

掌を固く組みて祈りの如くする真夜の病床《やみど》にわが泣く時に
泣き泣きてやがてさはやかになりしかど十二時過ぎて尚も眠れず

鮮やかに虹立ちし事

常臥《とこぶし》の窓の夕べに鮮やかに虹《にじ》立ちし事もかりそめならず
病床《とこ》にて声あぐる吾に中空の夕虹《ゆうにじ》はあはれあざやかになる
病む窓にみゆる迄のびしコスモスよ吾はひたすら花咲くを待つ
声長く鳴きて淋しききりぎりす曇り真昼にききつつ居たり
圧しつけらるる如く悲しきある夜には叫びの声を病床にあげたり

「ともしび」をよむ

ともしびを病床によむ時満ち足らふ心となりて吾は居りしか
〔歌集「ともしび」　斎藤茂吉著、昭和三十五年、岩波書店。〕

馬追は鳴かなくなりて

馬追《うまおい》は鳴かなくなりて夜夜《よよ》にこほろぎしげし秋のしるしに
声長く鳴きて淋しききりぎりす曇り真昼にききつつ居たり
こほろぎのしげき此の夜の窓閉《とざ》す安けき睡りこひねがひつつ
昏るる頃幾つも鳴きし鉦叩《かねたた》き月照り初《そ》むる頃には鳴かず
こほろぎとゐんまこほろぎとききわけて病む蚊帳中に宵をひそまる

秋のカンナ

晴れし午後を吹き出づる風野分立ち母の干物がはたはたと鳴る
検温器かけつつきけば夕まけて野分の如き風が吹き来る
楽し事思ふ如くに窓外の丈高きコスモスに花咲くを待つ
常夏《とこなつ》の紅《あけ》の小花《をばな》にさす日ざし夏より秋に季《とき》は移りぬ
倉の上の空に照りそめし三日月の光愛しきを人は知らずも
朝顔の窓に此宵の月昇る病みて淋しき吾は眠らむ

コスモスのかげに咲きたるくれなゐの秋のカンナを母きりて来し
秋の日の静けきなべにコスモスの茂りは窓に高く伸びたり
ひたすら静臥守りつつ淋しきにガラス戸鳴りて野分《のわき》吹きをる

新聞よみて

「ツヅレサセ」「オカメ」等こほろぎの名幾つを今朝の新聞に吾はよみたり
板垣某の転向を誇りかり書きてある新聞よみて笑ひ出したり
「特高」の如き言ひざまの検事談転向手記につけたしてあり
「転向して不幸になんかなりたくない」と叔父にこやかに吾に言いにき

秋風となりし日頃

秋風となりし日頃を病床《やみど》にて展覧会の絵を思ふなり
暖かくみゆる日ざしがコスモスの青き茂りに降りて居るはや
はたはたの飛ぶ音きこゆ濡縁に草にしらじらと日のさす午後を

庭草をならす野分を病床にてきけば地を伝ふひびきの如し
カーテンの外は夜すがら淋しくも月照りて居よ此の秋の夜を
戸のあひだより部屋すみに夜もすがら照りし月光《つきかげ》を吾は忘れず
花瓶動かすたびに音たててこぼるるは真砂のごとき鶏頭《けいとう》の種
雑草の如き鶏頭切り替えてわが臥床辺《ふしどべ》の瓶《かめ》に久しき

蝉のからと朝顔の花と

夕庭に花壇をいじりて居る母よ明日頃は又野分《のわき》吹かむに
紅《べに》小花美しき常夏《とこなつ》は夏の間に小さきカタツムリに荒らされて居つ
めがさめしわが朝床に新らしく切りし鶏頭を母持ちて来る
病床にてめざめし吾に蝉のからと朝顔の花と母投げてくれし
夜となりてはこぼれゆきし花瓶のあとには小さき種こぼれをり
畳の上に落ちし鶏頭の小さき種灯《ともし》を寄せて吾は見て居つ
泣きて母にすがりしあかときのわが夢よ何の夢なりしかは忘れたり

思想善導と言ふ語

思想善導と言ふ語おかしくてならぬなり縊《い》られし東條も同じ事言ひき
花いまだ咲かざる吾のコスモスは昨日の野分《のわき》に皆倒れたり
乱れつつ居りたる吾よ歌思ふとも静臥するともなくひと日居つ
ねられざりし病む夜あくればただ思ふ静かなる部屋に一人いねたし
病む睡りさまたげて夜毎遅くねる姉をひたすらわが憎むなり
病みて静かな部屋を求むるその事がああ悪だ我儘だと言ふ事になるのか

I君を偲ぶ

死のひと月前の葉書に君の文字すこし乱れて居しを思へり
文字すこし乱れし亡き君の終《つひ》の葉書療院生活を知らせくれし葉書
われに生命ある限り枕辺の文箱には悲しき葉書入りて居りなむ
「まだ生きてバナナ食ひたし」とおどけつつ死のふた月前に書き来し
病みて生くる事が悲しくてならぬ日よ四月《よつき》前に死にし君思ひ出づ

只一人相病む友と君の事苦しき時は常思ひにき
亡き君の母君の訪づれ給ふ日を病床《やみど》に久しくわれ待ちて居り
亡き君の写真手箱に入るる時相病む吾はあはれ淋しき
すなほなりし君の遺詠よありありて淋しき時に吾は思ふも

〔I君　３８８頁参照。〕

日々のこと

静臥時が過ぎて淋しき日暮時短かき地震《なゐ》が家をゆりたり
声近くこほろぎ鳴ける朝床に淋しき事をわが思ひ居り
小千谷《おぢや》にて生埋めになりし人人を此の朝の淋しきめざめに思ふ
嘆き居し母は寝入りてその寝息静かにわれの傍らにあり
蚊帳中に灯をつけし時かたはらに母の淋しき寝顔をぞ見し
疲れつつ眠れる母を夜ふけし灯《ともし》のもとに吾はみうるも
朝鮮の空をおほひて魔の如き彼の巨人機は飛びて居るのか

いづくにか街の遠くにかすかなる気笛がありぬ夜更けし街

マルトフとレーニン論争の所迄党史読みきて興奮しをり

〔マルトフ、レーニンはロシアの革命家。〕

眼をあけて何思ふともなくて居つ夜の街を電車すぐる音する

常夏のくれなゐ小花咲き居りて吾に恋しき過ぎし日の事

わが体遂にたゆしと小夜更けし病床《やみど》に寝返へり打ちつつ嘆く

さひはひも無く一日は過ぎにきと蚊帳の外なる灯を吾は消す

歌集一つわが枕辺にある事を暗き夜床に思ひつつ居《を》る

九月八日　一つ星あはれ

増悪《ぞうあく》*せむ病怖れて幾日居つ秋深くなりてゆきし幾日よ

病む身にはいくばくの熱いでて居つ嵐のあとの秋暑き日に

---

*増悪　病状が悪化すること

朝顔の茂りし窓に昨日《きぞ》の夜も今夜《こよひ》も見ゆる一つ星あはれ
蚊に喰はれ居つつわびしきわが静臥残暑は幾日続くにやあらむ

九月九日　鳥渡るその声

熱少しいでて居りたる幾日に寂しき歌を吾は作りぬ
歌の事も今はあきらめて熱いづる体ひねもす横たへて居り
畑道に立ちて仰ぎし彼の時の渡り鳥のむれいづこにかゆきし
星明り窓に届くと言ひてみし淋しき夜を母と居しかば
怒りつつ泣きし彼の夜を境としわれの病む身に熱はいでたり
渡り鳥夕北空を過ぎにきと母は寝床の吾に告ぐるも
熱出でし臥床にまなこを閉ぢ居つつ鳥の渡りの事を思へる
眼を閉ぢてすなはち思ふ鶏頭の紅《あけ》は日に日にさえてゆくべし
秋澄める空のまほろを鳥渡るその鳥声は此処に落ち来も
昼飯《いひ》を食ひつつ見たり庭先の秋の弱日に蝶一つ居る

新しき病巣が出来てゆくならむわが胸の事ひもすがら思ふ

日に幾度吾の病む身に触れ給ふ老ひて皮膚硬くなりし母の手

老ひて皮膚硬くなりし母の手

金の事泣きつつ父に問ひつむる母の悲しき声きこえ居り

つづまりは金なくなりて死にゆかむ病む身思へば声も出なくに

保護費すら常にたやすく削らるる力なき病者の事思はずや

〔夫が保険を最初に使用できたのは、ずーっとあとの一九五九（昭和三十四）年のことである。それまで病院、保健師などに相談したが適用してもらえなく、夫はそのことを不満に思って、たびたび思い出しては怒っていた。〕

此の国の世々に悲しく死にゆきしはたらき人は限り知らえず

夕明り窓に澄み澄みて昏れてゆくひとときを吾に痰いづるなり

夕餉《ゆうげ》作りに立ちゆく母は痰いづる吾をみつめてしばし居給ふ

腸の痛み収まりゆきて月明となりたる窓を吾は楽しむ

歌作る事も遂には諦らめて病み果つるのか若き吾が身は

夜もすがらこほろぎ遊ぶ

窓の茂りの間に明るきくれぐれの雲を月かと吾は思ひし
渡り鳥既に渡れと夜々に光澄みつつ月昇るなり
雨過ぎていよよ冷たき土の上に鳴きて夜もすがらこほろぎ遊ぶ

九月三十日　ラジオにショパンききて

待宵の月病む窓に昇りゆくラジオにショパンききて居る時
静かなる悲しみの歌と思ひつつ夕べショパンをしばしききたり

コスモスの茂り

朝顔は既に衰へて伸び伸びしコスモスの茂り窓に久しき
病む窓に伸びしコスモス日々にみて落葉松の如しとひとり思へり

コスモスの花粉黄色く花瓶のまはりにあるを夕べみ出でつ
西日さす部屋に入り来てただよへり何草の絮《わた》ともしれぬ草絮《くさわた》
コスモスはわが病む窓に咲きてゆく晴れて日の暑き時もありつつ

木犀《もくせい》の匂ひ

木犀《もくせい》の匂ひいづくよりともなくてわが家に匂ふきのふも今日も
物縫ひて居し母は襖《ふすま》の向ふより木犀匂ふと吾に言ひかく
夕暮になりて気付きぬ風のむた*部屋にいづくよりか木犀匂ふ

今宵寂しき事あり

ゐんまこほろぎ窓の近くに鳴き居りて今宵寂しき事吾にあり

*風のむた　風とともに

母君よりたまはりしI君の歌誌

賜はりし歌誌に寂しき君の御名母君の御名《みな》に並び出て居《い》る
相共に病みて吾よりも若く死にし君の歌幾つ今日吾は読む
ほがらかなる性なりしと亡き君を云ふ母君の御顔吾はみて居る
植皮術もきかざりしと言ひ給ふ時母君の御声やや乱れつ
君の生前の事さまざまにわが問へば母君は明るく答へたまへり

〔「池谷清遺歌集」昭和二十六年九月二十四日発行（非売品）著者池谷清、編集兼発行者池谷豊子。I君　388頁参照。〕

曼珠沙華の季《とき》も終りて

此の夕べわがアララギは吹き入りし雨に冷たく濡れて居《お》りたり
冷え冷えと窓に雨ふる夕べにて遅れし静臥吾は続くる
曼珠沙華の季《とき》も終りて病む部屋の畳に日々の明るき日ざし
雨過ぎし夜《よは》に思ひぬ秋深き此頃土は冷えて居るべし

吹き入りし雨に湿りしアララギを灯《あかり》のもとにすこし読みて又閉づ
病む部屋の昼の畳に陽光《ひかり》さしめつむれば細きこほろぎの声
カーテンの内にききたり鐘叩《かねたた》き昼をかそかになきて居る声
庭草の上にあまねき昼の日もあはれ此の頃は弱くなりたり
秋の日に遊ぶ黄蝶《きちょう》が常臥《とこぶし》の視野に午前も午後も来て舞ふ
夜毎日毎なきしこほろぎも雨寒き今夜《よひ》は遂に声絶えて居り

薬包紙しおりにしつつ

永き永き冬来たらむと思ひ居て病む身は寂し雨の夜床に
出でて居る遺詠の中に五月十一日死の前の宵の一首
夕べ夕べ静臥終ればわが開く歌集「ともしび」の白き頁を
薬包紙しおりにしつつ楽しみて読みし「ともしび」も今日終りたり
検温器かけて見て居り秋雨の空のくれゆく鈍き光を
仰臥せる顔のめぐりに音もなく秋の夕べの虫飛びて居る

静臥終へて読む「ともしび」にわが心あはれ或る日は満ち足りて居つ
かたまりの飛び来し穂わた夕日さすわれの蒲団の上にとまりぬ

秋日さす部屋の畳

小夜更けと更けし雨夜に寂しめり常臥す吾に冬は迫りぬ
衰へし病む身寂しき今夜にてうから等の声に苛立《いらだ》つ
秋雨《あきさめ》の此の夜更けつつ衰へしわが身眠りに落つる寂しさ
秋日さす部屋の畳におのづから白き穂わたは来て飛びて居り

夜もすがらふりし秋雨

草の絮《わた》入りて幾つもただよへり日の静かなる部屋の畳に
コスモスの繁みの上にこの夕べ雨はさ霧となりてあがりぬ
夜もすがらふりし秋雨わが窓に今朝は寂しく晴れあがりたり
夜《よは》の窓今は再び雨となりさびさびと鳴くこほろぎ一つ

青き光の星一つ

夕毎にわが病む窓に輝り出づる青き光の星一つあり
昼の陽は弱陽となりて病む身にも庭歩みたき思ひこそわけ
心静かに睡る日が吾に又ありや窓にしらじらと夜雲湧き居り
憤《いきどお》りつつ又嘆きつつ睡りしが夜半にめざめてわが頭痛し
衰へて常臥《とこふ》す吾の眠る時眠りは浅し夜毎浅しも
耳に綿つめて睡れば夜毎の虫声を吾はきくこともなし
疾風《はやち》の中に鳴き居るこほろぎは昏れゆく窓に向きてこやれば
野分《のわき》吹く空たちまちに黄になりてあはれ寂しき今日の夕暮
たちまちに黄に変りたる夕空を風疾《かぜはや》き窓のうちにみて居り

腸の痛み収まりて

腸の痛み収まりて居しある時に死も安けしと吾は思ひき
二時間の午睡《ひるね》終れば日の昏れし部屋に忙然として臥して居り

夜々に北にずれつつ月昇るその月光《つきかげ》を夜々に浴《あ》ぶ
枕辺に宵のスタンド輝きてむなしさに吾はひとり堪《た》え居り

「天下る四千」

日本家屋に白煙立ちて京城《けいじょう》の市街戦のさまざまざと出づ
怖れつつ又憎みつつ吾は見つむ巨人機連続投弾の写真
「天下る四千」と出づる今日の見出しかの「神兵降下」の時に変らず
戦の前に祈り居る米兵等あはれみじめに見えてならずも

枕の上の窓を仰げば

枕の上の窓を仰げば此の朝は晴れて限りなく青き空見ゆ
枕頭台に散りし一片を取りて香ぐ二《ふ》た夜守り来し淡紅《うすべに》のバラ
生きる望湧く時が吾にもいつかあらむ心和ぎつつ午睡《ひるね》よりさむ
いづくにか月昇り煙る如き窓の外雲がある時に白く冴ゆるよ

薄暗き街灯に照らさるる庭の面《おも》今宵はつか*に霧あるらしく

鳴き残るこほろぎが一つ二つきこゆ夜霧ただよふ庭笹のあたり

見つつ臥す窓の夕べに野分《のわき》吹く空が忽ち黄に映《は》ゆるさま

立冬のひと日は暮れて窓外《まどそと》に笹叢《ささむら》が音なく静まる

遠空のたな雲もみえなくなりゆきて病む窓に寒き夕べ暮れたり

街頭に照らされて襖《ふすま》に夜々映《うつ》るコスモスの影今は萎《な》えたり

枕より首あげてみれば夕空の南に汚れ色の冬日残れり

ひとしきり出でし血痰

夜の闇の中にあはあはと目をつむるひとしきり出でし血痰の後

血痰がいでて終れば枕辺の冷えし番茶をひとり飲み居つ

朝よりの時雨《しぐれ》あがりて静かなる日暮れとなりぬ笹そよぐ音

---

*はつか　わずか

花咲ける茶の木の枝は一日の時雨の雨に濡れて居りなむ
午睡《ひるね》よりさめつつ居れば街なかにかかはりもなき電車の音す
阿片末匂ふ薬も馴れ馴れて日毎に飲めば厭《いと》ふ事なし

ラジオに楽《がく》鳴りて

ハイドンを奏するラジオ暮れはてしわが部屋に小さく灯ともりて居り
暮れはてし部屋にラジオに楽《がく》鳴りて吾の心はうら悲しかり
時雨《しぐれ》雲移ろひゆきて軒かげに薄くれなゐの夕日とどきぬ
黄なる余光の中低くゆく又一機赤き灯を明滅させながら飛ぶ
暁の病床にきけば陸橋を貨車すぎゆける長きとどろき
日のなごりいまだ残れる雲二つ窓に動きて居りし時の間
夕昏るる空静かにてわが窓に眼《まなこ》こらせば笹そよぐかげ
読み終へし小説一つ夕寒き畳の上に吾は置きたり
日向《ひなた》なる花瓶の菊に黒き蜂来て居るさまも心にぞ沁《し》む

笹むらに没《い》り陽明るく照りて居り時雨はれたる窓の夕べに

二十四歳の年すぎむとす

今日読みし小説一つ思ひつつまなこをつむる寂しき病む身
過ぎ来つるわが八年よ病み堪えて来しとも無為にしてすぎしとも
時かせぎ得しとも失ひしとも思はるる病む二十四歳の年すぎむとす
明近き刻《とき》のめざめに陸橋を貨車すぎゆきし長きとどろき
たどきなくめざむる時に朝空の油彩の如き青窓にみゆ
色づきしほほづき三つ糸に下げ枕の上に吾は吊しぬ
阿片末匂へる薬呑む日々よ堪えて生くると言ふにもあらず

日々断片

襖の向ふに母の裁物《たちもの》の鋏の音す午後の静臥に
朝よりの時雨上りし街空にいまあはあはと没《い》り陽わたりぬ

この心のむなしさは遂にやすらぎに似つつ思ほゆ常臥《とこふ》す日々に
意味通らぬ歌二つ三つ作りしひと日忽ち暮れて寒くなる
病床にて吾はさびしむ街遠く常にひびきて居る音や何
衰へしわが現《うつ》し身にひもすがら迫りてひびく街のとどろき
暮方に時雨あがりて日の光やさしくさしぬ空の高みに
ひそかなるわが楽しみと二寸あまり伸びしスイートピーの鉢縁にあり
めざめ居しかのたまゆらよ暁の光くれなゐを帯びてさし居き
カーテンの間に愛《やさ》しく映《は》えて居し夕紅《ゆうくれない》も今は消えゆく
石倉に朝の日さすを楽しみて起きし日ありき移り来し頃

一年を越えて

一年を越えて再び病むわれの窓にオリオンいづる夜々
いらだちて居りしひと日に自動車の過ぐる数限りなき音ききつ
翅《はね》光りつつ蜂居りぬ咲き残る菊に明るき冬の日さして

過ぎて来し夏を思ひぬ夏の前の五月十二日君死にしなり
〔I君のこと。388頁参照。〕

たまゆらの夜のやすらぎよ

たまゆらのわがやすらぎよ枕辺に夕のラジオに楽《がく》ひびきつつ
灯ともりし夕のラジオにやすらぎの楽なり始むひくき音にて
たまゆらの夜のやすらぎよ灯ともりしラジオ楽なりて側《かたわ》らにあり

ゆくりなく読みゆきてすがし

オリオンは低くかかりぬ冴え冴えと宵のいたれるわが窓の空
とりとめもなく臥して居り夜浅き巷《まち》に電車のすぎてゆく音
ゆくりなく読みゆきてすがしあらかじめ死を知りてイエスふるまふ所
寂しき病床に仰ぎぬ夜の靄の中にかすかに星は見え居り

かの医者を遂に憎むは

かの医者を遂に憎むは金なき吾等をさげすみし故にか否か
何の故ともなく痰壷のわれの手に重き日ありてうら悲しかり
藍色《あい》に冬の日暮るる窓ありて吾の心はしばし静けし
紅のままに乾《か》らびしほほずきのその手触りを吾は寂しむ
暮れ方の冴え静まりし冬空はしばらくありて藍《あい》に昏れたり
冬の日の昏れ静まりし窓ありてゆくりなく吾が心新らし
靄《もや》こむる朝空を仰ぎ居たりしが由《よし》もなく心たのしまず

ああ！

ぼろ屑のごと汚なしと思ひきり今日はさげすむわが病む生を
病みて来し年々が吾の生にしてこぎたなきエゴイストとして生きて来し
病む吾もわが母も共にみじめなる生としてありきすぎし年々
〔一人の人間に、こんな悲しい思いを、誰にもさせる権利はないように思う。〕

オリオンの青き光

西風《にし》吹きしひと日の夜におもほえず白々として満月昇る
星の事今すこし知りたしと思ひつつ病む窓に夜々のオリオンを待つ
オリオンの青き光は宵々の靄《もや》ある空に遠く見え居り

クリスマスの朝の新聞

キャバレーにダンスする写真出で居りてしらじらしクリスマスの朝の新聞
貰ひたる小聖書ありて或る時にイエス死に就くくだりをよみぬ

一九五一（昭和二十六）年

寒き朝明けゆく

寒き朝明けゆく部屋に紅の光ただよふしばらくの時
縁先に置きし七輪に火の粉飛ぶ日暮ののちの浄き空気に

火の粉飛ぶ七輪を夕べ見守《まも》る時働く日々があゝ吾にも欲し
竈《かまど》よりいでし火の粉が暮れはてし庭の冷気の中を飛びたり

一月二日　二十六に吾はなりたり

二十六に吾はなりたり働きて銭得し事の曽《かつ》てなきまま
満ち足りし心にあらず朝々の靄《もや》ある空を窓に仰ぎて
めざめたる病床《やみど》に思ふ満ち足りし心に朝をさむる日は何時
熱はかり終へて見て居《お》り灰色に空静まりし暮方の窓

年あくる日々に

朝々の煙霧の街にいづる時寂しき事を君思はずや
街空の青き煙霧よその下の朝のオフィスに人等働らく
船笛《ふなぶえ》と思ふ太笛ひびく時霧立ちながら街は昏れゆく
ラジオよりかの日ひびきて尊かりきハンナ・ライト女史のしはがれし声

仰臥より首あげてみれば日は低し黄《き》に濁《にご》りたる空の南に

時近きを知りしイエスが

時近きを知りしイエスが弟子を愛し極みまで愛せしと書かれたり

主の言葉の下に安しと詠《うた》ひ居る病者があればわが胸に沁《し》む

亢《たか》ぶりて聖書読みつぎし日もすぎて又常のごと暗く病む日々

死亡広告の中の年齢

病む吾は何時の頃よりか死亡広告の中の年齢を注意してよむ

さびしき思ひまとめて午後を睡《ねむ》る時軒には雪のとくる音する

降りながらとけゆく雪が昼すぎの軒に音する時をまどろむ

雀等《すずめら》が軒に来鳴きて寒し寒しみぞれあがりて風出づる午後

何も思はむひとときありて

何も思はぬひとときありて病む窓に藍《あい》にくれゆく空仰ぎ居つ

歌作る気力もなくて臥して居る宵にながながとひびくサイレン

病む窓に光るシリウスみつつ思ふ過去よりも来《こ》らむとする未来怖ろし

離れし部屋に独り寝て居しかの日日は今に思へば幸《さち》ありしなり

健やかなるうから等を憎み又怖れつつ此の家に病み衰へてゆくべし

夢の中などにて思ひきり泣きたらば病むわが心或ひは和《な》がむ

届出なき結核患者として

届出なき結核患者として気がひけつつ臥し居れば或る時は憎しかの医師

枕の上の濡れ縁に並ぶ鉢幾つ其の中に蕾《つぼみ》著《あらわ》るき早咲匂ひ水仙

まなこ閉づる午後の静臥に定まりて夢ともうつつともなきしばしあり

午後の静臥の短かき吾のまどろみよ痰が出づればすなはち終る

二月の風吹きて

ガラス戸の外は二月の風吹きて笹がきたなきさまになびかふ
痰いでてめざむる時に暁の鈍き光は病む部屋にさす
痰いでて居つつ睡りしこの朝の一時間あまりの事もはかなし
雪煙軒に激しくあがるさまみつつさびしき静臥終りぬ

吹き入りし夕べの雪

吹き入りし夕べの雪は枕辺に乾きし音を立てて落ちたり
雪吹雪《ふぶ》くひと日は暮れてガラス戸のほとりに寒き光残りぬ
病床よりみつつ親しも東窓の桟《さん》にすこしく雪つもりたり
楽しみもなき一日よ雪風に窓は止み間もなくひびきつつ
見つつ臥す窓は日暮れておやみなく乱るる雪も見えなくなりぬ
雪明りに明るむ部屋よ夜更けて枕の上の窓に風出づ
怖れつつ見て居る時にガラス戸の外に忽《たちま》ち雪煙《ゆきけむり》立つ

二月二十五日　母が限りなく吾にやさし

午前二時わが腹の湿布替えくるる母が限りなく吾にやさし

寒き雨降りつぐ窓が折々の風にしひびくわがかたへにて

熱出づる午後の病床《やみど》にアララギを吾は読みつぐ心静かに

きほふ心なくなりし吾はしみじみとアララギを読む日々の病床に

カーテン引きし窓の外《と》は冷たき雨降りてうつうつ睡る熱高き吾は

涙出づる迄苦しみき一夜明けて痛み怠《おこ》たれば忙然と居る

昨日《きぞ》ひと夜痛みしは腹膜か大腸か痛み収まればあゝ熱が高し

この家に移り来て遂にシューヴせしが三年《みとせ》経《へ》て再び移らねばならず

入院が不可ならばどこにも移らずに一つ家にじつと寝て居たし吾は

来《きた》らむとする痛苦《つうく》思へば病む吾の心祈りのごとくせつなし

月明るく窓に昇りて更《ふ》くる時病床に吾は行末を怖る

熱に疲れし眼よりしきりに涙出て午後の静臥のいたくはかなし

うら悲しきまで香に立ちぬ

うら悲しきまで香に立ちぬ雨の午後病む部屋に吾の喰ふ蜜柑《みかん》が
黄に明るむ霧を通して雨そそぐ病むわが窓の夕の二時間
静臥終へてうつつなきかな枕辺に煤《すす》が踊りのごと吹かれ居る
病臥にてめざむる時にガラス戸に輝くばかり青き朝空
サフランの鉢愛《め》でて居つ立ち帰る思ひは今は心乱さず
ハッカ湿布部屋に匂ひしかの夜の苦しみは人に告ぐる事なし
ヒヤシンス香に立つ部屋よガラス戸に風静まりし夕暮の雲
日没ののち黄に残る西空が窓の遠くに見えて清しも
現つつなるわが身の上に平安の時おしなべて短く過ぎき
水仙の花に寄りつつひそかなる思ひはかかる身の行末に

故もなき涙

故もなき涙と思ひ病む窓に夕べ明るき空仰ぎ居つ

午睡《ひるね》よりひとりめざめて思ふ時せつなき迄に寂し病む身は
静臥時の寂しくすぎしガラス戸に青く明るき空が夕づく

炭鋸《すみのこ》の乾きし音よ

炭鋸《すみのこ》の乾きし音よ昼すぎし庭にひとりして母が炭ひく
空にわたる余光はこの日ごろ明るくなりぬ日のびせしかば
ガラス戸のひと木はいまだめぶかねば春日さしそふ細き枝みゆ
寂しさの極まる夕べガラス戸を仰げば遠き雲の明るし

君の死を寂しみき

午後三時のパス呑みし時ひらめきて思いぬＩ君の一周忌近し
或る時は嫉《ねた》み或る時は親しみて相病みし友今は亡きかも
思ひ出づる梅雨の日なりき病床《やみど》にて日もすがら君の死を寂しみき
相共に堪えむと書きしわが葉書君亡き母君に転送されき

〔池谷氏（Ｉ君）のこと。五月十二日逝去。３８８頁参照。〕

狭き部屋に仰臥の四年《よとせ》

下心《したごころ》常に寂しむ病あるわが身つづまりは何処辺《いづべ》に死なむ

春遅く芽ぶくひと樹よ日の光溢るる朝の窓に見え居《お》り

病床の上に起きて眺むるわが周囲あらはに狭し紙はりし壁

街なかの此処に汚なき行春の土あらはにて黄水仙の花

紙はりし壁汚れつつ此の狭き部屋に仰臥の四年《よとせ》過ぎたり

〔経堂の借家の立ち退きを迫られて、南青山（高樹町）に引っ越してから四年が過ぎた。〕

逝く春の雨

熱いづる午後のひととき静かなる心のごとく雨を見て居つ

熱いでて午後を居る時病む部屋を静かに包む雨の音する

昼寝《ひるね》よりさめて見て居る窓の外藤の若葉に降る細き雨
病床より首あげみれば糠雨《ぬかあめ》の中に明るく藤若葉しぬ
雨だれを見て居る午後の静臥にてすべなきまでに心はかなし
土の色汚なきかなとゆく春の窓に病床をいでてよりゆく
逝く春の雨降る庭よ土の色寂しきまでに黒く見え居り
病床《やみど》より静かにみれば黄《き》にさせる余光の中にそよぐ笹の葉
春ふけし日がしろじろと濡れ縁にさし居るさまを病床より見つ
病床より起き出てみれば春日照る土は寂しく乾きて居たり
次第なくすぎしひと日に枕辺の椿は蜜のかほりして居つ

鉢のスミレ

目にとめて朝の心に楽しかり鉢のスミレの花に風ある
吹き入りて風ある時は枕辺の鉢のスミレの花ふるえをり
カーテンを閉ぢて小暗き枕上スミレの鉢を近々と置く

チューリップ咲くゆく春の庭のさま病床《とこ》に坐りてしばし見て居き
糠雨《ぬかあめ》の止みし庭より暖かき風病む部屋に入りて来るなり
病床よりたまたまみれば猫が居つ春の薄日のさす庭土に
若葉せし藤は煙のごとくみゆ曇を透《とお》す薄日のうちに
曇りの下吹く風ありてあぢさゐのつやつやとせし緑さやぎぬ
チューリップ咲く庭を窓より見て居しが臥床に又帰る

背の型つきし病床

起き出でてしばしみて居つ骨まがりし背の型つきし吾の病床《とこ》を

〈昔読んだ病気の歴史書の中に、結核などの長期臥床を余儀なくされた患者の中には、背床の畳が腐ってきた、という話が載っていたことを私は記憶している。この夫の歌をみて、ああ、夫もそのひとりなのだ、と。

ずっと後のことになるが一九七一年に私は夫・信英と結婚した。その時の夫の布団が背とお尻の部分が大きくへこんでおり、その時にも悲しんだのだけれど、夫が、母親がつくってくれたお布団だと、これをとても大事にしていた。お布団は厚く二枚重ねで、日に干すときは大変だったが、ぎっしりとよい綿が詰められ、母の丁寧な手縫いの包布であったので、一年ほどは私もこのままに大事に扱ったことを思い出す。〕

ことごとくはかなくて

曇透《とお》す春日がいつか物の影もちて午《ひる》すぎの濡れ縁にさす

思ひ出づる事ことごとくはかなくて昼の病床に涙いでむとす

つきつめし心の如く昼の日のさす縁を病床より見て居たり

ゆく春の曇りの下《した》に汚れたる街あり鈍き音ひびきつつ

わが為に病ある一生がありし事いかなる事と吾は思はむ

病みながら二十六迄生きたるは

心より悔《くや》しむ事もなくなりて今日は昼床に爪切りて居り

病みながら二十六迄生きたるはしあはせなりと今日は思ひき

友情も今ははかなし朝の静臥の前に短き返事したたむ

時過ぐるこのむなしさや壁紙が病床の上に風に鳴り居て
つぼすみれ花つつましきひと鉢を静臥終りし時に手にしつ
つきつめて思はぬを救ひの一つとしただよふごとく病む日々を経《ふ》る

日ごろのこと

出で初《そ》めし蚊を追ひてはかなく臥して居《お》り窓におぼおぼと曇りくれゆく
枕辺に置く溲瓶《しびん》にはこの夕べしみじみと吾の尿の匂ひす
くりかへしくりかへし勤めのつらき事憤《いきど》ほり告ぐる姉は夕餉《ゆうげ》に
痰が喉にからまりて苦しきわがかたへ姉居《お》りて職場の辛さ憤ほる

又きざしくるむなしさよ

又きざしくるむなしさよ病む窓に雨空昏れてゆく永き刻《とき》
悔《くや》しみも今はひそかになりゆきて病む日過ぎゆくただよふがごと
風にかすかに鳴りつぐ窓よ夕ぐれし臥床《ふしど》にはかなく居れば気づきぬ

病む夜々《よよ》のはかなき睡り《ねむ》昨日《きぞ》の夜《よ》はありありとわが家焼くる夢みつ

母の守りしスイートピー

冬越えて母の守りしスイートピーに明るき花が次々に咲く

日の光ひと日豊にわたりたる空がわが臥す窓に夕づく

若葉いまだ稚《おさな》きひと樹みゆる窓今日は青空がひと日輝きぬ

常に孤独に生きて来《きた》りし身のごとき思ひして昼の病床に居たり

昼の病床に身じろがず居るしばしにて思ひぬ生は常に孤独なりと

カーテンをしばし開《あ》くれば病む窓に昼のまぶしき曇空みゆ

暮れなづむ空に幾通りにも形変る雲が出づ静臥終へて見居《お》れど

寂しさを越えつつ生くる

曇りつつ昏れゆく空がいつまでも窓にみゆ冴えし若葉と共に

一日の曇り夕づく時永く巷《まち》はあやしきまでに静けし

寂しさを越えつつ生くる日が何時《いつ》かあるとも思ふ病むわが上に
壁紙が風に絶えまもなくひびく午後を病床に寂しまず居き
人かかはらぬ嘆《なげき》かと夕の病床にて棒のごとく瘠《や》せしわが脛《すね》をさすりつつ居る

日に幾十となく自動車の

巷《まち》過ぐる電車の音を幾度《いくた》びか聞きてまどろむ午後の静臥に
限りなく街過ぐる自動車の立つる音此処に臥し居《お》れば日毎きこゆる
色とりどりの自動車がたえまなくゆくさまが今日もみゆ
とりどりに色変る自動車が限りなく今日も過ぐ空地《あきち》越えて向うの街路に
日に幾十となく自動車のゆく路がありわが病む家の北に真近く
〔この自動車のゆく路は、現在、高樹町通り（通称骨董通り）と称され、昭和の頃には名の通った骨董品屋がたくさん並んでいた。昔は、都電も走っていた。現在は道が細いため自動車は渋滞となっていることが多い。〕

父にパス買ひてもらふ

いちはやく病床に出づる蚤あれば苛立ちてＤＤＴをいくたびもまく

小資本家をきどり言ひゆきし父の友等今いかなる仕事して居む

病めば孤独なりと作りし歌も茶番じみ今日は金貸しの父にパス*買ひてもらふ

雲閉ぢし空ゆひそかに降り出づる雨あり若葉昏れゆく窓に

金に苦しみて過ぎ来し過去よ過ぎむ未来よ老ひ蒼ざめし父みれば思ふ

プチブルジョアになりし過ぎゆきが思ひの中に重き荷のごとくなりて残りぬ

高利貸の如くになりて父稼げばその父に縋《すが》りて又新しき薬のむ

満州団の農政の事ををりをりは思ひ出でて言ふわが老ひし父

〔父は、一九四五（昭和二十）年の戦争が終わる数か月前まで、長春（新京）で「満州農産公社」の嘱託をしていた。〕

光りつつ細き雨ふる暮方の窓をいつまでも吾は見て居き

＊パス　抗結核薬

つゆ曇りつつ明けし朝《あした》の部屋なかに蚊が一つ居て吾に近づく

新薬パスの事

心はかなくなればそのたびにまどろみぬ梅雨寒きひと日のわが病床《やみど》にて

人の金使ひ生きつぎし病める身を心乱れて此の朝は思ふ

夜半すぎし頃と思ひて吾は居《お》りさしくる熱に息やややあへぐ

まどろみよりさめては思ふこの日頃わが病ひに使ひし金はいくばく

どれ程効くのかとも思ふパスをわが飲みて父は月々にその金を払う

六百瓦《グラム》一万円すでに飲みたりし新薬パスの事もはかなし

〔夫は一九五一（昭和二十六）年四月より初めてパスを服用し、六ヵ月間継続している。そのためか、この年十二月頃には起きて床に座れるようになっている。

パスは一九四四年に発見され、一九四八（昭和二十三）年から臨床の場で使われるようになった。日本では一九五〇（昭和二十五）年から市販され、翌一九五一（昭和二十六）年から保険適用がされた。しかし、夫が保険を最初に用いることができたのは、ずーっと後の一九五九（昭和三十四）年九月七日である。先に、「届出なき結核患者と

して気がひけつつ臥し居れば或る時は憎しかの医師」と詠んでいるのは、この扱いに悲しみ怒ってのことである。〕

朝のまどろみ終はる時

常のごとく病む身物憂くさめて居《お》り曇りし朝の明けてゆく時
暁《あかつき》に又も降りいづる静かなる雨ききしよりの甘きまどろみ
しばしして朝のまどろみ終はる時病む身重たき綿《わた》のごとしも
朝さめて物憂く居れば片寄りに雲はれて庭に弱き日がさす
朝の睡りの夢さむる時汚れたる吾の病む身は臭ひして居り
枕に汚なくよだれ流しつつめざむれば病む一日が又も始まる
阿片末のむ時思ふ病み堪へて来《きた》りしは既に久しああ久し
汗くさき蒲団に顎《あご》をうづめつつしばしまどろむ昼の静臥に

かつがつに保てる生を

いちはやく髪薄くなる二十六の今日迄病気し以外に何事もせず
無能力者となりて病床にかつがつ*に保てる生を何と言はむか
あたりさわがしくなりてめざむる朝々に病む身しびれしごとく重たし
人そしらばそしれ自らもそしりたし病床にかつがつに保つわが生
くさきわが病む身の匂ひ明方のねむりの中にかぎて居たりき
読み居りし本捨てて仰臥にもどる時既にかぎりなく心はかなし
三十分程の読書する事もせぬ事もありよりどころなく臥す日々に
諍《いさか》ひて出づる涙よ金に関はりて父を憎みて来しは久しき

二度のシューヴを時ありて思ふ

心より悔《くや》しむと言ふにあらねども二度のシューヴを時ありて思ふ

---

*かつがつ　やっと

シューヴせしかの頃の事思ふ時あやしき迄に心たかぶる

〔シューブとは、急性増悪のこと。結核の慢性経過中、病状が急速に悪化・拡大すること をいう。〕

宝石のごとく咲く

紫露草の一叢《ひとむら》は多く花持てり既《すで》に暑くなりし朝の日ざし

朝の病床《やみど》よりむけし眼鏡に宝石のごとく紫露草の咲く叢がみゆ

病みて八年《やとせ》

働き得ぬままに永く生くるとも又数年の生命とも思ふ

あと幾年の生命かと嘆きつつ居れど働き得ず歳永く生くるも怖ろし

既に病みて過ぎし八年《やとせ》に絶ゆるなく屑のごとき歌を詠みて来しかな

風通ふ部屋に一日臥し居りて思ふはかなき事のかずかず

夢なかに出て来る事は八年前すこやかなりし頃の事のみ

楽しとも儚《はか》なしともなく朝の間《ま》のひとときを病床《やみど》に静かに居《お》りつ

小さく静かに燃ゆる

小さく静かに燃ゆる火のごとわが生命《いのち》あらしめたしと昨日《きぞ》は願ひき
静臥半《なか》ばに首あげし時濡れ縁に白くきびしくさす日をみたり
わが体の内に美しき光ありとひそかにきほひ居し事ありき
思ほえぬまでに病む身の安らなるしばしがありき今朝の静臥に

ひたすらに虚しき

心疲れつつ臥し居たり嵐めく風に昼すぎの窓鳴りひびく
昼の静臥終らむ時にかかはりもなく昨日《きぞ》の夕焼をわが思ひ出づ
一日の曇りくれゆく夕べにて軒に雀が鳴けば静けし
日毎日毎吾の病む身に透《とお》りゆくこの虚しさは何にたとへむ
ひたすらに虚しき吾か夕映《ゆうばえ》のきはまりし窓みつつ臥し居る

語り居るうからの傍《かたわら》への病床《やみど》にて夕映えきはまりてゆく窓みつつ

水襲《おそ》ひきたるごとくにむなしさの吾の病む身にきざすひととき

むなしさに堪ふるわが日々を言はなくに静臥にはさだまりの如く目を閉づ

わが息は喘《あえ》ぎのごとく出で入る

うつつなく居たる静臥にわが咽喉《のど》を息は喘《あえ》ぎのごとく出で入る

二時間の静臥終りてくび筋の汗ふく時に何にさびしき

まどろみに落つるひと時病む吾の胸は静かに喘ぎつつ居る

仰臥にて静かにきけばわが胸は常に喘ぎの如く息づく

よりどころなく臥する日日に

よりどころなく臥する日日に梅雨曇る空が窓よりみえし幾日

めざめ居る夜半のしばしに板屋根《いたやね》にはげしく梅雨の雨しぶく音

電車重く過ぎゆく音す梅雨の雨しばらく止みし午後の衢《ちまた》に

たどきなきこの夕ぐれに病む窓に降り止みし梅雨の空が明るむ
豆腐屋の笛すぎゆきし遅き午後静臥終りて何思ひ居む
夕ぐるるこの軒《のき》かげに細き雨降りて微光の如く見え居り

紅《あか》のダリヤ

常臥《とこぶ》しの又或る日にはよき歌を詠まむと心きほひつつ居る
むなしさはかくの如きか静臥にてわが胸に何か細き音する
いちはやく咲きし紅《あか》のダリヤなど切り来て母は病む吾にみす
蚊帳つりて睡る夜毎に永病みの吾に悲しき思ひありやなし

ああー

枕の下より出せし鏡に蒼き顔けもののごときわが顔うつる
手鏡の中にうつれる病む吾の蒼白き顔はけものに似《に》居《お》り

梅雨晴れの街

梅雨晴の明るき街のいづくにか短き汽笛なりぬ真昼を
病む蚊帳《かや》の中に静かに睡る時よみがへり来る悲しき記憶よ
日毎なる思ひの底にうら悲し病み初《そ》めし頃の記憶ひそむか
限りなき悔《くい》はいつしか悲しみになりて病床《やみど》にしばし目を閉づ
夜半過ぎし頃の 白夜《びゃくや》と病む蚊帳の中にさびしく目をあきて居り
病む蚊帳の内に今夜《こよひ》も夜半《よわ》すぎて 眼《まなこ》をひらくさびしとぞ言はむ
限りなく悔湧きくれば切なくて夜半の病床《やみど》に寝返へりを打つ
此日頃静臥守らず過ぎし事思ひ出づれば夜半に切なし
此幾日《このいくひ》吾の静臥を乱せしは何々か中にもわが弱き意志
心いまなべてむなしく手拭を眼に置きて夕の病床に居たり

月見草の花に

ふらふらと病床《とこ》より起きて窓下の月見草の花吾はみむとす

月見草の黄の花も既に窓外《まどそと》の宵闇の中にみえなくなりぬ
月見草の花にかすかに香《か》のあること始めて知りぬこの夕ぐれに
梅雨曇る今日のひと日にきりぎりす始めて庭に鳴きしさびしさ
きりぎりす一つ鳴き居てうら悲し曇れる午後の永き静臥に
日の光きびしき午後の青空を又しばし枕辺の窓にふりさく
暑き風うつうつとしてガラス戸に吹居り午後の永き静臥時

アミノピリン飲みて

カーテンを引きて暗き午後の部屋に永き静臥の時をまどろむ
こめかみに腹《はら》に脈速く打ち居《お》りてはかなかりき今日の静臥二時間
汗いでて永き静臥を臥して居りはかなき事も絶えて思はず
アミノピリン飲みて熱ひけば歌作るはかなく過ぎてゆくわが日々に
心晴るる事もなかりき南風吹く病む部屋に過ぎし一日
救ひなきわが日々と或る暑き日つきつめて思ひし事もあはれなりしか

物干の竿に白々と午後遅き日の照るさまも心にぞ沁《し》む
暑き風吹きてうつろうわがこもるこの昼友はいかに働く
すこやかに人は歩むか暑き日の光みなぎりわたる舗道を
永かりし静臥終りてわが窓に暑きひと日の光かたむく

つづまりの日は音もなく

病む窓によりつつみれば日に白き道を音なく人歩むさま
堪え難く居たる静臥に仰ぐ窓風こもる空が白く光れり
つづまりの日は音もなく病める身に迫り居らむと思ふ時あり
白々と曇れる窓の暑き街トラックが激しき音たててすぐ
日の光静かにさしぬ梅雨曇りひとときはれし真昼の空に
昼の曇俄《にわ》かに晴れて庭土《にわつち》に照る日の色やよりどころなし
時の間の憩ひのごとく病む窓に明るき昼の雲を仰ぎぬ
梅雨曇るひと日暮れゆく病む窓にしばしの風と細き虫声

みにくくやせし足を

静臥終へし午後はみにくくやせし足を畳に伸ばしてみたりなどす
ほてりし腕組みて居たりき永き静臥終へてさびしき夕の病床に
時の間のまどろみさめて昼深し病む身に薄き汗にじみ居り
熱にほてりしわが腕に小さき蟻這ふを見守《まも》りて居たり午後の病床に
静臥終へしのちの短きまどろみにわが手はかなくほてり居たりき
熱ひきし夕の病床に時の間をまどろむこともあはれはかなし
痰がしきりにいづる悲しき夢なりき夜半に暫《しばら》くさめて思ひ居き

梅雨晴れしひと日

梅雨晴れしあしたの窓に空の青はかなきまでに見えわたりたり
昼の日に輝る白雲《しらくも》を病床より遠く仰ぎて居りし時の間
梅雨晴れしひと日静かにくれゆきて庭笹の上に淡き余光《よこう》あり
ひとしきり痰なき居しが寝返りて余光明るき空を見上ぐる

梅雨晴れしひと日日ぐれて黄に濁る月街空に低く上りぬ

病床より起きて見て居り庭笹に梅雨上《あが》りたる強き日のさす

腸の具合ふたたび三度

すでに病みて過ぎし八年《やとせ》よ怠惰にてすぎ来《き》し年を言ふべきや否

わがひとよかくの如くに過ぎにきと声絶えて昼の病床《やみど》に思ふ

腸の具合ふたたび三度悪化して暑き季節を迎へむとする

すこやかに働く友のある心理思ひ病床にしばしさびしむ

尻の骨痛き便器に午後も又しばらくかかる汗かきにつつ

幼きよりの怠《なまけ》も思ひ出でて悲し病むわがひと世迫り居《お》りつつ

歓喜《よろこび》の季節すぎしと言ふ言葉思ひ居り午後の暑き病床に

母になぐさめられつつ

かくのごと病む日むなしと過ぎさりし今日のひと日をつぶさに思ふ

昨日《きぞ》の夜小夜更《さよふ》けて吾の病む窓に黄に濁る月昇りたりしか

ひたすらに今日も臥し居き暑き午後過ぎゆく時は永し短し

はかなくてわが世すぎしとうつつなく思ひてひとり病む部屋に居り

母になぐさめられつつ午後も又しばし汗いでて便器の上に居りたり

うつつなきまでに病む身を寂しみしひと日も今は夜が更けたり

はかなく臥し居る午後に痰壷にとまれる蠅をいくたびも追ふ

あきらめに似しわが心あはあはと保ちて暑き日日を臥し居り

あらはに瘠《や》せしわが胸の汗いくたびかぬぐひて永き今日の静臥よ

汗にしめりし病床《やみど》の上に時の間を坐りて居れば心はかなし

むなしくて過ぎしひと日よ病む窓に日かげりし庭が青く見え居り

暑き日々

ほけほけと臥し居る午後に暑き日のすでに幾日か過ぎしを思ふ

楽しき夢みることもなく衰へし病む身は睡る暑き夜々

しらじらとむなしき心保ちつつ病床に居たり暑き幾日《いくひ》を

暑き日の午後を臥し居て思ふ時病みて過ぎ来しわが永き過去よ

病む窓に暑きひと日は夕づきて明るき雲が空に出で居り

蒸暑き午後の病床にわが永き病歴をさまざまに思ひつつをり

病む蚊帳《かや》に

夕立の雲移りゆく病む窓をひとり久しく仰ぎ居たりき

夕立の雲ある窓よ常臥《とこぶし》の吾にひと日は過ぎなむとする

病みて来し過ぎゆきを思ひ出づる時あはれ疲れし心は怯《お》びゆ

疲れつつ病む身さむれば暁の暗き光は蚊帳にさし居り

病床《やみど》より吾は見て居つ蚊帳外《かやそと》の壁に暁の暗き光あり

病む蚊帳にさめて静かに息づきぬ蒸暑き夜が暁《あかつき》となる

悲しむ事やめて睡りを今は待つ病む一日の夜が更けたり

心又はかなくなりぬ病む蚊帳に今宵月さすと見て居《お》りしより

赤き西日のひとすぢ

さし込み来し赤き西日のひとすぢが病床の上のわが胸照らす
病床よりみゆる北窓に暑さややをこたりし今朝の空が澄みをり
すぎゆきし暑き幾日《いくひ》よ病床にて何思ひ居しと言ふにもなかりき
たまさかに病床に坐して庭を見るコスモス伸びてただ青き庭
暑き日の午後の病床にひとしきり松倉米吉の一生《ひとよ》悲しむ
〔松倉米吉は332頁参照。〕
むなしきまま心澄みゆく暫しにて夕日さす空を病む窓に仰ぐ
畳にさす薄き夕日をみつめ居り病床に臥して声なき吾が
蠅一つまつはりやまぬ病床にて今日の悲しみにかく堪えて臥す

故もなき悲しみなりき

声あげて怒りしのちに涙すこし出でて病む身ははや疲れ居り
心かく苦しみしひと日夕づきて病床に赤き日がしばしさす

眠りさまたげられし夜々ひたすらに姉を憎みし事もはかなし
仰ぎ臥す窓に時折明らかに見えつつ朝の霧流れ居る
故もなき悲しみなりき病む窓に秋の曇りが静かに暮れゆく
苦しみつつ睡りし午睡《ひるね》さめしのち病む身にはげしき恐怖きざしくる
耐え凌《しの》ぎ生くる癩者《らいしゃ》の歌幾つ読みたるのちに病む身和ぎゆく

かねたたきいつまでも鳴く夕べ

かねたたきいつまでも鳴く夕べにて病む吾は心乱れつつ臥す
秋寒き夕と思ひし病む窓に曇りし空を仰ぎ居《お》りたり
心乱れしままに病む身は見て居たり秋の日くれてゆく空の色
常のごと仰臥し居れど或る時にあやしく心ゆらぐ事あり
まどろみよりさめし病む身に秋の蚊は静かに寄りて居たり真昼を
物憂くて過ぎしひと日を思ひ居つ睡りの前の夜《よは》の病床に
秋の曇り昏れゆきし部屋におのづからまなこを閉ぢて仰臥して居り

電灯の光の中にほの白く見え居て秋の羽蟻等《はありら》が飛ぶ
秋の日の昏れし外気に羽蟻居て吾の病床の上にも飛び来《く》
昏れゆきし秋の夕べに電灯をともせば飛びて居る小虫あり
昨日の如くひと日暮れゆく病床にて寝疲《ねづか》れし足をしばし動かす

虫鳴きみてる夕べ

虫鳴きみてる夕べ寂しく思ふ事病みながら久しく生きたりわれは
秋の雨止みて静けきこの午後にはかなき吾の病む身まどろむ
寄辺なき生と思ひしはいつよりの事か病みつつ九年《くとせ》たちたり
常臥《とこぶ》して居ればはかなき日ごろにて曇りし秋の幾日《いくひ》過ぎたり
うす寒き朝と思ひつつカーテンの内に病む身は眠りよりさむ
秋寒き雨のひびきは折ふしに強くしなりぬ病む窓の外
病床《やみど》にてさむる朝々救ひなき思ひは襲ふしばしなれども
昼の病床にまどろむ時に思ほえず心安らに居たるあはれさ

うら安く居しと言はむか時の感じなくなりて病床に昼寝さめ居り
常臥して過ぎゆく日々よある時にきびしくすぐる日々とも思ふ

時雨の雨

暮れかかる窓外にしばし音しつつさびしき秋の雨が降りすぐ
時雨の雨降りてたちまち暗くなる今日のひと日を惜しむともなし
ひとときの心は虚し秋の雨降りて暮れゆく窓に目をあぐ
心虚しく吾は見て居きコスモスの花に日暮れの雨降りそそぐ
秋の雨降りて寂しき音すると夕の病床に吾はきき居り
冷たき灯ともして居たり窓外《まどそと》は雨降りながら宵になりゆく
臥し居《お》りてきけば寂しも秋の夜の雨が巷《ちまた》にひびきつつ降る
巷《まち》中のこの裏庭にささやかに花開くコスモスを病む吾は見つ
雨の音かすかにすると思ひ居て夕べさびしき病床にまどろむ
疲れつつ病む身まどろむ夕ぐれに雨は冷めたき音たてて降る

雨ながら宵《よ》となる窓に枕辺に置きし小さき灯が映り居る

常臥《とこふ》して五年たちにき

冷ややかに晴れたる朝を病む部屋にひとりしめざむ心ひそけし
朝の静臥にまどろむ時に窓外の草に野分《のわき》の音絶えまなし
静かにて寂しき心を病む部屋の冷めたき朝に吾はめざむる
野分吹く音朝明より病む窓に聴えて空は明るかりけり
思ひきり泣きたる事もなかりしが常臥《とこふ》してすでに五年たちにき
歳永く病みし印るしにわが額はげて少しく広くなりたり

秋の陽

病む部屋に一人し居たり秋の陽の強く照りたるこの日過ぎゆく
秋の日の夕づく空が限りなく見えて明るしわが向かふ窓
夕茜《ゆうあかね》遠く残れる病む窓の空をし仰ぐよるべなきまま

ガラス戸に真近く臥して月昇る夜々をひそかなる楽しみとしつ

昏れはてし部屋に臥し居《お》ればおとろへしこほろぎの声がいづくにかすする

何におびえて吾は居たりし秋寒くなりゆく一日一日の病床に

ほけほけとわが居るひまに今日の日の短き夕映えが窓にあせゆく

怖びえつつ読みゆく時に識者等の悲しみ又あきらむる言葉あり

過ぎゆくひと日或る時は

病床《やみど》にて過ぎゆくひと日或る時はきびしくすぎてゆく日と思ふ

きびしくて日々が過ぐると思ひつつ夜半の静かなる病床に居たり

めざめたる朝の病床にひそかなる思ひを守るごとく居《お》りたり

虫の声衰へゆきし夜々を思ふ心乱れてわがありし事も

埃風《ほこり》吹きしひと日が暮れゆきてはかなきまでに寒きわが部屋

冬に入る日々

病みなれし身かと思ひて熱すこし出づる夕べの時を臥し居り

風の音きこゆる窓に秋寒き夕べの空は暗くなりたり

昏れはてし窓に向き居る永き時雲よりしばし出づる星あり

星一つ見えがくれする窓見居《お》り常なるものと今は思はず

悲しみに久しく耐へし吾などと言ふつまらぬ歌も幾たびか詠みき

熱すこし出でて覚め居り小夜中の時過ぎゆくと静に思ふ

窓によりわれは見たれば草枯るる庭に夕日の光あまねし

冬に入る日々を居たりき病み慣れて寂しまぬ起き臥しとも言はば言ふべし

寂しき冬に季《とき》は入りゆく

病む窓に空はひねもす明るくて寂しき冬に季《とき》は入りゆく

うつしみのわが臥す部屋よ夕寒き風に折ふし壁紙が鳴る

静かなる雲と思ひて夕映の雲を久しく仰ぎ居りたり

夕べ早く灯りをつけし病床にて歌集の類をすこしばかり読む
くれかかりし空暗き雲白き月さびしき窓を又吾は仰ぐ
暗き雲が又いつしかに暮方の空に乱れて居しを仰ぎぬ
動くことなき病床より一つ星窓に夜々出づるさまをみたりき
思ひむなしく過ぎて永かりし夏の事病む身に時によみがへりくる

冬に入る

いつよりか雲出でし空を昼寝よりさめし病む身は静かに見居り
寂しさはきはまりゆかむ冬に入る明るき空が窓に見え居て
慣れ慣れて臥し居る吾が冬に入る空が明るくみゆる窓辺に
くれぐれの窓に静かに月照れり病む身は何に耐へて臥し居る
時雨雲片寄りゆきていつしかに巷《まち》は月照る宵となりをり
さびしさに耐ふるごとくに秋寒き宵の病床に静まり居たり

暮れゆきて星なき窓を

暮れゆきて星なき窓を永く永くみて臥し居りし事もさびしも
病床《やみど》より見さくる窓に冬空は晴れて限りなく遠く見え居り
よりどなく吾はまどろむ時雨雲晴れて明るき日のさす午後を
畳には微塵《みじん》立ち居て冬迫る日ざしは深く病む部屋にさす
足冷えて吾は臥し居り夕づきしつめたき風に窓はとどろく
つきつめて思へば今はただに寂し足冷えて永き午後を臥し居る

冬日

思ふ事なべてはさびし病む部屋に明るき冬の日はさし居りて
むなしさに耐へつつ見居り病む部屋の畳に午後の冬日衰ろふ
いつしかに積みし埃が冬日さす枕辺にみゆ白くあらはに
軒裏にさせる冬日は明るくて飛びて遊ばむ虫も居らなく
冬の日の暮れし病む部屋に思ふ時わがすぎゆきは永く物憂し

時の間の心はさびし冬日さす部屋の病床《やみど》にひとり居しかば
うつつなく病む身はみつむしらじらと畳にさして静かなる陽を
窓外の庭に冬日は暮れゆきて思ひはさびし病めるうつし身
昼すぎし部屋に冬日はしろじろとさして病む身は静心なし
籠《こも》り臥す部屋の畳に冬の日の光はそそぐかなしきまでに
病む窓に寄りて仰げば晴れ透る空にさびしく冬日さし居り

せつなき迄に今は生きたし

速き脈夜《よは》の病む身に打ちて居りせつなき迄に今は生きたし
さ夜ふけて今は久しき静もりや寝汗に冷えし病む身みじろぐ
怯えつついねしひと夜や現し身の病む身に汗は冷たかりにき
窓外に霙《みぞれ》は過ぎぬさびしみて永き静臥を吾は居たれば
折ふしに吾は仰ぎぬ日もすがら寒く曇れる病む窓の空
軒にさす白き夕日をみて居たり永き時ともたまゆらの時とも思ふ

うつつなく見る夕窓に色あせし日のさす物干がみゆ瓦屋根がみゆ

その二　這って縁側に出る／庭に立つ／庭を歩く

――ストマイ四十本を打つ

一九五二（昭和二十七）年一月～一九五四（昭和二十九）年十二月

一九五二（昭和二十七）年

白き明るき光さし

ひとときの白き明るき光さし冬日はくれむ病む部屋の窓

悲しみはいつかきびしくなり居りて寒き畳の上に起き出づ

たどきなく病みつつ生きてをりふしに汚き性《さが》をわがさらしたり

〔この三首の歌は、アララギ昭和二十七年七月号に初めて土屋文明選歌の巻頭に選ばれた。〕

病床《やみど》より起きて仰ぐ時心開く桃の冬木は高く立ち居り

苦しみ泣きし夜もあはあはと過ぎにつつ若き現し身の一生《ひとよ》終へむとす

仰ぎ臥す窓に暮れゆく冬空の余光は浄しその時の間を

静かにて心はさびし冬日ざし部屋に明るき日々となりつつ

冬のこのごろ

籠り居る部屋よりみたり暮れはてし家並みの上の浄き西空
病む部屋は寒くし暮れて壁紙の四すみは今は暗くなりゆく
病床にて心は暗しことごとくわがすぎゆきはむなしかりにき
心静かになりて夕べを臥し居《お》りたまさかにして右肺が鳴る
枯し笹庭にしきりに鳴り居りて夕空はしばし紫を帯ぶ
昼すぎてまどろむ時に病む部屋にあふるるごとく冬日さし居り
さびしみて吾は居しかど仰ぎ臥す窓に明るき雲がたゆたふ
病床より遠く明るく朝空が見え居し事も心悲しも
くれないを帯びし夕日が雪とけて冴えし空気のなかにただよふ

母をしひたげて生きて来《きた》りし

ひた臥して生きし幾年よ絶えまなく母をしひたげて生きて来《きた》りし
病み痴《し》れし吾を悲しむひと日なりき小さき諍《いさかひ》を母としたりき

尚しばし悲しみ居らむ電灯をつけて白々とせし部屋の中

冷めたくてひと日暮れたる病む部屋に白き明るきあかりつけむとす

汚なきをさらしいくばくを尚生きむ使ふは尽《ことごと》くわが稼ぎし金にはあらず

さらし来し汚なき己れ思ふ時病床に寒きひと日暮れゆく

祈りなく眠らむ宵の病床にて片足がしびれしごとく冷めたし

曇りし空が冴え冴えと白く見えて居つさびしみ仰ぎし暁の窓に

濡縁《ぬれえん》に出でて

色あせし午後の冬空を濡縁《ぬれえん》に出でて呆け呆けと見居《お》り病む身は

悲しみはいつかきびしくなり居りて寒き畳の上に起き出づ

故もなく寂しみ居たり雪明りして居る部屋の宵の病床《やみど》に

静かにて雪降る宵となりしかば起き出でて病床の上に坐り居り

雪照らす街灯が遠く幾つ見ゆ寄りゆきて寂し夜《よは》の病む窓

涙たり思ふ時あり

涙たり思ふ時あり怠けつつ久しく過ぎしわが歳月《としつき》のこと
かすかになりし命守りて臥しながら或る日は苛《いらだ》つわが弱き性質《さが》に
母一人をしひたげ病みし永き月日思ひ居る時いらいらとなる
怠惰なる利己なるさがの吾をみとり老ひゆきし母の生命終るのか

雪残る巷《ちまた》の上に

金盞花《きんせんか》朱にあざやかに咲く瓶《かめ》を愛《めで》しつつ又幾日か過ぐ
時の間の思ひは迫るすぎゆきて虚しく永き病む日々の事
悔しみつつ久しく居たり窓外は雪残る庭に日が昏れむとす
雪残る巷《ちまた》の上に日の光失せたる夕の空が見え居り
過ぎゆきて永く虚しき日々の事病む身は思ふ心疲れて

病床《やみど》より起き出でて

日ざしやや強くなりしと病床《やみど》より起き出でて日のさす畳ふみ居り
虚しさに堪へて久しき月日とも病みて懶惰《らんだ》にありし日々とも
寄りゆきて寂しき窓に日延びして明るき夕の庭がみゆるも
病む窓によりゆきてみつむ乾きたる土に二月の淡き日のさす

なべてみな

なべてみなあはあはとせし思ひかな夜半に灯をつけて痰すこし吐く
ひとときは忽ち過ぎて仰臥しの身に加へ得しいくばくありや
明るくて寂しき冬木病む窓に一つみゆるとしるし置きにき
あり堪へて病む身に幸《さち》を待《ま》つなどと空想したりある日楽しく
暗くなり寒くなりゆく部屋のなか痰はきて母の運ぶ飯《いい》を待つ
オリオン昇りてシリウス昇る夜の窓を楽しみてここに永く永く病む

病みて九年《くとせ》

曇りし昼空が冴え冴えと見え居れば窓に寄りゆきて病む身かがまる
思ひひそかに仰臥し居たり病む身には今日は汚なき匂ひ立ち居り
昏《くら》き月窓に昇りて来にしかは病床《やみど》に声を断ちて仰臥す
今宵昇る月は昏しと思ひ居《お》りたどきなく居る故かとも思ふ
昏き月窓に昇りて来る宵を病床に平たくなりてわが居たり
つまらぬ歌まづき歌幾つ作りためてそれのみに病む九年《くとせ》過ぎたり
病み堪へて癒えゆくものの幾たりを吾はひたすら羨《とも》しまむとす
曇りたる空が冴々と昼窓に見え居れば病む身ゆきてたたずむ
昏き思ひ負ふがごとくに肺病みて過ぎむ虚しきわが生《よ》思ふも
生命の火吹き消しにくる天使像を幻想としてひと日持ちにき
しらじらとしてむなしさに堪えゆかむ肺病みて尚残るわが世を

心はいたく汚なくなりて

仰臥してこの日も居《お》りたり折ふしの心はいたく汚なくなりて
まどろみよりさめて寂しも音たえし如く病む部屋に冬日くれゆく
寝汗すこしいでて眠りて居たりしがわが部屋に寒き冬日くれ居り
ほのぼのと思ふ一つの事ありて病む身は居たり冬の日昏れを
日延して明るき窓を仰ぐ夕べ病む身は何を思ひつつ居む
痰のみこみし夢いくたびか見つつ居て朝明けてよりの眠り一時間
仰《あお》ぎふしてすぐる一日《ひとひ》に限りなく湧くものは或ひは悔《くい》に似て居る
暮れゆきて限りなく灰色にみゆる空冷えし窓わくにふれつつ仰ぐ
たどきなく病みつつ生きてをりふしに汚き性《さが》をわがさらしたり

嵐の闇

思ひ出づる事もすくなしきほひつつ臥して癒えむと居《お》りしかの日を
言ひ難き心湧き居て病床《やみど》より仰ぎぬ雪空の淡き光を

ひたすらにむなしき吾の思ひかと臥し居き雪に暗きひと日を
希《こいねが》ひなく祈りなく過ぎしと思はねどしらじらと永し病みし九年《くとせ》は
移りゆく病めるわがよを或る時に嵐の闇と嘆き思ひき
雪ふりしひと日は暮れて空昏《くら》き窓下に祈なく吾は臥す

雪に明るき部屋

雪に明るき部屋に暁にめざめたりとりとめもなし今の思ひは
暁となる雪の上にかすかなる光立たむと思ひ覚めをり
バラ色に明るき夕映えと思ひつつしばし居たりき仰《あお》ぎふししまま
儚《はか》なかりしひと日暮れゆく病む窓にほのぼのとして春の夕映え

よみがへる思ひ

よみがへる思ひことごとくむなしくて月てる宵の窓にむき居り
青く明るき空を時の間見たりしがためらはず戻る濡れ縁より臥床に

仰臥してすぐるひと日のまぼろしに青々と深き空のまほらあり
思ひ穢《きた》なき吾かと思ふ春日明るき部屋に声なく臥して居りたり
青く明るき空を病む窓にいくたびも見たりたゆたふ思ひのままに

起き出でて来にし

起き出でて来にし病む身はまがなしく照らされ居たり縁の春日に
思ひ穢《きた》なくすぎしひと日かほのぼのと夕づく空を窓にみて居る
金の事にていくたびか父を責めき許されぬ罪かとも今は思ふ
美しく春の夕映えは到らむとして街空に静まれる雲

サフランの鉢

宵の月部屋に明るく流れ居て過ぎしはかなき思ひよみがへる
過ぎし日を思ひ出でなむ白き月出づる今宵の病む窓の下
サフランの鉢見下ろして吾は立つ病床《やみど》いづるこのしばしの時を

心澄みつつ吾は居たりき日に酔へるごときサフランの鉢のかたへに

やすらひに似つつ静けき時の間と病む身は仰ぐ春の夕映え

光美しき夕べ病床に起直るつづまりの幸など既に思はず

ひもすがら思ひむなしく臥して居り窓外に春の白き日疾《はや》き風

濡縁《ぬれえん》に這ひてゆく

病床《やみど》よりいでて濡縁《ぬれえん》に這ひてゆく光紫に春の日暮れあり

藤の花変らず咲けば又思ふ過ぎし空白の永き月日を

こまかなる雨ふる軒にしらじらとしてゆふぐれの明りさし居り

うつうつとさめ又ねむる暮方に雨はこかまに病む窓に降る

疲れつつ病む身は眠るゆく春の窓に音なき雨ふる夕べ

スミレの鉢

小さく貧しき鉢にスミレを咲かしめて枕辺にわが幾日置きたり

スミレの鉢手にして居たり静臥よりさめししばしは心平らにて
心和ぎつつ睡りに落つる時の間を限りなきものと病む身は思ふ
思ふこと事《ごと》今はなくなりて病む窓に寄りて立つ春のひととき

藤は若葉となりて

影のごときざす思ひよ病床よりいでて時の間畳を歩ゆむ
寂しみて臥しつつ過ぎぬいつしかに藤は若葉となりてなびかふ
春深くくぐもる街の舗道にて折ふし白き埃立ち居り
藤の花かぎつつ居たりよみがへる思ひは今は淡し病む身に
睡り薬のみてねむりぬ雲の中に月淡く照る窓をとざして
枕の上の壁紙が風に動くさままじまじとしてしばし見て居り
病床より仰ぐはり戸にさえざえと春の曇りの空が夕づく

火星近づく夜

火星近づく夜と言ひしかば病む窓にわれはさびしき目をあげてまつ
宵ながら月は明るく照り居りて病む身息づくごとく窓に寄る
さびしさはかくの如きかさだめなく病む窓にふるゆく春の雨
悔ひに似て思ひはさびし病む部屋に春のひと日は静かに昏れつ
風鈴が短かくなりぬゆくりなく心明るく居たる静臥に
何につながるともなき静臥の幻想に今日は羽のべて低くゆく鳥
うつしみの病む身のゆゑに垢づきしふとんの襟をしみじみと見つ
ゆゑよしもなくて病む身は寂しめりゆく春の青き空が夕づく

今宵輝く火星をみたり

今宵輝く火星をみたり新たなる光かそかに来しごとくにて
平凡なるひゆなれど光のごとき花カリフォルニヤポピー二日保ちぬ
カーテンに風絶えざりき遊びにも似つつむなしき病むひと日にて

つつましく病む身あらなと

つつましく病む身あらなとさるすべり明るく萌ゆる日日を居たりき
さるすべりの若葉をみつむひたすらに寂しき心吾にきざして
さびしき日々かと思ふ窓外に明るく藤の若葉なびきて
日に一度病床《やみど》をいでてわがみつむさるすべり萌ゆるそのくれなゐを
すでにして病む身物憂し桃の木に青く小さき実のこもる頃

ゆく春の日

限りなきひと日と思ひ夕の病床《やみど》に言葉すくなく吾は居たりき
言葉すくなく居たしと思ふ病む日々を心つつましく居たしと思ふ
ゆく春の風さやかなるひと日なりき心つつましく吾は居たりき
さびしみて夜々を睡りぬすでにして虫ほそぼそとなける幾夜を
明るきひと日くれはつる頃病む窓の下にほそぼそと虫の声一つ
たゆたへる思ひのままに藤の花終りし庭をみてしばし立つ

ゆく春のひと日暮れたれば病む窓にほのぼのとあかねさす雲がみゆ
ひもすがら明るき空が病む部屋の窓に見え居て春惜しましむ
ゆく春の真昼明るき窓の下病む身はしばしゐねてさめたり
ゆく春の晴れしひと日を居たりしが常のごとくに病む身は寂し
ぬれ縁に春の逝く日がさし居りと這ひ出でて来て病む身はみつむ

［この年の一月頃より濡縁まで這い出たり、柱に寄りかかって座ったり、立ち上がって庭を眺めたりすることができるようになってきた。］

矢車菊咲き出でし庭にゆく春のかなしき光ひもすがらさす
病床より出で来て仰ぐゆく春の日は傾きて西空白く

六月の土

心汚きひと日となりしが夜更《よるふ》くる病床《やみど》に今はまどろみに入る
日のほてりすでにきびしき庭土をみつつたまゆら縁に居たりき
あはあはとしつつよみがへる幾日よ足たゆく病床に臥して居しのみ

かくのごと病む身は見をり窓下に日に乾きゆく六月の土
昼の病床に臥してひたすら思ふ時よりどなきかなやわがうつし身は
うつしみはありのままなる生きざまを遂《と》ぐべし病あるわが現《うつ》しみも

濡れ縁に出できて

濡れ縁に出できて心むなしむなし街屋根に遠く湧きて居る雲
或る時は心怖びえてわが部屋の黄《き》に汚れたる壁紙を見き
まなかひの黄に汚れたる壁紙よ病床《やみど》に心呆けて坐り居る
打見守《うちまも》り病む身は居たり六月の日にしみじみと庭土ほてる
新聞紙黄《き》に汚れたるわが部屋の壁に嘆きはにじみ居るべし
さびしまぬ起き臥しと或る日枕辺のノートに吾は記したりしか
こまかなる雨降る午後を濡れ縁に病む身は常のごとく這ひ出づ

おぼおぼと縁に立つ

病む部屋に立ち居つ心むなしむなし街空に湧く雨雲がみゆ
雨雲にたちまち暗き病む部屋にさびしき心目守《まも》りつつ臥す
おぼおぼと立つ街空の雨雲を吾は仰ぎぬ病む部屋の縁に

地虫一つ

肉《シシ》太き請負師道に歩むさま何に幻に立つか静臥に
病ありしわれのひと生《よ》を終ふる時細きかぼそき寂しさあらむ
涙いづるごとき寂しさに堪へてひと日臥し居しが今宵ジョウゼツになる
涙いづる迄に寂しく臥して居しきぞのひと日を思ひ出で居り
昨日《きぞ》の宵吾の病む身に迫り鳴きし虫ありき一つの声なりしかど
地虫一つ吾にまぢかく鳴き出でてしばらく吾は何も思はず
雨だれをみつむるは吾ひとりなりや病む部屋の縁に又這ひて出づ

庭たづみ*幾つもできて映るもの或ひはいたく浄く見え居り

しばらく坐る

固き柱に寄りてしばらく坐り居り暗く貧しき病む部屋の午後
働き得ぬこの身は眠る梅雨曇りはかなく白き昼の窓辺に
梅雨曇りはかなき朝に病む窓に青葉の揺らぐ低き音する
梅雨曇りはかなく光る窓下に昼過ぎて又吾はまどろむ
梅雨曇る午後を畳に落つる影かかる寂しきものを見つつ臥す
曇りの下吹く風ありてわが窓に無花果《いちじく》の稚《わか》き葉はひるがへる

畳ふみて立つ

現し身はかく嘆きつつ病む部屋の汚れし畳ふみて立ち居り

---

*庭たづみ　雨が降ったりして、庭にたまり流れる水

働かぬ病む身さびしき真昼にて畳にひざを抱きつつ坐る
新聞紙汚れし壁のめぐる中仰臥せしまますでに四年過ぎにき

よるべなかりしひと日と思ふ

よるべなかりしひと日と思ふ雨ながら暮れゆく時に病む部屋寒し
かくのごと過ぎつつ病む身すさまむと今宵思へばあはれ悲しき
さみだれの貧しき午後と思ひ居て病床《やみど》にわれはひとり物喰《は》む
濡れ縁に出でて病む身はうつつなし細かき梅雨の雨ふりしきる
乱れつつ過ぎし幾日よ梅雨の雨静かに降りし日と晴れし日と
心迫りて思ふ時ありうつしみのわれの病む身の果つる日のこと
梅雨の雨静かにそそぐ真昼にて病む身は何に心怖（怯）びゆる
むし暑く梅雨ふる午後を黙しつつ臥し居り何を希ふともなく

風鈴が時折鳴りて

雨ながら病む部屋昏れて乱れたる心を救ふよすがだになし
心あやしき宵と思ひて臥し居たり巷《まち》に蛙が一つ二つ鳴く
風鈴が時折鳴りて病む部屋の永きむなしきひと日思はしむ
思ひ出も遠くなりたりこほろぎの鳴ける幾夜をひとり居しかど
石のごとひと日が重き事ありて臥処《ふしど》に吾は言葉なく居る
生きざまの遂にみにくき吾ながら今宵は睡るただに疲れて

風鈴を収めて眠る幾夜にて

風鈴を収めて眠る幾夜にて湧くさびしさは限りなきかも
堪へがたきまでに病む身はさびしくて熱きまぶたを夜半に開き居り
まなぶたは何に熱きか小夜深く夢よりしばしさめし病床《やみど》に
むし暑く梅雨ふる午後を黙しつつ臥し居り何を希ふともなく
希《ねが》ひなきひと世の事もつきつめてさびしみ思ふ事さへもなし

静かなる夜半なるかなと夢さめし病床に吾はしばしさびしむ

病みて寂しきひと生《よ》なりしと自らに思ふ祈りなく経しひと生とも

うつうつと曇る昼空も寂しくて臥床《とこ》の上に又起きてみる

病床にてまどろむ時にさみだれの午後は暁に似つつ寂しき

さびしき夢なりしかな病む吾に亡き面影は明るく笑《え》みき

きりぎりすほそぼそとなけり寄りゆきて窓に疲れし病む身立てれば

虫の声浄き夕べと思ひ居《お》り病む身起き行きて簾《すだれ》をはづす

思ひ苦しきひと日なりにき病む蚊帳に夜半しらじらと月さす見れば

永き永き九年《くとせ》

金に困りて死にゆくさまをありありと病む身は日々の幻に持つ

思ひ苦しみ臥すわが上に夏の日に輝く空は日すがらあらむ

鮮《あたら》しき秋日と思ひ病む部屋の縁にしばらく吾は立ち居り

ただよふ如き日々なりしかな病みながら経たりし永き永き九年《くとせ》は

病む部屋の縁に秋日は暑かりき思ひむなしく来り立てれば

夕顔の今咲きし

ゆくりなき幸のごとくに枕辺に花夕顔の今咲きし花（八月十三日晴れ三時半）
たまゆらのさびしき思ひ夕顔の花に病む身はちかぢかと寄る
寂しき臥床に居りて夕暮れし街にひととき鳴く蟬を聞く
救ひなき身と思ひまなこをつむる時枕の上の夕顔にほふ
眼を閉ぢて久しく居たり昼床にはかなき思ひ静まりてゆく
くぐもりて暑き真昼を風の音吾の臥床をめぐりてきこゆ
昼寝よりはかなくさめて吾は居《お》り病む部屋の窓風にひびかふ
濡れ縁に立ちて病む身はうつつ無し巷《ちまた》に暗き雲の湧くさま

ひそみ咲く小花のごとく

ひそみ咲く小花のごとく過ぎし日の思ひ病む身にいつか帰らむ

過ぎし日のごとき夕べと夕映の淡く久しき病む窓に立つ

夕いまだ暑き臥床にあはあはと惜しみて思ふ今日のひと日を

むなしかりしひと日終へむと枕辺に歌集の類を片づけて居る

昼床にひたすら聞けばみづからの出で入る息は細し切なし

みづからの息きさながら昼床にひそかに居るを誰知らざらむ

萎《な》えし心もて昼床に自らの出で入る細き息を聴き居り

悲しきたつき思へば昼床に少年のごとわれは切なし

青蚊帳の香よ

かたはらに母は音なく睡りたり夜半の悲しき青蚊帳《あおがや》の香よ

病む吾のかたへに母は睡り居り夜半の音なき蚊帳の悲しさ

泣くごとく短く笑ふかたみにて昼飯を喰《は》む母と病む吾

はたはたの飛ぶ音起る

昼の臥床《ふしど》に悲しむ時に現し身のわがつく息は乱れむとする
祈りのごとき思ひよ病む部屋に宵のやさしき月照りて居る
よみがへるごとき思ひにひとり居つ病む窓に宵の月清くさす
秋日さす明るき部屋の臥床にて今は病む身はうつつなく臥す
白き月輝く宵となりしかな病床《やみど》いでていづくにかあゆみゆきたし
うつしみのかかるあはれさ苛立ちて病床暑き今日の日を居つ
よりどなきひと日なりにき病む窓に青き青き空がひもすがらありき
病床にて眼《まなこ》つむればはたはたの飛ぶ音起る午後のさ庭に
青き空すみきはまりし真昼にてかねたたきなく病む窓の下に
鉦叩《かねたたき》鳴き居る午後を臥床にてひそかに吾は脈とりて居つ

秋日かがよふ縁に坐り居る

ひとりごとを言ふことも今はなくなりて秋日かがよふ縁に坐り居る

秋日かがよふ縁に病む身は来《きた》りしがひとりごとすこしつぶやきてもどる
物の音ひととき絶えし部屋中《なか》に入り日の窓にむかひ立ち居り
ガラス窓《ど》の秋の入り日は来《きた》り立つ病む身の肩にあたたかにさす
さびしき吾の病む身は窓の辺に秋の入り日を浴びながら立つ
ひとりごとつぶやきながら日々臥してひたすらに怖《おず》る行末の事を
さびしさに今はなれしかめざめたる夜半にひととき痰を吐き居つ
行末を今はおそれむかくのごと臥しつつ十年《ととせ》すぎてきしかば
病む蚊帳《かや》に夜半の明るき月照れりめざめし吾は何におびゆる
窓に立つ病む身と壁にすがる蛾と白き夕日を共に浴び居り

こほろぎの繁きたのしき宵

虫しげき宵を病床《やみど》にいねむとすたのしき夜《よは》もかつてもたざりき
こほろぎの繁きたのしき宵かとも思ひて居たりひとり病床に
こほろぎは庭にあまねくなきて居《お》り夜半にしなれば月昇りなむ

熱出でて睡りしきぞに見し夢もめざめし今朝は忘れ居たりき

暁の白き光に

暁の白き光に病む吾の蚊帳《かや》見え来るはさびしかりけり
ほけほけと立ちて見て居る窓の外夕日照り女学生一人歩みゆきぬ
清きかなしき夕べと言はむ病む窓に光弱き幾つの雲動きゆく
人恋ふる心にはあらず病む窓に暁の白き光みつむる
病床《やみど》にてわがいらだちは限りなしかねたたき幾つも鳴き居る午後を
うす寒き臥床《ふしど》に居りて今日のひと日を弔ふごとく思ひて居たり
秋の曇りさむざむとして暮るるかな首あげて病む窓に遠空をみる

昼の鉦叩きをじっときき居り

いらだちてすぎし幾日もあはれになり昼の鉦叩《かねたた》きをじっときき居り
涙いづるまでに病む身があわれになり昼の鉦叩きをじっときき居り

病む吾の生命《いのち》包みてひえびえと秋の曇りの日は暮れそめぬ
身にしみて久しき昼や病む部屋の畳に白き秋日とどきて
うつつなるこのひとときに病む部屋の畳に澄みし秋日照り居り
静めがたき心を守りて秋日さす部屋の臥床にひと日居りたり
病む部屋の縁にたまゆら秋の日を浴びつつ立てば悲しかりけり
汚きわが生きざまをしみじみと思ふ暁の寒き病床に
虫声も既に絶えたる今日ひと日わが臥す窓に風ひびき吹く
暁の色きざし来る病む部屋にまなこを開きてわがひとり居し
暁の白き病む部屋に現しみは寒々として眼を開きたり
暁の風病む窓にひびき居り嘆きに今は堪へて生きゆかむ

潮騒《しおさい》のごとく

潮騒《しおさい》のごとくきこゆる夜半の虫めざめて病む身苦しむ時に
月寒き夜《よは》となりしか病床《やみど》いでてちまたに向かふ窓に立ちたり

苦しみつつさめし病む身はこの夜半の潮騒のごとき虫をきき居り
夜半の虫激しきかなと呟きつつひとときを病む身苦しみ居たり
夜半の病床にきこゆる虫は激しくてまざまざと過ぎし日の思ひ立ち帰る
遠く迫り来る虫が音を夜更けて病む身はききぬまなこ冴えつつ

秋庭に降り立つ

冷ややかに部屋昏れゆきて平安を得つつひと日を居《お》りしと思ふ
心澄みつつ居し昼床に又思ふわが平安の時は去りゆかむ
コスモスの香をかぎ居たりゆくりなく病む身出で来し夕の庭にて
閉ぢしまぶたかそかに熱《あつ》し病床《やみど》にて宵のさびしきまどろみに入る
降《を》り立ちて病む身は歩ゆむ秋庭にダリヤ明るく咲きつつ居《お》れば
冷えまさる宵とぞ思ふ出でて来し濡れ縁に白き夕顔幾つ
冷え沈み空は曇れりひとりなる病床にわれは心落ち居ず
落ち居ざる心はさびし晴れし空わが臥す窓に輝く朝を

音しつつ吹く秋風は仰ぎ臥す窓のひと樹に絶ゆることなし
むさぼりて生きゆく吾か病む窓の淡き秋日をみつつ嘆かふ
一夏をわがために母の培《つちか》ひし夕顔は今白き種子となりたり
地に立ちし夜靄はおのづからわが病む部屋に夜毎入り来る
ひややかにさし居る秋日ふみながら縁をし歩ゆむ静臥終ふれば
病床にて生きをむさぼるわがさまをたまさかに来し友はみてゆく
病む部屋をめぐるちまたに今日一日野分の風は音絶えざりき
さびしさは遂に馴れ難きものなりや冷たき夕の縁に来て立つ
ひとときの落ち居ぬ心あはれにて月淡く出づる窓仰ぎ居り

シュープの事もあはあはとして

朝な朝な清き日ざしは病む部屋に入り来て冬を向かへむとする
冬に入る日ざしに立てり恐れ居しシュープの事もあはあはとして
明るき午後とぞ思ふコスモスの終りし庭に病む身立ちつつ

葛《くず》の葉の枯れて音立つる庭のすみ来りて病む身しばしたたずむ
夕顔の種子幾つ手に持ちて歩ゆむ時庭に昼過ぎし陽は光淡くさす
菊咲きて明るき庭に降り立ちて歩ゆめば病む身何に寂しき
足たゆく仰臥するのみの日々なりしが何かに抗《あら》がふごとくわが居し
さびしさは馴れ難きかな秋日落ちて冷たき縁に病む身立ちつつ
かそかなる心ゆらぎよ起き出でて菊咲く庭に病む身立つ時

ただよへる心のままに

何が寂しと言ふ事もなく菊の花香《か》に立つ昼の庭に居たりき
歩み来しこの庭くまに*葛《くず》の葉は枯れてさやかに風に鳴り居る
ただよへる心のままに臥し居りて虫鳴く夜々も今は過ぎたり
ただよふごとき心なりしか病床《やみど》にて夜々の虫声を吾は待ちにき

---

*庭くま　庭の隅

宵寒きちまたにまじる思ひにて病む身は暗き縁に居りたり

病む窓に見つつし居たり宵寒きちまたにまじり人歩みゆく

宵寒く街はなりたり窓に来て病む身は夜毎何にたたづむ

秋日落ちてすでに冷たき縁の上来《きた》りて病む身歩ゆむともなし

病床よりをりをり出でて秋たけし今日の日が街空をわたるさまみつ

土荒れし庭に照りつつ秋たけし今日の陽ざしはかたむきてゆく

冬晴れの午後を

冬晴れの午後をし居たりわが部屋の壁はさびしき迄に明るく

冬晴れの午後を病床にひそむ時涙に似たる思ひありやなし

病む窓に冬晴れし空仰ぎ居て寂し時の間の吾の心は

時惜しむ心となりて冬晴れしひと日の部屋に病む吾は居《い》る

おのづから病む身楽しむ冬の日の光朝々ふとんにさすを

壁白き病む部屋昏るる夕べにて窓に霙《みぞれ》の音は止みをり

冬の日の白き光

冬の日の白き光は朝の間の病む部屋にさすかくも清《さや》かに
あはれ久しく病み来しものか冬の日ざし明るき朝をさめて思へば
心むなしくさめつつ居たり病む部屋に冬の朝日は白々として
かかるむなしき日々の果にて病めるわが現《うつ》し身を難が待つのか
冬の光明るき朝をさむるとも病む身に何が待つにもあらず
街の灯に明るき病む部屋に眠りゆく今宵もきぞの夜に何も変らず
病床より出づるしばらく霜どけの土ふみて昼の庭に居《お》りたり
冬の光さし入る部屋に日日臥してねがひも今はただ淡くなる

星あり南に一つ輝く

暮れゆきし濡れ縁に病む身出づる時星あり南に一つ輝く
暮れはてし縁よりもどる星一つ南に低く輝くを見て
暮れゆきし濡れ縁に病む身出づる時星あり南に一つ輝く

遠空の濁れる紅《あけ》も消えゆきてきびしきさまに病む部屋昏れぬ
まなことぢて吾は居《お》りたり病む部屋の上にきびしく空は暮れゆく

一九五三（昭和二十八）年

庭土に降れる白霜《しらじも》

庭土に降れる白霜《しらじも》見る時に病む寂しさはきわまらんとす
ひと時のかかる虚しさ枕辺に煙霧を通す月さしをりて
新しき部屋になじまぬ幾日は病む身の行末をただに思ひ居き

〔夫の父が住宅公庫の融資で、六畳三間の「公庫住宅」を建ててくれた。それまで、焼跡の青山に一間半のバラックをかろうじて建てて移ってきていた。304頁参照。〕

物言ふこともさびしきひと日なりき病む部屋に寒き夕べは来たらむとする
雪雲を洩るる光は病む部屋に白々としてしばしさしたり
臥床にて本読む時にさびしさびし曇を洩れし白き日のさす

煙霧の夜ふけつつゆきて泌《にじ》むごとき月枕辺にさしはじめたり

本を読むわが枕辺に冬の日の白き光は照りかげりする

息づきて縁に病む身は居たりけり昼さむき日のふりそそぐ中

浄《きよ》き朝日みつつさめをり病む身にはむなしさのはてに何があるのか

命細き吾とぞ思ふ病床にて冬の浅夜をねむりゆく時

冬木の梢《うれ》　その下に立つ

冬木の梢《うれ》輝き居りて歩ゆみ出でし病む身はしばしその下に立つ

冬木の梢日に輝きて病む部屋の窓かぎりなく今朝は明るし

冬木の梢日に輝けばわけもなく吾は楽しむ病む窓のへに

さびしき臥床《ふしど》にみつむ没《い》り方の冬日明るく壁を染めをり

夜いまだ深き病床《やみど》に思ほえず寒きまなこを吾はあけたり

やうやくに癒えし幾たりか痰ふゆるを嘆き詠ひつつただに働く

やうやくに癒え得し幾たりか職を得て痰ふゆるまでただに働く

〔夫曰く、薬がようやく出てきたので、治って働く人たちが出てきたと。この頃ストマイ、パス、ヒドラジドが臨床で用いられるようになった。夫の場合も三剤を併用して使っている期間は短い。夫は、一九五〇（昭和二十五）年にストマイ十gを打ち、その後一九五一（昭和二十六）年より三剤のいずれかを使用している。〕

昭和二十五年春以後抗結核化学療法剤は、私のような自宅療養の病者にもぽつぽつ利用できるようになり――そのたびごとの父や母や姉の金銭的な辛苦は切ない思いと共に今も立ち返ってくるが――、あれ程くりかえしていた私の喀血も、昭和二十七年には間遠になっていた。私が座って短い時間でも机に向かえるようになったのは昭和二十八年頃からであったろう。父はその私のために空き箱木片を集めて小さな座り机を作ってくれた。レザーを表に張った、よりかかるとギシギシゆれるこの小さな机はそのあと何年か私の大事な机になった。この机で私はまず英語の辞書を開いたのであったろう。

一九八七年八月記

さびしがりつつねむりゆく時枕辺より手帳が軽き音たてて落つ
柳の芽いまだ小さき庭の上出で来し病む身僅《わずか》にあゆむ

霜どけの土ふみあゆむ

霜どけの土ふみあゆむ今しばし悔深き日々の起き伏しを思ふ
悔深き身の起き伏しや冬空の澄みて明るき窓の下び*に
出でて来し病む身のかげは霜とけし土にかぼそく落ちて動くも
空青く澄める幾日を臥床にてひそかにたたふ冬のさなかに
路面電車過ぎ交ふ音を一心にききて臥し居り熱出づる午後を

春の水仙

生きゆかむ思ひ萎《な》えつつ臥す部屋にひかり明るき春は来向《きむ》かふ
悔のごとき思ひ湧き居り昼床に永くかかりて爪切るときに
降り立ちしこの庭すみにおのづからバラはかそかに芽吹きつつ居る
庭の上吹く西風よ降り立ちし病む身と芽ぶくバラをめぐりて

＊窓の下び　窓の下あたりに

春の水仙香《かがよ》ふ枕辺よ現《うつ》つなにすぎゆく日々はかくもさびしく
水仙は咲きつつ居たりひたすらに思ひきびしく臥す枕辺に
まどろめば尚しさびしも雪明りして居る午後の部屋の臥床に
ひそやけき午後とし言はむ嘆きつつわが臥す部屋は雪明りして
思ひたぎりて吾は苦しむむなしく臥すわが日々を人よ責めよ
宵の暖かき窓に月ありさびしくなり臥床を出でてふらふらと来れば

木々芽吹く庭を歩む時

バラの花の赤雪柳の芽の緑それぞれに楽し庭歩む時
臥床出でて木々芽吹く庭を歩む時母は縁より吾を見て居る
昼床にもどり来てまなこつむる時幻にみゆ春の小草は
冬越えし青草小さし寄りゆきてひとり見て居る病む窓の下に
あたらしき草出づる日を吾は待つかかる寂しき日々の臥床に
静臥よりさめつつ居たりガラス戸の外は明るく疾風《はやち》吹き居て

シゲティ演奏会

いきいきとしてシゲティ演奏会にゆきしならむその日の君を思ひ臥し居り

〔ヨーゼフ・シゲティはハンガリー出身のヴァイオリン奏者。〕

シゲティ演奏会の事告げて来し葉書二枚愛しみて枕の下に入れ置く

嘆き呆《ほう》けつつ臥し居りて或る日には君いきいきとシゲティをききにゆく

午前の日明るく照れる庭土に春の小草の青はつつまし

春の山草の青あたらしき庭土を踏みつつあゆむ今朝の病む身は

ラジオより流るる楽はこの宵の病む部屋に満つあはれさやかに

窓下の青き小草

呆《ほう》けつつ又起き出でて窓に来る窓下の青き小草親しも

バラの芽をみつつし佇《た》ちぬ鮮《あたら》しきよろこびもいつかかへることあらむ

このままでいつまで居《い》られる吾なのか臥床《ふしど》出でて庭歩む時にも思ふ

よろこび又さびしがり審陽公園の春を歩みぬ少年にして

〔審陽公園とは中学三年生まで過ごした奉天の公園。〕

庭に立つ病む身に

かげりなきものはさびしも庭に立つ病む身に春の日はふりそそぐ
病床《やみど》よりみつめて居たりまぼろしに似し部屋すみの宵の暗がり
枕の下にもつ手鏡に今日ひと日わが暗き顔をいくたびか見つ
春の嵐ものぐらく吹くガラス戸にまなこを放つ静臥終《お》ふれば
路面電車すぎゆく音は風のごときこゆ暁となりし病床に
虚しき病む部屋なかに暁のつめたき風はかよひ始めぬ
あら草の花一つ折り疲れつつ庭よりもどる昼の臥床《ふしど》に
たたずみて居る日のもとにあらぐさの寂しき花は咲きつつ居たり
かすかに白きあらぐさの花を一つ吾は折りたり朝の歩みに
かげろふとその影と枕辺の壁に居て短き宵の時たちてゆく
街なかにさすおぼろ夜の月ながら夜半に病床のわが顔照らす

ゆく春の午後のさ庭に日にむれし土香に立つはあはれさやけし

五月の日照りて

おだまきの花は終りぬ五月の日照りて香に立つその土の上に
昼の臥床《ふしど》に起き直り居て働きし事なき現身をかへりみるはや
むなしき昼の病む身はゆく春の日に乾く土を縁に見て居り
乾きし土に蟻あゆむさまはたへがたく虚し昼床を出で来し吾に
昼の臥床出づる時の間いちぢくの明るき若葉めぐりてあゆむ
病む部屋の縁より見れば庭なべて春の輝く緑となりぬ
巷《まち》に開くわが窓に宵更けて春の明るき月昇りたり
風にいまだ音たてぬサルスベリの若葉あり寄りゆきて病む身何か楽しく
閉ぢし瞼のうちくれなゐに明るくて昼をかそかに病む身まどろむ
臥床《ふしど》のごみを払ひて居たり起き伏しの虚しきをひたにわが嘆きつつ
悲しみの和ぎたるあとのごとくにて昼の明るき部屋にまどろむ

生きゆかむ思ひ

生きゆかむ思ひやうやくに湧きて雨明るき午後の臥床にまどろまむとす
飛びて来る白き柳絮《りゅうじょ》を臥床《ふしど》にて日の折ふしに吾はかなしむ
さびしみてみつつし立ちぬ目交《まなかい》の柳静かに絮《わた》を吐き居り
まなこ閉ぢて居し昼床に現し身の心かすかにきほはむとする

ゆく春の光さして

静臥に入りし吾の思ひはひとり泣きつつ働きて居し母にかかはる
熱の臥床《ふしど》に母を幾度も呼びしことさびしき悔のごとく思ひ出づ
ひと日の雨軒にはかなき音しつつ働き得ぬ吾と母とこもり居る
ゆく春の光路の上にさす時に出で来て病む身ひとりたたずむ
舗道には昼の真白き日がてりて臥床《ふしど》出で来し吾を立たしむ
よりどころなきわが思ひ臥床より出でて薄暑の庭歩みゆく
やすらぎもなく眠るとき病む窓の片すみに細き月出でて居る

午後の日の淡くなりたる街空を病む身は庭に立ちてふりさく
午後の日は淡くなりたり舗道より仰ぐ街空に小禽《ことり》鳴き居て
パンジーの鉢に病む身はかがみ居て淡くなりたる午後の日を浴ぶ
いらただしくなりつつ思ふ働く事なくてひと生《よ》を吾は終ふるか
昼の臥床抜け出でて吾はひとり来つたどきなく日のさせる舗道に

厨に茶椀を洗ふ

ひそかなる遊びのごとし病床《とこ》より出でて厨《くりや》に茶椀を洗ふ
母居《お》らぬ昼の厨に病む吾は香に立つ苺つみきて洗ふ
午後の光の中に明るき緑ひと木立ちてわが病む窓を開くれば
紫露草花美しき草むらにゆきて佇《たたず》む朝の病む身は
病む部屋の窓にし見ゆる梅雨雲のひすがらにぶき光を放つ
乱れにし思ひは和《な》ぎて病む部屋の夕静かなる畳に坐る

ああ―かの医師は

諦めて病み居る吾にあらなくにかの医師は淡々として何も語らず
怒りまた苛立ちて日々を臥し居るにああ又かの医師は何を為すとも言はず
「癒ったらパン屋の店員にでもなるからいいさ母さん」ああ行末はただにおそろし
和《な》がぬひと日の思ひのなかにかの日医師の言ひし言葉をさまざまに思ふ

わが歩ゆむ庭に

いちぢくの緑明るき下陰《したかげ》に来て時の間を病む身楽しむ
はかなき日々の思ひよわが歩ゆむ庭にひなげしの花咲きつぎて
常にみづからを悲しむのみの吾なりき今眉長く老ひし父に向かふ
病床より出で来て向かふ日曜を家の畳にあぐらしむ父に
疲労とも又怠惰とも柔らかき臥床にもどる昼餉《ひるげ》終《お》ふれば

過ぎしはるけき十年《ととせ》をぞ思ふ

共に病む狭きつながりにかかはりて今日は伝ふ榊原美智子死にしを

〔榊原美智子氏は一九四九（昭和二十四）年アララギに入会。愛知療養所「葦」短歌会会員。歌集『葦』（アララギ葦短歌会編、白玉書房、一九五五年）「卯の花の下に」（九十六～一〇二頁）、「わがままも常にやさしくゆるしくるる君がかたへに一にち過ぎて」等七十首が掲載されている。一九五三（昭和二十八）年五月逝去。〕

病床出できて坐るわが前に老ひくぼみし父のまなこは折々けはし

梅雨の日のわが窓の外喜びに似しねむの葉のさやぎの音す

昼の病床に物憂き体起こすとき過ぎしはるけき十年《ととせ》をぞ思ふ

能なく仕事なき者としてわが坐るときわが前に父のまなこ鋭し

苦しみてさめ居る夜半にこうもりの短き声はいくたびかきこゆ

レ線写真もとらざりし五年

「このまま元気になりなさい」と軽く言ひてゆきし医師の言葉も信じ難きかな

レ線写真もとらざりし五年と思い思ふかの医にも見限られて吾は生きしか
縋《すが》りつくごとく手術の事きかむと決めつつ医師の来たる日を待つ
〔レ写真はレントゲン写真のこと。〕

父は短く病状を問ふ

暗き顔しつつ入り来て坐る父株の話を病む吾にする
六七円に仕切りしはいまいましと言ひながら立つ時父のすこしよろめく
灯暗きわが枕辺を立ちゆくとき短く父は病状を問ふ
わが枕辺に来る折ふしに療養雑誌短歌雑誌等つまらなさそうに父はみてゆく

母とともに茶碗を洗う

たゆたひつつ馴れゆく日々か病床《やみど》より出で来て今日は茶碗を洗ふ
病床の昼餉《ひるげ》終《お》ふれば立ちて茶碗洗ふかくしつつわがひと生《よ》すぐるか
小さく足弱くなりたる母よ病床より出で来し吾と共に茶碗洗ふ

〔この歌から何年も後のことであるが、夫は私と結婚（一九七一年）し、夫はお台所を少しもいとわず私と一緒にしながら、この頃の母親のことをよく私に話してくれた。「ママちゃんは（家中皆が母のことをこう呼んでいた）、ちいちゃん（信英の姉のこと）とお台所をするとすぐ喧嘩になってしまうけれど、信英は上手に助けてくれるから信英と一緒のお台所は楽しい」と。また、「このころはお台所に出たり、庭に出たりすることができるようになっていたが、自分はこの先どうなっていくのか、どうしていけばよいのか、病気は治ったのか、治っていないのかイライラしていたし、今どのくらい動いていいのか、などなど、わからなかった時なので、母のお台所を助けることが気分がはれ、又よいリハビリになっていたのではないか」とも。〕

「医者にまかせておきなさい」

ああ十歳《ととせ》のうちに幾度か思ひ来て今も思ふ手術の事医師をかふる事
手術の事わが問ひし時ためらひつつも事務の如くに医師は否《いな》みぬ
吾にわからぬ顔つきと思ひみつむる時さりげく言ふ「医者にまかせておきなさい」
言葉少く病床《やみど》に父を夜毎迎ふビールのみて帰る日暗き顔して帰る日
病床いでてふらふらと畳に坐る時何故か思ふ酒のみしことなき吾を

思ひ苦しみ居し病床より立ち上がる夕映永き窓にむかひて
あはれみにくき事とし思ふろちよう*薄くなる迄吾は病みて生くるか

悔あり　疑《うたがい》　ある生きざま

臥床《ふしど》の上に膝くみて居たり永き夕映にもいつ頃よりか感傷せず
甘き感傷たりしかと思ふ臥床にてかの日自らに寄せし嘆きも
悔あり　疑《うたがい》　ある生きざまを負いながら幾年生きぬ吾は臥床に
動く事なき臥床より窓の中の夕虹《ゆうにじ》をかの日惜しみき
さやかなる時と言ふにてもなし書見器を動かして過ぐる朝の幾時間
働かずすぐるひと生《よ》かもしれぬと思ふ時又へなへなとなる午後の臥床に
へらへらと笑ひながらきいて居ていつよりかただに悲し鉱泉を売りつけに来し者の前に

*ろちよう　頭のてっぺん

やさしくまつはる如く

やさしくまつはる如く側《かたわ》らに母ありき病みし十歳《ととせ》のその折々に

往時茫々《おうじぼうぼう》と言ふ言葉たはやすく用ふとも病みて十歳の時は過ぎたり

「火の如き悔」と言ふとも言葉なればたはやすし十歳のわがすぎゆきよ

病みし十歳のわがすぎゆきよ老ひて吾に尚優しくなりたまひし母よ

月蝕をみる

希《ねが》ひなく経りゆく日々か更《ふ》くるまで今宵は起きて月蝕をみる

希ひなき日をそれぞれに送るうから三人今宵はふくるまで月蝕をみる

月蝕ののちの幾夜部屋深くさす月はわが病床照らす

さびしくなり見て居る病む部屋の窓の中月蝕の月はいつまでも暗し

立ちて窓にゆく事もなし月蝕の夜更《ふ》くる部屋に病む身起き居て

庭にたたずむ

しらじらとして心はむなし庭昏るる時に病む身は今日も来て立つ
はかなき希《ねが》ひを守りつつ病みし幾年と思ふ時ありて吾やすさまむ
さびしまぬ夜半の目ざめに月蝕を終りし月が枕辺にさす
真夏日の光明るし午後の臥床《ふしど》のむなしさをのがれ来しわが上に
時の間の憩ひなれども庭ゆきて無花果《いちじく》の下に病む身たたずむ
むなしさは消ゆるにあらじ病床《やみど》より出で来て昼の白き土踏む

松葉牡丹咲く日

たまゆらを無花果《いちじく》のみきに手触れ居りわがむなしさをいづべにやらむ
松葉牡丹乏しく咲きて居りたれば病む身はしゃがむ日にほてる土に
少年の日の如きかな松葉牡丹咲く日盛りの土にかがめば
出でて来て病む身立つ時足もとの土に真昼の光するどし
夜をこめて風吹く音すさびしさの果てに病む身の睡りゆく時

馬追《うまおい》の冴えたる声

馬追《うまおい》の来鳴く夜頃《よごろ》となりしかど病む身は縁に出づることなし
馬追の冴えたる声は苦しみて臥し居る吾に夜毎きこゆる
痛みに耐えつつ臥して今日ひと日くぐもる街に蝉絶えざりき

〔当時、夫が毎日記載していた温度表をみると、夫は、この年の七月十八日の夕より吐気と腹痛、二十二日には三十九度の熱発がみられている。腹痛は九月四日まで一ヵ月以上続いている。〕

諦めて居し事幾つ昼永き臥床《ふしど》に思ふ身は弱りたり
病む窓にみゆる巷《ちまた》はむし暑き曇りの下にひびきあげをり
心弱り臥し居る吾に絶え間なきひびきを伝ふ昼の巷は
宵の虫幾つ啼き居り衰へしこの身臥床に寝返へりを打つ
馬追の声冴ゆる夜や病める身の細き命を吾は思はじ
思ひ居しはかなき事はさもあらばあれ馬追ひ歌ふ病む窓の下に
馬追のさびしき声は街の灯のさすわが窓に夜毎きこゆる

少年は夕顔咲きし事を

八月十二日午後四時頃　薄曇南風強し

さびしき病床《やみど》の吾に少年は夕顔咲きし事を告げに来る

少年と病床の吾と夕顔の今咲きし花こもごもにかぐ

松葉牡丹咲く地に淡き日

さびしさは和《な》ぐ時もあらむ枕辺のカーテンに明るき夕の日がさす

カーテンに明るき夕日さし居りと見つつ疲れし病む身まどろむ

定まりし命うべなふさまに似て夕日明るき部屋に臥し居り

楽しともなく臥床《ふしど》に思ひ出づ昨日《きぞ》の宵庭に満ちし虫声

臥床にてさびしく思ふ松葉牡丹咲く地に淡き日はさし居らむ

飯をはむ母をし見れば

むさぼりて喰ひ終ればしらじらとしてまたもどる仰臥の吾に

仰臥して何に寂しき今しがたうまき夕餉を喰らひ終へたり
ひそひそとわが枕辺に飯をはむ母をし見れば白髪ふえたり
病床よりわが出づる時隣室に昼を睡《ねむ》れる父の顔見ゆ
何時の日かなべては過ぎむ病む吾のさびしさも老ひし父の嘆きも
エゴイズムによれる怒りも働きて老いゆく父と思へば潔《きよ》し
白き石積みて建ちゆく建物が病む窓にみゆ秋の幾日を
みづからをみにくく守り老ひてゆくさまをわが父にみたりと思ふ

侵されし腸痛む時

侵されし腸痛む時宵々に少年の日の夢をわが見き
水のごとすぎゆく日々と言ふべしや麻薬再びわが用ひつつ
短くて過ぎむわが生《よ》を諦めに似つつうべなふ今日の静臥に
壮《さか》かりし心きほひもすぎゆきて再び吾の病重りゆく

〔当時の温度表をみると、一九五三（昭和二十八）年七月中頃より高熱と共に腹痛・下

痢が始まり、スープ、果汁などでしのいでいる様子がうかがえる。腹痛は九月の末日まで続いている。〕

マイシンの金

伝ひきこえ来る街のひびきを病床《やみど》にて遠しとも又近しとも思ふ
午後の脈はかり終りぬ過ぎし日を今はさびしみ思ふにもなし
衰へし身に還り来る静かさもマイシンの金を父に得しゆゑ

〔一九五三（昭和二十八）年九月十日より一九五四（昭和二十九）年一月三十日までストマイ四十本（一日〇・五〜一g）を開始している。ストマイを打つ前にマイシリンを十本打っている。

その頃の、温度表をみると、また、パスも一九五三（昭和二十八）年十一月二十九日より服用が再度開始されていて、ストマイを終了した翌日三十一日にパスが終了したことが記されている。（巻末口絵参照）

ちなみに、ヒドラジドは、主治医の処方箋を見ると、一九五二（昭和二十七）年八月〜一九五九（昭和三十四）年三月まで服用を続けている。こうしてみると、パスを服用した一九五三（昭和二十八）年十一月末より二ヵ月の短い期間ではあるが、結核化学療法によるいわゆる三剤併用療法をしていたことになる。

今回の化学療法前には、一九五一（昭和二十六）年十二月喀痰、発汗、一九五二（昭和二十七）年一月からの一ヵ月間、腸の痛み（絶食し、重湯やおかゆでしのいでいる）、三月から五月、十一月から十二月までのそれぞれ一ヵ月間は、黄痰、発汗の記載がみられる。今回ストマイを打ち始める同年七月～八月は、毎日のように腹痛の症状が記載されている。しかし、ストマイ、パス開始後には腹痛の記載はみられない。

一九五〇（昭和二十五）年に闇にてストマイ十本を買い求め初めて注射（四月十五日～四月二十五日、381頁参照）をしてから、三年五ヵ月を経ている。

夫は温度表を自分で毎日つけていて、一九四八（昭和二十三）年～一九五八（昭和三十三）年までのものが残されている。〕

未亡人の訴ふるラジオ涙してきき終《お》ふれば麻薬のみて昼寝す

いづべにかゆきてかがよへ吾病みて遂ぐを得ざりし幾つ思ひら

頑《かたく》なに老ひたる父と思ふ時心痛しも病む子己れは

昼庭にこほろぎの声途絶ゆるをききて病床《やみど》にまなこ閉ぢ居り

わが臥せる部屋の畳を歩ゆむ蟻ひと夏のうちに幾たび見けむ

秋澄める日のさす縁に居て思ふ凶作の事インフレーションのこと
物乏しく生きゆく吾等秋澄める今日の日を浴《あ》ぶおのもおのもに
台風ののちにたちまち葉の落ちしひと樹を仰ぐ朝々の窓

秋日さす浄《きよ》き畳を

秋日さす浄《きよ》き畳を枕辺にみつつ起きゆくこともなきかも
土の上《へ》に静かにさせる秋の日を恋ほしみ思ふ午後の静臥に
わが枕辺に来てパンを喰む父のさまあはれ頑なに父は老ひたり
痰吐き終へて吾はねむらむ家内《やぬち》に声絶えず鳴くこほろぎ一つ
むなしさはやらふすべなし枕辺の畳に澄みし秋日さしつつ
ひと色に澄みし秋日は枕辺の畳に今日もひと日さしたり

ゆくするゑを寂しみ言ひて

静かなる秋日かげりしわが庭に花夕顔の幾つ咲き居る

日かげりし庭冷ゆる時香ぐはしき夕顔の花幾つ咲きゆく

ゆくするゐを寂しみ言ひて母は居り病床《やみど》に夕餉《ゆうげ》はむ吾の辺に

風邪ひきて父は籠《こ》もれば病む吾の部屋に此の日は来たる事なし

マイシンにわが費ひやせし金の事老ひて働く父如何に思ふ

誰に告げむ事ならねども行末を遂にみづからもあきらめて臥す

寒き冬来らむとして病む窓の空朝夕にやや茜《あかね》さす

霙《みぞれ》ののち冷たき空気よどむ庭僅《わずか》に菊の花が明るし

ヘリコプター過ぎゆきしのち病む部屋にさびしきひびきしばし残れり

きびしかりし父のまなざしよ争ひて心和がぬまま病むわが寝むる

ほしいままに言ひて枕辺を父されば肩を抱みて病むわがいねむ

父は六十五歳

争ひてそのつづまりにわがさびしまなこけはしく父は老ひたり

廃疾者吾を養ひ働きて引揚者父は六十五歳

宵更けて昇らん月はおのづから寒き煙霧の街てらすべし
午後の陽の傾く早しいちぢくの汚なく枯れし庭に立てれば
にじむごと街の灯させる病む部屋にまなこをつむる夜更けしかば
窓閉ざしわがねむる時病む部屋に寒き煙霧はいまだ匂ふも
体熱くなりおろおろと薬代の事又たのむ老ひにし父に
たまゆらの父泣きしごと見えしかばおろおろとなる薬代頼む吾は
病む部屋に入り来し母に窓外の今朝の濃霜《こじも》の事吾は言ふ
歩み出づる事なき吾は病む部屋の縁より庭の白霜みつむ
なぐさまぬ心を持ちて病む窓に朝明の雲のとどまるをみつ
枕辺に積み置く本に淡々としつつ明るき冬日さすはや

冬日臥床のわが肩にさす

泌《にじ》むごとく明るき冬の日ざしにてわが枕辺の本にさすはや
足たゆき事をひと日の苛立ちとしつつ病床に冬日暮れたり

暁の光に影もつ白きシーツその上に声なく病む身さめ居り
足たゆく臥しつつ居たり暮々のラジオよりバッハの楽ひびく時
母と居てさびしきあした窓ごしの冬日臥床《ふしど》のわが肩にさす
枕辺に冬バラの香惜しみたる幾日も過ぎて寒さ到りぬ
あたたかき朝の冬日を浴びながら病床の上にわが立ちあがる
街空ゆさすあたたかき冬日の中ほそほそと病む身歩まんとする

幾たびも薬代計算す

いらだち又泣きそうになり幾たびも薬代計算す枕辺の紙片に
病床より出で来し吾は街空に落つる冬日をしばし目守《まも》りぬ
壁の上ににじむごとさす街の灯をみつつ病む身は夜々ねむりゆく
街の灯に照らさるる壁その壁に向きつつ病む身夜毎ねむ日も
父の離職せまれば母は病む吾のためにいくばくの米をたくはふ

一九五四（昭和二十九）年

水仙の花

水仙の花ひと日枕辺に匂ひ居て仰臥は吾にさびし又きびし
煙霧濃き街に落ちゆく赤き日を母は臥床の吾に説明す
病む部屋をめぐるは玻璃戸《はりど》に冬空の昏るるを見たり今日もつぶさに
冬の夜の月病む窓に出づるさまいくとせかかるさまをみにしか
朝の間のかかるひととき眼を閉ぢて病床《やみど》に吾は冬日浴びをり

冬の日を浴びつつ庭に降り立つ

午後すでに弱くなりたる冬の日を浴びつつ病む身庭に降り立つ
細き月わが病む窓に見えながらさびしき冬の夜半となりたり
オラトリオ天地創造のさやかなる楽ひびき吾の病む部屋暮るる
救ひなき今日の思ひよ病む部屋の壁に冬日は早く傾むく

癒えし友の事語り居てあはれ又吾は老ひたる母せめむとす
さびしき病床《やみど》にさめて庭の上はつかに降れる白霜をみつ
廃疾者わが一日のかすかなる興奮はスターリン論文による
土濡れて冷たき庭に昼しばし病床を出でし吾は立ちたり
曇り日の白き光は病む部屋のさびしき吾のひと日を包む
かの医師を疑ひて息つまるまでになる臥床《ふしど》の吾を人は知らじな
午後の臥床に唇《くち》乾きつつ眠りゆくなべてを今はあきらめしごと

このままさびしく死ぬのでしょう

優しき息つきながらこの昼を臥床《ふしど》の上に病む身いねゆく
静かなる午睡《ひるね》終りし病床《やみど》にてしめりもつわが肌はやさしも
このままさびしく死ぬのでせう(しょう)と嘆く母その母にたはやすく抛りてわが病む
さびしかりしひと生《よ》と言ひて母泣くを病床に吾はただ傍観す
おのづから言葉すくなきわが前に母はひと生《よ》をかへりみて泣く

気性《きしょう》合はざりし父との長きすぎゆきを母言ひて泣くわが枕辺に
楽しみもなく過ぎて来し母のひと生結核廃疾者わがさびしきゆくすゑ
午後の冬日明るくさせる壁の下病床にわれのつく息さびし
しめり持つわが肌やさし静臥よりさめてさびしく腕くみ居れば

廃疾者わが今日のひと日よ

ひとつ所みつつ言ふ母の低き声病むわれのために米をためようと言ふ
暁の光さえざえと白き時病床《やみど》にさめて吾はしはぶく
咳ののちさびしき吾に暁の窓いつまでも白々とみゆ
白々として暁は永きかなひとときの咳すぎし病む身に
おびえしごと昼寝めざむる折々に窓に細かき雪鳴りて居る
ひとときの咳すぎしのち暁の病む身屍《しかばね》のごとく冷めたし
無処置患者幾万の中のひとりにてうからからに守られ十歳《ととせ》生き来つ
部屋深く冬日がさしてうつつなに廃疾者わが今日のひと日よ

薄き冬日

澄明《ちょうめい》になりしむなしさ抱きながら日のあたたかき病床《やみど》起き出づ
涙にじむごとき思ひよ出《い》でて来し病床に白き冬日さすみゆ
臥床《ふしど》より出で来て何を嘆かむか縁に明るき冬日満ち居り
枕のほとり薄き冬日のさして居る病床にもどり来てひとり臥す

ドイツブルジョア

今日の病臥の心よすがにドイツブルジョアを生き生きと罵《のの》しるマルクスの数語
ドイツブルジョアにいきいきとむけられしマルクスの怒りよみて行く日々の臥床《ふしど》に
この昼の臥床によめばドイツブルジョアにマルクスのむけし怒りはげしき

〔繰り返していた喀血も一九五一（昭和二十六）年には間遠になっていき、一九五三（昭和二十八）年には起きて庭に出たりすることもできるようになった。また、父が空き箱を利用して作ってくれた椅子（ぎしぎし音をたてたようだが）に座っての読書もできるようになってきた。しかしそれまでは、書見器を使い仰臥して読書をするしかなかった。そうして、ローゼンベルグの「資本論注釈」を頼りに、河上肇の「経済学大綱」「資本論入門」を繰り返し読み、またこの頃出ていた長谷部訳の資本論を第三部まで読み終えている。その後「国富論」、杉原四郎の「ミルとマルクス」を読み、ミルに感心し、経済学の原理論にしてはマルクスは大きいが、総体の思想家としてはマルクスよりはミルは鋭い深さをもっていると考えたようだ。その後も経済学論を読みあさり、「日本資本主義の機構」「日本資本主義の分析」「日本資本主義発達史」等を読みあげていった。こうした資本主義に関する本の読書は、自分が体験してきた貧乏を如何に考えてゆけばよいのか、如何なる解決があるのか、についての関心からだったとも私に語っていたことがある。しかし、資本主義に関する本の多くには失望感を持ったようである。夫曰く、お正月には必ず資本論を読む、と決心したが、一回で終わってしまったと。この後（昭和三十年の初めに）以下の歌を詠んでいる。「読みゆきて病む吾のいくばくを解き得るや革命の事人民の論理のこと」。こうした経済学論への心情を詠んだものであろう。

以下に資本主義に関する本についての夫の記したものを紹介しておこう。」

小さな座り机に向かって英語の勉強の一つとして読んだ〝On Liberty〟や、さわやかであった自伝の読後感がそうした思いを強めていた。それは又私が遮二無二読み通したあの岩波版日本資本主義講座の十数冊から離れていった頃とも重なっていた。日本資本主義講座の十数冊は昭和三十年二月までに全巻がでていて、私はそれがでて間もなくの頃に、姉の勤務していた都立高校の図書室から借り出して読んだ。私の書見器にぎりぎりいっぱいの大判の本を、書見器をきしませながら次々と読んだのだが、その一刀両断的な論理には新鮮さが全くなく、私はそこにつめこまれた諸事実に目を通すのは私の義務だと思って読み進んだのであった。その頃までに、私は当時の若者の多くと同様に、戦後再刊された「日本資本主義の機構」「日本資本主義分析」「日本資本主義発達史」等を読みあげていた。その後、先にも書いた国会図書館館外貸出部で、私は神山茂夫・志賀義雄・福本和夫の諸氏の戦前から戦後にかけての理論をあらためて読み通す機会があった。しかしそこでの私の感じも失望に近いといってよかった。

一九八七年八月記

砂糖つけしパン喰む時

水仙はかく枕辺に香《にお》ひ居て思はしむ苦しみてわが果つる日を
砂糖つけしパン喰む時に廃疾者吾のまなこは輝くかああ
かなしみて臥すわが頬に今日ひと日雪渡り来る風が冷たし
安らなるわが病む部屋と思ふ時昼を街中の煤《すす》ふりて来る
思ひ堪へつつめざめて居れば病む窓に雪みだり降る夜半となりたり
さびしきまでひたぶるになりながら病む身は昼のパン食ひて居つ

宵の窓にみぞれはげしく降るなれば又堪へがたし病むわが思ひ

黄粉《きなこ》つけてパンはみし事も喜びの一つなりしよ今日の仰臥に

パン皿よりこぼるる砂糖みつつ居てひとりのごとし吾の心は

幼子のごとく怖れてわが思ふ父死にてのちの病むわが日々を

おのづから生命迫るか臥床《ふしど》にて経《へ》ゆくさびしき幾日ののちに

暖かきわが手を胸にのせながら

暖かきわが手を胸にのせながら永き静臥に又入りてゆく

〔この歌は、土屋文明先生に褒められたと嬉しそうに私に語っていたことがある。〕

夜半の病床《やみど》にかそかに湧《わ》ける思ひにてみづからをしばしいたはらむとす

よりどなく春寒きかな朝々の臥床《ふしど》に便器わが用ふれば

明るき春の日ざしは朝まだき吾の病床をしばらく照らす

癒えし君等を思へば吾は気落ちして一時間の読書にも身が入らず

窓近き木より時の間鳥落ちて思はしむ臥床のわがむなしさを

寂しがりて涙をながす母の前に病む吾は昼のパン飽かずに喰らふ

何か楽しくなりながら昼の臥床にて蚤追ひて居つ廃疾者吾は

味曽汁の匂ふ病床に時の間を息のむごとくさびしさに耐ふ

廃疾者無処置患者生活無能力者

みづからを呼びて冷たき言葉幾つ廃疾者無処置患者生活無能力者

金にまつはりて又怒る時廃疾者わが肉落ちしほほと意識す

ひびき絶えぬ街なかに居て幻のごとし廃疾者わがための日々

眠り薬幾種にもいつか親しみて影のごとくにわが生きて来ぬ

絶え間なき街のひびきは幻に似て病む吾の昼寝に入り来

一つ雨だれの音続き居て午後の病床に吾の思ひは苦しくなりゆく

午後の静臥にまどろむ吾をかこみつつガラス戸は鳴る雨を吹く風に

ヘリコプター過ぐる病む窓を仰ぎ居てわがいら立ちは時のま消えつ

死にし少年は追憶の中に遠くして吾は眠るさびしき午後の静臥に

追ひつめられてゆくごとき日々を思ふにも廃疾者吾は何をなすべき
歩み来てバラの芽赤き前に立つ言ひ難きむなしさを今日も持てれば
心むなしく来《きた》り立てれば桃の花終りし庭に日の光満つ
廊下すぐる時鏡に映るたまゆらの顔は廃疾者わが暗き顔

諦めねばならぬ事ひとつひとつ

諦めねばならぬ事ひとつひとつ明らかにして残されし生命《いのち》生きむとす
息みだれつつわがこもる部屋の窓今日はゆく春の空が輝く
早く咲きしつつぢもさかりの山吹も庭めぐりゆく病む身には親し
医師にただ一さむとする事一つわが持てば今日の静臥の息とどのはず
かの医師にただすべきはただし残されしひと生《よ》を吾はきびしく生きむ

ああ十歳《ととせ》前に異ならず

治癒の限界と言ふ語のうつつに持ちて居るきびしさにわが気附かざりしか

癒ゆる日を空想しほけほけと臥し居るはああ十歳《ととせ》前に異ならず
常夏の花一つ庭に見つけしを喜びとして臥床にもどる
濁りし水に沈む金魚をみつつ居るたまゆらも廃疾者わが生のうち
慣れし孤独と言ふにはあらず枕辺のすみれに今朝の水そそぎやる
かの医師を幾とせ吾は疑ひつつありふれし患者心理なりとも

タンポポの黄花

はかなさはいづべより来るタンポポの黄花枕辺にわがさしながら
病もつわが歩む時庭なかのいちぢくは幼き其の葉伸びゆく
静臥に入りゆく吾のまなかひに去り難し父の老ひしうなじは
涙出づるまでにひと日はむなしくて若葉こまかに窓にゆれ止まず
若葉ゆるる病む窓の下ひたすらにひと日は吾にむなしかりにき
臥床《ふしど》にて心むなしきたまゆらを畳に早くありあゆむみゆ
何にいらだち居りしひと日か夕ぐれの臥床に痰を吐きつつ思ふ

〔夫曰く、自分は治ったのか、まだ治っていないのか、分からなくていらだつことが多かったと。〕

夕ぐれの臥床に痰を吐く時に心静まり来たるあはれさ
こまかに若葉ゆれ居る病む窓にわが日すがらの思ひ寄るはや
働きて心みち居る君の葉書静臥終ればわが読み返へす

〔山田兄（11頁参照）からの葉書のこと。〕

浮びくる追憶もなべてみじめなれば臥床を出でて溲瓶《しびん》すてにゆく
臥床より出でしたまゆらのわが遊び月見草の花粉手に取りあつむ
さびしさをみつむるごときしばしにて月見草開くわが目のもとに
何も思はぬたまゆらを救ひとなしながら夕日さす庭を歩む病む身は

あはあはとわが待つものはなに

匂ふ麻薬のみつつ臥して居る日日にあはあはとわが待つものはなに
敗北に似つつ安けし匂ひする麻薬のみ日々の静臥守れば

なすなき日々にみづから怒り湧《わ》けば臥床《ふしど》出でて又仰ぐ窓のひと樹を
解し難き幾頁読み疲るればほけほけと臥床に昼飯《い》ひをまつ
マルクス・レーニン主義者として清潔に生くる身を或る日臥床にわが空想す
あくがれのごとく十歳《ととせ》を求めきていくばくか近づき得しやマルキシズムに
マルキシズム求めつつ病床《やみど》に果てし者都筑隆治もそのひとりなりしや

〔都筑隆治氏は愛知療養所「葦」短歌会会員。一九四九（昭和二十四）年に三十四歳で結核で亡くなられた。歌集『葦』（アララギ葦短歌会編、白玉書房、一九五五年）「寄生木」（一三六〜一四二頁）、「諦めて居る如き言へど真夜さめて深く思えば遂に生きたし」等六十九首が掲載されている。〕

なすなき日々の思ひ

読みて又枕辺に積みゆく幾冊にわが現《うつ》しみの思ひかかはる
あきらめはさびしやすけしくれぐれの臥床にわれの痰はく時に
くれぐれの臥床に痰を吐きながらわがつかのまの思ひ澄みゆく
なすなき日々の思ひにかかはりてかなし枕辺のわが幾冊の

諦めのしばし乱るれば雨明るき午後の病む部屋にわが立ちあがる
ありなれし病者の仕草われは持つあした敷布のしはのばすとき

魯迅《ろじん》よみアラゴンよみ

書見器によみゆく「魯迅《ろじん》」にむらぎもの思ひをあつむこの朝も又
二時間の静臥終りぬかたちなき悲愁の思ひよりさむるがに
静臥よりさめて仰げば梅雨曇り深き真昼の窓に風ある
魯迅よみアラゴンよみ経《へ》ゆくひと日ひと日に病者わが求むるものは何なのか
つづまりてわが求むるは何ならむ魯迅よみアラゴンよみ臥し居る日々に
底こもる光のごとく魯迅あり廃疾者わが思ひのなかに
竹内好《よしみ》の周囲魯迅の周囲めぐり廃疾者わが幾日たかぶりぬ
絶望の虚妄なるは希望に相同じと読みゆきて今朝のわが身ひきしまる
「野草」数篇読み終へて静臥に入りてゆくわが胸に鋭きものみちながら
廃疾者吾を支ふる言葉幾つ魯迅に得しと言ひ得るや否や

匂ひこもる病む部屋にひとり居るものか窓外《まどそと》はひと日雨吹き荒れて
書見器の朝の読書よたまゆらは眠りの中のごとく楽しく

在宅患者

在宅患者吾はひそかに恃《たの》むかな動き始めし患者組織を
憤《いきどお》りよむ記事のなか患者組織固まりてゆくさまあきらけし
かの夜わが枕辺を静かに見舞ひたりし一コムミュニストは今はいづくに
あきらめのしばし乱れしごとくにて午後の明るき部屋にたちあがる
怖びえ居しかの時吾におだやかに言ひき「党はそれ程弱くありませんから」
かの夜静かに言ひ切りてわが枕辺を去りし党員は今はいづくに
酔ひ酔ひてやさしかりきと詠へるを読みゆけば廃疾者吾は又さびし
涙のむごときひとときのわが思ひ白き日は窓に音なく輝りて

啄木を説きて倦《あぐ》まざる幾頁《いくぺいじ》

癒え難きを語りつつたはやすく涙出づ涙はみづからをただをしむゆゑ

啄木を説きて倦《あぐ》まざる幾頁《いくぺいじ》朝の静臥にわが読みてゆく

つづまりの孤独

厨にてパン切り居たり廃疾者わがつづまりの孤独知りつつ

〔夫が亡くなる一年半ほど前に（夫は結婚四十三年後の二〇一四・平成二十六年十月十四日死亡）、この歌を夫と一緒に読んだことがある。夫曰く、「栄子さんのような人が居てくれるとは思ってもみなかった！」と。夫は、一九六七（昭和四十二）年三月に東京医科歯科大学医学部を卒業し、大学医学部の医局員となった。その三年目のころ、アルバイト先の病院でナースとして働いていた私と出会って、その一年後（一九七一年四月）に結婚した。この歌を一緒に読んだ同じころのある日に夫が、「結婚した時のことを今思い出しても、嬉しかったなあと思えるよ。栄子さんと出会えて本当に嬉しかったよ」と語ってくれたことがある。その姿がビデオにも残されている。〕

母と居てくりやに昼のパンを切る廃疾者わがすさびのごとき

めざめつつ心はさびし病む窓の暁に来て蜩《ひぐらし》なけば
空白き暁《あかつき》になく蝉《せみ》きけば田辺冬青果死にて幾とせ
汗ながれつつ飯はめば又思ふ病むわれを待つ終《つ》ひの孤独を
暁に鳴くひぐらしは病む床のわれを外《と》の面《も》にいざなふに似つ
夏の真昼の部屋明るくて静臥よりさめし病む身をひとり居らしむ
朝明を待ちてむなしき幾《いく》ときにひぐらしきこゆわが病む窓に
病む窓に星薄き街の夜空あり終へしひと日は漠々としてはや遠く

昼のわがパンを切る

病みし十歳《ととせ》のはてのうつつにひそひそと厨に昼のわがパンを切る
思ひ静まりゆけばなべてはむなしくて病む身は昼のパン切りに立つ
街のひびき伝ふる窓は明るくてその下にわがパンは焼けゆく
街の埃桟《さん》に静まる窓白くその下にさびさびと来てパンを焼く
めつむりて静臥に入りぬスコールののち空青き窓のかたへに

暁の小暗き蚊帳《かや》に病む吾の思ひはみだるふたたびみたび
のがるるごと病床《やみど》を出でて厨辺《くりやべ》に昼餉《ひるげ》のパンをわが切りに来つ
昼のパン切りつつさびしのがるるがごとく病床《やみど》を出でて来しゆゑ

ツュベローズの花香《にお》うとき

夜半暑き蚊帳にさむれば病む吾の思ひはみだるすべなきまでに
土に鳴くこほろぎ聞けばうつつなに十歳は過ぎぬ癒えざる吾に
昼ひと日枕辺に居て鳴かざりしきりぎりす宵はいづへにかゆきし
読みたきもの幾つさまざまに思ふなか魯迅ほし水に渇く如くに
あきらかによろこびしことひとたびもなしたたかひののちを病めれば
ツュベローズの花香《にお》ふときさびしさびし安かりし日は遠く過ぎたり
さびさびと臥床に喰みし朝飯に黄熟したる無花果《いちじく》一つ
松葉牡丹明るき土に出でて立つ幼子に似し嘆きを持ちて
たたかひののちを病めればいくたびか幼子のごとわれは嘆きつ

レ線撮影二千余円

思ひつめて言ひしならねど肺葉切除のことをみづから今日はねがひつ
永き静臥終《お》ふればさびし街なかに所かへつつ法師蝉鳴く
あり馴れし臥床にわれの腕熱し午《ひる》よりきざす腸の微熱に
ためらひつつレ線室にわが入りてゆく永きねがひなりき手術のことは
レ線撮影のためにひと日にてつひやせし二千余円のこともかなしも
過ぎし幾つの思ひしらじらと浮ぶ時ブザーなりてレ線撮影終る
遠く来し吾はレ線室に入りてゆく背低き母につきそはれつつ
暗きレ線室にシャツ着つつ居てたまゆらの吾の心はうつつに遠し
十年経て来し病院の石の階光れる石を吾はふみゆく
ほけしごとわが入りてゆく病院に呼び合ひて看護婦の清けき声す
タクシーを降りて入りゆく病院に十年経てわが知れる人ありや
働きてためらひもなき看護婦の声ひびく患者わが待つ廊に
エレベーターあやつりて昇りゆく看護婦をみつつ待ち居るわが疲れをり

石光るポーチをふみてわが立てばよみがへる死にし友癒え去りし友の

〈夫はこれまでもたびたび肺葉切除術を願う歌を詠んでいる。一九四五（昭和二十）年、一九四六（昭和二十一）年ごろから外科的療法である胸郭整形術、充填術、肺葉切除術等が、結核患者の治療法として推奨されていた時代であった。肺葉切除術をした患者の四割が死亡するというデータがあったにも関わらず、肺葉切除術数は、一九五七（昭和三十二）年にピークとなりその後は減少してきている。化学療法が信用するに足る治療法ということが確証されるまでは、絶望的な結核患者には希望の星にみえたのであろう。夫もその一人である。一九五三（昭和二十八）年五月には志賀潔大叔父に、また東北大学医学部を卒業して医師となっていた父の弟にも相談している。二人ともに、今後まだ手術療法はよくなってくるであろうからそれまでは……という手術療法に賛成しない答えであった（手紙がのこされている）。それにもかかわらず夫は「思ひつめて言ひしならねど」と、今までよりは手術への希求が穏やかにはなってはいるが手術への望みを捨てきれなかったようである。

余分な話しかもしれないが、夫は結婚二十八年後、一九九九（平成十一）年から在宅酸素療法を始めている。入院中、外来受診のときなどに、私はたびたび夫の肺のＣＴ像をみせていただいた。それをみていつも思った。素人の故もない感想に過ぎないと言えるかもしれないが、かつての単純撮影での肺のひどい陰影像、この肺の写真をみて同僚から「家に帰って寝て居ろ！」と言われたと聞いている。ひどい肺に見えてはいたが、CTで奥の像をみるときれいな肺実質がたくさん残っていて、永く生きてこられたのは、このきれいな部分を大事に温存してきたからだ、夫は肺切をしないでよかったと、私は今でも思っている（この外科手術に関しては、『ある病気の運命』砂原茂一、上田敏、東京大学出版会、一九八四年を参考にしている）。」

こほろぎとひとり息づく吾と

朝の静臥に読みゆきし短き章ひとつアダム・スミスをきびしくただす
苦しみて幾頁読みし朝の間を何に拠り処《どころ》となすか病む身は
部屋めぐり鳴くこほろぎと静臥よりさめつつひとり息づく吾と
とどめ難き時とし思ふ病む部屋をめぐりて昼の虫おびただし
思ひ冴えつつ静臥に入りてゆく吾をめぐりて昼の虫声
空青く静かなる窓仰ぐ時われは働らきしことかつてなし
かがみ居て松葉牡丹に手触る時土に秋日はしみらなるかも
静かに空はれし窓に行きて立つ働かぬわれをさげすみながら

長く長く降り居し雨をきくごとくめざめて居たり秋の夜雨に
痰に苦しみし過ぎゆきは幻となりてある夜の吾を恐れしむ

どんな生き方が残されて居るのか

どんな生き方が残されて居るのか働かず癒えざりし十歳《ととせ》ののちの吾が身に
鵙《もず》鳴きし日々も過ぐれば部屋ごもる吾は諦めに似て冬を待つ
冷たき水に茶碗をふき居れば諦めに似てさびし病む身の
常のごと部屋ごもり居しひと日果てて宵を眠る声かれし虫声の中に

老ひし父をかく捉へたり

金借りてアパート建つると言ふ話わが老ひし父をかく捉へたり
満洲にて働きし永き三十年に父は技術をつひに離れつ
病床におののき思ひ居しわが行末にもアパート経営は入り居らざりき
嘗《かつ》てありし日のごとくよるべなき夕べにて灯の下に喰む病む吾と母と

技術捨てて満洲偽政府に働きし幾たりの中のひとりか父も
病む窓に昼を来寄れば声となり吾はさげすむなすなき日々を

患者陳情

患者陳情を伝へ居し記事今に思ふおろそかにわがよまざりしや否や

一九五一（昭和二十六）年に結核予防法の大改正が行われ、ＢＣＧ接種・健康診断・適正医療（公費負担医療）、患者の届け出制の義務化、などの普及が結核対策の柱として結核予防法が公布された。この法律によってストマイ、パス、ヒドラジド（ＩＮＨ）などの抗結核薬が臨床や在宅の患者にも使用されるようになった。しかし、患者に行き渡るようになるまでにはまださらに年数がかかった。また幾つかの資料をみると、予防法でうたわれた公的扶助の恩恵を受けられる患者は多くはなかった。夫もその一人であったし、届け出さえもしてもらえなかった。そうしたころ、看護の場では、一九五〇（昭和二十五）年に厚生省令により完全看護制度（後に基準看護制度）が実施され、付添婦が廃止された。こうした背景のなかで、日本患者同盟が中心となり「自宅患者に病院、療養所の門を閉ざし、治っていない入院患者を強制的に追い出す入退所基準の撤回、重病人から附添をとりあげる看護制度に反対」等をうたって全国で患者運動が活発化された。

ちなみに、一九五九（昭和三十四）年に軽症結核以外のすべてにストマイ、パス、ヒドラジドの三剤併用を行うことが認められ、さらに、患者登録票を用いて患者管理を確実に実施する体制が一九六二（昭和三十七）年に全国で確立した。

夫も一九五九（昭和三十四）年九月七日になって初めて結核の治療に保険適用がされた。この保険適用年月日まで分かったのは、夫が残してくれた小さな小さなメモ書きからである。この年には概ね夫の化学療法は終わっていたのだが。そのため、薬代やレントゲン撮影代などの捻出に悲しみ、苦しんでいる歌がたびたび詠われている。こうした処遇の事々は、折に触れて夫から聞いてはいたが、あらためて医療状況を知ると、お金に困窮して詠んだかずかずの夫の歌の悲しさが、私の胸の中で膨らんでくる。ああ－!!

主に本歌集第二部参照。」

病床《やみど》にてしばし睡ればいやさびし秋日静かにさせる真昼を
短き昼寝さむれば秋日さす畳に出でて病むわが坐る
ひそかに吾はたたふる相病みて死にゆきし君の歌の幾つを
生きたかりし君つづまりに思ひ切り詠ひし歌をかく遺《のこ》したり

病悪しかりし幾とせも今は過ぎつ

病悪しかりし幾とせも今は過ぎつきはまりて生きしかの幾年よ

黄なる胸毛みせつつ鵙《もず》はなきてゆくほほけて縁の日にわが居れば

常のごと静けきわれの病む部屋に秋日を受けし畳匂ふも

勤め終へて日ざしのこれるかの街をあるひは歩ゆむ君かとぞ思ふ

〔山田正篤氏のことを思いて、11頁参照。〕

少年わが愁ひつつ居てサナトリアムのヴェランダに日は白かりき

〔平塚の杏雲堂療養所の少年（夫自身）の日のことを思い出して。〕

血を喀《は》きし記憶つかのまかへれるは幻に似つ夜半の臥床

かの時にわがはきし血はしばしくれなゐに器《うつわ》にしばし満ちて居りき

働きて素直に生きたし

心鋭どくなりて幾度思へるは生きてうまうま食ひゆかむため

働きて素直に生きたしと言ふ時の声弱しややに癒えこし吾の

プチブルジョアたらむと永く努め来し父に従ひわれは生き来つ

働きて素直にありたしと言ふ希ひ遂げ得しはこの国に幾たりありや

わが部屋の畳よりたちまち消えてゆく秋日を惜しむ今日のすさびに

病《やまい》おこたり居《お》りし短き時なりき縋《すが》るがにわれは語学まなびき

読書二時間静臥二時間

癒えゆく吾かとも思ふ読書ののちにさびしき静臥し居れば

病む窓の軒にしぐれのひびく時はかなき昼をわがねむるべし

心に沁《し》みて思ひぬ永き永き怠惰の時は病床《やみど》に過ぎつ

読書二時間静臥二時間をくりかへしよりどなきままわが癒えてゆく

匂ひつつさせる冬日は枕辺に明るし朝の読書二時間

幼児のごとき思ひよ

幼児のごとき思ひよかご逃げゆきし十姉妹《じゅうしまつ》のことわが思ふ

われの掌にふれつつ籠より逃げゆきし十姉妹のこと幾日思ひぬ

癒えゆくこの日ごろの思い

うからに縋《すが》りて病みし十年に怠惰は吾のさがとなりしか
思ひみて永き怠惰の日月とも病みてひたぶるにわが生きしとも
払ひし税金にこだはり居つつ冬日さす膳に昼餉《ひるげ》をわがくひはじむ
小説をよみて夜毎にひとり居る父をし思ふ今日の静臥に
昏れし窓閉ざしふたたび臥し居れば茫々とひと日の思ひよみがへる
漠々として臥床《ふしど》よりむかふとき窓昏れて空はすでに色なし
夜の雲白くかすかに見え居ればあてなき歩み舗道に止めつ
日差し明るき部屋にひとりの起き伏しは生きを汚なく惜しむにも似つ
ある時に明るく来鳴く鳥ありて病床《やみど》の吾はかくよるべなし
金の事にて父を責むる廃疾者わがみにくさは人もみるべし
廃疾者エゴイストよ伯父の生きざまをありありとわが上にみしにあらずや

黄に濁りし月街空に孤独にて勤めを持たぬわが歩みゆく
四十雀《しじゅうがら》日毎に来鳴く廃疾者わが生きざまのかなしき時に
あせり又うろたふるはかなき生きざまの病むわが上にいつまでかつづく
生きざまはつひに汗なく払い得ざりし税の事にて父を又責む
黄落の庭見えながら病む床にやすらぎのなきひと日を居たり

柳黄葉《やなぎもみじ》荒れたる土に

柳黄葉《やなぎもみじ》荒れたる土に散るみれば病みて生きゆくわがたどきなし
このたまゆらに涙はにぢむ黄落の庭に癒えざるわが立ち居れば
柳黄葉黄《き》によはよはと輝りながら幾日を保つわが病む窓に
よるべなくわが生くる時土荒れし庭に黄落《おうらく》の季来つつあり
黄落の土荒れて居《お》り病む吾に迫れる貧のさま思ふべく
臥床よりいくたびかみつ荒き雨黄落の土にひと日降るさま

われは恋ふる魯迅《ろじん》

癒えてあてなく生きゆく吾を思ふゆゑ心にしみて革命恋ほし

たはやすくわが恋ふるとも生き耐えて魯迅《ろじん》はきびしき心離たざりし

千九百二十七年を越えつつ心いやきびしき魯迅は病いかにありしや

暗くはげしき幾語を吾はよみゆきて要約す「一九二七年魯迅マルキシズムに触る」

まどろみに入るつかのまはやや楽し冬日傾むきさす病む部屋に

ひしひしと暗くきびしき幾語あり二七年クウデタを経にし魯迅に

かすかなる心なりともわれは恋ふる生き凌《しの》ぎ正しかりし魯迅を

やうやくにわれは癒ゆるか

白き冬日壁をめぐりてさす部屋に癒ゆる日をよりどなく吾は待つ

癒ゆる日の空想もただにはかなくて臥床《ふしど》にひと日足冷えて居つ

よろひ居し心ほぐるるごとくにて静臥にわれはしばしまどろむ

おのづから深き睡りに落ちてゆくわれをあはれむ午後の静臥に

やうやくにわれは癒ゆるか冬日深くさせる畳に昼餉《ひるげ》はみ居《お》り

五十四の母

たどきなく臥しつつ癒えてゆく吾をあやふみ目守《まも》る五十四の母は
かなしみはしばしなぎたり冬日昏れし病床《やみど》に石の如く居しかば
部屋ごもりわがふる日々はうつつなに父にし拠《よ》れりかみ白き父に
宵更けて時雨になりぬほほけつつ病む身睡りに落ちゆく頃を
ひと日の静臥終へむとしつつしらじらと思ひ出づうまかりし朝のバターを

オリオンは窓の間近し

オリオンは窓の間近し夕餉《ゆうげ》よりもどりてひとり仰臥《ぎょうが》し居れば
静かなる光日すがらさし居《お》りて冬木孤独に病む窓に立つ
静かなる光のなかに枝のかげまとひて冬木病む窓に立つ
さらぼひてわれは病み居《お》り日毎なる明るき冬日さす部屋ぬちに

畳には今日の明るき冬日あり臥床に心わが和ぎがたく
バタ薄くぬりたるパンをわれは喰む声なく昼の病床《やみど》立ち来て

朝の日課畳拭く――病みし十二年

心迫り吾はきき居り病む窓に夜半をひさしく風ひびく音
行末も今はありありとせし思ひ風ひびく夜半の窓にむき居り
行末に常おびえつつ病む部屋にわが明け暮れは過ぎゆくものを
午後の臥床に時過ぎゆくはひそけくてあるしばしには体温をとる
心ひたぶるにわが部屋の畳拭きて居り病みし十二年は夢とも又現《うつつ》とも
朝の日課なればひたぶるにふきてゆく床頭台枕辺の本めぐりの畳
プチブルジョアとしてうまうまと生きて来し過ぎゆきも戦争にかかはり

モーツアルトひびく夜

モーツアルトひびき終はれば壁冷ゆる夜の部屋に吾はわが孤独をもつ

カルテットひびき終りし夜の部屋にたまゆらをわが心あたたかし
モーツアルトひびく夜の部屋にわが思ふ働きてさびしく過ぐるひと生《よ》を

〔一九五四（昭和二十九）年に姉が音のよいSPプレーヤーのついたラジオを購入してくれた。最初に買ったSPレコードは、姉の好みでモーツアルトのピアノ協奏曲K467ハ長調であった。これを第二楽章から聞いて第一楽章に戻って聞くのが寝る前の楽しみの一つであった。夫が結婚してから購入していたSDで、夫が聞いていた順に聞いてみるとたしかに入眠時にはよい聞き方だと思う。

夫は、ラジオから流れる音楽を聴いている歌をたびたび詠《よ》んでいる。これは、戦後まもなくラジオが定期番組として山根銀二氏の解説付きでベートーベンやモーツアルトの曲を流していたものを聞いていた時の歌である。夫は、聞いた曲の名前と感想を小さなノートに記載していた。小さな文字で、今では消えそうになっているが、そのノートを開いてみると、夫も私も最も好きなモーツアルトの曲、弦楽四重奏曲第15番ニ短調K421、の記載がある。「ハンガリヤ四重奏団、ハイドンセット六曲、ハイドンにささげられる。そのうち唯一の短調、例の楽章以外はやや単調、線が細いがきれい」とある。

この頃のラジオの音楽番組について夫が語っている。夫は、ラジオから流れてくるベートーベンやモーツアルトを聞きながら歌を作ってきた。その歌の背影を知る上で、私にはとても貴重な語りだと思う。以下にそれを紹介したい。〕

音楽のこと

あれはあの八月十五日から何日たった頃の事だったろうか。勿論敗戦の一九四五年の話である。年表をみるとマッカーサーが厚木に着陸したのが八月三十日になっているから、少なくともその頃までラジオは、占領軍の布告や政府の通達を中心にしたニュース以外には、定まった番組は流していなかった。その中のある日、ラジオは予告もなくカルメンの全曲を流したことがあった。八月の真晝の病床で私は仰臥しながら、私の貧しい音しかでないラジオにきき入った。その頃の私には——他の大部分の青年にとってもそうだったろうが——音楽にはラジオによってしか接することができなかった。戦争が始まって、ラジオはドイツ音楽しか流さなくなり、私が病床にいるようになった戦争後半には、そのドイツ音楽さえあまりきかれなくなっていたのだった。そんな幾年かのあとで、敗戦のあとの日々の不安が、病床の私をとりまいていたあの夏の一日に、解説もなく流されたカルメンの全曲を今でも私は思い出すことがある。

ラジオが定時放送を流すようになってからは、私はただ音楽だけをラジオできいていたのだった。しかし今から思えば、私の戦時中の、そして戦後三年程で一度とりかえたラジオはどちらもごくごく音が悪かったはずである。私はそんなことにあまり気付きもしないで音楽をきいていたのであったろうか。その頃「フイガロの結婚」序曲をテーマ音楽にして夕方のラジオに流されていた「大作曲家の時間」に、ガーシュインのラプソディ イン ブルーの一部を初めて耳にしておどろいたことを思い出す。その全曲をきくことができたのはもう少しあとのことだったと思うが、やはり私はひきつけられたのであった。

私の結核が全身散布の時期をどうやらのりこえて、少しはおちついていた一九五三年か五四年の頃、ラジオは山根銀二氏解説のベートーベンピアノ曲の連続放送を始めた。午後のラジオのその時間を、私は楽しみに楽しみにしていたのだが、その頃はすでに復活していた野球が中継放送がしばしばこの時間をお流れにしてしまった。ひきつづいた何回もの中断のあとで再開された放送に、山根氏が「野球もどうやら下火になったようですから、これからは続けて放送できるでしょう」とコメントを入れた事を思い出す。今から思えば、プロ野球のその年のシーズンの終った秋十月の頃であったのだろう。放送は一七九五年の作品2の三曲のピアノソナタから始まり、山根氏の解説のもとにそれぞれ全曲をレコードできかせながら年代順に進み、一八二二年完成の作品111のピアノソナタで終った。私はたまたま父から貰った小手帳(一九五三年度の某銀行の小手帳)に小さな鉛筆文字で、毎回その解説の一部と自分の短い感想を書いてゆくことにした。

ベートーベンピアノ曲の連続放送が終ったあと半年か一年たって、同じ午後の時間にラジオは同じ山根銀二解説でモーツァルトのピアノ曲の連続放送を始めた。モーツァルトの方はあまり野球放送で中断された記憶がないところをみると、この方はプロ野球のオフシーズンに放送されたのだったろうか。私はこの方もひきつづき同じ手帳にノートしていった、K279ハ長調のモーツァルト十八才のソナタから、K540のモーツァルト三十二才のロ短調のソナタまで、この方は全部で何回の放送があったのだろうか。その小手帳は黄ばんだ紙に、薄れた私の汚い鉛筆文字を残して、今も私の机の抽出に入っている。そういえばその手帳の始めの部分にはエリュアールの愛の詩から始まって、本当に珠玉のような詩だと思ったジャン・カスウの「独房にあってうたえる三十三のソネット」の幾つかの詩などが、字のまずい私が精一杯丁寧にかいた小さなペン字でびっしりとかかれているのであるが。

対日平和条約の発効は一九五二年四月二十八日であった。ラジオでしか音楽をきくことのできなかった私にとって、ソヴィエト現代音楽を耳にすることができたのは、この平和条約発効の日以後のことであった。つまり当時のラジオでは占領米軍の規制のもとに、ソヴィエト現代音楽の放送は許されていなかった。この日のあとに初めて私がきいたソヴィエト音楽はたしかハチャトゥリアンのバイオリン協奏曲であった。私はラジオからひびきわたったそのハチャトゥリアンの鋭く明るくはじけあがるような音に圧倒され、曲の終ったあともしばらく臥床にぼんやりしていた。

その時以後ぽつぽつ放送されるようになったソヴィエト現代音楽の中で、私がまずひきつけられたのはプロコフィエフであった。シゲティ演奏のヴァイオリンソナタ1番を初めてきいたのはいつであったか、かなり早い時期であったように思う。ピアノ協奏曲の1番・2番、ヴァイオリン協奏曲の1番・2番いずれも忘れ難い記憶があるが、やはりこのシゲティ演奏のヴァイオリンソナタ1番が私には最も強い印象を残した。私の好きなプロコフィエフは、ぎりぎりと切りこむような鋭さと鮮烈なリリシズムをもつ彼のアメリカ時代の曲が大部分であったが、ソヴィエト時代の作品も新鮮なリズム感が私を惹きつけてやまなかった。

一九五四年になって姉が知り合いの理工学部の学生に頼んでSPプレーヤーのついた音のいいラジオを私のためにつくってもらってくれた。そうだ私達が二間きりの小さな板屋根のバラックから——その四畳半の一間に喀血のつづく私は寝たきりになっていたのだが——父が公庫の金でたてた少しはましな家に移って間もなくの頃であったろう。そのラジオになって私もシンフォニーがきらいではなくなった。何しろそれまでのラジオではオーケストラは簡単に騒音の集塊になってしまっていたのだから。SPプレーヤーはついていても、とうとう私にはSPレコードは二組しか手に入らなかった。姉の好みに従ってベートーベンの大公トリオとモーツァルトのK467ハ長調のピアノ協奏曲とをかってもらえたところで、姉が失業だか転職だかをしたのではなかっただろうか。二組ともSPレコードでは、ずしりと重い盤が四枚か五枚になっていた。私は母に作ってもらう早い夕飯のあと、灯を暗くした部屋でレコードをきいた。K467の方は第二楽章アンダンテからききはじめる。ヴァイオリンがゆっくりと美しい旋律をかなでるその楽章を終ると、いきいきとした第三楽章をきき、第一楽章にもどってその夕は終りにする。大公トリオの方もやはりゆるやかに美しい旋律の流れる第三楽章からきき始めるのがいつもであった。

一九八九年六月七日記

結核仲間

療養所にたたかひの如く生きてゆく友等を思ふ絶え間なく思ふ

何のためによむのかわからなくなりながら静臥終れば又開く枕辺の一冊を

書見器にかけてわが読みし幾冊に「原爆の子」ありき「女子労働者」ありき

怠惰なく卑下なく生きむと療養所に詠ひ居し田村栄をわれは忘れず

〔田村栄氏は一九四二年慶應義塾大学文学部史学科を病気中退。戦中・戦後の長い療養生活の間『アララギ』に属して短歌を詠む。著書に『石川啄木　夢と真実に生きた詩人』（岩崎書店、一九六〇年）等がある。〕

英語を学ぶ

癒えて来しわれはたどたどと英語学ぶ帰り遅き英語教師姉をまちつつ

〔先にも述べたが、一九五三（昭和二十八）年には椅子に座れるようになるまでになったが、さて今何をすればよいのか、どうすればよいのかの迷いの中で過ごして居た。その夫のために父は空き箱などを利用して小さな座り机と椅子を手作りしてくれた。この椅子に座って夫が一番初めに読んだのは英語の本で、Jack London の「Call of the Wild 野性の呼び声」「White Fang 白い牙」であった。この本は、姉が戦時中に勤めていた文部省の廃棄本の中から拾ってきてくれたもので、夫は病気が重症になる前から姉にもらい受けて、元気になったら読んでみようとずーっと持っていたものである。この後、M. Cornforth の「Dialectical Materialism; An Introductory Course」[弁証法的唯物論入門]、「Materialism and the Dialectical Method」[唯物論と弁証法的な方法]、「The Theory of Knowledge」[認識論] の三巻、John Eaton の「Political Economy — A Marxist Textbook [政治経済学—マルクス主義者テキスト]」などを読み、面白がったり、つまらなかったりしたようである。その後、研究社英米文学叢書に熱中し始め、この後大学医学部の受験を志す頃には、英語教師の姉から「免許皆伝」と言われたことを楽しそうに語ってくれたことがある。」

癒つたら何をするのかと

疑ひつつ又怖びえつつ吾は待つ病みし十余年ののちに働く日々を

たどきなきままにここまで癒えぬ病室《へや》の畳朝々ひとりしてぬぐふ

二時間の静臥終ればたどきなし母の厨《くりや》をしばし手伝ふ
癒つたら何をするのかときかれればたちまちに悲しくよりどなくなる吾もそのひとり
永き病臥の十歳《ととせ》に吾は幾度みしか癒えぬまま学び又働く夢を
壁の日ざしはや黄を帯びてさすみれば午後の静臥の又たどきなし

ありふれし苦しみながら

意地汚なき病臥の吾に朝々のパンあり白きバタ匂ひつつ
弱々と白き昼日はささむとす病床《やみど》いできてパン喰む吾に
枝輝く冬木を窓に仰ぎ臥しある日は苦し吾の思ひの
金にまつはりてはてなき苦しみに廃疾者吾はひとよを終《お》ふるにかあらむ
母にみとられつつわが病みて世代を心通ひし友もなかりき
ありふれし苦しみながらきびしくて貧は来向《きむ》かふ吾と母とに
思ひ思ひて臥床《ふしど》にひと日苦しみき税の事公庫返済金のこと
おのづから迫らむ貧を思ひ居てまなこは冴ゆる午後の静臥に

叫びたくなる折々がありて臥床より吾は出づ静臥の読書の間《あひ》に

その三　街を歩む／生きて明るき日々にあいたし

――ストマイ二十本を打つ

一九五五（昭和三十）年一月〜一九五六（昭和三十一）年十二月

一九五五（昭和三十）年

吾は思ふ行末の事金の事

病床《やみど》出でて息たつ飯をはむ時も吾は思ふ行末の事金の事
思ひ苦しく臥床《ふしど》出づれば紫に冴えつつ遠し街の夕空
閉ぢしまぶたのうちくれなゐに明るくて昼をかそかに病む身まどろむ
午後の静臥に吾はまどろむさひはひに似したまゆらのやすけさのなか
ひびき終はりし楽かなしめばわが臥床めぐりて夜半の壁冷えわたる
まぼろしの如きしばしに枕辺の壁に余光の紅《あけ》はうつらふ
重きひびきあげ居る街も部屋ごもる吾もひと日の雪雲の下

すがりゆくごとく

たまゆらのかかるむなしさ病床より出でて息立つ飯《いい》あかずくらふ
息たつ朝の飯にむかへばたまゆらの心はゆらぐさびしきゆゑに

言葉すくなくなりつつ母と又嘆く税の事よりどなき行末のこと
昼の臥床われは出で来つすがりゆくごとくバターとパンを食ふべく
嘆き又いらだちすぎし十余日なべては金のことにかかはる
憎むべきものを憎みてすがすがと生きたき事も空想の一つ
夜の酒場に飲み居る老ひし父のさま悲しともなく吾は思ひぬ
労働強化をまざまざと示すデータ幾つ廃疾者わが沁《し》みてよみゆく
路の上にたたずむ吾をおほひつつおぼおぼとみゆ街の夜空は
瀋陽市外に新しく成る工場をひそかに幾日わが恋ほしみぬ
街の夜空明るくみゆる部屋なかに心しづむるよすがなきわれ

深くまたさやけきまなこ

深くまたさやけきまなこ鍛え得し幾たりよ革命家として生きとげぬ
深くさやけきまなこみづからに鍛え得し幾たりよ革命家として生き遂《と》げぬ
長く苦しき革命のなかにさやかにて深きまなこをひとは鍛えし

革命のなかの悲惨もありありとまなこにとめてひとは進みつ

学び得し今日の英語幾ページ

街に小暗く月出づる時棄《す》つるごと臥床《ふしど》のひと日吾は終へゆく
ほほけつつ臥し居る部屋に昼すぎてしばらくさせる春日やさしも
なぐさめのごとくはかなし疲れつつ学び得し今日の英語幾ページ
暮近き庭にし立ちぬ濁《にご》りつつはてなき街の空仰ぐべく
砂のごと心さびしきわがために窓さえざえと昏《くれ》し夕べを
夜もすがらさびしき光保ち居る窓のかたへに病む身めざむる
さびしさはいづべにやらむ暁を体ほてりて病む身さむれば

埃に白き街あゆみゆく

かたはらに母小さく居て昼すぐの埃に白き街あゆみゆく
（一九五二（昭和二十七）年一月から這ってぬれ縁まで出たり、窓に寄りゆくことができ、秋には庭に降り立つことができるまでになった。一九五三（昭和二十八）年の春ごろからは畳の上を歩いたり、六月頃には厨にて母と一緒に茶碗を洗ったり、木々や花々を眺めながら庭を歩むことができるようになった。また、この頃から父の作ってくれた椅子に座り机に向かって読書ができるようにもなってきた。一九五四（昭和二十九）年には庭から路上に少し歩んでみることもあったが、本格的に街を歩み始めたのは一九五五（昭和三十）年のこの春からである。最初に街を歩いた時には、ふらふらとして足がおぼつかなかったと、その時の状況や心境を夫が語ってくれたことがある。母も心配して付き添ったのであろう。〕

やうやくに癒え来し吾に迫り来るさだめのごとき貧かと思ふ

街あゆむわれは貧しきひとりにて埃に白き空仰ぎ見る

よろこびもなく部屋ごもる幾日《いくひ》にて窓にひと樹の桃さかむとす

あてなき歩み舗道にかへす臥床《ふしど》にてさびしき午後をしばし読むべく

白き埃立ち居る午後の街あゆむ貧しきさだめ吾は持ちつつ

舗道固き上ゆきゆきていづべにか職ありや癒えがたきわが身に

〔この頃より二時間の静臥後には図書館に通い始めた。家から数分のところに渋谷図書

館があり、今も変わりない。〕

茫々とせしおもひよりかへるがに永かりしわがやまひ癒えゆく
何にたふるともなく心しらじらと病む部屋の畳われはふき居り
静かなる臥床出で来て埃立つ午後の巷《ちまた》をやや歩みゆく
宵の街わが歩ゆむ時病ある身のつづまりも思ひ遠しも
時の移りは病む身にきびしたんぽぽの黄花縁よりみつつ立てれば
かれらのみるものすべてに貧苦のかげまつはると読みし一語を今日は記憶す
宵のちまたゆきて去りたきわが思ひもたまゆらなれば涙ぐましき
夜の靄《もや》たちつつ街は心親し病床《やみど》にねむるまえをあゆめば
いんげんを庭に貧しくまきながら癒えず職なきわが何をたのむ
人絶えて舗道に宵の靄たてばいでて佇《たた》ずむ病床の吾の

歩むこの頃

朝の日課に畳ふきつつ疲るるは癒えがたきわが心弱りか

二十代は病みて過ぎたり心弱くいぢいぢとせしさが抱きつつ
緑あたらしきまさきの垣は街なかに静かなる時の移りをみしむ
働きしことなき吾を責むるごとく窓にゆく春のひと樹明るし
いちぢくのその葉小さく出づる頃部屋ごもるわが心危ふし
悔深き思ひを持ちて歩ゆむ時庭は春日に土匂ひ居る
金のことにてわが苦しめば春真昼窓にひととき空は澄み澄む
読みゆきて病む吾のいくばくを解き得るや革命の事人民の論理のこと
金にこだはりてこの日も過ぎむ春のさす明るき空を縁よりみれば
桜草に寄りつつ思ふ臥床《ふしど》にて心日すがら苦しかりしを
ひと日の思ひも今は消ゆるか音しつつ煮つまる鍋に鯵《あじ》が匂へば
レクイエムの曲ききをれば長く長く病み来しことの吾はさびしく
きびしきひとよ吾は経《へ》なむか春の雨降りつつ昏《くら》き窓仰ぎ臥す
うつつなる静けき時を昼床にわが息乱るかなしみゆゑに

たんぽぽをつむ

金にかかはる悲しみ去らぬ吾ながら昼庭に来てたんぽぽをつむ
昼庭のさびしき土はたんぽぽの黄に淡く澄む花幾つ持つ
さびしきわが歩みゆく庭土にたんぽぽは咲く黄に澄みながら
心むなしきをいかにかなさむ昼庭にいちぢくの稚葉《わかば》仰ぎ立ち居り
庭芽ぶく日々をし居たり来らむとする貧しさを病む身待つがに
午後淡き日にはや閉づるたんぽぽを臥床《ふしど》出で来し吾は愛《いと》しむ
たんぽぽの花閉ぢて居る庭の上影なく午後の淡き日はさす

菖ぶの芽

菖ぶの芽土に鋭く出づるさまわきて明るきものにはあらず
金にまつはりて思ひは苦し部屋閉ぢてひとり静臥に入りゆく時に
かすかなる吐息なりしか暁をさめつつわれのつきし吐息は
きはまりて心さびしき吾は来ていちぢくの明るき稚葉《わかば》惜しみぬ

身に透《とお》る悲しみをわが目守《まも》るとき炭火輝く夕の厨《くりや》に
くれなゐに輝く炭火目守りつつ夕の厨に病む吾は居る
働きて孤独なりと詠ひ居しひとを吾は思ふも癒えて来しかば

ヒメジオン

たまゆらをわが居るごとく午後の光静かによどむ部屋に臥したり
ヒメジオン厨の窓に見え居りて日々ははかなし病む吾に母に
癒えがたきわがきてあゆむ日々の庭をだまきの花ひそかに終はる
雨の窓午後あはあはと明るめばよりどなきままに心静まる
露垂るる笹より立ちし蝶ひとつ朝の歩みのわがまなかひに
悔のため騒ぎし心しばしして静臥のあとの読書に入りぬ
柳の絮《わた》とびし幾日《いくひ》も病む窓にたちまち過ぎてかへることなし
悔のごと寂しき心われは持つ午後の静臥の過ぐる待ちつつ
かたくなに幾冊をわが惜しみにき病みし十歳《とせ》のその折々に

まなこ閉ぢ午後の静臥にわが居るは悔に堪えつつ居るに似たりや

悼　稲垣鉄三郎氏

わが病悪しかりし時すがるごと君が日々のみ歌待ちにき
喀血の歌一連を吾の見し日より十歳《ととせ》を君は生きたり
相病みし君がみ歌に幾とせをしたがふごとく吾は居たりき
澄みきはまりし心ひとたびわれはみき相病みし日の君がみ歌に
相病みて心澄み居し君が歌かの時吾をからく支へつ
君が十《と》とせのみ歌思へば澄むごとくかの戦争《たたかひ》に怒りは湧き来

心おびゆるは又金のため

身にせまるしじまともむなしきしじまとも思ひ臥し居り心疲れて
早き蚊にささるる午後の病む部屋に心おびゆるは又金のため
生き難き吾のひとよもまざまざと静臥に思ふ空想ならず

心崩《くず》ほれしごときうつつか起き出でて夕の厨に魚を煮むとす
限りなく心崩《くず》るるわが前に魚煮ゆるかなかく匂ひつつ
まなこ閉ぢ静臥を居たりゆくすゑをはやあきらむる吾ならなくに
モーツアルトひとつききたり夕ぐるる病む部屋にわが生命《いのち》かそけく
働きて悲しまぬ日もいつか来る厨《くりや》の白き窓見つつ思ふ
常のごとパン喰《は》み終へつ厨の窓さびしく白き下に来たりて
ひらめく雷のごとくに静臥にて貧におびゆる思ひきざすか

ひかりはさびし過去と未来と

すがりゆく何があるかと息みだれわが思ふとき苦し静臥は
鍋幾つ厨の棚に乱れ居るその前に立つ為すなき吾は
おのづから心さびしき厨にて汚れし鍋をみがかむとする
モーツアルト今しひびかふ静臥にて思ひ激しく乱れし吾に
臥す吾のまぼろしのなかつらなりてひかりはさびし過去と未来と

いのち生きて吾は久しき病床《やみど》にて夜半降る梅雨の雨音きけば

静臥よりややさめしとき隣室に母の短き吐息をききぬ

つゆの雨夜半《よわ》に降るとき静かにてむなしき心病むわが保つ

青葉さやけし

きはまりて堪《た》ふる心かわが窓にゆらぐ青葉を日すがらみつつ

ひるがへりふかるる青葉ひもすがら窓にし仰ぐなすなき吾は

たのしともなきひと日にてわが窓に風に吹かるる青葉さやけし

何処辺《いずべ》にゆきてか生きむかつかつに癒えて職なき吾の現身

あざむき合ひ生くる彼等に立ち交る生を思へばわが安からず

蝉の声絶ふるしばしよ永かりし静臥を終へて吾は息づく

行末に病む身は怯びゆ昼庭の白々とせし土踏みながら

土白く乾きし庭に茫々として生き難き病む身佇《たたず》む

生きて明るき日々に逢いたし

心凝《こ》ごりて静臥に吾の希《ねが》ふこと生きて明るき日々が欲しああ
窓にゆらぐ青葉はひと日輝きて希ひは深し病む現し身に
夏の空わが窓にかく輝けば生きて明るき日々に逢ひたし
生きて明るき日々をひたすらわが希ふ麻薬に痛み和ぎし静臥に
日もすがら輝やきし空昏るるとき吾は安けし病む窓の内に
麻薬にて安けき吾に病む窓の青輝やきし空昏れむとす
さびしまずわが眠りゆくいくばくか腹痛和ぎし午後の病臥に
さびしさは声に出づるかこの真昼庭の縁に風立つ時に
輝きて縁に夏日はさし居れば苦しとぞ思ふなすなき日々の
コスモスの咲くを年々待ちたりき母にすがりてただに臥し居き
粗壁の土降りくるを嘆きつつ幾とせ臥しき母に守られて

街行き

すがるべき何があるかと思ふとき照る日は白し歩ゆむ舗道に

長き影午後の舗道にひきてゆく静臥終へ来し無為のあゆみに

影一つ白き舗道に吾はいく静臥を終へし午後のあゆみに

〔これら三首は、一九五五（昭和三十）年の秋ごろから本を借りるために国会図書館館外貸出部に通った時に詠んだ街行きの歌である。午後の二時間の静臥の後で家をでたので、閉館時間までには余裕がなかった。図書館では一回に二冊しか本を借りることができないため、時間のない中、慎重に二冊を選んだようである。家に帰ると必ずこの街行きの歌を詠むことにしていた。この街行きは、大学医学部を受験する一九七〇（昭和四十五）年まで続いた。この図書館通いのために街を歩む歌が以降もたびたび詠まれている。〕

小さきバッタかぎりなく跳ぶ

ほほけつつわが立つ縁に白く白く照りて輝く午後の夏日は

寄立ちて幾日臥床に吾は居つ秋日となりし庭ゆけば思ふ

部屋籠る身をかなしめばかすかなるかぎろひはみゆ窓の秋日に
秋かげろふ立ち居し窓に時の間を佇《た》ちつつ病む身切なかりしか
もみじあふい《(あおい)》秋日に咲けば臥床《ふしど》より出でて佇《た》つ憩ふとも嘆くともなく
臥床《やみど》出でて心むなしきわが前に小さきバッタ限りなく跳ぶ
思ひ堪えつつ歩み来し吾か小さきバッタわが踏む土にかぎりなく跳ぶ
呆ほけつつ病む身来て立つ草の前昼こほろぎは去年にかはらず
昼こほろぎききつつ庭にしばし立つうつつに吾は病み呆けにしか

レクイエムかく清くして

かく癒えてうつつなきかな来《きた》り坐る吾にさやかに楽のふりくる
膝《ひざ》の上に秋日さしつつみじろぎぬ流るる清きコラールのした
よみがえるかの日も十歳離りしと来《きた》り坐る清き楽ひびく下
みじろぎて吾うつつなしレクイエムかく清くして部屋にひびけば
宵の街ゆきつつ吾は心むなし癒えていかなるひと世《よ》生きなむ

癒えてわが心つつましレクイエム流るる狭き部屋に来て坐る

並び居て楽きく若き幾たりを見居つつ心遠し病む身は

かく清く流るる楽をききに来てうつつに思ふ癒え難き身を

〔南青山の夫の家から四軒目に戸田家の家がある。人柄のよいお母様とまた人柄のよいその子供たち（男三人、女一人）が住んでおられた。長男は夫と同じくらいのお歳で、大学を出られ、高校の教師になっておられた。皆音楽好きで、大きなプレーヤーを持っておられ、お母様が夫のために、自宅に招待して下さった。夫はこの時初めて皆とお会いしたので、緊張した様子であるが、結婚後は夫も私もご兄弟と親しくなっていた。

この時の夫の回想がある。〕

一九五五（昭和三十）年のクリスマスに近い頃、私はさそわれて御近所のTさんのお宅でのレコード鑑賞会に初めてうかがった。私が二組のSPレコードを大事にきいていた頃、ちまたの音楽マニアの間には、LPレコードと美しい音のステレオがゆきわたり始めていたのであった。私と同年輩のTさんは高校の生物教師で社会人コーラスグループに入っておられた。長く病臥している私を憐れんでTさんの母君が、その日のレコード鑑賞会に私をさそって下さった。寒くないようにと母のだしてくれたセーターに着ぶくれて、私は三軒ほど先のTさん宅（わが家と同じような小さな公庫住宅であったが）にうかがった。疲れるといけないからと、壁によりかかれる隅の席をTさんの母君に用意していただいて、若い元気なコーラスクラブのかたがたと一緒に私は大きなステレオスピーカーから流れでる澄みきった音に耳をすました。曲はフォーレのレクイエムで、私はたしかその時初めてこの曲をきいたのであった。私は茫然としてその美しい曲をきいていた。長い曲の中程に朗々としたバリトンがLibera me, Domine, de morte eternae ――（永劫の死より我をとき放ちたまえ………）と歌い始め、四部合唱が続く。私は身を固くして座ったまま、自分がここまで病癒えてきたことに僅にやすらぎをみいだす気持になっていた。

山茶花の咲くかど

かく癒えてあゆみ馴れつつ朝の巷《まち》山茶花の咲くかどをよぎりぬ
癒えてよりどなきわがあゆむ秋日さし街静かなるかかるあしたを
部屋昏れてうつつに寒し病床より出で来て吾は何にいらだつ

学ばざりし十歳《とせ》を悔いて

辞書ひきて日々をつたなくただ学ぶ癒えていかなる未来もあらず

〔夫曰く、何をすればよいのか、どうしていけばよいのか、わからない日々の中で、ただ英語ばかりを勉強していた。〕

学ばざりし十歳《ととせ》を悔いてわが学ぶ癒えてよりどなき日々と言へども

夕明りつめたくさせる庭に立つ乱れし心和ぐを待つがに

佇《たたず》みて冬日明るき街のなか癒えて恃《たの》まむ何ありや吾に

一九五六（昭和三十一）年

冬日

佇《たたず》みて心親しきは癒えしゆゑか淡くしみらに冬日さす街

さびしくも心はなごむわが癒えて冬日しみらに*さす街ゆけば

霜に荒れし庭歩み居り迫り来る貧しさにわが思ひなぎがたく

---

*しみらに　一日中

冬日陰りし机に今日の字書を閉づ耐えてむなしき日々を生きなむ

輝きて没りゆく冬日窓にあり学びてひと日わが拙《つた》なかりき

疲れつつひと日臥し居るわがために畳に薄き冬日久しも

怠りて臥し居しひと日果てゆきて寒しただ寒し冬のわが部屋

〔この後者二つの歌とこの前後に歌われているいくつかの自分の歌に関して、夫は歌集「歩道」に触れながら自分の歌を回想している。それを以下に紹介したい。〕

みづからの行ふことも折にふれ責負《せめ》ひがたく思ふことあり（佐藤佐太郎歌集歩道より）

暮れゆくを待ちわびながら居りたり希《ねが》ひ服《したが》ふ一日《ひとひ》さへなし

わが病いゆるを待てば潜《ひそ》みつつあけくれし日もむなしきに似つ

目覚めたるわれの心にきざすもの器《うつは》につける塵のごとしも

たとふれば風にふかかる火のごとくとり留めもなき心なりけり

昭和十五年刊の歌集「歩道」が戦後再刊されたあと、佐太郎の戦後の歌は昭和二十五年刊の「立房《たちぶさ》」、二十七年刊の「帰潮」の順でまとめられていった。私は「立房」はたしか郵便振替で送金して貰って手に入れたのであったが、「帰潮」の方は父が直接佐太郎のもとに求めに行ってくれた。その頃佐太郎は私の家から近い青山墓地の北側に住んでいた。「わが来たる浜の離宮のひろき池に帰潮のうごく冬の夕暮」と歌集の題の由来となった一首を表扉に書いて貰った「帰潮」を父は持ち帰った。その父に私は佐太郎が家の庭で養鶏を営んでいる事、既にその頃佐太郎主宰で始まっていた歌誌「歩道」に入会しないかと言われた事、帰潮が読売文学賞を貰った事等を聞いたのであった。私はその帰潮をもくりかえし手にし、一・二年のうちにこの歌集の背綴ぢはバラバラになってしまった。しかし私の出発点はやはり歌集歩道であり、その中からとりあげて絶えず念頭に浮かべていたのはここにひいた五首のような諸作品であった。これらは佐太郎二十五歳から三十一歳の間のものである。その頃三十になっていた私は、こうした歌を意識しながら、景色の全く入らぬ歌を作りたいのだと言い言いしていたのを思いだす。

しかし私の歌はたいして進みはしなかった。今ふりかえってみても、景色の入らぬ歌、つまり景色に支えられなくても一首が確固として成り立っているような歌なぞ一つもありはしない。

もみじあふい《(あおい)》秋日に咲けば臥床より出でて佇《た》つ嘆くとも憩ふともなく（昭和三十一年）
佇《たた》づみて冬日明るき街のなか癒えて恃《たの》まむ何ありや吾に
疲れつつひと日臥し居るわがために畳に薄き冬日久しも
怠りて午後臥し居れば秋雨の窓は祈ふし明るくなりつ
辞書繰りて疲るる早しおのづから畳冷たき秋の真昼を
辞書一つ持ちて臥床を出づるさまさらぼひてわが何を学ばむ

春朝日くれなゐにさす窓下に惑ひ疲れしわがさむるはや

これらの歌は間違いもなく私の歌としての特色をもってはいるのだが、あの私のめざした佐太郎諸作品のもつ新鮮さにも強さにもかけている事を認めないわけにはゆかない。

始めに私のあげた佐太郎の歌は、同じ歌集歩道の中の心理的な陰影の濃い他の諸作品に比しても、深さ或いは強さの点で抜きんでているものに入るだろう。佐太郎はその歌集帰潮以後の作品で更に景色をそぎおとして心理の深みに向っていったかといえば、そうではなかった。佐太郎の向った方向は、いわばギリギリと力をこめて、景色・風景の表現自体を簡明な象徴としての形象にきたえあげてゆく事に向ったようである。佐太郎は昭和二十七年頃からアララギには歌を出さず、自分の主宰する歌誌歩道にのみ歌を出すようになっていた。私はその歩道を佐太郎一人の歌の為に注目する事を怠らなかったが、歩道の会員にはならなかった。その頃の歌誌歩道にはあまりにも多くの佐太郎風短歌が満ち満ちていて、それが私を反発させたのであった。私は歌誌歩道の佐太郎作品を時々かいつまみながら自分の貧しい歌を作りつづけていった。

一九八七年六月記

〔この二十七年刊の「帰潮」（佐太郎直筆の歌とサインがある）は、今も夫の本棚にある。〕

今日の学び終へて

まどひつつ日々を僅《わずか》に学ぶとき癒え得しいのち惜しまむや否
やすらひにはや似ずなりし静臥にて今日の拙《つた》なき学びを思ふ
今日の学び終へて臥床にわがもどる耐えつつ生きむむなしさにまた
土に這ふ光のごとく生くるもの努め働きて新た世を信ず
貧《まずしさ》の不安にわが堪《た》ふることも時代《とき》のなかに癒えてあたらしき命生くること
和き難き思いを持てり薄き日の今かげりゆくわが部屋に居て
怠りてひと日入り居し臥床出づ夕べかすかに地震《なゐ》ふる小部屋

春終る日

癒え得ざりしうつつを踏みてあゆみゆく春終る日に舗道輝りつつ
癒え得ざりし吾を支ふる何の思ひありやいらいらと夜を早く眠る
おびただしく黄花かがやくえにしだに向ひ居て癒え難き吾の現身
はかなきわがいらだちよいちぢくに青き果《み》ごもる下に立ちつつ

六月の壁に明るく蔦茂り

暑き昼たちまち過ぎていくばくか学び終ふれば臥床にもどる
今日学び得し幾ページ思ふにもわが生きざまは貧しつたなし
むし暑き午後はたちまちに過ぎゆきて苦しみ幾ページわがよみしのみ
苦しみてよみし幾ページおぼおぼとまぼろしに立つ午後の静臥に
いらだちしひととせすぎて癒え得ざる吾を思へばあはれはかなし
六月の壁に明るく蔦茂り寄り立つ吾のいまだも癒えず
庭笹に風さやぐとき来り立つうつつにいまだ癒え難き吾

〔前年の一九五五（昭和三十）年十二月二日よりみたびパス、ヒドラジドを開始。この歌の頃、一九五六（昭和三十一）年二月二十七日より、先にマイシリン十本、その後ストマイ二十本を打ち始め、六月十三日で終了している。ヒドラジドはこのあと一九五九（昭和三十四）年三月まで服用を続けている。ストマイとパスの使用はこの歌を詠んでいる年六月で一応終了となった。一九五〇（昭和二十五）年に闇にて購入したストマイ十本を打ってからこの六月までに計七十本を打ったことになる。又残されていた夫のメモによると、パスはこの六月までに全部で五・五kgくらい、ヒドラジドは一九五六（昭

和三十一）年二月までに全部で百gくらい使用している。〕

グラジオラス

午後暑き日の照る庭に立葵《たちあおい》終りの花を吾はみに立つ
グラジオラス庭にとりどりに明るくて職もちてここにひそかに住めり
もどり来し午後の静臥にまぼろしのごとしみぢかき此の日のまなび
日のほてり残れる夜の舗道ゆきたどきなきかな身は癒えしかど
勇気出でよ力きたれと吾は喚《さけ》ぶかく癒えなづむ日々の起きふし

ひと日の学び終へ

濡れ縁に暑き日照りてうつつなにむなし癒え得ぬ日々の学びの
ひと日の学び終へてむなしくわが居たる畳に暑き西日さししむ
たどたどと引き居し辞書をわが閉ぢて畳に暑き西日にむかふ
日のほてりのこる舗道の夜をゆきてよるべなきかなわが父も吾も

病む部屋の畳に西日やや薄し短き今日のまなび終へたり
西日久しき部屋の机を吾は立つ学びはげみて癒えゆかむとす

辞書しばし繰りて

暑き西日の白々とさす街ゆきてよるべなし癒えて職なき吾よ
夕明り庭笹に照る静かさに来り立つ心和《な》ぎ難きまま
働かぬ日々のはかなきわが学び西日明るき部屋の机に
輝きて夏日さす庭見つつ居て癒えゆく吾の心ひそけし
短きひと日の学び終へて来し臥床にしばし午後の昼蝉はげし
辞書しばし繰《く》りてたちまち疲るればまどふいかなる生《いき》に堪《た》ゆるや
庭草に輝く夏日見つつ居て癒え難きわが生命ひそけし

立つ書店の中

たどきなく街ゆきて思ふかの時の静臥ひたすらなりきさびしかりき

土埃立つ街ゆきて疲るれば癒えていつの日わが働かむ
姉の金貰ひ来て立つ書店の中汗は額に掖《わき》にながるる
白芙蓉咲く庭ゆきてある日には病む身限りも知らにさびしく
埃立つ街あゆみ居てわが思ひさびし行末にひたにかかはる
癒えず職なきわが立ち交るひとむれは色明るきビルにむかひ道よぎる
韮《にら》の花むれさく上にわが立てば過ぎにし時はむなし又親し
心きほひ生くる日は吾に来るや否や韮白く咲く土に来て思ふ

白芙蓉昼淡き日に

白芙蓉昼淡き日にさくみればすさびし心わが保ちしか
生き行きてうつつにわれの恋ふる何ありや宵しばらくの深き眠りあるのみ
白芙蓉咲きつつ薄き日はさせり臥し居て心充つる日はなし
白芙蓉花たちまちに散《な》へりて心落ち居ぬわが日々過ぎつ

秋暑き日ざし

秋暑き日ざしによぎる街幾つ逢ひて親しき顔一つあらず
畳に秋日輝く午後を居てしばらくはげむ小さき学びに
秋雨の窓昼すぎて明るみぬはかなき怠惰《たいだ》まもり臥す時
怠《おこた》りて午後臥し居れば秋雨の窓は折ふし明るくなりつ
笹すでに黄にうつろひし庭に来てわが怠りのふきを思ふ
仰ぎ臥す一つの窓に台風ののち黄に染みし西日さし居る
怠りを悔いて坐ればわが窓に雨はれて秋西日薄き空みゆ

蚊帳の匂ふとき

眼を閉ぢし臥床《ふしど》に蚊帳《かや》の匂ふときあきらめに似て病む身は憩《いこ》ふ
よるべなきひと日を何に努めむやめざめし蚊帳に朝は小暗く
蚊帳昏らき朝をさむればおもおもとしてよりどなきひと日は来たる
いつの日に心憩はむ朝明けて小暗き蚊帳を病む身みじろぐ

薬代にかかはりて

帰り来て夜毎になむる酒ののち或る夜は父の病む吾を責む
薬代にかかはりて今宵吾を責めし父は酒飲みて早くねむりぬ
ひたすら金欲《ほ》りて癒え来しわが十歳《ととせ》老ひて心すさび来し父の十歳
体熱くなりて思ひしは金の事朝のしばしの静臥の中に
老ひし頬酔いにそまれば声あげて父は罵《ののし》るわが薬代を

秋庭に咲くダリヤ

夜半の病床に麻薬をのみぬ眼を上げていのちにむかふごとき思ひに
口なかに苦き麻薬よ眠らむとしてしばらくのわが思ひ冴ゆ
灯の下に薬をのみぬ癒えざりし十歳《ととせ》を経つつ何をねがはむ
あはあはとひと日怠《おこた》り臥し居れば秋庭に咲くダリヤの明るし

辞書繰りて

辞書繰《く》りて疲るる早しおのづから畳冷たき秋の真昼を
辞書繰りて疲るる午後を折ふしに壁は明るむ薄き秋日に

〔この頃夫は、歌にも見られるように身体は癒えてきたという感じは持てるようになってきて、街にも出るようになり、図書館にも通うようになっている。しかし「自分はどのくらい動いてもよいのか、何をすればよいのか分からなかったので、日常の中で街に出たり、厨で母親を助けたりしながらリハビリを試行錯誤していた」と。

また、英語だけは続けようと決心していた。この頃は渋谷図書館から借りてきた「英米文学叢書」を読んでいたのであろう（６１４頁参照）。しかし、この頃はまだ辞書をひき続けたり、街に出たりすると疲労が激しく、このような疲労感を歌った歌があとからもいくつか見られている。〕

惑ひ疲れし

秋時雨折ふし窓の歩み居りて疲れしまなこ机よりあぐ
たどたどと繰り居し辞書を吾は閉づ秋雨昏き午後をふすべく
惑ひつつ学びし午後も過ぎしかば臥して日暮の雨をききをり

おのづから畳冷めたき秋の午後学び居て吾が心は惑ふ
薄き秋日さしつつ畳かがやけり惑ひ疲れしわが来て坐る
秋のダリヤ切りつつ居りてたまゆらを吾はよろこぶかく癒えしかば

工夫らの小さき焚火

工夫らの小さき焚火夕寒き舗道に燃ゆるところを過ぎつ
淡き冬日部屋に日すがらさし居りて嘆きをこえしごとくわが臥す
夕寒き舗道の上に工夫らの焚く小さなる焔《ほのお》あかるし

雪ぐもり

雪ぐもり窓に日すがらくらかりき学び居てわが思ひ和《な》がざりし
くれぐれの雪雲の昏《くら》き窓下に思ひ呆けつつわが臥すものを
やうやくに癒ゆれば思ふ幾歳かに歌捨てし者は癒えしや死にしや
たまさかに冬の煙霧《えんむ》のはれし街をゆきつつさびし用をもたねば

書見器をつりたるままのまどろみに疲れは悔のごとく深しも

枯れし笹

生きゆきて心おびゆるわが日々に庭に明るく笹は枯れゆく
庭ゆきて心は親し枯れし笹土に明るく乱れ伏すさま
惑ひ居し心はるるか黄に枯れて明るき庭の笹かりをれば
枯れし笹風に鳴り居てわが庭に煙霧ののちの淡き日のさす
笹枯れて明るき庭のひとところ来たりて日々のさびしさ和《な》がず

煙霧立つ街

おもおもと寒き煙霧《えんむ》の立てる街おびゆるごとく日々をこもるに
昏《くら》き煙霧日々の巷に立ち居りて生きがたきたつき*吾に迫るも

*たつき　生活の手段　生計　なりわい

昼すぎて煙霧のはれし街さびし静臥を終へてわがゆかむとす
夕ちかく霧はれし街さびさびと仕事をもたぬわがゆかむとす
煙霧立つ街昼となる窓の外働きてわが生き得るや否や

第四部

将来への模索と展望

一九五七（昭和三十二）年一月～一九六二（昭和三十七）年五月

第四部　目次

その一　将来への模索／霧の中を歩むがごとし

一九五七（昭和三十二）年一月〜一九五八（昭和三十三）年十二月

一九五七（昭和三十二）年

やうやくに用ひずなりし薬ら

やうやくに用ひずなりし薬らのその味をわが思ふ折ふし
病みて松倉米吉の歌に縋《すが》りしはかの時にわがひとりのみならず
〔松倉米吉　３３２頁参照。〕

吾が行末を思う

冬曇る巷《ちまた》に白き舗道みゆ生きて怯《おび》ゆることなかれ吾よ
疲れ居し心白々ともどり来て臥床《ふしど》に行末をわが思ふなかれ
小さき学び守りゆきつつ働くをかの時にわが夢にして居つ
まざまざと夜半《よわ》思へれば行末に癒《い》えて働くわが日はあらず
うつつなきかかるさびしき癒え難きわが行末を夜半さめて思ふ

疲れ深し

苛立ちてはげみ居しかどたちまちに暮れて机のわがめぐり寒し
昏れはてし机立ちしが疲れたるわれを支ふること一つなし
賜《たま》はりし仕事に午後をはげむとも疲れは深したどきなきまで
〔旧制東京高校の同級生だったT氏が出版社を経営していて、仕事に就けない夫の苛立ちを安じて、校正などの仕事を回してくれた。〕
つたなくはげみし午後も時すぎてくりやに指のインクをぬぐふ
書見器の下の短かきまどろみに悔《くい》の如くに疲れは深し

愛知療養所短歌会「葦」の仲間

ひそかにわが恋ひ思ふひとりにて伊藤安治は病みてたゆまず
小宮山獏いづべにゆきしかと思ふ時はすみやかに過ぎて苦しとも
内田好男結婚の歌に今日の静臥のあいだしばしをわが心楽し
はかなきまどろみのごと読み居りて臥床に朝のわが時は過ぐ

〔右記の歌の中の三氏は、小見出しに示した愛知療養所の療友でもあり、アララギ（土屋文明選歌）の仲間でもある。小宮山獏氏は、先に追悼歌を歌った榊原美智子氏（510頁参照）の恋人で、「希ひし事何一つ実現させられぬあせりの中に汝は死にたり」の歌がある。伊藤安治氏は今もご健在で、後になるが、アララギ終刊のあとの歌誌「青南」の撰者になられている。夫がアララギの歌会などで氏と知り合っていたことを夫から聞いていたので、今回、この歌集作成時に夫信英が亡くなったことをお伝えした。お返事に、本歌集づくりへの励ましをくださった。三氏の歌は、「歌集　葦」（アララギ葦短歌会、白玉書房、昭和三十年）に掲載されている。〕

辞書一つ持ちて

辞書一つ持ちて臥床《ふしど》を出づるさまさらぼひてわが何を学ばむ

読み居りて朝の病床《やみど》にわが息のねむりのごとくかそかなるとき

白々としてやすらひのなき冬日土にさしをりわが立ち居れば

庭に来て佇《たたず》む吾に白々としてやすらひのなき冬日さす

思ひ堪《た》えわが臥す日々に冬の雨はげしく降りし一夜忘れず

春朝日くれなゐにさす

春朝日くれなゐにさす窓下に惑《まど》ひ疲れしわがさむるはや
くれなゐに春朝日さす病むへやにさめつつ心かく疲れ居り
朝な朝なくれなゐにさす春日あり惑ひ疲れてわが居る部屋に
カーテンより洩れつつ朝の春日さす眼ざめて心はや惑ふ吾に
春嵐ひびき居しかの熱の夜もうつつともなし時過ぎしかば

舗道はや春日に暑き昼

しらじらとひと日を葬《ほうむ》るごとくにて風収まりし夕庭に立つ
街の日ざし暑くなりしと歩みゆく癒えて働く日はいまだ来ず
舗道はや春日に暑き昼を来て心は疲る職なき吾の
区切られて舗道をよぎるむれのなか相病みて死にしひとりを思ふ
〔これらの歌は国会図書館へ行く街行きを詠んだものである。〕

時計鳴る閲覧室

何を恃《たの》む吾ならねども臥床より出でてわづかに日々を字書繰る
いくばくか読みてなぐさむ吾ならず午後を机にわが背は痛し
一つ一つ早く諦めて病《や》みへつつなべては遠し学もつとめも
交叉路にわが仰ぐときよりどなし鳩はか黒く夕空に飛ぶ
街空に明るき夕日わたる時歩み来てわがさびしさ止まず
時計鳴る閲覧室の片隅に居つつ思ひは和ぐにはあらず
埃立つ街に明るくさす夕日ただよふごとくわが歩む時

〔国会図書館へ行く街の中で詠んだ歌が、これ以前にも以後にもたびたび出てくる。これらの歌に関する夫の回想がある。以下に紹介する。〕

私が国会図書館館外貸出部に本を借りにゆくようになったのは昭和三十年秋からの事であったろう。当時の国会図書館は旧赤坂離宮（現在の迎賓館）に移っていた。都電で南青山六丁目から溜池に出、そこで若葉町行に乗り替え赤坂離宮正門の少し手前にある停留所でおりる。長い病床を離れ始めてまだ時のたっていない私には、おびただしい車が行き交っている外堀道路の中央にある溜池停留所で乗り替えの都電を待つのは強い緊張を必要とした。離宮前停留所のあたりはさすがに車も少く、正門を入ると、広い前庭のあたりはひっそりと人影も少かった。午後の二時間の安静を終えて家を出てくる私が、この正門に入る頃は午後の日が離宮の建物の右肩に傾いていて、その日を一杯にうけている深紅のサルビヤの花壇のかたわらを私は大きな玄関に向って歩いてゆく。敗戦後十年近くをへて占領軍から返還された離宮の建物は、広い石壁は汚れ、緑青色の屋根も黒ずんだままであった。館外貸出部はその建物のたしか西翼の控室様の細長い一室にあった。部屋の突当りの壁に、高い天井の近くまであいた重々しい窓があり、巾広い壁面をうめて本棚があった。館外貸出用の本は戦後の納本制によって納本されたもので、二部以上あったもののうちの一冊があてられていて、本はその狭い部屋にあるものだけであった。自然科学書を除く雑多な本がつめこまれたその暗い本棚の前で、私は借り出す二冊をえらび出す。フランスの宮殿をまねた建物の広い廊下を歩いて、天井のおそろしく高い玄関ホールに出る頃には、いつも図書館の閉館時刻がせまっていた。夕日の中に暗くみえているサルビアの花壇を通り過ぎながらふりかえると、すでにすっかり日のかげった離宮の建物の正面が陰鬱に静まりかえっている。それから私は都電のくるのをまって、夕方のラッシュにさしかかった街を帰る。風呂敷に包んだ二冊の本を抱えて、まるで勤め帰りのように都電に座っていると、戦時中の学生生活から、十年余の病床生活に続いた私の過去が、まるで遠い昔のような事で、私は空白の中に浮かんでいるような不思議な思いがするのであった。病床に帰りつくと私はその夜はいつも、その日の街行きを何首かの歌にとどめておこうとした。

一九八六年五月記

熱の臥床

われをよぶひぐらしきこゆめざめ居て明時昏《あかときくら》き熱の臥床《ふしど》に
ひぐらしはわれをよぶごとくなきて居り明時熱の臥床にあれば
感冒の熱高きひと日のわが窓に梅雨はれし間の黄のひかりさす
わがままに母にふるまひし二日へてわが感冒ややにいえてきにけり
われをよぶひぐらしきこゆ明時の熱の臥床にさめつつ居れば
カゼの熱ようやくひけばうつつなに仕事を持たぬ吾はさびしく
熱の臥床にさめつつ居れば暁のひぐらし近しわれをよぶごと
きほひ学びし五月は過ぎてはやり風邪吾をしひたぐ幾夜ともなく
きこゆるは春蝉か否かはやり風吾をさいなむ朝を真昼を
たちまちにうからおそひしはやりかぜ老いたる父と病む吾にきびし

〔夫がつけていたこの頃の温度表をみると、一九五七年六月十六日から三十九度近い熱を出し、十日間ほど咳や痰も激しく苦しんでいる状態がうかがえる。この頃の夫の回想があるので紹介したい。〕

昭和三十二年六月のインフルエンザは、香港風邪と呼ばれたのではなかったか。いつもの風邪の咳痰の苦しみに加えて、四日も五日もひかぬ高熱に私は苦しんだ。熱のまだ下がらぬ明方の臥床で、思いがけず六月に蜩の啼くのをきいた。「ひぐらしは吾を呼ぶごとくなきて居り明時熱の臥床あれば」という一首を作り、いかにも浅いと思って捨てた事を思い出す。その昭和三十二年には、私は自分の座り机に向って、渋谷区立図書館から借り出した研究社英米文学叢書をせっせと読んでいたのであった。私はこの叢書の中から名を知っているものを手当り次第に借りたのであったろうか。今思い出すだけでも、Silas Maener, Cranford, Pride and Prejudice, Wuthering Heights, Oliver Twist, David Copperfield, Mill on the Fross, Mansfield短篇集……。手当り次第と書いたが、Shakespeareの入っていないのは当然としても、Thomas Hardyが入っていず、Conradも中篇のYouthを一つ読んだだけであったから、やはり難しいものは避けていたのかもしれない。月に二冊は読んでいたはずだが、英文学に対するイメージなどは一つもわきはしなかったDavid CopperfieldとMill on the Frossとを読みながら涙のにじむ思いがしたのは、主人公の貧しい少年、或いは姉弟の苦闘に共感したのであったろう。この時期の終り頃に熱中して読んだのが、D. H. Lawrence : Sons and Lovers であったのも、この鉱夫の家庭に育った貧しい青年の新しい世界にでてゆこうとする苦闘とその途次のみたされぬ愛に私の鬱屈した病床の青春が共鳴したのであったか。

私がこの叢書を読み始めた時に定めていた目標の一つは、姉の書棚にあった。Goldsworthy : The Forsyte Saga の三巻を読むことであった。いよいよこれにとりかかったのは昭和三十三年のいつ頃であったろうか。思ったよりスラスラと読めたのだが、それでも三冊を読みあげるのに二カ月位はかかったのであったろう。このボーア戦争前からのイギリスブルジョア一家の悠々たる年代記は、後半ボーア戦争の戦後派とでもいうべき Jolyon が中心となって展開し、第一次世界大戦前夜の時期で一応の幕が下りたのではなかったろうか。読み終わったあと姉からゆずりうけて、あれ程大事にしていたこの本も今は私の手元にはない。私はそれまでに歴史を含んでゆったりと流れる、こんなロマンを読んだことはなかった。ロマン・ロランのジャンクリストフと魅せられたる魂を読んではいたが、あれをリアリティのある歴史として読みとるには主人公の内面の情熱があまりにも激しくあふれすぎていただろう。又「戦争と平和」には感動したが、いくらなんでもナポレオン戦争とロシヤのムジークは私には遠すぎた。私は Forsyte Saga で漸くイギリスリアリズムの透徹したスケールの大きさにふれ、主人公 Old Jolyon の耽美的でしかも人間的なリベラリズムに憧れたのであった。

机よりむなしく立てりいつしかに街は日暮のとどろきの中

わがめぐり寒き日暮に机より立つかそかなる仕事終へつつ
たどきなくまなこ痛めば夜半の灯に繰り居し辞書をわが閉ぢて立つ

The Forsyte Sagaを読み終わったあと、私はしばらく何を読もうか迷っていたのだった。ここにひいた第二首のように、仕事探しに悩んでいた私を憐れんで出版屋の友人がまわしてくれた校正の仕事を時たまさせて貰ったりしながら「経済学」をひとり学んでいたのではあったが、これもどこに行くのか行方知れずになりかかっていたのであったろう。今から思えば、私はひとり家にこもっていてはもういけなかったのであろうが。しかし私にはどこにでて行ったらよいか、出てゆくべきところがなかったのだった。

一九八七年六月記

結核癒えて吾三十二

過ぎし十歳《ととせ》を何に悔ゆるか真夜さめて感冒の寝汗をわがぬぐひつつ
たのまれし答案すこし吾を待つ感冒癒えがたき耐過者吾を
きこえくる夏鳥の声熱ありてまどろむ吾を幾度かよぶ
梅雨曇る空にちまたの音ひびく熱ひきてわがまどろむ午後を
空低く曇れる午後のまどろみにわれをめぐりて日々の不安あり

身につけし事一つなき十年に結核癒えて吾三十二

まなこ閉ぢてこの日はむなしくれぐれの部屋にちまたの声ひびき居る

こもり居てさびしき吾にくれ方の街とどろきしひととき過ぎつ

机よりむなしく立てりいつしかに街は日暮のとどろきの中

机よりむなしく立てり

〔この頃も、父が作ってくれたギシギシ鳴る座り机に向かってやはり英語の勉強を続けていた。先に記したことがあるが、この頃は渋谷区立図書館から「英米文学叢書」を借りて来て読んでいた。せっせと読んだけれど、英米文学のイメージを持つことができなかったが、「David Copperfield」「The Mill on the Floss」「Sons and Lovers」には共感を持ったようである。こうして英語の勉強を続けたが、行く末の自分のこと、仕事につけるのかどうか、どうしていけばよいのかなど、とらえられない現実の自分に不安と焦りを持っていたようである。夫曰く、「だから、ただただ英語を勉強する以外にはなかった」と。〕

歩みきて交叉路に立つ

交叉路に疲れしまなこあげし時ビルの高処《たかど》に淡し夕日は
色明るきビルに向ひて路すぎるむれのなかにてわれは職なし
歩みきて交叉路に立つわが前に午後の日淡きビルのさびしさ
烏《カラス》一つ街空に飛ぶさまさびし舗道に午後の日はかげりつつ
むなしくわがこもる時くれぐれを梅雨の雨ふる軒にひびきて

はやり風邪ようやく癒えて

あはれなべては歌にかかはるか耳病みし今日は耳鳴りの歌思ひ出づ
費ひやせし金の事吾は又思ふ熱ひきて午後をまどろみながら
はやり風邪ようやく癒えてこもるとき職なき吾の日々堪へがたし
わがひとよみつむるごときしばしにて部屋白々と雨に昏れゆく
おのづからまなこを閉じてくれぐれの部屋にうつつの時を耐へ居る
すぎゆきは遠くなりつつ梅雨の雨荒きこの夜をわが起きて居る

梅雨の雨音する夜半を起き居りてしばしは吾を責めざらむとす
みづからを責めつつ居たり昼ふかくさみだれ止みし部屋寒くして
みづからを責めつつ居れば夜の窓に梅雨の雨ふる荒き音する

白き秋日の中を

庭の上にかがよふ白き秋日ありひとよむなしく経《ふ》るは堪へ難し
共に病みて死にし君らにわが心ひそかになぐさもる時あり
癒えて職なきわが歩みゆく街なかに埃は匂ふかかる日暮れを
暮れし舗道ゆくある時にすぎゆきに向ひてあゆむごときわれあり
むなしさにわが耐え得《う》るや歩みゆく街日暮れつつ埃匂へり

〔夫は、一九五七（昭和三十二）年十一月十日に、神田で行われた「東京アララギ歌会」に初めて参加した。この歌はその時に、あらかじめ提出した歌である。二首出すようになっていたようで、もう一首は「小宮山獏いづべにゆきしかと思ふ時はすみやかに過ぎて苦しとも」であった。この歌の評価は632頁「アララギ歌会に参加」参照。

この歌会の夫の回想録があるので以下に紹介したい。〕

その頃のアララギ歌会は、お茶の水駅の聖橋側出口のすぐ南にある出版小売組合で毎月第二日曜に行われる事になっていた。出版小売組合の建物は当時田舎の小学校のような木造二階建で、その二階の会議室が会場であった。私が初めて歌会にでかけたのは昭和三十二年十一月十日の晴れた日曜日であった。室の入口で受付の若い人が、出席名簿に名を記した私に、親しげにうなづいて、ガリ版印刷一枚半の歌会詠草を渡してくれた。会場は教室ぐらいの広さで、机が窓にそって円形にならべられていた。入口に近い席に坐って、まだ外出になれない私はひとりで身を硬くしていたのであっただろう。顔を上げると正面の窓の窓外には、山茶花の赤い花がすでに西にまわり始めた初冬の日をうけてあざやかに咲いていた。会場に二十四、五人程も集った頃土屋文明先生と思われる元気のいい老人が何人かの年輩の会員と共に入ってきて席についた。司会をされたのはアララギ編集人の五味さんだっただろうか、それともどこかの学校で国語・漢文の先生をしておられた清水房雄さんだっただろうか。歌会は詠草の歌を順序に、まず席順でまわってあたる第一評者が評し、ついで司会者の指名で一名か二名の評者が発言し、この間文明先生は買ってでたり指名されたりでしばしば新鮮な解釈や痛烈な批評をのべられる。

むなしさにわが堪へうるやあゆみゆく街日暮れつつ埃匂へり

この日私が出したこの歌の批評はかんばしくはなかった。堪へうるやなどというのはいかにもまずいし馬鹿正直すぎるというのが第一評者第二評者の評であった。するとさきほど入り口にいて受付をやっていた若い人が立って、なるほど表現はまずいかもしれぬが、長い病床にあった作者の気持としては理解してよいのではないかと発言して下さった。作者名を発表されて席に立っていた私は、私と同年代の若い評者が同情してくれたことにほっとしていた。酷評の側に組しておられた文明先生は笑いながらその若い人の言葉をきいておられた。

あとになって、いつもこうなんだと私も知ったのだが、この日の歌会でもあらかたの歌に対して評点はきわめてからかった。文明先生の言葉だけをひき抜いてくれば、つまらない・いかにも手がるでお人好しだ・歌にならぬところだ・こんな言い方は言葉を知らない人の言い草だ……。今私がとりだしてみている三十年をへて黄ばんだ詠草の紙に、その時私が鉛筆でかきこんだ言葉はあらかたがこうである。初めて出席して自分の歌の評判の悪かった私でさえ、指名された時にひとの歌をほめはしなかった記憶がある。

文明先生を始め他の評者にもほめられたのは福岡から上京していた若い石田泰二氏の歌であった。

田を溢れ流るる水を踏みて出づきほひこもりて訳せし幾日
森の上にひかり残して月は落ちその樹々の中に吾が帰りゆく

第一首に対して〝田を溢れ流るる〟の表現はうまい、〝きほひこもりて〟の所はもう少し自然にゆくといいのだが、とにかく大体これでいいだろうというのが文明先生の評であった。第二首に対して前評者が演技があるような感じがするのが気になるがと発言したのに対して、文明先生は、森の上にだけ光が残っているわけで〝月は落ち〟がいらぬかもしれぬが……、うまい歌だ演技はこの程度はあってよいのだ、とはっきり言いきられたのが私には強い記憶として残った。石田氏は私位の年代で、その年の始めに恋人をなくされ、土屋文明選歌欄に「コバルト線照射も手術も効かざりき日々来り唇触れてはげます」「死にゆきし今にくちびるを感じつつ帰りゆくべし次の論文に」「遺れるを持ち帰り吾が書架に加ふああ相告げし日を記すあり」等の作品を出していたので私には既に忘れ難い作者になっていたのであった。

歌会が終ってでてきた寒い板張り廊下で、私は文明先生につかまって「佐藤君は体はもう大丈夫なのか」とたづねられた。それから受付を終えて出てきた先程の若い人にも頭を下げ、今日のために父から借りた古びたコートに身を包むと、私は街なかを走る都電にのるために、すでに寒々としていた夕暮の駿河台坂を懸命に下っていった。

一九八八年六月記

街なかの草にきこゆるこほろぎのごとある時の心は澄みつ

遠き雲秋日の中にかがやきて舗道はよりどなき今日の歩み

秋の日に白く乾きし舗道あり孤独は職なきゆゑとも思ふ

街なかの苑生《そのふ》にしげきこほろぎに短き時を佇《た》ちてわがゆく
歩み来て早き疲れよ街上の秋日に白き埃かがよふ
たまゆらの心孤独に花過ぎしぎぼうしゆに立つ白き日のもと

〔この一連の舗道や街を歩む歌は、先にも記したが国会図書館外貸出部からの帰途のときの歌である。〕

花過ぎしぎぼうし

まどろみに入らむ夜床にすぎゆきを思ひて心しばらくたぎつ
息づきてねむりをまてる夜床にてただよふごとくさびし現し身
さびしきねむりと思ふあたたかき吾のまなこを閉ぢし夜床に
あはあはとねむりは来《きた》る息づきて夜半をさびしみふすわが上に
影のごとねむりはきたる息づきて日々をさびしむ夜半のわが身に
いまだ暑き庭の日ざしに花過ぎしぎぼうしゆあるは寂《さぶ》かなるもの
さるすべりの小さきひと樹街なかに幾日を咲きて秋ならむとす

わがめぐり寒き日暮に机より立つかそかなる仕事終へつつ

疲れつつ小さき仕事終へしかば冷めたき夕の部屋にわが立つ

〔旧制東京高校の友人T氏から、校正の仕事を依頼されていた。〕

落葉音する窓にまどろむ

ひたぶるに生きざりしわが恥深し父が苦しき涙の前に

短き午後の静臥にみづからを責むるさびしき思ひわくはや

仕事ひとつあきらめしことにこだはりてひととせ早し癒えしわが身に

生きざまの遂にみにくき吾ながら落葉音する窓にまどろむ

顔けはしく老ひしわが父にたづさひて園あゆみゆく今日のしばしを

石仏にかすかにのこる朱《あか》の色

林泉《しま》つきて明るき土のひとところ富をたたふる石碑そば立つ

この苑にわが憩ふとき抜き出でて高き銀杏《いちょう》の黄葉《こうよう》かがやく

石仏にかすかにのこる朱《あか》の色来《きた》りし吾を静かならしむ
この苑に来てわれは見つ富みし者たたふる意思のなめらなる面《おも》
あゆみきて林泉つきしときそば立ちて富をたたふる石ぶみ一つ
積まれたる富をたたへて大いなる石ぶみ立てば吾らは仰ぐ

〔南青山の自宅から徒歩五分くらいのところに根津美術館がある。この歌の林泉とは、根津美術館の庭園のことである。この庭園にはたくさんの石碑が置かれていて、夫はその中のいくつかをとても気に入っていた。この頃もそうであったろうが、私が夫と結婚した頃には、自宅近くの裏門から自由に出入りができたため、よく夫とこの庭を散歩した。静かなあたたかな表情の石仏、その前にいくと、夫はいつも「いいねー」とつぶやくように言っていたこと、またそのおっとりとした石仏の表情を今でもありありと思い出す。〕

小さなる仕事

茫々と疲れし吾は夕寒き机を立ちてしばし居りたり
小さなる仕事終《お》ふればくれぐれのわが部屋寒しよりどなきまで

〔旧制高校の同級生で出版社を経営していたT氏が、仕事を持てないでイライラしていた夫にときどき校正などの仕事を持ってきてくれた。T氏とのお付き合いはお互いの晩年まで続いた。〕

短き午後の静臥にわがめぐり流るる刻《とき》は昏《くら》しと思ふ
疲れし静臥にねむるわが上に昏く短き刻はすぎゆく
昏くあやふき疲れの中にたまさかの短き静臥終へてわが立つ
つめたき風に鳴り居る窓ありて疲れし静臥短くすぎつ
刻《とき》昏く流るるごときたまゆらがありて疲れし午後をまどろむ

膝冷えて机に午後を吾は居つ

時暗くわれのめぐりに流るると思ふ短き午後の静臥に
枯れし笹みだるる庭に吾は立つ早きむなしきひととせののち
冬日いま黄にさす部屋にわづかなる学びを終へてわが疲れ居り
音低き時雨は窓に降り居りつつ短かき午後のねむりよりさむ

いくばくか午後まどろめばしらじらと戻るつたなき今日の学びに
病院を出で来し吾は冬靄《ふゆもや》に日のさす昼の街あゆみゆく
膝冷えて机に午後を吾は居つ生きていかなる業《わざ》に縋《すが》らむ

一九五八（昭和三十三）年

舗道寒くゆきゆく吾

舗道寒くゆきゆく吾にひとときの没日《いりひ》は近し黄に輝きて
日の没りてたちまち寒きまちなかに癒え得し吾のいのち惜しみつ
くれぐれの舗道のむれに立交《たちまざ》るまなこひと日の悔に冴えつつ
ありありとしつつ一日《ひとひ》は遠きかなまなこを昏く閉づる夜床に
すぎゆきもうつつもさびし歩みゆくちまたに昼の靄《もや》は立ちつつ
冬靄《ふゆもや》に日のさす街にうつつなき歩みと思ふひとり来しかば
ゆくりなく来し坂上に街空の昏き煙霧《えんむ》を吾は目守《まも》りつ

ビル幾つ煙霧の中にそびえつつ坂下り来しわれを迎ふる
〔これらは、国会図書館館外貸出部へ行く時の歌である。〕

詐欺にあひ来し

たじろぎてたつきにむかふわがさめて窓にあかつきの空のくれなゐ
ありし紙こまかにこまかに裂き居つつ次第に苦しわがあやまちに
おろかになすなき吾をたはやすくあざむきゆきぬ十分程の口舌《こうぜつ》に
苦しきうつつのなかに朝の日の色移りさすわが壁きよし
たはやすく詐欺にあひ来しわが坐るまなこくぼみし老ひ父の前

窓白き明時さめて

窓白き明時《あかとき》さめてきぞの夜にわづか流しし涙おもほゆ
疲れつつ作りし夕餉《ゆうげ》はみ終へて仕事をもたぬ吾はねむらむ
あきらめはある時吾にくるかとも思ふ明るき雲ある窓に

単純なる筋の芝居に涙すこし流し人ごみの中帰りくる
過ぎゆきもうつつもさびし歩みゆくちまたに昼の霧は立ちつつ

槻の木の芽ぶかむ頃と

槻の木の芽ぶかむ頃と思ひ居て疲れし吾は街を歩まず
疲れつつ幾日こもればわが庭に細々として芽ぶく水仙
桃ひと樹さかむとし居りおのづから疲れになれて起き臥す日々を
午後の静臥終へて来りし机にてしばらくわれの心はあやし
やさしきまどろみさめしわが窓に霙《みぞれ》ののちの黄なる夕空
つらき言葉診察室にききしのち昼の日薄き街しばしゆく

〔杏雲堂病院に受診したときに夫は主治医に「自分はどのくらい動いてよいのか、運動はどうしていけばよいのか」などについて問うた。主治医は、あなたのような体では、運動を云々ということはない。動き過ぎないように、という答えが返って来て、自分のためらいに答えを持つことができない思いで帰ってきた。夫によれば「この頃はまだ、結核患者のリハビリテーションの技術は考えられていなかったので主治医の言葉は、やむを得なかったであろう。昭和三十八年ころ国立療養所清瀬病院がなくなったあと地にはじめて全国にリハビリテーションを学ぶ学校がつくられてきた。しかし、呼吸器障害者への援助につながるようなリハビリの技術や学問が教えられることはまだ少なかったように思う」と。

結核のリハビリテーションについて夫の語っていることがあるので以下に記したい。」

結核リハビリテーション

私の最も大事な主治医であって下さった杏雲堂病院結核科の故S先生に「先生僕の場合に運動がたりないという事はないのでしょうか」とうかがったのは、昭和三十二・三年頃であっただろう。「あなたの場合そういう事はないな、動き過ぎないようにしなさい」というのが先生の答で、私はその言葉を天井の高い明るい診察室の光景と共に思い出す。その少し前位から私はためらいためらいしつつ自分のリハビリテーションの道を模索していたのであったろう。私の歌はその頃からくりかえし日々の疲労を歌っている。

辞書しばし繰りてたちまち疲るればまどふいかなる生《いき》に堪ふるや（昭和三十一年）
茫々と疲れし吾は夕寒き机を立ちてしばし居りたり（昭和三十二年）
桃ひと樹さかむとし居りおのづから疲れになれて起き臥す日々を（昭和三十三年）
よりどなき疲れをもちて埃立つ舗道をわたるこの時の間や

かすかにわが胃は痛む疲れつつ入りし冷めたき夜半の臥床に（昭和三十五年）

こうして疲れを嘆きながら、私は少しづつ机に向うのにも、街を歩くのにも馴れていったのであった。

結核のリハビリテーションは、砂原さんによると、昭和十年にできた結核療養所村松晴嵐荘に「外気小屋」が作られ、そこで患者に作業療法をさせたのが始まりであったという。しかし化学療法以前の作業療法は要するにここまで肉体的負荷をかけても悪化・再発がないということをみるが中心であった。砂原さんは微量排菌者の排菌がどうなるかをみながら作業療法によって病変の安定度をみていたと書いておられる。しかしその頃の大部分の療養所は検痰も鏡検のみであったのだから、病変の安定度も発熱か痰量でみる程度であったのではあるまいか。敗戦後結核耐過者（今思いだしてこの語を使うが、今は全く消え去ったが）の就職が難しくなるにつれて職業訓練が作業療法に加わった。耐過者の語は誰の造語だろう。結核の治らなかった時代の常識に支えられた造語として しかし吾々病者の間で噂された社会復帰者はせいぜい療養所内とその周辺を離れない小施設の程度ではなかったろうか。労働条件の多少とも良い「大」企業には漸くゆきわたって正確さをました胸部X線による検診という関門が立ちはだかって結核耐過者をはねつけていたのであった。健康な友人のＢｘ―Ｐとすりかえてこの関門を突破しようとしたという話をその頃私は何度かきかされた。そのあとリハビリテーションの考えのもとに作業療法などがあらためて医学・医療全体の視野の中に位置づけられるその前に、結核患者の問題は手荒く片付けられてしまわれたように私には思える。それは一方では強力な化学療法の出現によって、他方では昭和二十九年から始まった生保患者の入退所基準制定、付添婦制度の廃止、国立療養所の統廃合等々によってできあがっていった。しかし昭和三十八年、統廃合によって消えた国療清瀬病院のあとにリハビリテーション学院ができ、砂原先生始め何人もの結核医がそれに尽力している事をみれば、問題は少くも彼らの思いの中では消えていなかった事がわかる。だかそのリハビリテーションの技術・学問の中にも、結核病者・その呼吸機能障害への援助となりうるものはそれ程多くはなかったように思われる。

私は長い自分ひとりの模索のあと、他の大部分を諦めて昭和三十六年に大学医学部を受けた。その年齢で、好きでもなかった医者になろうとすることに迷いためらいながら主治医S先生の前に私があらわれた時、先生は最後まで賛成して下さらなかった。無理だ、やめなさい、せめて他の学部にしなさいということだった。その言葉を押し切って私は休み休み学校に通い始めたのだったが、学生の時もそのあとも後悔は絶えずしていた。

一九八七年七月記

無花果の遅き芽ぶき

無花果《いちじく》の遅き芽ぶきを吾はまつ堪《た》へて短きひと世経につつ
宵はやくねむり静まる父のへに心はこりてさびしき吾や
まち遠く槻《つき》芽ぶくさまみえ居りて心は暗しわれのこもり居
よりどなき疲れをもちて埃立つ舗道をわたるこの時の間や
思ほえずきざす心よ無花果のいまだ幼き葉を仰ぐ時
まち遠く芽ぶきて居たる槻のさままぼろしのごと今よみがへる
遠く槻《つき》芽ぶき居る縁に立つむなしきまでに吾は疲れて
藤若葉日にてる下にしばし居り再び吾は病まざらむとす

思ひつきの歌幾つ作り終へし

ひたすらに日々を臥しつつかの夜に流しし涙吾は忘れず
たちまちに思ひ苦しき吾は居て畳は寒し宵の灯のもと
宵寒き部屋の畳に坐り居りみぢめにたつきの力なきわれ

胸痛ありしままに幾夜をねむりたりわきてさびしき夜々にあらざりき
夜をこめてまちなかに鳴く鶏《かけ》ひとつねむりさびしき吾はききたり
涙ながししかの夜はすぎてひたぶるに吾は臥しつぐシュープを怖れて
思ひつきの歌幾つ作り終へしのち夜半のさびしきねむり待ち居り

かげろふひとつ

疲労よりきざす不安は夜ふけしころのめざめにきゆることなし
明らけく日の照る午後をこもるとき壁にきて居るかげろふひとつ
胸痛ありしままにねむりし幾夜もかへりみざりきさびしきままに
わが部屋の壁おぼおぼと明るくてまちなかにさす夜半の月はや
雨ながら宵となりゆく臥床にていまはつぶさに吾をさびしむ
胸痛ありしままにねむりし幾夜を思ひ出づるはあきらめに似つ
よりどなき学びを終へてわが来たる窓に西日の光澄み居り
苦しみて日々を学ぶと思はねど視力弱りしきぞの夜のゆめ

ひたすらに心なぎがたき吾は居て臥床に夜半の月は輝く

西日さすシート明るき車内にて終へ来し会をわれはさびしむ

アララギ歌会に参加

〔一九五七（昭和三十二）年十一月十日に東京アララギ歌会に初めて参加した。この頃の東京歌会は神田の出版小売組合で開かれていて、夫は毎回参加していた。最初に参加した歌会に出した歌は、「むなしさにわが耐え得《う》るや歩みゆく街日暮れつつ埃匂へり」。この時の歌会詠草の夫のメモをみると、この歌の「耐え得るや」に、「ダメ、マズイ、バカ正直スギル」と文明先生らしき語調のコメントが書かれている。夫の歌稿帳をみるが、この箇所の訂正はない。どう直してよいのか思いつかなかったのだろうか。夫曰く、「文明先生から褒められたことはめったになかった」と。

一九一三（大正二）年から続いてきた「アララギ」は、一九九七（平成九）年十二月に終刊された。夫は一九四四（昭和十九）年十月に入会。アララギ終刊後は、いくつかの歌誌会が結成されたが、夫は「青南」に所属した。「青南」の歌会は当初、南青山（旧高樹町）の自宅から徒歩四、五分の場所で開かれていたため夫はその歌会にもいつも楽しそうに参加していたことを思い出す。〕

ゆくへもしらぬ

臥床にてすぎしひと日の夕ぐれに庭に倒れしふようをおこす
ひぐらしのきこゆる夕の臥床にてゆくへもしらぬわが疲れはや
輝きて日のさす舗道よぎらむとしつつたまゆら息づくわれは
心弱りし吾かと思ふ日に白き舗道幾つをわがよぎりつつ
短き静臥過ぎればかかはりもなく昼庭にかねたたきなく

待ち得しバスに夕べを帰る

病院にむかひてのぼる坂ひとつ昼近き日は吾にさしつつ
蛍光灯明るき詰所いくつ過ぎて病廊長き夕べを帰る
落葉せし無花果ひと樹庭なかにみえつつ心ゆとりなき日々
銀杏の葉落ちつくしたる街上をたまたまあゆむ仕事なき吾
はりつめし心むなしくなりながら待ち得しバスに夕べを帰る
灯ともりて暗き病廊長かりき帰りきたりて吾は思ふも

プラタナスの枯葉たまたま落つる音舗道の上にわが居つつきく

咲かざりし秋のダリヤの乱れ伏す土はつめたし夜々のつゆじも

わが庭にきたらむとする冬

枯れ伏しし笹明るくてわが庭にきたらむとする冬いさぎよし

いつしかも秋日かげりし吾が部屋の畳に小さき蝶が来て居る

〔一九五九（昭和三十四）年十一月八日の東京アララギ歌会に二首出したうちの一首である。「『いつしかも』はまずい、こんな言い方をしないといかんか」「これをやめるといいが」であった。歌稿帳はそのままである。私自身は歌は作ったことがない素人なので、夫の歌といえども正当な評価など到底できないが、この語がなくても歌として成立するように思うのだけれど。夫は「いつしかも」に思いがあったのだろうか？

先の歌「枯れ伏しし……」は、アララギに投稿したもので、この歌は「いいね」とほめられたと夫から聞いている。〕

いちぢくの裸木《はだかぎ》立ちてる庭見えてさひはひのなき冬はきたらむ

夕街をゆきたるバスにひとときの心くぢけしわが居たるべし

辞書置きて

つたなきわれの学びに夕ごとにまなこ痛むと母に告げざらむ
辞書置きてせまき机に夜々にむかふまなこの痛みくるまで

〔先にも述べたが、夫は一九五三（昭和二十八）年には父がつくってくれたギシギシ鳴る机にむかって英語の勉強を始めた。一九五八（昭和三十三）年初めには今まで目標にしていたJ. Galsworthy の「The Forsyte Saga」に取りかかっていた。三冊を読み上げるのに三ヵ月近くかかった。このボーア戦争前からのイギリスのブルジョアジー一家の年代記のスケールの大きさに大きな魅力を感じながら読了したようである。英語や時には経済学、あるいはチェーホフなどを読みながら、行く末を案じ、不安の中でどこに行くべきか、行くことができるのか、悩んでいた。

夫曰く「この頃は、行く末の不安もあったが、とてもよく勉強ができていた」と。〕

おぼろおぼろに学びしことのいくばくかわれを支ふる時もあらむか

霧の中あゆむごとし

霧の中あゆむごとしとわがひとり嘆きて夜半の机片づく

霧の中あゆむごとしと嘆き居て夜半の机に辞書を片附く
街遠く立つ槻《つき》の木のいつしかに冬木となりて日に煙るみゆ
沁《し》みきたるごとき夜床のまどろみはまなこ疲れし吾にきたらむ
まなこひらきてたまゆら居たりわが夜救ひの如くただ暗き時
部屋すみに寄せおく小さき机一つ堪へつつ日々を吾は学ばむ
枝白き無花果みえてわが庭にひすがら薄き冬日さし居り
疲れ居るまなこは熱しおのづから心むなしき夜半の臥床に
にぎやかに黄に枯れ伏しし笹ありて庭晴るる日と時雨れふる日と
まなこ疲れてわが居し部屋にひとときの冬の西日は明るくさせり

その二　大学医学部の受験を決心

一九五九（昭和三十四）年一月～一九六〇（昭和三十五）年十二月

一九五九（昭和三十四）年

心定めて又幾日を学ばむと

心定めて又幾日を学ばむと借り来し本を枕辺につむ
短き静臥過ぎて臥床を出づる時わがつく息はややに乱るる
冬深き庭土の上にまれまれに澄みし夕日のひかりさし居り
たまさかに冬靄《ふゆもや》はれし街ありて舗道は広し交叉路のかなた
たどきなく今はねむらむ夜ふけてわがための小さき机片づく
ひと夜の時雨にぬれし庭土に静かなるかな朝のひざしは

足しびれつつ机より立つ

たどきなく学びて終に何得むや足しびれつつ机より立つ
煙霧《えんむ》の中に日の入る夕べ夕べあり学びて日々を吾はつたなく
ありありとひと日机に怠りき夕べは寒く雪わたる風

足冷えて夕の臥床に居りながらうつうつさびし今日の怠り

たちまちに寒き日暮れとなり居ればほけほけと立つわが机より

窓外の遠くに冴えし夜空がみえながら机を立てばただよりどなし

たどたどと辞書を繰りて居しのみ

雨の音きこえてひと日寒き部屋たどたどと辞書を繰りて居しのみ

かくつたなき学び重ねて何やせむに夜半に疲れし目が痛むはや

音すみし楽夜の部屋にひびく時ひと日は過ぎてかかる悔しき

灯を消しし夜半の机にしばらくは迫りし悔にわが堪へむとす

朝の冬日に

坂ひとつ下りきてわが息喘えぐ街静かなる朝の冬日に

よりどなく来し今日の歩み坂一つ没日にむかひわがのぼりゆく

夕雲はきびしき朱《あけ》に輝きて喘《あ》へぎのぼりし坂つきむとす

くれぐれに立ちし煙霧《えんむ》は街遠く灯る塔をすでにつつめり

ひとときに迫りし悔に堪《た》ふる時夜空はつかに白し玻璃戸《はりど》に

仕事なかりしひと日の果てに立ち出でて黄の余光さす

登り来し坂の舗道に片寄りにあはあはとして夕日ひかりさす

やすらぎをわづかに得つついくたびかまなこをひらく夜半の臥床に

机より立ちしばしに夜深きわが部屋寒しうつつなきまで

机にさせる冬日は昼過ぎてよりおのづから黄に澄むらしも

〔一九五九（昭和三十四）年十一月八日に東京アララギ歌会に参加、この歌を出している。歌評は、『「冬日は」「より」は平凡、「澄むらしも」、こんなきざな言い方はせん』であった。歌稿帳はそのままであるが、歌会詠草には、「わが机にさし居る冬の日昼過ぎておのづから黄にすみてくる」という、夫のメモ書きのような修正がある。〕

ただよりどなく机より吾は立つ窓にこの夜の空冴えながら

疲れつつ短き静臥過ぎなむとして枕辺に黄の冬日さす

カーテンのかげに夜床のただ暗きこのひとときに心和ぐらし

少しづつ朱色濃くなりて吾が壁に暁の光させる時の間
紅《くれない》に匂はむとして暁《あかとき》のわが壁にさす日の光はや
きびしき時過ぎながらわが窓のあしたあしたの空の紅
よりどなき悔なりしかば夜寒き畳にしばしわが臥して居つ
机にわが守る灯を返しつつ夜半の玻璃戸《はりど》は暗く輝く

幾たびかみし職探すゆめ

仕事探しにわがゆく日々は近づかむ埃つみし本箱を今日は片附く
時の間のきほひはすぎて夜ただに冷たき部屋に辞書をわが閉づ
のみ続くる薬にわが胃弱りつつ働きにゆかむ日を吾はまつ
幾たびかみし職探す吾のゆめ母に語らむことなく過ぎつ
きびきびと仕事の話する姉のかたはらに待つ背高き吾は

満ち満つる暗き夜

心耐へ難きしばしがありながら春日輝く舗道ゆきたり
ニス匂ふ机に夜々を向ひ居て怯《おび》ゆいくばくの銭を得らるや
時むなしくとどまるごときたまゆらに舗道のわれをめぐりさす春日
夜半の窓明るしと思ひ居しめざめにたちまちにわが思ひ乱れ来る
苦しきまで思ひ乱るる夜半のめざめにわが窓一つ白く明るし
乱れ乱れし心を持ちて朝床に居きわがなりはいいまださだまらず
疲れし体いたはり臥ししひと日ともただ意気地なく居しひと日とも
歯の根うみし二日の事もいまいましただあせり机に居て何をせしや
わがいのちひたに目守《まも》りてかの夜居き春嵐吹くひと夜なりしが
心はげまして仕事さがしにわがゆかむと思ひきめつつ夜半にいねがたし
疲れつつひとり居たれば夜半の時暗々と部屋に満つるしばしあり
よりどなかりしひと日は吾にすぎながらわが部屋に満ち満つる暗き夜あり

〔夫が残していってくれた資料によれば、夫は一九五七（昭和三十二）年十一月に初めて「東京アララギ歌会」に参加した。それ以後もしばしば歌会に参加していたようである。この歌はこの年（六月十四日）の歌会に提出した歌である。この時のこの歌の評価は、『「ながら」は「ゆく」でいい、「夜あり」は「夜」でいい。「まだるっこい、感動の中心に入る力がない」「これはどうかなといいたいんだが、まあこれでしかたないか」』であった。夫は、この評価後に言葉の修正をしていないようである。〕

楽終りてロビーのむれに交るとき仕事なき吾がまたみじめなり
連れられて来し会場にひとむれにまぢりて清き楽きかむとす

春嵐——大学受験を決心する

春疾風窓にひびかふ今日ひと日たまさかに臥す吾はただねむし
春嵐とどろくひと日過ぎ居つつ臥床にうつつなく疲れ居り
暗き夜わが部屋に満ち満つるかと思ふ机にわが疲れつつ
仕事なきわが来し街の舗道にて春さだまりし日ざし輝く

〔この年の五月、姉が夫に「お金は出してやるから、大学に入ったらどうか。いくら英語ができても、翻訳家にはなれない。大学を出て専門をもたなければ、信英のような学歴のない人間には、翻訳の仕事などは回ってこないし、専門を持たないでよい仕事など絶対にないから」と。夫は、今更大学に行っても仕方がない。何とか仕事を見つけたいと頭を悩めていた時だった。しかし、独立して食べていける仕事は、医師か弁護士しかないと考えて、医師になるべく大学の医学部を受験することを決めた。姉が言ってくれたその日のうちに文科省に問い合わせをしたところ、旧制高校中退で旧制中学も四年生で終わっている（四年生終了後、飛び級で旧制高校に入っている）夫には、大学受験資格を取らなければ大学受験はできないと。すでにその年の大学検定試験（八月施行）の願書の締め切りは終わっていた。翌年の八月の大検を受けるために勉強を始めた。また、弁護士になるためにT大学法学部の通信科を受けて合格し、司法試験を受ける準備を始めた。そのため、この月以降の歌は、ぽつりぽつりとしか歌っていない。また後に、私に「ちいちゃん（姉のこと）にはいろいろ恨みがあったけれど、こんなこともあったので、ちいちゃんには頭が上がらないんだ」と語っていた。」

秋日暑しも

うつつなきひとときありてわが居たる土にひたすら秋日暑しも
疲れつつ午後を机にわれは居つ秋日に白き縁見えながら
薬合はせ居る時の淡きやすらぎも詠ひたまひき忘れ難きまで

思ひ苦しき夜半のめざめに街灯のひかり動かぬわが壁くらし

〔一九五九（昭和三十四）年十月十一日、東京アララギ歌会に参加。「思ひ苦しき」は「まずい」の一言ありと。歌稿帳は修正なし。〕

吾を救ふ思ひはいづくよりきたる夜半おぼおぼと壁白き部屋

一つの死をいかにか思はむ夕日明るくさせる簾《すだれ》をわがはづしつつ

いらちつつやがてほけゆくわが思ひ夜半の机にかねたたききく

静臥まもりてひたすらなりきコスモスの花わが窓に明るかりき

ただよりどなく机より吾は立つ窓冴え冴えと暗きこの夜を

夜半の窓輝く如くみゆる時机に吾はただよりどなし

一九六〇（昭和三十五）年

積み置きし本も片付けて――大学入学検定試験合格

暗き窓輝く夜半に思ひ居て机にたどきなき時は過ぐ

明るき窓にひびかふ風の音熱ひきて吾がまどらむ時に
堪えがたき心と思ふ夜ふけし机にまなこわが閉じ居つつ
ありありとわが行く末をみるべきなりてより幾年か
白き窓に向かひてしばしわが座る夜一夜苦しみてへしがごとくに
ダスゴルドネマイといふ語も心にしむ一年すぎて職定まらず
年のことは思わずなりしが稼ぎなき日々のことはわがやまず思ふ
部屋なかに積み置きし本も片付けて仕事なき日々に吾が耐へむとす

〔この年の八月に受けた大学入学検定試験の発表が十二月十五日であったが、その二ヵ月前、一〇月十二日に結果を知ることができた。夫の成績は、受けた八科目のどれもよい成績（平均点九十四点）で合格した。この時夫は、受験者の中の最高得点者だったため新聞の地方版に報道され、知り合いから新聞を見たと声をかけられたり、アララギの撰者からもビックリされたことを夫が私に話してくれたことがある。受験大学を東京医科歯科大学医学部に決めたのもその頃であった。しかし、受験勉強のための受験参考書がおもしろくなくて、勉強の時々には「源氏物語」「宇津保物語」などの日本古典文学大系を読みあさった。夫は、結婚後私に、これらの古典が面白かったこと、その内容を嬉しそうに楽しそうによく語ってくれたことを今もなつかしく思い出す。夫は、翌一九六一（昭和三十六）年二月の大学医学部の受験日に、また別の日にあった都立大学の工学部の受験の時も、渋谷図書館から借り出していた分厚過ぎず、注釈の少ない「朝日古典全書」を持っていき、試験科目が終わるごとにこれを読んでいたと。隣の受験生がびっくりしていたことも話してくれた。夫は、晩年入院中に若い仕事仲間に、「厚すぎず、注釈の少ない」ことを理由として、この書籍を推奨していたことをまた思い出す。この受験の年の二月には司法試験第一次試験に合格をしている。

医学部と工学部の受験の結果は、このびっくりしていた受験生は落ちてしまったようだが、夫は、どちらの受験にも合格をした。夫はこの合格の一ヵ月のち、一九六一（昭和三十六）年四月から医学生としての生活が始まることになったが、嬉しさと不安とのまざった心境がこの後の少しの歌の中にうかがわれる。しかし夫はやはり医学部に入り医師になることに、本当のところでは嬉しさを感じていたのではと私には思われる。」

まとまりなき歌いくつ手帳にかきのこしのみ職定まらぬ一年早く

胸苦しくなるまでにわがおどおどと居しかの日より幾日へたりし

疲れしまなこ閉づるいとまは

疲れしまなこ閉づるいとまはいくばくか救ひに似たり書の机に

帰り来て思ひ出づれば友をうらやみて言葉少なくわれは居たりき

〔大学医学部を受験したことなどを報告するため、旧制高校の同級生山田正篤氏（後に東大薬学部教授）の自宅を訪問した時のことを思い出して詠《うた》っている。夫曰く、部屋にはたくさんの論文や書籍が並んでおり、研究者として邁進している山田氏を羨しく思ったと。山田正篤氏　11頁参照。〕

いくばくかよろこびありて歌やめし幾たりの事も思ひ沁《し》むもの

みじめに生きて一生《ひとよ》を終えむまぼろしなしてさびしなべては

死報ひとつ読みたるのちに

死報ひとつ読みたるのちにわが過去《すぎゆき》は影さすごとく立ち返るものを

影のごとく立つみづからのすぎゆきはよみし死報にかかはりはなし

取り残されしごとく病み居しいくたりかひととせの死にしぞと思ふ

ひそかに詠みし死報を思ふ時影なしてわがすぎゆきは立つ
おのづからなる死のごとく読みしのちしばしてわが心さわ立つ

あかざのもみじ美しき時

仕事なき吾が日々過ぎて庭なかにあかざのもみじ美しき時
花すぎしもみじあおいのむらだちに晝の日さすを吾はみにけり
血痰はきし幾日《いくひ》もすでに過ぎゆきてただよふごとき吾が日々の生
曼珠沙華のくれなゐはやく素枯《すが》れにし吾が庭に立つ仕事なき日々
臥す窓の空輝きてひたすらに生きむとかの日吾は居たりき
乾反《ひぞ》りたる朴《ほう》の落葉を吾が拾ふ街なかにある林泉《しま》の初冬に
〔この林泉は、この年十一月頃におとずれた根津美術館の庭園のことである。夫は、ときどきアララギの本の間にこの庭園の落ち葉を押し花にしている。〕
思ひしづまり居りしばしに黄に濁る没日《いりひ》はさせり吾の机に
涙流ししひと夜の事もかへりみてあやしきまでにみづからに似ず

晝時雨しばらくありてひとり居るわが机早く暗くなりたり
すぎゆきのよみがへりくる時の間ありて日暮はわが机寒し
かすかに吾が胃は痛む疲れつつ入りし冷たき夜半の臥床《ふしど》に
つめたき臥床に夜半をわが憩ふ思ひ惑ひてひと日居りたり
部屋寒き夜半となりつつ今しばしねむりの前の吾が身やすらふ
ねむりぐすりのみつつあればひたすらにわが部屋寒き夜半となり居つ
取り残されしごとく病み居しいくたりか一年《ひととせ》のうちに死にしをぞ思ふ

〔この頃詠《よ》んだ歌についての夫の回想録があるので紹介したい。〕

面会日

私は戦後のアララギの面会日にただ一度だけ行ったことがある。土屋文明選歌欄が元気のよかったあの頃、私達会員はまず第一に文明選歌欄をめざした。他にまとまった数(十五首)を投稿できる特別歌稿があって、面会日には投稿者は選者からの評を聞くことが出来た。昭和三十五年十二月第一日曜の午後がその月の面会日で、私はその日に出かけて行った。選者は木暮さんだった。

その頃三十四歳になっていた私は、十数年にわたる結核病者で、化学療法のお陰で漸く元気になり、その夏大検を受け、さて姉に学費を貰って都立放射線技師学校か或いはどこぞの国立大医学部を受けるか、近所のかたの声を掛けて下さった税理事務所の見習を始めながら次の勉強を考えるか、それともいっそ独りで司法試験の勉強でも続けるかと、迷いに迷っていたところであった。その面会日の少し前に私は漸く心を決めて、放射線技師学校と国立大医学部を受けることにし、しばらく作らなかった、或いは作れなかった歌を作り、まとめて十五首にして特別歌稿に投稿していた。いま古い歌稿帳から記憶をたどってその十五首を作歌順に引くと

①帰り来て思い出づれば羨みて言葉少なく吾は居たりき
②部屋なかに積み置きし本も片付けて仕事なき日々に吾が耐へむとす
③取りのこされしごとく病み居し幾たりかひととせのうちに死にしをぞ思ふ
④仕事なきわが日々すぎて庭なかにあかざのもみぢ美しき時
⑤血痰はきし幾日もすでに過ぎゆきてただよふごときわが日々の生
⑥曼珠沙華の紅《くれない》早く素枯れにしわが庭に立つ仕事なき日は
⑦死報一つよみたるのちにすぎゆきは影さすごとく立返へるものを
⑧臥す窓の空輝きてひたすらに生きむとかの吾は居たりき
⑨乾反《ひぞ》りたる朴の落葉をわがひろふ街なかにある林泉《しま》の初冬に
⑩思ひしづまり居りしばしばしに黄に濁る没日はさせり吾の机に

⑪涙ながしひと夜の事もかへりみてあやしきまでに自らに似ず
⑫昼時雨しばらくありてひとり居るわが机早く暗くなりたり
⑬すぎゆきのよみがへりくる時の間がありて日暮はわが机寒し
⑭かすかにわが胃は痛む疲れつつ入りし冷めたき夜半の臥床に
⑮部屋寒き夜半となりつつ今しばしねむりの前のわが身やすらふ

私の番が来て、毎月の歌会でも使う出版販売小売業組合の、小学校の教室のような面会日会場に入って行くと、木暮さんは私の歌稿をもって座っていた。私が座ると笑顔になった木暮さんはいきなり「五首しかとらないことになっているんだ。どうしても取って欲しいものがあったらいいなさいよ」と言う。作って間もなくの歌が大半で、どの歌にも未練のあった私が、困って歌稿のはじめの一首を指すと、木暮さんは「誰を羨むんだ」と切り込む。「友をです」と答えると、赤鉛筆で第三句を「友を羨み」と直し、「これはちょっとね」と少しばかり考えたあとで、他の何首かのほうに丸を付けて歌稿を置いた。近視の私がどの歌に丸がついたのか覗き込もうとすると、木暮さんはすぐに「これからどうするんだ」と聞いてきた。無論私の生活のこれからであった。何年もかかる医学部に姉からの学費で行きたいと思っているなどとはとても言えなかった。木暮さんはアララギ会員で結核のようやく癒えた何人かの話をした、あの戦時中になんとか癒えて、伊豆で苦心しながら蜜柑園をやっている篠原正直氏の話が出たりした。アララギには病者は何人でもいた。文明さんが「魯鈍なる或は病みて起ち難き来り縋りぬこの日本の短き歌に」と歌ったのはずっと昔の昭和十三年であったくらいだから。

木暮さんとの話が終わって神田の街に出たときはまだ街は明るかった。私はその日真っ直ぐに自分の小さな勉強机に帰っていった。木暮さんの選んでくれた歌は二月号「其の三」の巻頭に六首載せられていた。上に引用した歌の番号では、②③⑧⑨⑭⑮の六首である。捨てられた歌を今読み返すと、①は第三句を直すとしても内容は平凡であろう。⑦⑪はひとりよがりになっていて作者の気持ちがよく解らぬと言うことになるだろう。④⑥⑫⑬などは平凡といえば平凡と言うことになろうか。いずれにしても私には木暮面会日のことは大事な記憶になって、すでに朧になった前後の思い出のなかに浮かび残っている。

木暮さんは苦労してきたひとだった。東京府立一中四年在学中に関東大震災で父母がその経営していた町工場の一切を失い、木暮さんも進学を諦め、卒業の翌年に三越大阪店々となってその長い三越店員生活を始めている。昭和二十年春には三十七歳で召集を受け、華北と外蒙の境界近くで終戦となり、危うく外蒙群に抑留されるのを免れている。あの面会日にその木暮さんは五十二歳だった。病気は治ったものの、三十四歳にもなって何をして暮らしていったらいいのか迷いに迷っている私を見て、木暮さんは何とか励ましたかったのであろう。

二〇〇一年十月記

「この面会日に選ばれた六首の歌は、その年のアララギ二月号の木暮政次選の巻頭歌に

選ばれた。〕

木暮政次選

東京　佐藤信英

臥す窓の空輝きてひたすらに生きむとかの吾は居たりき
乾反《ひぞ》りたる朴の落葉をわがひろふ街なかにある林泉《しま》の初冬に
部屋なかに積み置きし本も片付けて仕事なき日々に吾が耐へむとす
部屋寒き夜半となりつつ今しばしねむりの前のわが身やすらふ
かすかにわが胃は痛む疲れつつ入りし冷めたき夜半の臥床に
取りのこされしごとく病み居し幾たりかひととせのうちに死にしをぞ思ふ

〈「アララギ」二月号　一九六一（昭和三十六）年〉

〔面会者であった木暮氏と当時のアララギ歌会のことについて夫の回想録があるので紹介したい。〕

今年〔二〇〇一年〕の二月十三日木暮政次さんが亡くなられた。土屋文明さんの「門人」のなかで、私の何時の日か思ふざま真似がしてみたいと密かに思っていたのが木暮さんの歌であった。「門人」とカッコ付きで書いたのは、文明さんが常々〝僕には友人はいるが門人はいない。誰それの門人だなどと称するやつにろくなやつのいた試しがない〟といっていたからである。そうして木暮さんの方はといえば「私は某先生のもとで先生がよしとするものをよしとし、だめとするものをだめとして育ってきたのだから」とぬけぬけと書いているのである。その頃——戦前の、といっても戦争は昭和の早くに始まってうんざりするほど永かったから一九三〇年代前半といえばもう少し確かになるか——その頃のアララギでは、茂吉先生の廻りには佐藤佐太郎・山口茂吉・柴生田稔・堀内通孝の諸氏が、文明さんの廻りには木暮・近藤芳美・相沢正・樋口賢治氏らが集まっていた。この人達は毎月の「面会日」に、それぞれの選んだ「先生」達にその月の歌稿を見てもらって成長してきていた。雑誌発行の実務は茂吉と文明の厳しい監督のもとに、茂吉門下文明門下の上記の若者達が、仕事の終わった夕方に、青山にあった発行所に毎日のように集まって来ては編集・割付・校正・封筒書きをしていた。これらの若者達は文明さんの教えていた法政の学生であったり、都会の貧しい勤め人であったりした。青山にあった発行所の仕事が終わると、彼等はいつも連れだって宮益坂をくだり渋谷に出て酒を飲んだ。後年木暮さんはその頃の自分達を回想してこう歌っている。

夜をこめて嘆き酔ひしを吾が思ふ共に直きを保ち得しとも　　昭和十五年作

思い堪へありへし日々を相寄りて暁かけて酒を飲みにき
共に酔ひともにうらぶれ行きし夜々を思ふに君のにほふ面影　　昭和二十二年作

酔ひ酔ひし彼らにみたる真実を今思ふなべてがたのしかりにき
おどおどと君に見すべく歌持ちて深雪になづみ行きし日ありき
折々の君の言葉を恐れつつ　恣《ほしいまま》　なりき若きわれらの　　昭和二十三年作

心直く酔ひたりし日のはるかにて死にし一人を思ひうらやむ　昭和二十四年作

天霧《あまぎり》の立ちのまにまに相見てし友をぞ思ふ幸ならざりき　昭和四十四年作

嘗ての日の自分達の姿と共に、まず面影に立つのは昭和十九年に華中で戦死した相沢正であった。その戦死の前年に木暮さんは彼の妹と結婚している。彼らの恐れた「折々の君の言葉」は当然文明さんの鋭く厳しい歌評であったろう。

二〇〇一年十月記

その三　東京医科歯科大学医学部に入学

一九六一（昭和三十六）年一月～一九六二（昭和三十七）年五月

一九六一（昭和三十六）年

ひろびろと濁れる川を

うらぶれて帰りし午後の吾が部屋に窓閉ざし眠る一時間程
うらぶれしひと日の行《ゆき》にひろびろと濁れる川を吾は渡りぬ

〔この歌は、受験校である東京医科歯科大学の受験場（市川校舎）を確認するために出かけ、その帰りの電車の中、隅田川を渡るときに詠んだものである。一九六二（昭和三十七）年十一月二十一日、大学教養部の二年目のときであるが、「東京アララギ歌会」（まだ神田で行われていた）に参加をした夫はこの歌を提出した。二年余り歌会には参加していなかった。この歌の評価は「全体がすべりすぎている」「歌を詠む力量のあるものが久しぶりに歌を作ったためにすべってしまったのだろう」であった。さんざんだったといつか嘆いていた。

夫はこの後、医学部を卒業するまで歌会には参加をしていない。出席する余裕がなかったのであろうか。この間はまた、歌も作っていない。夫曰く、「卒業するまで歌は作らない、と決めていた」「いや作れなかった。どう作ればよいか分からなかった」「楽しい歌は自分には作れない」「でも、今（晩年）思えば、在学中も作ればよかったね」

とも。私は、夫に「楽しい歌は作れない」のはなぜか、と聞いたことがある。松倉米吉、長塚節、佐藤佐太郎を出発点とした夫のこれまでの歌の歌調からみて、大学在学中のこれまでの生活の一変した生活状況の中では、「どう作ったらよいか分からなかった」に、うなずけるようにも思った。〕

桃咲く窓

ありありて寂しきひと日過ぎしかば桃咲く窓を夕べ閉ざしぬ
愉《たの》しみ得しやすらぎありて柿若葉輝りて明るき庭に居たりき

〔二年間の大学教養時代を回顧して、夫曰く、「そんなにしげしげと大学に通はなくともいいのではと思っていたが、授業に出てみると、今まで独学をしていた自分には、教えてもらうことの楽しさをたくさん味わった。英語の時間は特に楽しかった」と。私は、「医学部を卒業して医師として勤め始めた頃には、うんと年下の人に教えてもらうことは苦しくなかったか」と聞いたことがある。しかし、夫は「教えてもらえるということのありがたさが先だっていて、そんなことはみじんもなかった」と。〕

心崩ほれてひと日居しかば日に輝りて明るき柿の若葉昏れゆく
思ほえず胸あつきまでにみづからを嘆き居たりき今に忘れず

心みじめになりて帰ればくれぐれの冷えし畳にわがしばし居る
むしあつきひと夜すぎつつめざむれば仮面をつくるごとく起きゆく
紫露草しぼみ居る庭に帰りきて息づくごとし午後のしばしば
心みじめに帰りくるとき光なき水続き居る放水路みゆ
みじめに一日はすぎて帰りこし部屋に冷たき乳のまんとす
かたはらにつぶやき祈る母あればよりどなきまでにわがみじめなり
ゆき交ひて光の如き車ありうらぶれてわがゆきし歩道に
水の上ややに明るき放水路越えつつ夕べ遠く帰りゆく

〔授業を終えて家に帰ると疲れてしまい、必ず二時間は眠り、それから母の作ってくれた夕食をとり、夜遅くまで勉強をする。大学の六年間はこういう生活の繰り返しであったと夫は語っていた。〕

みづみづと心きほいてかの日々をわがありきいまだ病《や》まざりき
職あきらめて学ばむ事を決めたりき心暗く街を行きて帰りき
心あやしく今宵思う仕事探すことあきらめて三年続くかと

アララギに長き二十年

心乱れしその折々にわがよりてアララギに長き二十年

一九六二（昭和三十七）年

心決め過ぎし二年《ふたとせ》にあらなくに　ややになれゆく日々の学びに

里見公園

あの時里見公園には赤紫のキリシマツツジの花が、道の両脇にも築山の上にも咲きみちていた。その里見公園のすぐ隣合せの医歯大教養課程の校舎に、通い始めてもう二カ月になろうとしていたのに、私はその日初めてクラスメートの何人かにつれられてその公園に入ったのであった。里見城址に作られて、江戸川をみおろすその小高い公園に座りこんで、私達は昼食のパンをかじったり、ほがらかにしゃべりあったりした。そこには高柳新君がいた。彼といつも一緒だった歯学部の今村君もいただろう。一番明るく話していたのは菅原君であった。彼は年令が最も私に近く、入学試験場で私に話しかけてきてくれて以来、二人は時々話をしていた。もうその頃の学生の中には、旧制高校を経験した者も、結核を病み抜いてきた者も彼と私の二人しかいなかった。あとで達ちゃん

達ちゃんと皆が呼ぶことになる佐藤達郎君もそのなかに若々しい声をひびかせていた。私は皆と一緒に里見公園に行ったのはその時だけであったけれども、その昭和三十六年六月の頃からぼつぼつ皆の話の中にも入るようになっていたのであろう。

家から二時間近くもかけて通う市川の校舎に、私は初め週二回も通って、数学・物理・化学の講義をきけば充分であろうと思っていた。しかしぼつぼつ講義に顔を出してみると、出席しないつもりでいた英語も、教えてもらうことの楽しさ、ありがたさや長い独学のあとの今になって初めてわかる気がして、通学の日を次第にふやしていった。しかしはるばると市川から帰ると、私はまず一、二時間臥床に入りねむってから起きてきて、母の作ってくれる夕食をとるのであった。

うらぶれて帰りし午後のわが部屋に窓閉ざし眠る一時間程
水の上やや明るき放水路こえつつ夕べ遠く帰りゆく

市川までの二時間の電車で私はいつも何か読んでいたはずだが、思いだすものはあまりない。その中では姉にいまはやりだとすすめられて、Sslinger の The Catcher in the Rye をよみ、何だこの lyricism は日本の青春ものとちっとも変らないぢゃないかと何やら拍子抜けした事等を思いだす。青春小説に洋の東西の差はなくともあたりまえではあったろうが。他には矢島先生が英語のテキストに撰んでくれた Homage to Catalonia (Orwell) を学期始めの電車の中で読み始め、市川駅を乗りすごしてしまった事位であろうか。その一、二年前にヒュートマス「スペイン市民戦争」の分析に感銘をうけていたから、私にはオーウェルの冷静な記述のその怒りがよくわかったのであった。

それからお茶の水の医学部に移って四年、その頃のことは、茫々と今も続いてかえって定かには思い出しがたい。それも又二十年という日が過ぎてしまったが。

一九八八年七月一日記

第五部

医師として妻と歩む——妻かたわらに居て

一九六七（昭和四十二）年三月〜二〇〇九（平成二十一）年八月

第五部　目次

その三　大田病院呼吸器科に勤務

一九七八（昭和五十三）年七月～
一九九二（平成四）年六月

その四　妻と旅行（弘前・秋田・酒田・新潟）

一九九二（平成四）年七月～
一九九五（平成七）年八月

その七　在宅酸素とＮＩＰＰＶ開始　749

一九九九（平成十一）年二月～
二〇〇九（平成二十一）年八月三十一日

その一　医学部を卒業し医局員として勤務を始めてから

一九六七（昭和四十二）年三月～一九七〇（昭和四十五）年一月

大学医学部を卒業して

〔一九六七（昭和四十二）年三月東京医科歯科大学医学部を首席で卒業（長尾学術奨励賞授与）後、その四月より同大学第一内科医局員として勤務を始めた。〕

かへりみて怯《おび》ゆるごとしたどきなく癒えて学びて六年過ぎたり

一生の属目定まる如くかの日ゆきき街四月のひかり白かりき

かかりこし電話に吾をはげまし清々と若き友の言葉あり

いらいらとして学び居し吾が六年過《むとせ》ぎたることもひとり思ふなり

いらだちつつ六年学びて吾が得たる賞状仕舞ふ楽しともなく

心きほひ学びし六年ともいらだちてただに過ぐるを待ちし六年とも

たどきなく臥し居る日々に部屋なかにつみおく本の埃匂ふも

机のまわり少しばかり片づけて夜々の新たなる学びに向かふ

〔夫は、一九六二（昭和三十七）年四月に東京医科歯科大学医学部に入学して勉強を始めた。後に私に語っていたが、「大学に入学後は歌は作らないと決めていた。だからその間の歌はない。実際は、作れなかった。どう作っていいのか分からなかった。でも今思うと作っておけばよかったなーと思う」と。大学時代の夫の生活の仕方を聞いたことがあるが、「大学から帰ると二時間ほど眠って、それから母の作ってくれた夕食を食べて、それから夜遅くまで机に向かう、ということを毎日繰り返していた」と語っていた。また、夫は「短歌《うた》は悲しみを歌うのにピッタリで、悲しみの歌は先人がたくさん残してくれているので言葉を選ぶことができる。だけど楽しい歌は、自分で言葉を作らなくちゃいけないのでむつかしい」と。また、「僕の歌はいつも寂しい、悲しいという歌ばかりだから、何とかそういう言葉を使わなくても寂しさや悲しさが表されないかと考えて作ったこともあるが……」と。

五首目に「……賞状仕舞う楽しともなく」と歌ってはいるが、夫は医学部を卒業できたことを、どこかではこうした成り行きに、嬉しく思う気持ちをもっていたように思う。

大学時代の歌は、第四部その三の大学入学後の教養時代の二年間に何首か詠《うた》ったものがあるのみである。大学卒業時の歌はこの八首のみである。」

医師（医局員）として初めての勤務

輸血ののち熱出づる患者目守《まも》り居しひととき過ぎて夕街に出づ
灯ともりし病棟仰ぎ帰りゆくうつつなきまでに吾は疲れて
病棟離れ来たりし窓に街空の夕棚雲は遠く暮れゆく

あきらめは形かへつつ幾たびか吾が生《よ》のうへに来《きた》りしものを

〔この歌は私が好きな歌の一つである。この時、夫は、東京医科歯科大学に研究者としての道を進むのか臨床医としての道を進むのかその選択に悩んでいたようである。最終的には夫は、自分の体力、年齢との関係で臨床医としての道を歩むことになった。〕

至り難き技術至り難き学の前に怯ゆ怯えて身は何せむに

濁りて白き日はさしながら暑き街歩みて午後の病舎に帰る

熱落ちし患者離れ来し吾が窓に時永きかな夕棚雲は

法師ぜみ好まぬといふ君の歌今日の臥床《ふしど》にわが思い居る

〔山田正篤氏のこと。11頁参照。〕

再び病むごとき思ひに秋暑きひと日吾が部屋に籠りて居たり

はかなきまで疲れしひと日過ぎしかばまなこをつむるひとり臥床《ふしど》に

積み乱れせし本の間にわが思ひただくづほれて臥し居るものを

小さき仕事終へて暁をねむりゆくさびしまずあれな吾のひと日を

街を帰る（二）

初夏

夜となりし病棟いでてわが帰るいそしみて一日はかなかりしを
ニセアカシヤの花青く散る街上を帰りくるひとりの心となりて
ひとりの心となりて夕べを帰りゆく車内灯暗きバスに坐れば
心むなしきまでに疲れてハリエンジュの花青く散る街帰り来つ
病棟はなれきたりし窓に時長き夕棚雲はくらくなりゆく
いそしみてありしかの窓に街遠き棚雲は夕べ夕べ燃え立ちぬ
かの時の庭に春日に咲きて居しアネモネも病み居し吾も幻

ストマイ以前と以後

思ひ出て心いたいたしストレプトマイシン以前と以後と判るる選歌群
ストマイ以前と以後との別るる選歌群思ひ出づる時わが心いたし
わが年齢《よはひ》四十一、二才を下限として結核の諸症例あり

相病みて共に少年なりしかな戦の前に死にてはるけし

〔第一部54頁に既出。〕

梅雨となりて

時おきて降りくるあらき梅雨の雨ただよりどなくわが臥し居る吾に
よりどなきあかるさありてつゆの雨降る街空は夕べとなりぬ
再び病む吾かとも思ふ梅雨の雨ふりやみし夜半の部屋にさむれば
梅雨の季《とき》過ぎゆく日々をたどきなく暗き臥床《ふしど》にわが居たるのみ
おぼおぼと梅雨の日すぎて部屋ごもるわが心時に灰の如きか
つゆの雨降りやみし夜半にめざめ居て思ふ再び吾は病まむか
苦しみしかのふたとせにわが体なかばは死にてゆきしと思ふ

大学闘争の折に

三度目のつらさのうわさ伝わりゆくアパシーの中にながきわれらに

明治壮士のごとく髪長き「革命家」捨て大学にのりこむこころ
街上に会ひて時の間をわがまもる大学を捨て「革命」にゆきしひとりを

街を帰る（二）

〔東京医科歯科大学医学部医局員として勤務二年目。〕

夏

もみじあふい《あおい》今年にぎやかに咲きたりと思いてひとり庭に居りたりき
水霜はやうやく下りむわが狭き庭にはまゆふの広葉しどろに
みんみんの鳴き居る木立すぎゆきて街上にくもりをとほす日暑し
もみじあふい《あおい》終りし庭に帰りきていらいらと午後の時を居しのみ

秋

時長く街空にある棚雲をみつつ夕べの階下りゆく
秋暑き日のさす巷あゆみ居て定まり難しわれの心は

街上にふみゆく落葉尚青くわが思ひいまやすからなくに
あゆみゆく舗道に秋日淡きかな少年なりしかの日の如く
あゆみゆく舗道に秋日いま淡しよみがへる遠きわが日々のために
かくのごと恋ほしき故に秋日さすちまたゆきつつわが安からず
仕事なき午後としなれば時おきて秋日明るむ街かえりゆく
きはやかに影立つ路上歩みきて向ふ冬日の中の病舎に
夜々の机にわが背ただ寒くおろかに過ぐる日々かと思ふ
秋深く向ふ机に今しばし安らけきわが心保たむ

冬

おろそかに過ぎむひと日にわが縁の午後の冬日の移りてゆきぬ
うらぶれし如きの思ひに地下道をいでて暮早き街あゆみゆく
ただまさきひと日なりしか帰りゆく街空に今日も月いでて居る
黄ににごる月出でて昨日の如き街帰りゆく何をねがふ一つだになく

患者の立場は

部屋寒くなりゆく夜々をわがありて向ふあそびの如きまなびに

アクティビィティのかけたる吾をいましめてかの日告《つげ》ひし君とも思ふ

「患者の立場は」と言はれてひるみ居りし事帰りきてただにわが思ひ居る

明近くやうやく吾は睡くなりねむりゆくひと夜の心なぎつつ

ねむりて心なぎゆきし吾かあかときに顔ひえながらさめて静けし

教授の前にくやしさ思ひもらせりし時の間もかへりみてたださびし

街あゆみ帰りゆくとき

〔大学医局員、三年目から四年目。〕

うつしみは砂の如きか夜深き街あゆみわが帰りゆくとき

冷たき臥床《ふしど》に入れば諦めの凝《こご》る如くにわがひと日はつ*

---

*はつ「果つ」終わる 修了する

夜の煙霧《えんむ》とざせる街をかへりゆく癒えてよりどなき十歳《ととせ》すぎたり
まつはりて夜の煙霧《えんむ》のとざすまち帰り来ればわが部屋寒し
冬至すぎてすでに幾日か帰りゆく夕街に紅《アケ》ににごる空あり
匂ひつつ夜半の煙霧のとざす街帰りゆくねがひなきわが明日のため
定めなきあゆみの如き夜の煙霧にほへる街をわが帰りゆく
夜をこめて寒き臥床にまどろみを持ち居りまなこただに疲れて

仕事定まり難き

〔医局員四年目には一度外部の病院への勤務が義務づけられていたため、この頃勤務先を探していた。〕

仕事定まり難き幾夜のただ寒く遊びの如き学びに向ふ
わが心すさめる日々か匂ひ居て寒き煙霧の街をかへりゆく
まどろみの過ぎし夜床にひとときの思ひ激《たぎ》ちて吾は居たりき
職定まり難き幾日をわがせまき机に向ふ寒き夜毎を

風邪ひきて焦りし二日すぎむとし寒きタタミにわが坐り居る

寂しき夜半に思う

まざまざと夜半に思へば苦しみきはまりて死にゆきしかの病者らよ

老いゆく父母

いたいたしき老は父母にきたり居き心暗くわが過ぎし八歳《やとせ》に
抽出《ひきだし》に幾つもありぬわが母のかひくれしとげぬき地蔵《じぞう》の御札
老《おい》深くなりたる母か秋日さす舗道に吾にならびあゆめば
やうやくにひと生《よ》あきらむるわがさまを老ひきはまりしわが父はみむ
おそれ居しわが母の老はわが病みしひととせのうちに早くきたりぬ
癒えてすぎし早き十歳《ととせ》に痛々しきまでに老いにきわが父も母も

その二　母死亡。東京逓信病院呼吸器科に勤務。そして結婚

一九七〇（昭和四十五）年二月～一九七八（昭和五十三）年六月

戯詩　昭和四十五年六月梅雨の日に

雨の朝

バスの大きなガラス窓で
ワイパアが泣き泣きわたしを
あざけった
いないよーう　いないよーう

〔一九七〇（昭和四十五）年二月九日、買い物の途中に青山高樹町の交差点にて交通事故により母死亡。〕

恋ほし母

「手を握つて頂だい」といひしその手も握らざりき三十分のちに息絶えし母よ
相見てしあかときの夢さめしかば茫々として恋ほしわが母
言絶へて恋ほしき母かあかときの夢にいくたび相見てしかば
韮の花庭にみずなりて幾年か恋ほし母ありてわが病みし日の

幻なして苦しきかの日よみがへる夜半の畳にわが立つ時に
涙出でて苦しき日々も過ぎにしか夜深きへやにわが床を敷く
帰りくる夕べ夕べにすでにして母なき街をわがあゆみゆく
疲れつつ帰り来りしわが部屋に母なき夜々の蚊帳つりて臥す
蚊帳つりて寝ねし幾夜も早く過ぎただよりどなし母のなき日々
うつつなき吾の如くにも紅蜀葵《もみぢあおい》哀へ早き庭に立ち居り
白扶養少なき花を朝々にみつつ母亡き家歩み出づ
空青くすみし幾日も思ひ沁む母なき夏の早くすぎたり
たへがたくさびしくなりて夜深き部屋のたたみにしばらく坐る
土白く乾ける墓にわが母の骨壷を入れて帰りきたりし
花枯れて立ち居し墓石幻にみえつつ今宵恋ほしわが母
病むわがためにひたすらなりし母の二十年その二十年にひとつ報ひず

〔母が亡くなったその日、夫は私と私のルームメイトとの三人で行くはずであった演劇「海暗《うみくら》」（新劇合同）の切符を私に渡すつもりで、大田病院に来ていた。しかし、大田病院に到着してまもなく母が交通事故にて青山の救急病院に運ばれているという緊急連絡があって、母のいる救急病院に駆けつけた。夫が大田病院の仲間の先生方に連絡をとり、病院で母を引き取って診ていただくことになり、再び救急車にて大田病院に運ばれたが、救急病棟に運ばれる廊下の途中で死亡が確認された。

その時の演劇の切符は、夫の死後、夫の書棚の手紙入れから見つかった。夫が大事にのこしていてくれたのであろう。三枚の切符の入った東京医科歯科大学病院の封書の表面にはこのようなメモがのこされていた。「9／Ⅱ　Pm1時頃、1―8〔一病棟八階か?〕で松本さんからうけとり、その後大田に向かった。三人のためのキップ！　三人のための。」〕

病院勤務

〔一九七一（昭和四十六）年二月一日～一九七八（昭和五十三）年六月十五日まで東京逓信病院に勤務。〕

槻《つき》の樹のみゆる病舎につとめきて母なきわがひととせの早し

なにもかも淡くなりゆく思ひにて母なきひととせを過ぎてきにしか

一九七一（昭和四十六）年三月　夕庭で

心なぎて居し時の間に夕庭にしめりし土をわが握りて居る

草いきれやうやく茂き庭中に夕べ芙蓉の苗うゑて居つ

一九七一（昭和四十六）年四月十一日　結婚

街上にたづさひゆけばよりどなきまでに稚なき汝とも思ふ

妻よりも早く帰りて夕暑きたたみにしばし坐り居りたり

疲れつつものうきひと日過ぎしかば帰りゆく夕のふたりの部屋に

蚊帳吊りてすぎゆく夜々のただ暑く久しと思ふ母死にてより

〔私が看護師として大田病院に勤務し、夫は大学医局員四年目に入り大田病院にアルバイトに来ていた時に知り会って、夫四十五歳、私二十九歳で結婚した。夫は結婚した四月には、大学医局員から東京逓信病院に医師として勤務を始めて三ヵ月目に入っていた。

夫は母が居た時には、夏の夕べには早くから母に蚊帳を吊ってもらい、母が傍らに居て夜を過ごしていたこともあって、蚊帳を吊って眠ることを好んでいた。蚊帳は私にも子供の頃を思い出させる懐かしいものであった。蚊帳はいつも夫と二人で吊るのだが、吊った蚊帳の中で、私の好きな歌の一つである「たらちねの母が釣りたる青蚊帳《あおがや》をすがしといねつたるみたれども（長塚節）」を私が口ずさんだことがあった。夫に「よくその歌を知っているね」と感心されたが、「あまりにも有名な歌でしょう」と言って、また二人で口ずさんだりもした。しかしいつ頃からか思い出せないが、二人で「もう蚊帳はいいいね」と言って、蚊帳から蚊取り線香に代えていった。〕

ただ暑き夜々すぎゆくにかたはらに幻にて汝が寝顔あり

たづさひて帰りゆくとき尚暑き街の夜空に火星みえをり

〔どこへ行くにも、どこから帰ってくる時にも二人で居る時にはいつも手をつないでいた。この時は渋谷に出て宮益坂を上がって帰ってくる時ではなかったろうか。まだこの頃には高い建物がなく、現在の青山通りからも、骨董通りからも空が広がって見えていた。骨董通りにはその頃、七、八階建のビルが一つあっただけであったから。〕

病室にて思う

〔一九七三（昭和四十八）年十月二日から十二月二十五日まで入院。〕

六階のわが病室に今しばし秋の夕日のさしわたるはや

おのづから微熱は出づれ病床に心落ち居ぬままに起き伏す
母死にてよりの三歳《みとせ》にさまざまに移りゆきにしわが生《よ》と思ふ
濁りたる街空に秋日落つる時病棟の壁しばし明るむ
芙蓉の実枯れ居し庭の薄き日に歩みてかの日嘆きたりしか
街空の今日澄み居ればてりわたる月病棟のゆかを照らせり
病棟の床《ゆか》に照り居る夜半の月街空にやや赤くみえつつ
冴えざえと冬はオリオンの出でし窓その下にさらぼひ病み居し吾よ
病棟のあかるき午後にまどろみぬ再び病めばよりどなき吾
さびしき夢さめ居つつ六階のわが窓に遠き朝雲がみゆ
窓遠く並ぶ建築の片面にうすき朝日のさしそむるはや
病棟の床に夜毎に月さしてすぎゆく日々よよりどなき日々よ
てりわたる午後の冬日に病棟の窓ことごとく輝くものを
病みさらぼひ居しかの日より二十歳《はたとせ》はすぎて自らに何を得たりし
よりどなきわが日々すぎて窓外の舗道つめたき夜ごろとなりつ

〔夫は、東京逓信病院勤務を始めて三年目の五月より疲労感がはげしく就労ができなくなった。一九五〇（昭和二十五）年の左腎の結核罹患後の炎症が再燃。全身麻酔による腎摘出術のリスクの高いことを考慮して、入院、半日勤務、自宅療養、などを繰り返しながら内科的に経過観察が続けられた。しかし、血沈が高く、微熱が継続、腎臓肥大が著明にて、一九七四（昭和四十九）年二月二十五日に東京逓信病院にて腎臓摘出術施行。三月十日退院したが腹痛があって、軽度のイレウスが疑われたため三月十三日再入院。経過観察にて問題なしとなって三月二十二日に退院。退院を待つかのように父が亡くなったので、葬儀などを済ませて、六月三日逓信病院へ出勤。その後は体重も増え、すこぶる体調がよくなっていった。〕

妻のかたはらで

〔一九七四（昭和四十九）年二月二十五日、腎臓摘出術施行。朝よりしんしんと雪の降る寒い日に。〕

めぐらししカーテンの中にまどろみて傷痛みくる暁にさむ

かたはらに妻きつつ居て病室の明るき午後を吾はまどろむ

傷痛むあかときにさめてわが思ふ妻のこと亡き母のこと又姉の事

手術創痛みてくれば部屋すみの暗きベットにうづくまり居る

涙声になり居し妻を又思ふ傷痛みくる夜半のベットに

窓外はつめたき春の雪となる暗きベットにまどろむときに

病み病みてあり経し十歳《ととせ》かへりみる何が残りしといふにもあらず

病室の窓にひびきて街空の春の疾風《はやち》は夜すがら吹きぬ

昼の飯はやく終りて傷痛むベットに長き午後をまどろむ

街空にさす春朝日病室の窓にひとときくれなゐにさす

壁に向ひひと日臥し居て折ふしに悔いに心のたぎつことあり

街空にさわだつ疾風七階のわが臥す窓にをりをりひびく

うからのしきりに呼び居し隣室もしづまりて暁にわがねむりたり

たどきなかりし一生《ひとよ》と思ふ街の灯に明るむ夜半の白き臥床《ふしど》に

病床にて亡き母思う

手術創痛むあかときの臥床《ふしど》にて母のいまはを思ひ居るはや

心たぎちて亡き母を思ひ居たりしが壁に向ひて又ねむるべし
われを呼びわが手を乞ひしかの時の母のいまはを忘るる日なし
かのいまはの母を思ひてめざめ居る夜床の吾を妻に知らゆな
いそしみてつたなかりにし日々と思ふ母死にて早き四歳《よとせ》すぎたり
母ありて病みし十歳《ととせ》に定まりし気弱きわれの性《さが》とぞ思ふ
母ありて病みし十歳よかへりみて心静かにありしにもあらず

父の死

〔一九七四（昭和四十九）年四月二十九日、父東京逓信病院にて死去。〕

老い衰へて言葉少く臥す父の病室に日ごとわが来て坐る
病室のベットに日々に衰へて言葉少くなりゆく父よ
息絶えしかのあかときの父の顔幻にみつつ老いゆく吾か

〔夫は、腎臓摘出術施行後三月二十二日に退院をし、東京逓信病院の職場には六月三日に復帰した。父は、夫の退院を待つかのように四月二十九日脳卒中後の肺炎にて、夫と私と姉とに見守られながら死去した。夫は、父の最後に向かい、主治医が来られるまではと言いつつ、心臓マッサージをくり返し、時々私と交代した。夫は結核で闘病中、本歌集第二部のいくつかの歌の中で歌っているように、父に対して大きな恨みを抱いていたが、こうして最後をおくることができて、夫も父も幸せだったと心から思う。」

亡き父母恋し

舗道白くさせる冬日にあゆむ時父母恋ほし死にし父母
かの日より五歳《いつとせ》過ぎぬわがあゆむ冬の巷に夕日さし居り
舗道あゆむ吾に冬日はさし居りてはるけきかなやわが父わが母
冬の日の白き舗道を帰るとき幻に似て母ありし日よ
幻にみつつ恋ほしきもの縫へる母のかたへに夜半はみし飯
母の匂ひのこれる黒きえりまきをしまひおきしがいづくともなし
黒きえりまきして居給ひき冬日さす舗道に並びわがゆきし日に
歌作らずなりて幾年《いくとせ》か俄かなりし母の死よりのことと思ふ

母

私の母は明治末期から大正にかけて東京の山の手でお嬢さん育ちとして育った。母方の祖父は明治維新にさいして、豊前小笠原藩から選抜され、維新政府の初期の留学生の一人としてペテルブルグに送られ露語と仏語を学び、帰朝後は明治政府の外交官となっていた。引退後は渋谷の今の山の手協会の場所に広い屋敷を持って住んでいた。

その祖父の長女として、母は大事に育てられたのであろう。気が小さくしかも疳の強い所のある母はいわば腫れ物にでも触るようにして育てられたのであった。一度目の見合い結婚から逃げ帰り、二度目の見合い結婚の相手が父であった。

父の方は仙台の貧乏士族の家に生まれ早くに父親を失って、学者であった叔父〔赤痢菌発見者・志賀潔氏〕や女高師を出て女学校の教師をしていた姉に援助されて北大を出ている。卒業の際に、これから弟妹や母親に学費や生活費を送るために、自分は植民地に出かけてそこで働くのだと決心したと言う話を私は父から聞いている。そうした父にとって母は全てをまかせられるような伴侶とはとても思えなかったのであろうか。母にとっては父は最後まで気持ちの通いあわぬ夫であり、母の気持ちは二人の子供、私と姉とにあつめられていたのであったろう。

戦後の私の姉は津田塾大学を出てから結婚もせず米軍の翻訳の仕事をしたり教師をしたりして、収入を失った父を助けていた。疎開させていた荷物を全て売り払って父と母が焼け跡に漸く建てた粗末なバラックで私は、喀血を繰り返しながら寝ていた。その頃私は中野療養所に入ろうとしていたのだが、父の叔父の紹介状と私の胸部レントゲン写真をもって入院手続きに行った母は、所長の春木先生から〝入院してもこの肺では手術も気胸もできないから寝ているだけですよ〟ときかされ、それなら母が自分で看取るからと、私の入院を取り消して帰ってきてしまった。母はそのバラックで夜は私の隣に薄い布団をひいて眠り、私を看取ってくれていた。その頃母はいつも私に言っていた、〝私はおまえが死んだらすぐ川に飛び込んで死ぬからね〟と。母にとって幸せであったのは娘時代だけであった。〝私は不幸せになってゆくばかりに運命がきまってしまっているのだから〟と何時も呟いている母であった。その不幸せのきっかけが、父と結婚して「満州」に渡ったことにあったのであろう。一九〇一年生まれの母は、私を看取っていたその頃五十歳になったばかりであった。

一九五〇年代末から私は癒え始めて、母の手を離れ、仕事探しをしたり勉強に熱中したりしていた。その頃母は次第に老いに入りながら、いよいよ暗く閉じこもって行き、私や姉が何かに誘いだそうとしても、何一つ楽しもうとはしてくれず、私はそうした母に苛立って又母から離れて行くのであった。私が医学部に通い始め、家にいる時間の少なくなった頃、〝不幸は皆私達が父の祖先の「霊」を大事にしなかったからだ〟と言い出して、飾り立てた仏壇を欲しがったのは、あれは母のもとに時々顔をみせていた近所の下町風の奥さんの影響であったのだろうか、私達は呆然として母の暗い呟きをきくしかなかった。

そして一九七〇年二月の晴れた寒い日、いつものように私達の夕食の買物に出た帰り、母は交通事故のために急死してしまった。丁度週一回の外来の為に大田に来ていた私のもとに、回り回ってその知らせが届いたのは夕方近くだったか。そのあと十数日にもわたって、私はその頃大田にいらした斉藤和夫先生はじめ多くの方々や、医歯大での友人達に、どれほどお世話になり心配していただいたか。私はその中の何人かの方々にはきちんとお礼の言葉を述べる事さえ忘れて来てしまったのではなかろうかと、いまになっても胸の疼く思いのすることがある。

私は母の死んだあとも母の歌を作ることが殆ど出来なかった。白く大きくあいてしまったその時の歌稿帳に、戯詩と書かれた詩ともなんともつかぬものが記されている。

雨の朝
バスの大きなガラス窓で
ワイパーが
泣き泣き私を嘲った
いないよー　いないよー

その翌年一九七一年の二月から私は医歯大の第一内科から東京逓信の呼吸器科に移って、バスで電車で飯田橋に通い始めていた。そのバスの中でこの詩句を呟きながら、私は自分のすさんだ気持ちに耐えていたのであった。

その後も私は母の歌をあまり作っていない。

相見てしあかときの夢さめしかば茫々として恋ほし我が母
蚊帳吊りて寝ねし幾夜もはやく過ぎただ抛りどなし母のなき日々
母死にてのちの三歳《みとせ》にさまざまに移りゆきにし我が生《よ》を思ふ
冬の日の昏れし舗道を帰るとき幻に似て母ありし日よ
ゆくりかに思ひ出づれば母の香の記憶も今は淡くなりたり

母の死んだ一九七〇年からすでに四半世紀もたって私はまだ母の歌をうまく作ることができないでいる。

もう何年か前になるが、小児神経科の柳先生と立川相互の忘年会かなにかでお会いしたことがある。少しばかりアルコールの入った私は、冷静でしかも優しい女医さんであられる柳先生に、母と私の長くも短くもある屈折した何十年かの思いを話してしまった。先生は私の話を聞いて下さってから、「それは典型的な母子関係の一つですね」と静かに言って下さった。私はその柳先生の言葉に何故ともなく心の休まる思いがした。

一九九四年九月記

比叡山に登りて

〔一九七五（昭和五十）年四月京都での日本結核病学会の帰りに延暦寺に一人で出向く。〕

かくのごときたりし吾は比えいの山に父母思ふ死にし父母
延暦寺にむかひてのぼる山路《やまみち》をのぼりてゆきぬひとりとなりて
山の上の夕をあゆめば現世《うつしょ》にたづさひ生きむ汝（妻）ぞ恋ほしき
すぎゆかむうつしみ故にいくたびか涙のにじむ思ひしたりき

その三　大田病院呼吸器科に勤務

一九七八（昭和五十三）年七月～一九九二（平成四）年六月

勤めかわりて

〔大田病院呼吸器科に勤務（一九七八年七月二十一日〜）。〕

つとめかはりてすさび居し吾がまなこやみてひと日こもればしみて思ふも

暗点いでしまなこいたはりこもる日も茫々とせるわが生のなか

さやかな視野ふたたびは帰らざらむ左眼を惜しむいのち惜しむがに

おづおづと生きて来たりし生きざまも母にうけたるひとつと思ふ

朝の日のゆかに明るき電車にてまなこをつむるわが疲れつつ

まぼろしはありありとして母死にしはれし二月の寒き日暮れよ

くれぐれの寒き電車にわが立てばあきらめに似て過ぎしひと日よ

幾たりか救ひえし老いを思ひ出で心やすらふごとく居たりき

あかときにさめておのづから心たぎつかの老いびとを死なしむなゆめ

「医学の仕事はすぐに古びてしまひあはれです」われにむかひてかきたまひたり

暑き西日さす

暑き西日さす階下り帰りゆく心むなしきひと日なりしを

あきらめはあはあはとしてひとときの朝の地下鉄にわれはまどろむ

火の如き悔もちて寝ねし幾夜かありて十歳《ととせ》のつとめ過ぎたり

〔夫は、医学部を卒業して、さて行く末をどうするかという選択に迫られた時、医局員として大学に残る道を選んだ。母校東京医科歯科大学にて研究者の道をあゆみたいという気持ちがあったのであろう。すでに記したが大学卒業四年後には医局員から東京逓信病院へ移った。いつも自分の行く末を考える時に、夫の場合には長い闘病生活の中で背負っている自分の体力との駆け引きの中で選択することを余儀なくされる。こうした自分の人生の選択をすっきりとは整理できないままであったのであろう。こうした気持ちはおりおりにあって、大学卒業後に詠んだ歌「あきらめは形かへつつ幾たびか吾が生《よ》のうへに来りしものを」の中にも表れている。この歌は、私の好きな歌のひとつであるが。東京逓信病院での臨床医としての日常は、初めての病院勤務であったので、「受け持ち患者」をもつという重責の中でまた「体力」との勝負があった。大田病院への勤務がえは、患者の受け持ちを続けることの大変さを回避することが大きかった。土、日曜日、お正月休暇などに患者が急変して呼び出されることも多かった。こうした勤務を続けることは夫にはとても困難であった。しかし、同僚らとの楽しい生活であったことは私と交わす日常の会話や行動でよく分かった。勤務から帰ってくると毎日のように職場の方たちとの楽しい一日を語ってくれた。夕食時にはお互いの一日を語ることがその日の大きな楽しみの時であった。大田病院へ移ってからもお互いの一日を語りあうことは続けられた。〕

務め終へし夜の地下鉄に茫々として時の間をねむることあり

心すさびすぎゆく日々か疲れつつ夜半の電車にわがまどろめば

務め終へし夜の地下鉄に茫々として時の間をねむることあり

たはやすく勤替《つとめか》へふわふわとわがあるにまぼろしに吾を責めくる患者

街の音ひびかふ部屋に老い病みしひとの如くにまどろむわれは

階下り診察室に向ふときわが身たゆきははかなきものを

少しばかり作りし煮物喰み居つつ今日を弔ふごとく居りたり

冷たき汗あえつついねしひと夜過ぎ起き行く朝の外来のため

枯れ朽ちてゆく木の如くおのづからわが身むしばまれてゆくはあはれなり

幾度かまもりし病死をあはあはと昼の臥床に思ひ出で居り

父なきのちの庭

君子蘭父亡きのちに咲きつぎて庭はたどきなきまでにあれたり

母の香

母と居て心やさしくわがありしかの幾歳も遠く過ぎたり
戯詩一つ作りしのみに亡き母を悲しむ歌をわれはよまずも
四十年を過ぎて思へば生きのびていくばくの幸をわが得たりしや
ゆくりかに思ひ出づれば母の香の記憶も今は淡くなりたり
おのづからいたれる老の孤独かと思ひて居たり夜半の臥床に

広瀬川

〔一九八八（昭和六十三）年四月二十六日、於仙台、日本呼吸器学会に参加して。〕
こぶしの花さきこぞる木々幾たびか街なかにみつ父のふるさと
広瀬川こへてみさくる街なかに父を偲ばむ小路さへなし

風邪ひきて

さびしさびしとつぶやきて居つ風邪癒ゆるをまちてこもり居る昼の臥床《ふしど》に

ひるがへるもの一つなき街の上のくもりを仰ぐわが臥す窓に

このビルの窓に僅に音しつつ梅雨の雨ふるひと日をこもる

〔私と夫は、青山の戸建を五階建てのビルに建て直し、そのビルの四階に住むようになった。一九八五（昭和六十）年五月からである。この地は「よい子の高樹町通り」と命名され、子供たちの学校の行き帰りの推奨通りとされていた静かな通りに面していた。バブルの兆しが始まっていたのであろうか、マンションブームとなり、我々の家の周りがすべて高層マンションに変わってしまった。そのため我が家は日当たりが極端に悪化し、父が亡くなったのを機会にビルに建て替えた。

ビル生活は、二人とも仕事をもっていたため玄関の開け閉めなどはとても便利になった。また、二人の勉強部屋もできて、一緒に机に向かいながら語り合うことも多かった。夫は医局報の「文学遍歴」の原稿書きで遅くまで起きていることがよく見られた。またこの頃より私の姪が私たちの家に一緒に住み大学に通っていたのだが、「おじさんは短歌の本を机にいっぱいならべて何やら苦戦をしていた」と言っていたことを思い出す。私も大学院を修了して勤務を始めていて、激しい勤務状況に毎日くたくたになっていた

ことを思い出す。〕

よき歌を作りしひとを羨《とも》しみてとりとめもなし昼の臥床に

妻と生きし二十余年のおりおりのわが悲しみも忘れ難しも

Suicide とげし老医師夫妻の記事消し難かりきわが写象より

その四　妻と旅行（弘前・秋田・酒田・新潟）

一九九二（平成四）年七月〜一九九五（平成七）年八月

みちのくの夏

アカネの葉日に輝きてみちのくのこの園の中に吾を立たしむ
この園にムラサキのかそかなる花咲きてみちのくの夏のひかりさし居り
岩木山ひと日まぢかにみえ居りて真夏日の空高し頭上に

アララギ歌人（斎藤茂吉）の歌を思ひ出して

岩木山きはやかにみえてひとすでに過ぎしこの街にわが来り居り
病癒えし老いたる君の歌一つ思ひ出づ最上川の岸辺に

熙《ひろし》叔父を思いだして

〔佐藤熙《ひろし》は父の弟で、一九四四（昭和十九）年東北大学教授となる。一九四八（昭和二十三）年弘前大学に転じ、一九六二（昭和三十七）年から一九六八（昭和四十三）年まで同大学長。戦後青山の家に信英を見舞いに来て語ってくれたことを思い出している。〕

敗戦ののちのこの国をゐがき難しと嘆き給ひき戦の日に

戦の過ぎたるあとの北の街にはげみたまひき新しき大学のため

小林さんを思い出して

少年わが病む枕辺に学を語り言葉強かりき戦の日に

〔5頁参照。〕

妻と語りて

ひと色に青みなぎりて最上川真夏日のもと海に入りゆく

さびしきこと語りあゆみ居て妻と二人酒田の街に道に迷ひぬ

槻《つき》並木の梢とどろく風の中ゆくりなくきて妻と歩みぬ

山居倉庫を見て父を思う

米作技術者なりし父思ひ山居倉庫《さんきょそうこ》小暗き土間をわがゆきめぐる

〔私たち夫婦は、結婚してから夫が在宅酸素を始めた一九九九（平成十一）年までの間は、年に一回から二回は旅行に出かけた。外国旅行も何回かした。楽しい写真がいっぱい残っている。しかし夫は旅行の歌は今まで作ったことはなかったと思う。「短歌《うた》はさびしさを歌うもの」というのが夫の昔からの信念のようで、というより、後にいろいろな場面で〝白状〟していたのだが、「楽しい」歌は夫には作れなかったようである。「大学に入った六年間は歌は一切作らないと決めていた。いや、作れなかった。どう作っていいのか分からなかった」「栄子さんと結婚して楽しかったから歌が作れなくなった」と。

一九七九（昭和五十四）年九月に八ヶ岳高原に旅行したことがある。旅行から家に帰ったその日にアララギ十月号（昭和五十四年）が届いていて、夫がそれを持ってすぐ私のところにとんで来た。「こんな歌がのっているよ」と。それは、私たちが今帰って来たばかりの八ヶ岳と佐久を歌っているもので、「八ヶ岳の裾山ひろき雑木原無人驛二つ停りなほ行く」（加藤淘綾）。佐久の歌もあった。夫は脱帽の声をあげていた。私は歌はもともと詠めないが、自分がただ楽しんだだけの雑木原をこんな風に上手に歌えるものなのだ、と感心した。旅行の思い出にはこんなこともあったが、東北の旅行で、山居倉庫の見学をしたことは今もはっきりと私の記憶にある。しかし山居倉庫に関して父の思い出を歌にしていたことはこの歌を見るまで知らなかった。」

医を業にして二十五年の思い

救い得ざりしかの老人を思ひ出《い》づ心きほひ病棟にわがありし日々よ

むらぎもの心静めて階下るこの暑き午後の外来のため

心きほひもすでにうせつつ午後暑き階下り診療室にわが入りてゆく

暑き日をひと日こもればみづからの老いを悲しむごとき思ひす

楽しき夢久しくみずとわが思ふものうくさめし朝の臥床に

咳押へまどろむ昼の風邪の床老いたる吾を父母は見ず

心怖ぢつつ医を業として過ごし来し二十五年を今終へんとす

救ひ得し救ひ得ざりし幾人かすぎて思へばなべて茫々

それぞれに思ひまつはる聴診器失ひし二つ折れたるひとつ

君の書斎《しょさい》にかの日みし厚き業績集思ひ出でつつ今に尊ぶ

〔山田正篤氏のこと。11頁参照。〕

老いしかば

おろかなる医として過ぎて老いしかば生き死にの事もすでにものうし

追ひたてらるる如く学びてきたりしと思ふ時あり夜半の机に

心きほひ病棟にありしかの日々に身につけし技術もすでに古びぬ

〔この二首は、アララギの歌会に出した歌である。「老人の歌そのほか——私の最後のアララギ歌会」と題した夫の回想がある。その一部を紹介したい。〕

老人の歌

私がアララギの歌會に最後に出席したのは一九九四年一月の歌會であった。雑誌アララギは一九九七年までで終わったがそれは文字通り私にとって最後のアララギ歌会出席になった。その又前にアララギ歌會に出たのは何時のことだったか、もう記憶もおぼろになったが、私が医師になって間もなくの頃であったから、九四年よりも更に二十年以上も前であったか。その頃の歌會は神保町岩波ビルの会議室で開かれていた。四十人ほども集まった会員に、ずいぶん出席者がふえたと思った記憶がある。

九四年一月の歌會は虎ノ門の法曹会館の広い講堂で開かれていて、新年歌會のためもあってか、百人を越える出席者が集まっていた。受付ではその何十年か前私が初めてアララギ歌會に出席した時（昭和二十八年だったろうか）と同じに吉村睦人氏が出席の記帳をうけ、歌會詠草を渡していた。私が「吉村さんも髪白くなったね」と言うと、氏は私の髪を指さして「自分だってそうじゃないか」と笑った。私が初めて歌會に出ていった頃、私も私より少し若い吉村さんも二十代であった。氏は歌會では文明さんの周辺にいる先輩達に負けずに厳しい批評をする元気のいい若手の一人であった。

吉村氏に出会ったことで少し気持のほぐれた私は、片すみに座って広い会場を見渡した。私にとっては文明さんの亡くなったあとの歌會に出るのは初めてであったが、会場を埋めているのは、あの頃の文明さんよりもっと歳の多いと思はれる老人ばかりであった。私がせっせと歌會に通った二十代終わりのあの頃、文明さんは六十代半ばで、私が遅く医師になって再び歌會にぽつぽつ顔を出し始めた頃、文明さんは八十になろうとしていた。私にとって文明さんは半白の短い口髭を生やした老人で、なんでもお見通しの怖くも優しいもある人であった。その「老人」がいなくなって、歌會の参加者は、数だけがむやみに増えて歳はそのまま持ち上がりに増したという形であった。遠くにいる参加者のなかに昔顔馴染みであった方々が、やはり老人になって来ておられるのを見て、あらためて時の過ぎ去ったことを思い返した。あの頃の肺病を辛うじて生き延びた私も又今は六十歳を過ぎている。

歌會での批評は、これはまた昔と少しも変わらず厳しいものだった。出席者の年齢を感じさせる「老い」を嘆く歌が次々と出て、いずれも厳しい批評を受けていく。つまらない歌、俗な歌などと私も呟きながらその仮借のない歌評を聞いていたが、そのうちに私は落ち着かなくなってきてしまった。私の出した歌もやっぱり「老い」を歌っていたのだから。二首ずつの提出歌で全部で二百何十首かの歌會詠草の後半に私の歌はあった。

おろかなる医として過ぎて老いしかば生き死にの事も既に物憂し
追立てられる如く学びて来りしと思ふ時ありて吾は老いたり

私の二首はこれであった。どちらの歌にも「老い」の文字がある。私は身を硬くして自分の歌の批評されるのを聞いていた。第一評者も第二評者も、私の「老い」の歌ひ方に文句をつけた。私は半分納得し、半分気落ちしていた。最終評者でアララギ選者の一人でもある清水房雄氏は、作者名が読み上げられて立上がった私に「佐藤君はまだ七十になっていないだろう」と聞く。私よりひと廻りは上の清水さんにそう聞かれてすなほに「はい」と頷くと、清水さんは「七十にもなっていないのに老いを口にするんじゃない。老いたりなんて歌ってるとほんとに老いちまうぞ」と浴びせかける。私がしかたなくまた頷いて座ると、氏はこの一首目の歌を「この歌は大観的に感慨を述べる形の歌で、僕は気持が出てると思ふけどなあ」と言ってくれた。

私は清水さんの言葉に幾分か満たされて、歌會の終ったその日の会場を後にした。

二〇〇八年八月記

臨床医——折にふれて

死亡受持患者名記しし手帳抽出《ひきだし》より出でて来にしを今日は片付く

既往歴《アナムネーゼ》にききし軍歴つばらかに記さむとしてカルテをひろぐ

生きざまは常におろかにありへつつ学び遂げ得しひとつなかりき

レスピレーター静かに動きねむり居る君をかこみてわれら立ちたり

狭き病室にすばやく動き若き医師ら新しきレスピレーターあざやかに使ふ

医のわざにかかはりて怯ゆる夢ひとつみて居つおそき朝のねむりに

椅子の上に脚組みてしばし居たりしが午後よりの患者われはみむとす

臨床医の覚悟とかの日書きしこと思ひ出でつつ恥《やさ》しむわれは

見落しし胸部レ線の像ひとつ悔いつつあれば午後はやく過ぐ

いくばくか酔ひて心はなぎてゆく悔あるひと日すでに過ぎたり

折々に

年ながくわがまねび*来しかのひとの老いて自在となりて歌あり
エニシダの黄の花咲きて年々に老いゆく母をわれはまもりき
怠りてありしひと日の過ぎたれば心《しん》の薬をのみて寝むとす
蜩《ひぐらし》をはじめて聴きし夕すぎて暑きあしたの街に立ち出づ
死に近き父の胸部のレ線像まざまざと思い出すことあり
法師蟬遠く啼き居てわが立てる柿畠は草のむるる匂ひす
下草のいきるる中にあゆみ入ればこの柿畑もすでにあれたり

二人の夕餉

まなこ痛み読みし百余枚のレ線フィルム整へ積みて夜の部屋を出づ
とどこほることなき時は少年の上にのみならずわが上にまた

＊まねび　まねていうこと。まねること

かくつぶやきつつ厨《くりや》にありしひとときののちに二人の夕餉はじまる

〔私が仕事を始めるようになってからは、夫は、食事を作るときも後片付けをする時もいつも自分用のエプロンを着けて一緒にいてくれた。「厨にありしひとときののちに」は、台所で一緒にお料理を作っていることを述べている内容である。我が家ではお料理を一緒に作って一緒に食べて、一緒に片付けることが日常であった。友人にそのことを話すと「信じられない！」と言われることが多いが、二人ともそれがまた楽しいと思うひと時であった。夫はママちゃん（母親をこう呼んでいた）から、「ちいちゃん（夫の姉）とお台所をすると喧嘩ばかりになってしまうけれど、信英が手伝ってくれる時はとてもスムーズで楽しい」と言われていた。また「慣れているから少しもお台所は厭でない」と。夫のサポートはとてもうまく、私の次の作業を心得ていて、タイミングよく手出しをしてくれる。お台所をしながらよく母のことも語ってくれた。〕

つたなきはつたなきままに

足むくみこもれるひと日過ぎむとしビルの間《あはひ》の空白くみゆ

ためらひためらひて生きしひとよにて学び遂《と》げ得しひとつなかりき

あらた世を信じ斃《たお》れゆきし幾人を思ひ心のなぐさむは何

おどおどと生きしひとよと思ふともすでに悔しまむ心にあらず
つたなきはつたなきままにひたぶるに患者を診よと言ひつがれ来し
昼すぎて冷えし畳にまどろめば一生《ひとよ》のこともなべてはるけし

追想　瀋陽の街

遠き街かの審陽の街上に夕日赤きをみて歩みしか
少年の吾をてらして審陽の街の秋日はあかるかりしか
〔父の仕事のために、旧制中学四年生まで、瀋陽（当時は奉天）に住んでいた。夫が姉とよく語っていたのだが、瀋陽には山並みがないと。そのため、夕日はそのまま街の上にみえたのであろう。〕

夕茜ひろびろと

夕茜《ゆうあかね》ひろびろと車窓にみゆるときいくばくか心和ぎて往き来す
若かりしわが幾歳《いくとせ》よきはまりて貧しき中に病みて過ぎしか

この日ごろ

つぶやきてひと日を始む物なべて終りあり事なべて過ぎざらめやも

病む眼《まなこ》かばひてひと夜いねしかどさめしこの日もすでに茫々

窓すでに暮れし車内にしばしして吾はまどらむよりどなきまま

とりとめなかりしひと日ともあわただしかりしひと日とも思ふ暮れたる窓寒き下に

心きほひ仕事することもなくなりて幾歳《いくとせ》過ぎし吾かと思ふ

夜半の厨

帰り来し青き菜を茹でつつあれば夜半の厨を楽しむに似つ

〔私は、一九九五（平成七）年四月より単身赴任（愛知県立看護大学に教授として）を始めた。長い間毎日来ていただいていたお手伝いさんはお歳をとられたこともあり、その後何度か人が代わったが、気に入った方がみつからないでいた。その後人柄のよい方がみつかったのだけれど夫が「こんな程度のお食事（お手伝いさんのお料理）なら自分で作れるよ」と言うので、夫は食事を自分で作るようになった。また、それを楽しんでもいた。

私は毎週、週末には必ず東京の自宅に帰ると決めていて、帰った日の夕は、青山か原宿のレストランで夫と待ち合わせて夕食をすることが常であった。しかし、どうしても帰りの遅くなる日には、たいてい夫がカレーライスと必ずきゅうりのお酢もみやサラダなどのお野菜を作って待っていてくれた。「お腹がすくから先に食べていて」と言っても必ず待っていて、私が食卓に着くと「はいお食べ」と嬉しそうにカレーを差し出してくれた。夫のカレーはじっくりお野菜を煮込み、長い間に夫なりのスパイシーを考案してくれていて、とても美味しい。次の朝もこれを食べる。もっと美味しくなっている。

毎週週末に場所が変わるという生活、特に眠る場所が変化するという生活は、時差ボケのような感覚を私に与えた。眠っているとふと「あれ、ここはどっちかな?」といぶかしく思ったり、また夫と原宿を歩きながら「あれー、ついさっきまで、学生たちと名古屋の病院で患者さんと話していたばかりなのに……私って何?!」と、アイデンティティが揺らぐような感覚が何度かあった。しかし、いつの間にかそうした感覚はなくなっていった。私は美味しい夫のカレーを少しは申しわけない気持ちを抱いてはいたが、また楽しみにもして毎週帰ってきた。夫もしばしば名古屋に来てくれていたので、はじめの頃は、私と同じように時差ボケの感覚を体験していたようである。」

夜半の仕事

心和ぐことも多く夜半の机にてつたなき仕事一つ終へたり

読み終へしフィルム机上に積みしまま帰り来にしを夜半思い出づ

その五　新幹線車窓

一九九五（平成七）年九月〜一九九七（平成九）年六月

新幹線車窓（一）　秋野の雲

あはただしく乗りし列車にわが心濁れるままにまどろまむとす

やすやすと車窓に眠り往来《ゆきき》せしことは若き日にもあらざりき

この風景も幾年ぶりか稔《みの》り田に日の照る中にわが立ちつくす

たなびきて遠き秋野の雲がみゆ心せきてわが乗りし車窓に

名古屋サンクレアの部屋

街中より街中にあはただしく移動して宵のビールに息づく吾か

（夫は仕事が終わるとすぐその足で東京駅（どの列車も品川に停まるようになってからは品川駅）から新幹線に乗り名古屋に来てくれることもよくあった。名古屋では覚王山通りに面している高層住宅（サンクレア）の五階に住んでいて、私が仕事から帰る前に部屋に到着してくれていることも多かった。「早いわね！」と言うと「慣れているから」と得意そうに語り、「さて、今夜は……？」とお夕食のためのレストランを二人で探す。サンクレアの周りにはお気に入りのおいしいレストランがいくつかあって、その中から今夜食べたい場所を決めて二人で出かける。そこで必ず二人とも大好物の生ビールで乾杯する。サンクレアから徒歩三分ほどのところにおいしいイタリアンレストランがあって、このお店は青山にあるいくつかのイタリアンのお店と比較しても実においしい。夫が名古屋に来てくれた時にはほとんど毎回、そこに通った。店内の一隅の壁に大きな絵が飾られていて、夫が「この絵はカンジンスキーですね」と言ったことがあった。店長がすかさず「よくご存じですね。今までにわかったのは佐藤さんだけですよ。私は、カンジンスキーが好きなんです」と言って、喜んでおられた。〕

河合清死にし名古屋にわがありと思ひ幾日をひそかに過ごす

〔河合清氏は夫が敬愛するアララギ会員の一人で、夫と同じく土屋文明選歌欄に投稿しておられた歌仲間である。また、氏は名古屋にて全国低肺機能者団体連合会の中心メンバーとして活躍しておられたため、その意味でも夫は氏に仲間意識を持ち、親しみを感じていたようである。名古屋には同じくアララギ会員（現「青南」歌選者）で河合清氏とお仲間であった伊藤安治氏がおられ、伊藤氏は、サンクレアの近くに今も住んでおられる。名古屋に来て夫と広小路通りを散歩する時には、よく河合氏と伊藤氏のことが話題になり、伊藤氏のお宅にお寄りしてみようかと言いながらそのままになってしまった。河合氏は一九九〇年六月十七日に亡くなられた。河合氏が療養をしておられた愛知療養所は、今は国立長寿医療センターに変わっている。私が県立看護大学教授の時に新入生歓迎会合宿の宿舎として、そこに of 燐設していた「あいち健康の森」宿泊施設に学生たちと行ったことがある。この宿泊施設に隣接して在ったという愛知療養所、ここには河合清氏ら「葦の会」のお仲間（６０５頁参照）が療養しておられたことを夫から聞いていたこともあり、どことなく懐かしく、初めて来た場所とは思えない気持ちでそこに居た記憶がある。〕

新幹線車窓（二）　雲を楽しむ

あはただしく乗りし列車にしばしして古き少安集をとり出しよむ

日をつぎて南島の空に浮び来る雲のさまざまを吾は楽しむ

雲のあなたに南島の日は落ちむとし沖合の雲朱にかがやく

小安集よみていくばくか心澄み寒き名古屋の夜に降り立つ

妻と居るひととき

「よけいさびしくなるから呼ぶな」と言ふ妻と二人居て静かなる夜半のわが部屋

〔私が単身赴任中、夫が名古屋に来てくれることも多かったが、多くは私が週末東京に戻り東京で夫と過ごし、月曜日の早朝一番の新幹線で名古屋に戻っていた。私の勤務先の大学では、東京からの単身赴任者は五名ほどおられたが、先生方は月曜日の前日、日曜日には名古屋の赴任地に戻って来られているようだった。私は少しでも長く夫と過ごしたかったので、特別な日（月曜日に入学試験などが入っているような）以外は、朝の始発の新幹線で名古屋に戻ることがほとんどであった。そのため、夫は月曜日が一番寂しいと何度も言っていた。

東京の南青山の自宅は、夫の机と私の机は最初は一緒の部屋にあったのだが、単身赴任が長引くにつれて私の机の周りは夫の文献と書籍であふれてしまい、仕方なく私の仕事机は別の部屋に移動した。場所が離れていて顔を見ることができなくなったからであろうか、用事もないのに頻繁に私の机の周りに来ては「栄子さん」と私の名前を呼ぶ。そうした夫の行動が私は大好きであったが、名前を呼ばれることが何とはなしに寂しい気もして、「何度も呼ばれるとよけい寂しくなるから」と言ったりした。東京の自宅で過ごす時にはこのような光景はいつものことであった。夫が亡くなってから歌の記録ノートを見て、こんな日常を歌にしていたのだと嬉しい気持ちとまた同時に涙がにじんだ。」

雄叫び

誰を呼ぶともなく声あげて呼びて居る時ありひとり立ち居する部屋に

〔いつ頃からであったろうか、私が家に居る時に、夫は「ウオーッ！」というような叫び声をあげることがよくあった。私にはいつものことで、特別なことが起きたとも思わず、ただ聞いていた。一九八三（昭和五十八）年頃から私の姪が大学に通うために田舎から出てきて我々夫婦と一緒に五年ほどくらしたことがある。最初、夫の雄叫びに、「おじさんどうしたの！」とびっくりして夫の部屋に駆け込むことがあったが、そのうち姪っ子も「またおじさん叫んでいる」とニヤニヤニコニコしながらそのまま自然体で居た。今考えてもなぜ雄叫びをあげるのかわからないのだが、また理由を探そうとも思わないのだが、夫のときどきの雄叫びは我が家の自然の風景であった。夫流のリラックスだったのかもしれないと今思う。夫は誰もいない一人の時はどうだったのだろうか？〕

雑感

はげしき時世に生きて直《なお》かりしするどかりし四十九才頃の先生
政治屋あり宗教屋ありテレビに出づるサギ師の顔も今はさまざま

酸素療法開始へのためらい

入院もレスピレータ使用もためらひてただ外来に目守《まも》り来にしと

最善の策なりしよとなぐさめて吾に言ひくれし友はありしが

心濁り机はなれてきたりしが寒き畳にまどろまむとす

医となりて長き歳月すぎたりき心なじまざりし長き歳月

この日ごろ

ハリエンジュの花白く散る道ゆきて新しき病棟に日々を通ひき

ベランダよりみる街空に濁りたる夏の日落ちてこの日過ぎゆく

仕事少くなりておのづからへりゆきし心きほひを夢にみて居つ

いくばくか心はなぎて街遠き空の余光をわれはみて居つ

秋空の既に暮れたるわが窓に眼をあぐひと日何学びしや

あはただしく妻と吾とに過ぎてゆくなりはひもすでに色彩あらず

仕事もちてありふる妻を時ありてあはれと思ふ老いつつ吾は

〔夫は、書籍を購入した時に本扉に購入日の状況、購入動機などを、裏表紙には、読了の日時、読後感などを書き込んでいる本が多い。その一つに次のようなメモがあった。

購入日時などはこの歌よりはあとではあるが。

「二〇〇二・五・一　於名古屋広小路三洋堂購求　N徹夜ののちカリキュラム委員会のため大学に早朝向ふ。

ユーラシアの岸辺から　同時代としてのアジアへ　山室信一　岩波書店」

「二〇〇四・十・十二　於青山机上読了。――もう私には何も残っていないのではなかろうか――。N徹夜ののち早朝名古屋にもどってゆく。はらはらしながらみているだけの私。

石堂浄倫　わが友　中野重治　二〇〇四　平凡社」

「二〇一〇・二・八　深夜十二時を過ぎたか。N左足基底部骨折か？　とりみだしておろおろするのみ。悲しい、役にたたぬことは。

パンとペン　黒岩比佐子　二〇一〇年　講談社」

「N」は、私の旧姓のイニシャル。夫の私を示すイニシャルは、出会った頃は「N氏」、その後は「N君」「N」に変わっていった。これは夫の死後書籍の整理をしていて分かったことである。

これら三つのメモも夫の死後に見つけたものであるが、夫の気持ちに切なく寂しい。」

紅蜀葵《もみじあおい》咲きつぐ日々を心きほひかの病棟にわれは通ひぬ
なすなかりしひと日は過ぎて枕辺のひとりのあかりわれは消したり

時おそく咲ける老木のリラ幾株たもてほりきて心なぎをり
たくましく咲く下蔭の白きウド並立つ木々はなべて老いたり

追想（一）　東北旅行を思い出して

この湖をみたまひし日のひげ白き君を思ひてわが一夜寝つ
ひと色に夕日みなぎりて海に入る最上川見つかの真夏日に

追想（二）　こほろぎとりし少年の日

［奉天（現在の瀋陽）に住んでいたときを思う。］

北国の午後の日白き草なかにこほろぎ追ひき少年われは
こほろぎをとりに通ひし少年の日の公園の秋の光よ

追想（三）　患者

救ひ得ざりしかの弱視者の肺線維症思ひ出しつつしばし居たりし

今日の診療終えて

若き君らに助けられつつ今日の日のつたなき吾の診療終へつ
ゆゑもなく心は和ぎて梅雨雲のあはひの夕日車窓より見つ

根津美術館の庭園を散歩する

〔かつて根津美術館の庭園は、骨董通りからも自由に出入りが可能で、散策が許されていた。我が家は根津美術館のその入り口まで三分ほどで行くことができたので、何度か二人で散歩をした。この歌の時もすでにそうだったのだが、いつ頃からか美術館の正面玄関からしか入園できなくなった。〕

親しきもなべて老いぬとつぶやきて古き春楡《はるにれ》のひと樹を仰ぐ
SYRINGAVULGARISとふだつけてあるリラ幾株いずれも古くいずれも親し

文献読みて

暗点の広がりしまなこかなしみてひとり居しかば夜は更けたり

今夜よみし文献幾つかへりみて何を得たりといふにもあらず
眼痛みてよみし文献かへりみて何を得たりといふにもあらず

新幹線車窓（三）　天竜を見つ

ひろびろと濁りみなぎる梅雨荒の日の天龍を車窓より見つ
たちまちに過ぎたる駅は浜松かありなれて通ふ夜半の車窓に
梅雨荒れの雲低く居る遠山の縁黒しと思ひ過ぎゆく

サンクレア夏のベランダ

乏《とぼ》しろにムクゲの白き花咲きて居る庭がみゆビルの間《あはひ》に
〔サンクレアのベランダには、三本のピンクのムクゲと一本の白いムクゲとがあった。ピンクの方は毎年大きくあざやかに花をつけたが、白い方は歌のとおり乏しろであった。毎夏、ムクゲの花が咲くのを二人とも楽しみにしていて、夫はビデオに撮っていたこともある。〕

その六　サルモネラ感染・腸閉塞

一九九七（平成九）年七月～一九九九（平成十一）年一月

サルモネラ感染・腸閉塞

〔夫は、一九九七（平成九）年七月、京都美術館にて気分が悪くなり、夕より高熱が出て、翌日も下がらないためその日の朝早々に東京に帰り大田病院に緊急入院した。

夫は私の学会に同行してくれることがしばしばあって、私が学会に参加中には楽しみの一つである美術館巡りなどをして過ごすことがよくあった。この時も私の学会参加に同行していた。〕

腸閉塞ややに癒えきて臥す日々に「日の要約」といふ語を思ふ

朝曇りせる八月の空見えて病床に居るはただよりどなし

たどきなかりし病室の日々もかへりみて若かりし日とはいたく異なる

〔夫は、書籍・雑誌を購入した時、書籍を読み終えたとき、美術館などの入館チケットなどに、購入日とその日その時の状況、気持ち、読後感などを短く記載する習慣があった。この腸閉塞の事件に関して次のような記述があった。私には単身赴任中の出来事のもろもろを一気に思い起こさせるもので、懐かしく悲しい。

ボナール展（渋谷文化村、一九九七年五月二十四日〜七月二十一日）の入場券に、「一九九七年七月十六日（水）に行く。そのあとで病院に行き、CTを読影後名古屋に行く。17／Ⅶ名古屋から京都に」と書かれていた。

名古屋のサンクレアで私と過ごし翌日十八日に一緒に京都に行ったのだが、二日後高熱を出してしまった。京都の病院にかかることも考えたが、早朝の新幹線で東京に戻り、大田病院に緊急入院。加療後に書いたのであろう、「歌集　小さき岬（五味保義）」の前扉に以下のような記載がみられる。

「一九九七年七月二十五日　京都、看護診断学会にて。Salmonellosis に罹患。20／Ⅶ午後緊急入院より27／Ⅶまでの七泊八日、初めての大田病院への入院、苦しくて悩んだ一週間であった。この時の serum protein の電泳で early RG にわずかの計器針のひっかかり程度の abnormal spike を発見さる。忘れられない1日に手元にあったのはこの一冊であった。この日はｐｍ２：30ベッドサイドにて記す。知らなくしてありなむものをの語は遂に出ず。このところの死報の多さからであろうか。

今気付いたのだが、この本を手にしたのが二十七年前の今日であった。その時は、栄子は［外来に］いなかったがAch ああー!!」

この本の購入日には「一九七〇年七月二十五日、東京逓信病院から大田病院にまわり外来を数時間すまして帰る」とかかれてあった。

この日、私と出会えなかったことを残念に思って帰ったのであろう。その頃は、外来に来る日には私（当時私は外来主任をしていた）に出会えることを密かに楽しみにしていた彼であったから。

話はサルモネラに戻るが、医学書に書かれてある通りの便、「のりの佃煮」様の便が何回か出た。後になって夫とときどき話題にしたことがある。また、ここに記しておきたいことがある。この時重症の時期には、我々夫婦のお仲人をしていただいた佐藤達郎医師に夜中の間、一緒に付き添っていただいたことだ。胃の中に胃管を挿入していただき、老廃物を輩出していただくなど、こうした氏のご尽力も夫の回復の大きな一助であったと感謝している。〕

モクセイの香のあるかどを曲りきて帰りゆくビルの中のわが家に

帰路　秋の日

〔我が家（夫一家）は、第二部の歌の中に歌われている、常に夫をいらいらさせた小さな粗壁のバラックから公庫住宅へ、その後、夫が東京医科歯科大学入学後二年目には木造の戸建ての家を新築した。私が夫と結婚した時には父がその戸建てに二階を増築してくれてそこで新婚時代を過ごした。その二階屋の庭には百日紅、もみじ葵、うめもどき、沈丁花、金木犀などの花木が植えられていた。しかし当時この家の周りは次々とビルが建てられ、我が家の日照時間も数時間になってしまうほどであった。当時、五十嵐慶喜弁護士グループと「日照権住民闘争」にご近所の方々と一緒に参加していたが、みな次々と建てる側に変わってしまい、我が家も同じ運命となった。「日照権」は、街の建物がどうである必要があるかを問う大事な内容を持っていたと思うが、高層ビル建設の波には勝てなかった。そのため一九八五（昭和六十）年に我が家も戸建てから五階建てのビルを建築し、その四階に住むことになった。そのビルの庭に、できるだけ戸建ての時に植えられていた花木を残すことにした。金木犀もその一つで、秋になると黄色い花をいっぱいにつけてよい香を漂わせていた。

しかし、このビルの広い庭も、東京都による計画道路地（戦後まもなく決められた）であったため、二〇一三（平成二十五）年には道路に変わってしまった。

四階の部屋のベランダには、小さな花壇ではあるが、そこにもみじ葵の株と百日紅の木を残したので、毎年夏にはきれいに咲いてくれる。もみじ葵は今日は幾つ咲いているかと、夫と毎年話題にして咲くのを楽しみにしていた。もみじ葵は数個の株を作る宿根草で、一本の株に、一日一個の花しかつけないので、毎日咲いた数を確認するのは楽しみの一つである。夫が亡くなったその年には、今までに一番多い八個の花が咲いた日があった。夫に伝えると、「八個も咲くなんて、庭の地植えの時だってめったにないこと」と言って喜んでくれた。」

電車降りてあゆむ歩廊《ほろう》*は透明にひるの秋日のひかりさす時

---

*歩廊　プラットホーム

電車降りてあゆむ歩廊はきらめきて午後の秋日のひかりさす時

心むなしく歩ゆめる吾か街白くひるの秋日にかがよふ時を

楽しともなきわが家に帰りきて腸の病のややに癒えゆく

〔夫のサルモネラ腸炎による入院は、大学が夏休み期間であったため私は入院中も毎日付き添うことができ、またそのあと半月以上は家に留まることができた。その後は、私はまた単身赴任のため名古屋に帰っていたし、すでに姪っ子は、大学を卒業して一人住まいをしていたので、我が家にはだれもいない。順調に治っていたので私は安心していたのだけれど、一人の部屋に帰ることはやはり寂しかったのであろう。

私の単身赴任は、愛知県立看護大学の創立時からのもので、第一回生が卒業するまでの四年間は退職が許されない。また、その後引き続き大学院を創設したので第一回生が修了するまでの間は辞めることは許されない。単身赴任は夫とも相談して行ったことであったし、単身赴任となった成り行きを後悔はしていない。夫には、何度も「女房元気で留守がいい、という気持ちで、一人を楽しんでほしい」と話したが、夫はその気持ちにはいつもなれないようであった。私もそうは言ったものの、いつも夫と一緒に過ごしながらの仕事を考えていて、本当に、頭が痛くなるほどに何度も何度も辞めるチャンスを模索した。しかし、辞めるチャンスになかなかなか出会えず、永く単身赴任が続いてしまった。夫は、私が仕事をすることを責めたことは一度もない。それよりも、妻の役に立ちたいと切ないほどにいつも思っていてくれた。

今振り返ってみて、私は、仕事を持って働いた妻として後悔をしたことは一度もないが、夫との生活、人生をもっともっと大事にすることはできなかったのかと悲しいほどに思う。〕

追想　解剖実習

年たけし医学生としてカルボル水臭ふ解剖室になづみ学びき
解剖実習助けくれし日の友を思ふしなやかに若かりし日のわが友
〔わが友とは佐藤達郎先生のこと。〕

歯の痛み

歯の痛み押へ眠りて汗あえし一夜はすぎし日の父に似む
歯の痛みもちてこもればわれひとり汗あえて短き昼寝よりさむ
残り少なきわが歯痛みてこもりたる幾日のことも早く忘るる
部屋ごもり居し幾日に街中のモクセイの花おほよそ過ぎつ

日々のこと

胸部レ線のフィルム読みて夜の部屋によみ居し日もすでにすぎたり

ゆくりなき道のほとりにけいとうの紅《あか》深し歩み来しかば

心つつましく今日をあらなと朝の日のさす病棟の階のぼりゆく

心きほひ患者診し日々もすぎゆきて何が残るといふにもあらず

背《せな》寒くこもれる窓に濁りたる朱《あけ》の色となりて街空暮るる

銀杏落葉ふみ歩ゆみつつ

仕事やめし日々のひと日にベランダの早く枯れたる萩を片付く

かの日々に培《つちかい》居しかのをだまきの幾鉢か母死にてより早く枯らしぬ

物憂くてひとりこもれば四階のわが部屋にさす秋の日暑し

銀杏落葉ふみ歩みつつ日の光白々とせし街を思ひし

いとまありてさびしき吾か夜ふけて積みおきし文献をひとり片付く

霧雨のふる街空をみさけ*つつこもり居し窓今は暮れたり

〔この秋、私は仲間とアメリカのジョスリン糖尿病センターへ二週間の研修旅行に行くことになっていて、夫も同行する予定であった。しかし、夫はサルモネラ感染後の体重減少から回復しないままに居たので、ジョスリンには私だけで行った。アメリカから毎日夫に電話をした。夫の心細い声を毎日聞いた。このジョスリンでの体験は私には貴重なものになったが、夫の心細かった気持ちを思い返すと、切ない悲しさがよみがえってくる。〕

新幹線車窓（四）　秋日にひかりて

ありなれて通ふ車窓に海遠く秋日にひかり見えし時の間

名古屋サンクレアの部屋

街遠く没《い》る日がみえてひとり居しわが部屋秋の日暮れとなりつ

＊みさけ　遠くを見る

狭き部屋さえざえとして日暮れたるビルのわが家にまどろまむとす

〔名古屋のサンクレアの我々の部屋は、八十五平米はあったのだからそんなに狭いものではない。四ＬＤＫの間取りのため一つ一つは狭くるしいが、四つも部屋があるため夫の勉強部屋をとることができていた。東京の勉強部屋のように書籍や文献が山となっていることはないいため、確かにすっきりとしている。この頃は夫は机に向かって米国から取り寄せた英語の結核書を毎日読むべく頁を決めて読んでいた。リビングの寝椅子からは、覚王山の街並みが見え、西空には沈んだ陽の明るさを空に見ることができた。〕

胸部ＣＴ

みあやまりし胸部ＣＴの像一つまぼろしなしてわれをさいなむ
ひとしきり降りしみぞれの止みしのち街あゆみひとりの部屋に帰りゆく
舗道にあふ白髪美しき老いひとり見覚えある如く又なき如く

新幹線車窓（五）　雪降る窓を見て

外来を終へ来し吾は茫々として立つ夕の雪降る車窓に

見覚えある景色のごとく車窓には雪つもる屋根続く街あり

街越えて海に降りしきる雪のさま思ひ佇《た》ち居し窓暗くなる

夜の海に雪降る写象《しゃしょう》堪へがたき思ひを吾に伝ふるは何

海を見て大塚の療養所を追想する

海の辺の療院にかの日死にゆきし少年の日のわが友君は

〔中島君のこと。273頁参照。〕

折々に

「そこにも時はづかづかと過ぎていた」と書きたる人もすでに亡き人

わが母を収めし時のおくつきの乾ける土を思ふ時あり

みるともなく見て居しテレビ時過ぎて遠き国アフリカの泥の街映る

かたはらにひとさへなしとつぶやきて夜半に弔ふ過ぎしなべてを

学会にゆきし妻を送りて

学会にゆく妻を送り帰り来てさしあたり吾にすべき事なし
ねむる前のこのさびしさはかへりみて若き日の思ひに似ずと今宵つぶやく
さびしき老い人の歌一つよみ今日のひと日のよすがとなしつ

〔私は土日の学会の日には金曜日に東京の自宅に一度戻ってから出かけ、学会が終了するとまた東京に戻り、翌早朝新幹線で名古屋に戻ることにしていた。友人らは「ご主人が寂しがるからでしょう」と言うが、私はいつも「いいえ、私が寂しいからです」と言っていた。事実そうである。

土日に出かけなければならないときには品川駅まで夫に送ってもらい、時間によっては、お茶を飲んだり夕食をしてから別れるのだが、この別れはどちらも寂しさが残り、新幹線に乗るとすぐどちらからともなく携帯をかける。〕

新幹線車窓（六）　夏雲

まどろみまたさむる車窓にひろびろと冬晴の空黄に染まりゆく夕に入りゆく
湖わたりゆく車窓にて波暗くつづく水晴れきはまりし冬空

浜名湖をわたる真昼の車窓にて心僅かに開くといふか
もの憂くて居たる車窓に幾重にも重なりて日をかへす夏雲
すでにして午後の曇のかげさせる車窓に眠るしばしなる間を

夜半に詩読む

北村喜八にあてし長き長き中野書簡その巻紙をわれはみつむる
恋ひもとめ来にし詩集をひとりよむたはやすくかすむ夜半のまなこに

熱出づる妻のかたはらに居て

気弱くなりしわが身はげまし熱出づる妻のかたはらに夜半を居たりし

「私が病気をすると夫の態度は大変なものがある。「栄子さん、大丈夫？　大丈夫？」を何回もくり返す。夫の心配そうな声かけで、眠ることなどはとてもできない。「あまり何度も言わないで」と言っても無駄である。夫の心配は続くから大変である。この時は何で熱が出たのか忘れてしまったが、私は結婚後大きな病気をしたことがないので、多分風邪をひいたのであろう。風邪は、呼吸器疾患を持つ夫には絶対禁忌な病気なので、夫が風邪をひかないように気を使ってはいたのだが、私がひいてしまった。しかしこの時も、それ以降も不思議に思うくらい夫が風邪をひくことはなかった。しかし、最後はもっともっと大変な病気（がん）になってしまったのだ。ああ!!〕

勤務続けて

週二日通ふつとめにおのづから役立つことも少くなりつ
心残りしてわが外来に通はしめし結核病者二人も癒えつ
街空に静かに移る雪雲をみつつこもれば日暮れは早し

追想　喀血・オリオンの昇るさま

棕櫚の花黄に咲く窓にこもり居て血を喀きし日の遠き記憶よ
焼原《やけはら》に開く病む窓の寒き夜々オリオンの昇るさまを仰ぎし
独裁者の死後時置かず処刑されしかの新聞の面を忘れず
独裁者の死後時おかず滅びにし縁細きめがねかけしかの面

その七　在宅酸素とＮＩＰＰＶ開始

一九九九（平成十一）年二月〜二〇〇九（平成二十一）年八月三十一日

在宅酸素とＮＩＰＰＶ開始

［一九九九年二月六日早朝、夫は結核後遺症による急性呼吸不全にて大田病院に緊急入院をした。在宅酸素とＮＩＰＰＶ（非侵襲性陽圧換気法治療）開始。三月二十五日退院。

二月六日早朝に夫から名古屋に電話があって「血圧も脈拍も早い、どうしよう」と。私は「すぐに救急車を呼んで！　出来そうにないなら私がこちらからかけるけど」。夫は「出来るよ」「それなら私は、一番の新幹線で大田に行くから」。大田病院に着くと夫は救急病棟で酸素吸入をして安静にしていた。ＮＩＰＰＶを開始するころには元気になり、酸素カートを引くことを忘れ、酸素を吸うこともなく歩き回ってみんなから叱られたりするほどであった。私がビデオを撮ろうとすると無邪気なまでに嬉しい顔を向けてきた。パジャマにガウンを着て、自分が居る医局の机やＣＴ写真を読影している仕事場を私に楽しそうに案内をしてくれたりもした。

夫は結婚後も何回も入院したが、いつも私がお休みをとることが可能な時が多く、今回も大学が春休みに入るときであった。入院中も退院後も付き添うことができ、呼吸リハビリも自宅で一緒に何回も行った。入院中と退院後のビデオが残っているが、すべてが懐かしく、悲しい。］

レスピレーターの音する下のベッドにて睡りさむれば汗あえて居つ

酸素カート曳きていらいらとわがあゆむしなやかにすこやかにひとらゆくみち

息おだやかにあるは安けく四月昼の庭暮れてゆく窓仰ぎ臥す
酸素カートひきて歩ゆむはかの日々の君らの思ひ負ひゆくに似む
息楽な日息苦しき日こもごもにありて空晴れし五月過ぎゆく
五月尽《じん》の高曇る空明るくて今日はいくばくかわが息安し
わが夜半の呼吸のための器具いくつ浄め居て漠々とこの日始まる
酸素カートなづみ曳きつつあゆみゆく舗道は暑しめまひするまで
白き舗道あゆみゆきつつよるべなき行末を嘆き居し若き日よ

妻のための小歌集まとめんとして

残るべき妻のためわが小歌集一つまとめむと幾日かかはる
力なき歌ならぶみづからの歌稿帳ひらき茫々と午後を居しはや
心きほひ歌作りしは幾とせか癒えし短き時とも思ふ

〔夫は十六歳で結核を発症し、十七歳の時にアララギに入会し歌を作り続けてきた。その過程における歌稿帳、日記、メモノート、病気の間の温度表、時折に描いた絵など、それらは何冊にもおよんだ。歌稿帳の中には文字が消えてしまっている個所も多く、また文字も小さく読むことが困難な個所も多かった。

夫はその歌稿帳などを私にみせて読んで欲しいと言ったことがあった。パラパラとひらいてみると文字が消えてしまっていて、また文字が小さく、これを全部読むのはできるかしらと不安に思い、「これを全部読んであげられない気がする。私に読んでほしい歌だけ書き出してほしい」と言ったことがある。今思うと大変な作業を安易に頼んでしまったと思うのだが、夫は嫌がらないで、その幾冊の中から幾日もかかって五三七首を選んでパソコンに入力してくれた。入力後、「栄子さんに捧げるためのあとがきを書きたい」と、あとがきを書き始めた。以下のことがパソコンに残っていた。

「あとがき　このつたない歌集をまとめて、さて後記をと思っても、書くことは何もないような気がしてしまう。ただ、この歌集をひとりだけ読んでくれるかもしれないその私の妻のために、歌集の中の大部分の歌を、私が作った頃のことを、つまり私が長い結核の病床にあった頃のことを、いくらか書き留めて置きたい気がする。」

そう書いて、そのあとは、一九四五（昭和二十）年の夏休みに姉と二人で当時の満州に旅行をしたこと、その頃夫の父が長春（新京）で「満州農産公社」に勤めていたこと、一九三九（昭和十四）年まで「満州」で育ったこと、その後には結核を発症し平塚療養所に入院したことなどが記されていた。その内容は本歌集の「まえがき」に記した。

これらの内容は折に触れて夫から聞いていた内容ではあったが、文章で書かれたものを読んでみると、夫が戦争前、戦争中を、結核を持ってどのように生き、生活していたのかがよく分かって、私には夫を知るうえで貴重な内容であった。パソコンの前で「一太郎」を使ってあとがきを入力してくれている夫の写真が残っている。しかし、その後の入力がなかなか進まず、中途のままで何年かが過ぎてしまった。夫が亡くなる八ヵ月ほど前になるが、この小歌集を夫と一緒に読み、歌の背景やまた出版することを考えて、旧字などの扱いについての夫の考えや気持ちを聞かせてもらった。その読みあわせのすべての過程をビデオに撮った。夫の生前中のビデオはこれ以外にもたくさん残っているが、今はまだそれらを見る気持ちになかなかなれないでいる。〕

新幹線車窓（七）

一九九九［平成十一］年、三月二十五日に大田病院退院後はじめて名古屋に行き七月二十三日～八月九日までサンクレアにて妻と過ごす。

車窓には青田のはての海に立つ雲みえて居つつかのまなれど

いくばくかわが身は癒えて今日の日の車窓に海に立つ雲をみる

〔レスピレーターを着けて初めて名古屋に行く。NIPPVを始めた頃は、名古屋に夫が来る時は、あらかじめ宅急便で自宅で使用しているNIPPVの機器を送り、名古屋のサンクレアでそれを受け取る、ということをしていたが、何回かの後には名古屋サンクレアの部屋にも「ハイ酸素」とNIPPVの機器を常設していただけたので、身一つで移動が可能になった。夫は酸素を着けて何度名古屋に来てくれたであろうか。最初は私が同行していたが、何回かの後には一人で来てくれることもあった。名古屋から東京に戻る時には、必ず私と一緒である。これは酸素を始める前からの私の決めた原則事項で、名古屋から夫が一人で東京に帰ったことは一度もない。また、東京に帰る時には、時間によってではあるが、名古屋駅のレストランでお夕食を食べて帰ることも多く、楽しみのビールを飲んで新幹線に乗車する。そのため夫も私も眠って帰ることが多い。夫の「新幹線車窓」の歌がすべて名古屋へ行く時のものになっているのはそのためであることが多い。

新幹線に夫と二人で乗る時は、名古屋から帰るときも名古屋に向かう時もいつも私にはとても楽しい幸せな時間に感じられた。

夫は、新幹線の中で歌を作るときにはメモ帳を左手に、右手にボールペンを持って考え込んでいる時もあったが、メモをどうやら忘れた時には弁当箱の包み紙に歌を書きつけている時もあった。こうした時に私が撮った写真がある（巻末口絵参照）。名古屋に向かう時で、刈谷の郊外に差し掛かっていて、幾本かの鉄塔が背景に写っている。私の一番お気に入りの写真で、勉強机に飾っていたが、夫亡き後の遺影にもした。

新幹線の中で夫が詠んだほとんどの歌は、私は夫の死後に読んだ。これらは車窓からの叙景歌であるが、若いころに詠んだ叙景歌の歌詞と変わってきているように私には思える。夫は、「僕は寂しいという言葉をよく使うので、寂しいという言葉を使わないで寂しさを表す歌を詠んでみたいと思ったことがある」「僕には楽しい歌は作れない」「栄子さんと結婚してから楽しかったから歌が作れなくなった」とも語っていたことがある。夫のこうした歌への気持ちが、新幹線車窓の歌には〝超越した〟というには言い過ぎと思うが、景色を客観化する夫の心（主観）が変化しているのではと思える。

夫は本歌集７２６頁で、景色の位置を「南島」という言葉で表現している。私は先に、新幹線に夫と乗ることが楽しく幸せに感じる、と書いた。大好きな夫と一緒に居られる。ただそれだけかもしれない。しかし自分を分析してみると別な感情もあるようにも思える。新幹線に乗っている時には、この「南島」の空間がある。この空間には、往路共にこれから到着する目的地、二人ともに居ることのできる名古屋のサンクレアでの生活、二人ともに居ることのできる東京の生活、があって、この生活はそれぞれに具体は異なるが、今日からは二人で居られるであろう生活、ということでは同じである。私はこの〝空間〟の中で、そのあることであろうことへのワクワクとした楽しさと安寧感《あんねいかん》を感じていたのではとも思う。新幹線の中のこの空間が、これから到着するであろう南の島、南島から南島へ、という空間と少しは似ているのではと思ったりもする。」

サンクレアの夏のベランダ

屋上園に紅白のむくげ咲きつぎてしみらに朝のひかりさしをり

〔サンクレアの我々の部屋の前には広い屋上園があって、夏にはむくげやサルスベリ等の花が咲くのを見ることができた。また、部屋の窓からは遠くまでを見渡すことができて、紅（朱）い入り日を楽しむことができた。〕

ねむり待つ夜に妻のことを思う

レスピレーターの下にねむりを待つ時にあと二年かうまくゆけば三年かといふ思ひあり

妻のためあと二・三年は生きたしと思ひしがさして切実ならず

〔この歌では、切実ならずなどといっているが、私にはいつも「栄子さんとまだまだ一緒に生きたいから僕がんばるよ」と明るい声で気持ちを伝えてくれていた。〕

相共に死に就くことも思ひ難し老い病む吾と仕事もつ妻と

酸素療法への思いいろいろ

酸素吸いて茫々と椅子に居る午後の時をやすらひの時とも思ふ

街なかの小病院にわがありて経し二十余年は言ひ難きかも

暗きわが医局の窓に沖遠くたたなはる雲今日はみえ居り

患者とも吾ともつかず病みびとの居たりし夜半の夢よりさめつ

おぼおぼとせしわがまなこさびしみて机に居れば寒し夜頃は

苦しき夢悲しき夢いくつ夜々にみる機械のもとのあさきねむりに

老いて病む苦しみの文字は憶良より始まりてこの国いまにつづきけり

レスピレーターに寝る夜々ありてとりとめのなきひととせの短くすぎつ

レスピレーターに夜々を眠れば辛くしてひと日ひと日を経ゆく思ひす

性能悪しきレスピレーターに苦しみていそしみし病棟もすでにこぼたる

〔レスピレーターを始めた頃の酸素マスクは、夫の鼻になじまず、鼻の皮膚がおさるのお尻のように真っ赤になって痛そうであった。いろいろ工夫したがいくつか新しいマスクがでてきても鼻の皮膚のトラブルは続いた。その後マスクが改良されて、鼻のトラブルもなくなり、夫は「マスクを着けると、入眠の合図になり、すぐ眠ってしまう」とよく言っていた。NIPPVを初めて着け始めた頃には、マスクを着けて眠っている夫の横で、何度涙をながしたことか。今もその時のビデオが残っているが、見ることができない。〕

呼吸不全の治療変わりしはなになにか進み速かりしと我は思わず

槻並木の路上を帰りて

〔非常勤にて大田病院に勤務を続けていた。〕

槻並木青葉かがやくひるのみちあゆめば吾になべて過ぎたり
あはただしく時移りゆく思ひして槻若葉道ゆきしかの日々
おほかたの事すぎし吾か槻並木若葉輝く昼をあゆめば
槻若葉縁かがよふ下かげに来り歩めばなべて過ぎたり

断片　この日ごろ

おのづから心老ゆるか傷《いた》みたるまなこいたはり暑き日を居る
強度近視に傷みしわれの網膜を診たまひて声あげたまひし君か
連想は乏しくなりてあかつきをさめ居りレスピレーターの音する下に
夜ふかきめざめに吾をさいなむはとりとめもなき老の不安か
かりそめの時の如くに法師蝉ききて机に居たる夕ぐれ
秋草の中にこほろぎ堀りて居しときもひとりなりき少年われの

呼吸不全の治療

呼吸不全の治療変りしは何々か三十年のわが過ぎゆきに
呼吸不全の治療変はりしは何々かきほひいそしみて三十年の時は過ぎたり
気管切開孔置くほかなかりしかの日々の苦しき治療わが思ひ出づ

心すみゆく

息楽な日々の続くをたのしめどいくばくの事をなするにあらず
酸素カートひきて「仕事」と称し出づ幾組かCTをみて帰るのみ
シヤーカステンの前にありたるひとときに老いとどこほる心すみゆく

呼吸リハビリ

リハビリ室のひとすみをしめて言葉なく呼吸体操をくりかへすわれら
呼吸体操《リハ》にあつまるわれらおのもおのも楽しみ寄るといふにもあらず
言葉なく呼吸体操くりかへすわれらがありてリハ室の昼
めざめたる夜半のうつつを形なさぬ思ひさまざまに満たすことあり

冬の巷

窓の外おぼろとなりてたちまちに夕靄《ゆうもや》は立つ冬の巷《ちまた》に

驚き見る少年

酸素カニューラつけて街中ゆけばおどろきて目守《まも》る幼子のまなこにもあふ

〔日常よく夫と共に青山のスーパーに買い物に出る。レスピレーターを着け始めたころ（一九九九［平成十一］年二月から在宅酸素開始）であるが、驚いた顔をして、夫をまじまじと見上げてくる少年に出会った。目をまん丸にしていたから本当に驚いたのであろう。夫も私も即座に少年に何か言ってあげようかと思っている矢先、母親がせかして少年を引っ張って行ってしまった。何年かのちになると酸素カニューラに驚くような人には出会わなくなり、逆に、身近に同じ人が居ると言って親しんで話しかけてくれる人が多くなってきたように思う。夫はときどき私に、「こんな僕を連れて歩いて楽しいの？」と聞くことがあった。私はレスピレーターを着けている夫と歩くことを厭だと思ったことは一度もない。夫と一緒に居て、夫と一緒に歩くことは楽しかったので「うん少しも、一緒が楽しいの！」と。レストランにもよく二人で行った。断られたレストランは一つもなかった。よく一緒に外食を楽しんだ。

夫が、「僕のような……」というその気持ちにはまた別なことがある。夫は結核で胸膜が癒着していたため、左肩が少し下がっていた。それを気にしていて結婚をしたころ「自分はみっともない」とよく口に出していた。私はそのことで夫がみっともないなどと思ってもいなかったので、夫にいつもそう伝えていた。ある時、いつごろだったであろうか、「アララギの歌会で、自分の肩が下がっているように吊るした洋服も肩が下がっている、という歌を出した人が居たんだけど、どう思う？ つまらない歌でしょう？」と同意を求めてきたことがある。私はもちろん「ほんとうね」と。

私は二度ほどであるが、駅のホームで夫のように肩が下がって、痩せていて、静かに電車を待っている男性に出会ったことがある。ああ、夫に似た人だ、と思って静かな気持ちで見守った。私は、こうした肩下がりの夫も、この時出会った男性も、みっともないとも恥ずかしいとも思ったことは一度もない。」

呼吸器外来終えて思いさまざま

こぼたれしかの病棟にきほいあいていそしみし吾等共に老いたり
酸素カートひき帰りくる街上に細き夕べの月冴ゆるさま
そのたびに心ひきしめわが入りし呼吸器外来終えて幾年
診察室に諦め悪く自からの検査値みつめ居つつありたる吾か
心澄むひとときもなく今日すぎて夜のねむりの器械とものふ
心重くねむりのための支度する機械のもとの夜々のねむりよ

眠りをよろこびとして生き給ひし晩年の君を吾は思へり

いまいましきことといくつ今日もありたりと数ふるごとく机辺片づく

濁りたる心のままにこの夜のねむりのための器械をととのふ

妻と歩む夢

妻と二人ゆつたりあゆむ楽しき時明時の短きねむりの夢に

〔朝目覚めて、夫はいつものようにレスピレーターをはずしながら、「さっき栄子さんと歩いている夢をみたよ」と言ったことがある。私は「ほんとー。嬉しいわ、よかったわね」と答えただけであったが、この歌はこの時のことであったのだろうか。〕

楽しみて街あゆみしは幾度《いくたび》かそのある時の思ひ立ち返る

酸素カートひきなづみつつ歩みゆく舗道は暑しめまひするまで

雖冥集《すいめいしゅう》読みて*

雖冥集《すいめいしゅう》よみ終へしかばわが心ひたすら暗しきのふも今日も

いさぎよき老いを生きむという思い

いさぎよき老いを生きむといふ思ひ夜半の机を立ちししばしに
かくのごと老いて思へば少年の日に相病みし死にたる友よ
君も吾も母にみとられ病みて居し少年なりき早く亡きかも
時代の終りに生れあひたりと歌ひたまひき六十七年前に

〔以上三首は、I君のこと。388頁参照。〕

あたらしき老いの命を詠ふとも暗き幾歳《いくとせ》の生を詠ふとも
心満ちて過ぎたりし日もありにしや否やひたすらに歌作り臥して居し日に
暗闇《くらやみ》にまなこみひらく如き歌読みたるのちのかかるむなしさ

---

*雖冥集　アララギ歌人、小暮政次氏の歌集

雑歌

戦にすさみはてにし遠き国その荒涼をつぶさに見しむ
褐色の戦車動くとみたるまにくだかれはてし国土うつる
あ死んだかと街中の掲示にあゆみとめ呟きし日のかの日忘れず
バスに乗り遅れるなとかの日さはぎし者思ひ出づればこの国卑し
同盟が大事とわめきたつるもの卑しさは今に変らず

レスピレーターに夜々の息支えつつ

とりかへてやうやく馴《なれ》にしレスピレーター今宵もいじるねむらんとして
おのづから息切れ強くなりたりと思ひてひとり舗道をあゆむ
ひと夜使ひあたたまり居るレスピレーターにふれつつ朝の臥床ととのふ
ことなくて六年やうやく過ぎたりき機械に夜々の息支へつつ
残り少きひと日ひと日をつぶしゆくごとく生き居る吾とぞ思ふ
あえぎつつこえゆくごとく過ぎゆかむひと日ひと日と思ふことあり

古き友を思う

幼きあそび親しみしこの友に七十年へて逢ひしは嬉し
心すなおによろこびあゆむ七十年へて相逢ひしわが幼な友
〔岡本倬氏の来訪ありて。二〇〇三（平成十五）年一月十一日。奉天小学校時代の友人。59頁参照。〕

山田正篤氏の思い出

さび戸のきしりのやうにひとを打つとわが歌をかの日評したまひき
戦過ぎてまもなき頃に中也の詩幾つ病む吾に示したまひき
立原の詩わが枕辺に詠みたまひしかの日の君をいまに忘れず
勤労動員の合間病む吾を訪《おとな》ひたまひシュヴァイツァーを熱く語り止まざりき
戦過ぎて間もなき頃に病む吾に中也の詩幾つ示したまひき
戦終りて荒れたる街に相寄りて細胞化学学びたまひき
〔山田正篤氏　11頁参照。旧制東京高校の同級生。夫が病気の間、何度も見舞いに訪れてくださった。山田氏は夫の枕辺で、中原中也や立原道造の詩を朗読して下さったと聞いている。このころの交流については本歌集第一部にたびたび詠われている。また留学中（米国コロラド大学医学部生物物理学教室研究員）にも何度もお手紙を送ってくださった。こうしたお手紙は今も残っている。山田氏の夫への友情とやさしさに、私は感嘆と感謝の思いがいつまでも消えない。二〇〇五（平成十七）年逝去。山田氏は植物にも精通しておられて、亡くなられる二週間前に夫のある植物についての疑問にも丁寧なお返事を送って下さった。山田氏の逝去は夫にはとても寂しかったようで、毎日のように「山田君が死んじゃって寂しい」「奥さんはどうしておられるかね」とつぶやいていた。〕

追想　空襲のこと、ストマイのこと

半日の差に戦災死を逃れしこと若き日を病みて死なざりしこと

〔267頁参照。〕

十グラム打ち得て辛くも生きのびたりしかの日のストマイの価も忘る

〔381頁参照。闇にて十g二万円。〕

日常断片

衰へしまなこひらひて茫々とありへしひと日今は暮れたり

こもり居る窓にみさくるビル街の空いくつも夕雲浮ぶ

思ひきり生きたりし日もなかりしと思ひ出づるはすでにをろかか

頭きかなくなりて生き居るあはれさを幾度みしかわれのめぐりに

こほろぎの幾夜か鳴きし高層のベランダ今は街の音のみ

ものうかりしひと日閉じむとうす雲の中に月あるわが窓とざす

赤き月出でて今宵は後《のち》の月わがつづまりの秋かと思ふ

寒々と夜霧立つ窓とざすときわれの写象をすぐるもの何

母死にてのちの幾日を夢にみる折々がありてわが老いの日々

老いの心とりとめもなく帰りくる街にゆく春の雨降る夕を

若き日の事々を思う

まぼろしにたつ若き日を恋ふごとくたまゆら居しか今はねむらむ

やみ長き少年として母のへにありしかの日々よ忘れ難き日々よ

焼け出されたから何もないのよとたまゆらにさびしきまなこみせたまひにき

母を呼ぶ若かりし日の姉の声暁の夢にひとたびききつ

歌作りひたすらなりしかの日々をこほしみ思ふ遠くすぎたり

ゆくりかに思ひ出づればあざやかに小綬雞《こじゅけい》なきてかの日々の朝

六月の晴天激し無理心中の妄念吾をさらざる日々に

独居老人といぅ言葉

地域病院といふ語のありてさびれつつある町なかの老い人を診る

カルテ回診の片すみに居て「患者さんは独居老人だから」といふ語いくたびか聴く

地域病院といふ語のありてさびれたる町にのこる老い人を診る

カルテ回診の片隅に居て「独居老人」といふ語いくたびか今日もききたり

眠りの前に歌読むこと多し

集めおきしわがこのむ歌幾十首こよひは読みぬ睡りの前に

〔夫は「アララギ」や歌集などを読んでいて、気に入った歌があると自分でざくざく切った短冊用の紙にその歌を書き留め、それをいくつかの缶に差し込んでいて、ときどきそれを引き出して読んでいた。これらの短冊がぎっしり詰まった缶は夫の机上に今もそのままに残してある。〕

ゆくりなくわがもとを離れし金石歌集いづべに漂ひ居るかと思ふ

〔金石淳彦《かないしあつひこ》歌集（土屋文明編集、白玉書房、昭和三十五年）金石氏は近藤好美氏らと共に、戦時中のアララギ選歌欄に、鋭い知的な歌を発表し、注目されていた（夫のメモノートより）。結核のため喀血を何度も繰り返すという長い病臥の時を送り一九五九（昭和三十四）年に四十九歳で亡くなられた。氏の歌集の中には、夫の病床の時の悲しみと重なるような歌がたくさんあり、私にとっても強く印象に残る歌集となった。夫の本棚に以前から並べられていたのだが、あまりにも多い文献と書籍の山の中で、夫は見つけられなかったのであろう。〕

肺病みて耐へ生きて来しいくたりか孤独なる老いの中にいまあり

君の歌幾つ今宵もよみしのち机を立ちぬねむりのために

共につとめ居し日の歌

共につとめ居し日の病院をよみたまひしみ歌よみかへす夜半の机に

落花風起と題したまひし御歌集のあとに続かむ御歌集はなし

おのづから知るべくなりぬ落花風起と題したまひし集のみこころ

心静に老いをすごしていたまふと思ひきめ吾は黙し居むのみ

〔「落花風起」は、アララギ歌人、医師、加藤淑子氏の歌集。東京逓信病院勤務時代の同僚。加藤氏はその後『斎藤茂吉の十五年戦争』（一九九〇年、みすず書房）、『茂吉形影』（二〇〇七年、幻戯書房）を出しておられ、夫も所蔵している。〕

その草原に吾はゆかねどもノモンハン・ブルド・オボーのその名忘れず

〔ノムンハン・ブルド・オボーとは、「ノムンハンの水の塚」の意。〕

レスピレーター始めて八年

ひび入りしレスピレーターの加湿器を今日とりかへつ八年すぎたり

今宵の追想断片

石坂氏の車にてわか家に本もちてきたまひし夜をわれは忘れず
未知の抗体発見に組織培養にきほひ居たまひしかの日々の君と
相共に子のなきわが友「どうせ俺たちは野垂死にだから」とかの日言ひたり
視力落ちしわが眼《まなこ》悲しみこもり居しかの日はいまだ我若かりき
Death by hanging ラジオに聴きしかの声を忘れ難くする世代かわれも
Hanging の言葉なまなましと思ひたることもあざやかに今に記憶す
ロボトミーを斥《しりぞ》くる言葉鋭きを読み終へてこよいの机より立つ
点滴セット二本つぶさにととのへて妻と死にゆきし老医を想ふ

名古屋サンクレアのベランダ

二〇〇九（平成二十一）年八月三十一日

屋上園に幾株か咲くさるすべり白きを愛すものうき日々に

部屋ごもり幾日すぐればおのづから立居ものうくなりゆく吾か

ひとり居て窓よりみれば赤きむくげ咲きて明るき屋上園か

妻病みて

妻病みてただおろおろとわが居たる幾日のことも幻ならず

花過ぎし木槿《むくげ》幾株屋上園に吾を送るといふに似たりや

〔夫の歌稿帳はこの歌で終わっている。この後には歌は作られていない。本歌集のほとんどの歌を私は夫の死後に読んだ。この最後の歌もそうである。この歌は私がどんな病気をした時に詠んだのか？　二度目のの手首の骨折の時か？　夏、非常勤講師の集中講義の時に熱が三十八度まで上がっていた時に、私は今まで一度も市販の風邪薬を買ったことはなかったが、初めて名古屋の薬局で購入した風邪薬で一週間を乗り切った時か？また、ずいぶん前になるが、ベル麻痺をした時のことか？

前にも書いたが、夫は私が病気をすると情けないくらいおろおろする。一緒に暮らしていたことのある私の姪っ子が「叔母さんが病気をすると無茶苦茶おろおろして、それでもおじさん医者なの！　と言いたくなるくらい」「おじさんは叔母さんがいないと生きていられないのだから仕方ないかもね……」と何度も言っていたことがある。

いつ頃からであろうか、夫は、「栄子さんが死んだらすぐ僕も死ぬよ」「僕はね、栄子さんが切ないいくらい好きだよ」「栄子さんが死ね、と言ったらいつでも死ぬよ」などなどといつも口にしていた。そのたびに私は「たとえ私が先に死んでも、信英は生きられるだけ生きてほしい」「私も信英を好きにならなければよかった、と思うくらい信英が好きよ」「百億円もらっても信英の方が大事、死んでほしいなどと絶対言うはずがない！二度とそんなこと言わないで！」と。でも夫は何度も口に出し、そのたびに何度も同じことを私は繰り返した。時には私が「好き？　じゃー何回も言って」と言うと、「好き好き……、好きの一〇〇、一〇〇〇、一千億乗《じょう》!!」と大声で言ってくれて、本当に他愛のない、ヒマな夫婦、と笑われてしまうであろうが、実際こんな会話を何度もしながら我々は年齢《とし》を経てきた。

振り返るに、二〇〇八（平成二十）年三月に、私はやっと単身赴任を終えて東京の家に戻って来ていた。その後も名古屋の三つの大学で非常勤をしていたこともあり、名古屋のサンクレアは、一年間はそのまま（賃貸契約）にしておいた。最後のサンクレアの歌は、私が夏の非常勤の一週間の集中講義での間、夫が一緒に過ごしてくれた時のものである。非常勤はしていたものの、仕事を辞めて東京の自宅で毎日夫と過ごすことができて、私はとても楽しかったし、東京の部屋のベランダで小鳥（めじろ、すずめ）の餌付けをしたり、花を作ったりと楽しそうにしている私の姿を見て、夫もどんなにか楽しかったであろうか。この頃は、夫の最後（がん罹患）のことなど考えてもいなかった。この頃夫はまだ非常勤で大田病院にＣＴの読影に通っていて、私が「行っていらっしゃい」と言って送り出すことをとても嬉しそうにして週二日の仕事に出かけていた。その状況は、二〇一一（平成二十三）年三月十一日（金）の東日本大震災の日から変わってしまった。その日、夫はいつものように病院に出かけていた。私はそのまま夫は病院に居てくれたら安心と思っていたが、その夜遅く十時間以上もかかって病院の車で自宅に帰ってきた。その日から病院に行くこともＣＴを読むことも止めてしまった。相当その日のことはストレスだったのだろう。まもなくして、二〇一二（平成二十四）年六月、膀胱憩室がんが見つかり、そのあとの夫が亡くなるまで（二〇一四［平成二十六］年十月十四日）の二年間余は、夫も私も必死な日々であった。私は、ただただ一秒でも永く夫に生きていてほしかったから、その願いのために精一杯夫の傍らで過ごした。夫も精一杯頑張ってくれた。二〇一四年八月三十日、東京大学医学部附属病院に受診、頭部への二ヵ所のがん転移と肺へのがん転移が認められた。二ヵ所の転移がんには放射線定位照射を施行。外の廊下で待っていた私の耳には夫の呟き込む様子がうかがわれたが、終わって家に戻った時、夫に「今日は大変だったでしょう。疲れたでしょう？」と聞くと、

「いいや、僕は栄子さんと一日中一緒だったから楽しかったよ」と元気に楽しく語ってくれた。最後まで、私と一緒に居られたことを喜んでくれていた。

それでも夫は、十月十四日早朝、私の傍らからいなくなってしまった。毎日、毎日一緒だった夫。夫と一緒に居て楽しいという思いしかない私には、最後の夫の闘病の時のことは今も思いだすことはつらく悲しい。

亡くなる一ヵ月前くらいであったろうか、いつものように朝食後の夫を映そうとしてVTRをまわすと「栄子さんとこの世で一緒になれたことを嬉しく思っています……」と涙をこらえながら伝えてくれた。夫がこの世でと言ったのはずいぶん前になるが、ある知人が「あなたがた夫婦は、前世も、現世も、来世も夫婦になる運命になっているわよ」と言ってくれたことがあった。夫も私も占いというものを信じたことなどはないが、これだけは二人とも「そうなってほしい」といつも話しあっていたので、夫は「この世で……」と言ったのであろう。夫との貴重な人生をいつまでもいつまでも大事にしたい。私の誠意のすべてを夫、「あなたへ」捧げたい。」

編者あとがき

本歌集作成の動機

夫の短歌集（遺歌集）を作ろうと決心したのは、昨年（二〇一五年）二月、夫の偲ぶ会での工藤翔二先生の挨拶のお言葉であった。夫は二〇一四年十月に亡くなった。その翌年二月に夫の偲ぶ会を開いた。百名ほどの方がたがお集まりくださった。その会場で夫の生涯を写真と動画であらわしたＤＶＤを流した。その中に、夫が夜のレスピレーターを準備しながら私に「僕は何もしてこなかった。僕より先に死んだ人でもだれもが一つはいい仕事を残しているのに…」と言った場面があった。その会で挨拶をいただいた工藤先生が、先ほど会場で流されたＤＶＤの中で、信英先生は、僕は何もしてこなかった、と言っているが、長い間結核と戦いながらたくさんの短歌を残して来たことは、結核の歴史と重ね合わせると貴重なものがある、と言ってくださった。この時私は、そうだ、夫の歌を何とか残してあげよう、と思い立った。

夫は十六歳で肺結核を発症し大喀血を繰り返しながら何とか生き延びてきた。そのため夫はいつも体力との天秤の中で、人生や生活・仕事に関わる選択をせざるを得なかった。夫と出会い、お互いが意識し始めた頃、夫は自分の胸のレントゲン写真を私にみせて「僕はこんな肺をしていますが、それでもいいですか」と確認をしてきたことがある。「私は気にしません」と答え、それから一年も経たないで夫と結婚した。結婚後私はいつも真剣に、私はすぐに未亡人になる、と思っていた。それから四十三年間一緒に生きたのだから、笑い話のようであるが…。

あきらめは形かへつつ幾たびか吾が生《よ》のうへに来《きた》りしものを　一九六七年

私の好きな歌である。夫は大学医学部を首席で卒業した。大学の研究者になることを一方では願いながら、研究室に残ることをあきらめた。この時の歌である。

夫は常に体力に自信がもてず生活や仕事に邁進することのできない思いを持ちつづけていたように思う。私は夫のこうした気持ちを心が痛む思いで受け止めてはいたが、いわゆる地位や名誉よりもただただ長生きをしてくれることを願った。だから自分は何もできなかったという夫の思いは切ない。夫ががんになってから、撮影のビデオをまわしている時も、私は夫の人生への思いを聞くたびに、「長生きした方がいいでしょう」と言い返したが、夫はいつも「そうかなあ」と答えていた。夫の寂しい気持ちの吐露をもっと違う形で受け止めてあげることはできなかったかと今にして切なく苦しく思う。夫は仕事を持っていた私の生活や人生を大切にしてくれた。決してぐちを言ったことはない。そうした夫への感謝の思いが、また夫の歌を世に出してあげようという気持ちに駆り立てた。

文字復元

夫は二〇一四年十月に亡くなった。納骨が終わり、私は、夫の偲ぶ会の準備を始めながら残された何冊もの歌稿帳に目を通し始めていた。多くが大学ノートに小さな文字でびっしりと書かれており、すでに読めない頁もたくあった。私は、この読めない文字を何とか読めるようにできないものか、夫のすべての歌を読んでみたいと思った。ネットで検索してみると、京都に文字復元の専門の方が居られることがわかった。当時、私は夫への喪失感の中で泣き明かしており、遠くに出かけることなどは考えられないことであった。京都には学会で何回も行った経験はあったのだが、それでも躊躇した。遠出をする元気がなかった。しかし、夫の歌を全部読んでみたいという気持ちにかられ連絡をとり、京都の文字復元センターに出向いた。読めない文字や読めない頁が何頁もあった。夫は寝たままで、書見機にむかって鉛筆で書いていたため、その数年の時期のものは復元が難しかった。復元作業が完了するまでに二ヵ月以上が過ぎた。復元が終わってその原稿が戻ってきたが、それでも読めない文字があって、何とか読めるようにまでなった歌は、全体の八割ほどであったろうか。一文字でも分からないものがあると歌として成立しない。何とか読もうと工夫したが一文字のためにあきらめた歌もあった。

全歌集としたこと

私は、短歌は詠めないし、短歌の世界は夫がいた時に、夫を通して「アララギ」や「青南」の状況を少し聞くくらいのことであった。夫の書棚には斎藤茂吉全集をはじめ、アララギ、青南に所属する歌人の歌集が何十冊も並んでいる。それらに目を通しながら、あらたにネットで調べ、必要な歌集や最近の短歌雑誌などを集めて読んだ。短歌集は月に数十冊以上が出版されていることが分かった。どういう短歌集にしていくのか？「青南」の夫の先輩にご相談もした。ヒントをいただき、全歌集にする、ということはすぐに決めた。というのは、私には歌を選定する力はなかったし、夫の歌を削ることなどはとてもできなかった。夫自身は自分の歌をぼろくずのような歌、と詠んでいることもあったが、私には夫のどんな歌も状況の浮かぶ、大切なうたのように思われたからだ。また、専門家の方に選定をお願いすることはあえてしなかった。〝うまい歌〟だけではなく、歌から夫の生涯を残したかったからである。そのため、最終的には八百二十九頁に及ぶ膨大な歌集になってしまった。この中から一つでもいい、読んでくださる方がいればよいと思っている。

見出しについて

あまりにも歌の数が多いので、年代順に並べるだけではとりとめがなく、読者の読んでいただく気力が失せてしまうのではと考え、まず夫の病気の状況、生活状況に従って夫の生涯の全体が分かるように第一部から第五部に分け、大見出しをつけた。またその下位に病気や身体状況が分かるようにエピソードごとに中見出しをつけた。歌は、年代順に幾つかをまとめて小見出しをつけた。小見出しごとのまとめは、夫の歌稿帳の順に、歌の内容を基本にしてまとめた。歌の並びは、歌稿帳の順位に基本的には准じた。一つの歌だけでも適切だと思われる場合は一つだけの歌に小見出しをつけた。つまり、まとめの歌の数は、歌の連続している流れに基本的に従った。小見出しの言葉は、叙述的なもの、名詞形のもの、形容詞形のもの、感嘆詞のものなどさまざまな表現をした。しかし、歌の内容を先取りし解釈をしてしまわないように気を付けた。すべての小見出しがすんなりつけられたわけではない。出版社からは「もっと短くしてください」「この小見出しはおかしいのでは…」とよくお叱りを受けた。小見出しつけは難しかった。苦渋の結果であるものが多い。

しかし、これ以上は私の能力の限界のように思う。

関心事：戦争・結核・うた

夫の歌を読む中で、私にはいくつかの関心事があった。その一つは、夫が結核との闘いのなかで戦争をどのように生きたのか、ということであった。はじめはぼんやりとしたものではあったが、歌を精読し、残されているいくつかの資料の中身を繋ぎ合わせていくと、あの厳しい戦争の中での夫の生活がまとまってくるようになった。一九四一（昭和十六）年十月にすでに太平洋戦争が始まっていたが、その翌年の一九四二（昭和十七）年八月に姉と二人で父の居る奉天まで旅行をしたこと、その旅行中の戦争を思わせる状況、列車は既に満員であったこと、関釜連絡船の潜水艦によって攻撃される危険性があったこと、中学四年生までを過ごした久しぶりに出会う植民地〝王道楽土〟の「満州」に感じた若者としての違和感などは、私には夫が戦争状況の中でどう過ごしていたかの記述として感慨深いものがある。こうした状況での満州旅行中に発熱が続き結核発症の兆しがあり、旅行から帰り学校が始まったその秋には杏雲堂病院で結核を診断され、平塚療養所に入院する。戦争は続いており、その中、一九四二年十月二十一日、秋晴れの日、人力車に布団を乗せ、松林の中を母と二人で療養所に向かった。松林には数基の砲台が配置されていて、飛行機が海上にあらわれると一斉に射撃を始めたようである。こうした戦争状況の中で夫の初期の結核療養が始まっている。

アララギに入会

この療養所で知った療養仲間斎木拙児さん（7―11頁）からアララギを紹介され、退院後の一九四四（昭和十九）年秋（十八歳）にアララギに入会した。この初期の療養時期は、父が俳句を作っていたこともあり、はじめは俳句を作っていた。その後斎木さんの影響を受けて、叙景歌を作り始めている。これらのことは「まえがき」の「療養仲間」「俳句から短歌へ」に詳しく記述されている。また、アララギ入会初期の素朴な歌は、本歌集第一部その一、に収められている。

リヤカーに乗って非難――家全焼

一九四五年からは戦いが激しさを増してきた。その年の「一月詠」は、戦いを思う歌から始まっている（１０８頁）。

たたかひは四歳《よとせ》続きぬ二歳《ふたとせ》を吾は病み臥して過し来《きた》れり

戦いの激しさの中でも、自分の周りの自然を詠む歌も多いが、戦争に関わる歌も多くなっている。こうした歌には、「B29」「「敵艦上機大挙」「帝都焼く（東京大空襲）」」などの小見出しをつけて、戦争との状況が分かるようにした。夫の歌は、寂しく自然や心理を詠う歌がほとんどであるが、この戦争の時期に詠んだ招集兵の歌、「営庭閑日」（１２５―１２７頁、１２８頁）の歌の中にはくすりと笑ってしまう歌がみられる。

朝明けて営舎の屋根に干されたる白きシャツ見ゆ兵居らぬらし　一九四五年四月

或る兵は営舎の屋根に夜一夜白きシャツ等干し忘れけり

こうした歌として詠んだ元小学校であった兵舎も夫の住んでいた二階建ての借家も、五月二十五日の激しい空襲の中で全焼した（１４４頁）。二十五日の午前中に、夫は父のひくリヤカーに乗って経堂の借家に避難し、半日の差で一家全員が助かった（１４３頁）。こうした戦のさなかにあって、心休まることなし、と。

民族の戦と言ふひとすぢにきびしき物を人し味はふ　一九四五年七月十一日

粛然として静臥して

戦局はいよいよ激しさを増し、原子爆弾に怯えた数夜を過ごしたあと、八月十五日を迎え、夫は粛然と静臥して玉音放送を聞く（17頁、１６７頁）。粛然として〝正座〟してではなく、〝静臥〟して…、は臥床を余儀なくされている夫の状態をあらわしていて私には胸をうつものがある。

大君の玉のみ声のみふるえに觸《ふ》るる心のすべもすべなさ　一九四五年八月十五日

夫は、未来が多幸でありたいと願いつつも、病に痛めつけられた神経が不気味な脅威しかもつことができないと、回復をしない自分の病気に悲しみを深くしている（18頁）。

歌集をつくる約束

こうした終戦の時に、私の心に残る夫の出来事がある。終戦間近かの八月五日に、友人の山田正篤氏（11—13頁）と歌集を作ろうとしたことである。見舞いに来てくれた山田氏に「うん、作ろう」とあっさり返事をし、夫はこれまでの作品の中から百八十首ほどを選び出した。二人とも長塚節の歌に心を打たれていた。この二人の歌集（病床雑詠抄、16—19頁）は、完成することはなかった。今も夫の歌と山田氏の歌がびっしり書かれたノートが、私の手元に残っている。こうしたことも、夫の歌集を出してあげたいと思う動機の一つである。

大喀血の前——庭中の花が残らず咲いて又散って

敗戦の後、大喀血の始まる翌年の九月までは、夫の歌は身の回りの自然に目を向けた歌が続く。毎日のように微熱の続く中、物憂い身体を病床に横たえて十日、十五日、二十日と臥床をしているうちに、庭中の花が残らず咲いて又散ってしまった（199頁）。

むらぎもの心みだれて籠《こも》れども遠鳴く雲雀《ひばり》の声はきこゆる　一九四六年四月四日
熱いささ下《さが》りし時に窓辺にて春深き庭を吾はみたりし
窓の辺《べ》に音たてて棕櫚の花散れりこのたまゆらに吾はいきづく
歌集「浅流《せんりゅう》」に老ひたる茂吉を見る時は涙ぐましけれど彼は羡《とも》しも
一日の思ひのあひに友の絵をかくるべき壁を求めて居たり
或る時に衝動の如く泣かむばかり強き身体欲しと思ひ嘆かふ
読み居《お》りし歌集「歩道」を閉ぢただちに吾の思ひは現身《うつしみ》に関はる
デューラーの自画像の色暗けれど壁にかけ心のしまりおぼゆる

こんな歌がいくつも続く。歌としてのうまさについては分からないが、微熱の続く疲労感を持ちながら日常のささやかな出来事の中に心を紛らわしつつ生きている夫の姿が浮かんできて心にささる。こうした状況が続く中で、一九四六（昭和二十一）年九月激しい喀血が始まる。

そして激しい喀血

喀血後とどきしアララギ七月号自ら蒲団の下に入れ置く　一九四六年九月十九日
うがひ吐きし器の底になほ見ゆる血しほや色のやや変りつも　一九四六年十月一日
うつ伏せに近くなり居て我が吐きし血しほ泡立つ器おさへもつ
かけられし毛布の下の我が体喀血半ばにて熱出で来《き》たる
静かに我がつく息の一つ一つ血がいたくにほひ心やすからず
カーテンを閉じし病室《へや》に我れは聞く明るき庭に来る四十雀《しじゅうから》
一日の記憶としては明るかりし陽ざしと百舌鳥《もず》の声とありて暮るる

翌年一九四七年も喀血は続く。

血をはきて苦しむ部屋に盛んなる稲妻は照る荒るる夜となり　一九四七年七月
咳き上げて匂ふ血潮は音を立つわがつく息の一つ一つに
息つまり苦しき時のややありて血の収まればまどろみに落つ
吾が喀《は》きし血潮も今は黒々と器の底に沈みそめたり
暗き火のもとの器にそこばくの吾が喀《は》きし血は匂ひして居り
蝉なきて暑き日となる日すがらの臥床に赤き血をわれは吐く
棕櫚《しゅろ》の葉の垂れ居るさまが静かなりまなこをするゐて吾は血を吐く

こうした中での叙情的な悲しみの歌の中で、私の好きな歌のいくつかを挙げておこう。

くづほれし物の如くに吾居りて日々のラジオを僅《わずか》にたのしむ　一九四七年五月

むくみたる足なげ出して吾は居り疲れかさなりゆくをなげきて　一九四七年七月
午後遅き庭の日ざしにみんみんの一つがなけばこだまの如し
苦しみてついに死ぬべき身を思ふ今宵は青き月浴びて居り
かねたたきひそかに鳴くをわがきけば夜空はなべてうるほふらしく
オリオン星座らしき星みゆる夜半《よわ》の窓新しき思ひわくかに仰ぐ

アララギにはじめて歌が掲載

一九四七年四月には、母の妹である中川叔母が亡くなった。赤ん坊君（１９４頁、２２８頁）の母親で結核に罹患していた。中川叔母のことは夫からもよく聞いていたので、中川叔母の訃報の歌は、私にも痛々しい寂しいものがある。こうした叔母の死のあとで、信英一家は住まいの立ち退きを迫られていた。「経堂の家」とだれもがこう呼んでいた借家である。一九四五（昭和二十）年五月二十五日の空襲の日に父の引くリヤカーに乗って引っ越して来た家である。大家さん自身が住む家がなかったのだから仕方のないことであったろう、と夫はのちに回顧しているが、その引っ越しを迫られている一家の切なさが迫ってくる歌が十九首ある（265―267頁）。喀血の続いている夫には対処する身の力のなさが伝わってくる切ない歌である。喀血が続く中でも歌を詠んでアララギに投稿していたのだろう。なかなか採用されるまでにはいかなかったようだが、この中の一首がついにアララギに採用されたのだ。

いくたびか出せし吾が歌ことごとくのらざりしかもこぞのアララギに
　　　　　　　　　　　　　　　　一九四七年四月

十月号のアララギに吾の歌一つとられて居たり吾が名ものりて　一九四七年十月

　アララギに掲載された歌。

窓外《まどそと》は雨こまかなる夕となり部屋にほのかに虫とびて居《お》り　一九四七年五月

立ち退きを迫られて行くところのない一家が自殺まで考えたほどの困窮状況の中で詠んだ歌が、一首採用された。なぜか私には皮肉な感じがする。しかし「吾が名ものりて」は、心が打たれる。

シューブを繰り返しはじめる――そしてまた大喀血

一九四六年六月より次々とシューブを繰り返し、対側肺、胸膜、左腎、膀胱、腸と侵されていった。喀血、下痢が続いた。

一九四八年九月には大喀血をし、この間は一つも歌を作ることができなかった。夫は、一九五〇年の五月にはじめてストマイを打つまでの間は、最も死に近づいていた。

歌稿帳には、熱七度五分、脈拍一一〇、苦しくて体がだるい。朝、日赤の看護婦さんが来てくれる。わけもなく涙がわく、との夫の記載ある（330頁）。

熱いでてさびしき夕よ窓の雲黄に染まれば涙いでてそれをみて居る一九四五年六月七日
日傘さして巡回にきてくれし看護婦さんが優しき言葉かけてくれたり
このあと九月まで歌は一つも作られていない。

おびただしき血をはきて吾はいさぎよし外の嵐の音ききており　一九四八年九月
死ぬるとき或ひは遂に迫りたりよべよりはきし血のおびただし

こうした大喀血のあと、左肺、腸が侵され始めた苦しみの歌が続く。

左胸の又痛くなりし午後の静臥風絶えまなくガラス戸に当る　一九四八年四月
左肺も遂に侵されて保ち来し一つの希望《のぞみ》はかなくなりぬ
脈早くうつ耳を枕につけて眠る息すればかすかに胸がなりつつ　一九四八年十月

こほろぎのなける夜すがら侵されしわが腹膜は痛み止まずも　一九四九年
下痢つづく苦しき夜に涙出づ傍らに優しき母居給へど
寝たままの食事終れば寝返へりをうちて背中の汗ふきて貰ふ

悲しみの歌が続く。私の好きな、好きな歌である。

松倉米吉歌集をよみて貰ひたり熱いでて淋しくてならぬ夕べに　一九四八年
鵙《もず》の声しばらく近し病む吾を母と明るき午後を居る時
出で入りのたびに萩の枝折りて来て吾にみせたり今日のわが母
コスモスの種を集めて母は持つ干物終へて上りくる時に
泣き言を愚痴を並ぶるに似たれどもいかにもしていまだ生きたし癒《い》えたし
泣き泣きて今夜眠ればこほろぎの冴ゆる薄明に明日はめざめむ　一九四九年
悲しみは限りなくして夕雲の流るる窓にただ向きて居つ
癒《い》ゆるなき病もてれば悲しかり或る夜は声を放ちて泣きつ

あきらめのつきし如くに吾は居つシリウス光る夜の窓にむきて　一九五〇年

下痢が続く日に。

母がかけてくれる便器なれば明方の下痢もわが生の楽しき時間　一九五〇年

めがさむるたびに床づれの痛む夜なればめがさむるたびにはかなし

床ずれがいたむ身体、毎日便器をあてるのはどんなに苦痛なことだったかと思う。それを母のやさしさの中で耐えている夫の気持ちが分かる。胸が痛むが、私の好きな歌である。

ストマイをはじめて打つ

夫の歌を読む上での大きな私の関心事は、右記に書いてきた夫が戦争をどう生きたのか、ということと合わせて、夫がストマイを中心とする化学療法をどのように受けてきたのか、それを歌で知りたいということであった。

私は看護師として働きはじめた新卒の時に、結核病棟に勤務していたこともあり、結核の歴史には関心を持っていた。ストマイ、パス、ヒドラジドの三者併用が始まっていた時代で、入院中の患者さんに決められた与薬を行うことは大切な看護師の役割であった。ストマイは多くの場合には臀部に筋肉注射をすることになっていて、筋肉注射の日は、患者さんは各部屋のベッドの上で臀部を出して看護師が来るのを待っている。看護師はトレーに各患者の注射薬を持って各部屋を回り、次々と患者の臀部に打っていく。こうした光景が今でも脳裏に焼き付いている。懐かしい思いがする。

大喀血を繰り返していた時に、闇でストマイを購入して十本を打って何とか生き延びた、という話は何度も夫から聞いていた。また、その後も夫から聞いていた話をつなげて、化学療法はどのように続けていたのか、私には大きな関心事であった。第三部の中見出しは、このことが分かるように命名した。

大喀血の続いた後、一九四八年十月に新聞記事よりストマイの情報を得る。

ストレプトマイシンの記事読みぬ何時《いつか》か誰かきて僕を救ってくれるかもしれぬ
一九四八年十一月

点滅する希望はなべてみじめなりし今朝はストレプトマイシンの記事すこしいづ

夫は必死で父や母、姉にその購入を頼む。

ストレプトマイシンの金の事は今宵も遂に言はず母が寝に来ればすぐに灯を消す
一九五〇年二月

食事運びて来《こ》し母は黙ってみつめてる際限もなく痰出づる吾を　一九五〇年

下痢強まりて苦しむ吾を照らす月今宵は雨あとの紺の空より

五本乃至《ないし》十本のストマイを打ったなら腸も治りまだ僕は生きられるものを

このような歌の後ほどなくして、一九五〇年四月に父と姉がかき集めてくれたお金でストマイ十グラムを闇にて買うことができた。四月十五日にはじめてストマイを打つ。

ストマイの金二万円さきて呉れし時の老父も書きて置くべし　一九五〇年四月
朝夕に打つストマイの十本を頼むとも頼まぬともなく落着かぬ日々
注射受けて居つつ思ひぬ今宵鳴きし地虫は今年始めての声

夫曰く、ストマイは一グラムを一回で筋注するのだが、一グラムを一回で打つと耳ががーんとなってしまい、一グラムを二回に分けて打ったと。打つ場所などのメモ書きも残っていたが、打った姉ははじめての経験ゆえに大変だったであろう。はじめて打ったストマイ十グラムにより、激しかった下痢がピタッと止まってしまったと夫が語ってくれた。本文中にはその時の夫の感動の詩をのせている（383―385頁）。

はじめてのストマイは、症状の進展を食い止めることはできたようだが、全体として症状が軽減せず悲しみの歌が続く。しかし、今までのあきらめの中での歌ではなく、少し生への光を感じていることがうかがえる。私の好きな歌を少しだけ挙げよう。

窓にのぼりゆく朝顔を楽しみぬ堪《た》えて生くれば生は静けし　一九五〇年
朝顔の窓に此宵の月昇る病みて淋しき吾は眠らむ
コスモスが庭にほしいままに咲く時迄病む身障《さわ》りもなくて有り経よ
病床にてめざめし吾に蝉のからと朝顔の花と母投げてくれし

パス服用、ストマイ再び
このあと一年後の一九五一（昭和二十六）年四月にパスを服用している歌がある。

六百瓦《グラム》一万円すでに飲みたりし新薬パスの事もはかなし　一九五一年

この時にはパスは約六ヵ月間続けている。このあと夫は、一九五三（昭和二十八）

年九月より再びストマイを四十本、一九五六（昭和三十一）年四月よりストマイを二十本打ち、ストマイは合計七十本を打っている。ストマイのほかにＩＮＨ（ヒドラジド）を一九五二（昭和二十七）年より、途中中止している時もあったが概ね一九五九（昭和三十四）年まで服用している。

こうして夫は、一九五二（昭和二十七）年には這って縁側に出られるようになり、庭に立ち、庭を歩き、一九五五（昭和三十）年頃からは街を歩み、図書館に通うことができるようにまで回復していった。こうした抗結核薬の使用と生活の変化について は第三部「癒える兆し」としてまとめ、その変化が分かるように中見出し、小見出しを付けた。

めがさむるたびに床づれの痛む夜なればめがさむるたびにはかなし　一九五〇年
又明日もはかなくてすぎむと思ひ居つ夜半のめざめに床づれが痛む
かねたたきいつまでも鳴く夕べにて病む吾は心乱れつつ臥す　一九五一年
速き脈夜《よは》の病む身に打ちて居りせつなき迄に今は生きたし　一九五一年

涙いづるまでに病む身があわれになり昼の鉦叩きをじっとききき居り　一九五二年
降《を》り立ちて病む身は歩ゆむ秋庭にダリヤ明るく咲きつつ居《お》れば
本を読むわが枕辺に冬の日の白き光は照りかげりする　一九五三年
たゆたひつつ馴れゆく日々か病床《やみど》より出で来て今日は茶碗を洗ふ
やさしくまつはる如く側《かたわ》らに母ありき病みし十歳《ととせ》のその折々に

書見機から椅子に座り本を読む

抗結核化学療法により、繰り返していた喀血も一九五一（昭和二十六）年には間遠になっていき、一九五三（昭和二十八）年には起きて庭に出たりすることができるようになった。また、父が空き箱を利用して作ってくれたギシギシ鳴る机に座っての読書もできるようになった。それまでは書見器を使い仰臥して読書をするしかなかった。ギシギシ鳴る机に座って最初に読んだ本は英語の本で、Jack London の「Call of the Wild　野生の呼び声」「White Fang　白い牙」であった。

やうやくにわれは癒ゆるか冬日深くさせる畳に昼餉《ひるげ》はみ居《お》り　一九五四年
たどきなきままにここまで癒えぬ病室《へや》の畳朝々ひとりしてぬぐふ
癒えて来しわれはたどたどと英語学ぶ帰り遅き英語教師（姉）をまちつつ

一九五四（昭和二十九）年の頃には、まだ歩いたり辞書を繰って勉強を続けると疲労感があっても、確実に身体が癒えてきたという感じが持てて、夫らしい歌のかたちとしてきれいに表現できるようになってきたのではと思える。こうした歌調の歌の中で私の好きな歌、夫も得意として私に自慢していた歌をいくつか挙げておきたい。

暖かきわが手を胸にのせながら永き静臥に又入りてゆくく　一九五五年
臥す吾のまぼろしのなかつらなりてひかりはさびし過去と未来と
夏の空わが窓にかく輝けば生きて明るき日々に逢ひたし
もみじあふい（あおい）秋日に咲けば臥床《ふしど》より出でて佇《た》つ憩ふとも嘆くともなく

佇《たたず》みて冬日明るき街のなか癒えて恃《たの》まむ何ありや吾に
さびしくも心はなごむわが癒えて冬日しみらにさす街ゆけば　一九五六年
疲れつつひと日臥し居るわがために畳に薄き冬日久しも
輝きて没りゆく冬日窓にあり学びてひと日わが拙《つた》なかりき
辞書しばし繰《く》りてたちまち疲るればまどふいかなる生《いき》に堪《た》ゆるや
心きほひ生くる日は吾に来るや否や韮白く咲く土に来て思ふ
あはあはとひと日怠《おこた》り臥し居れば秋庭に咲くダリヤの明るし

大学医学部受験を決心する

一九五三（昭和二十八）年には、父が作ってくれたギシギシ鳴る机にむかって英語の勉強を始めた。一九五八（昭和三十三）年初めには、今まで目標にしていたJ. Galsworthy の「The Forsyte Saga」に取りかかり、三ヵ月かかって三冊を読み上げた。この頃は最も英語の勉強がよくできていた、姉からも〝免許皆伝〟と言われたと語ってくれたことがある。英語や時には経済学、あるいはチェーホフなどを読みながら、将来への不安、どこへ行くべきか行く事ができるのか、とらえられない現実の自分に不安と焦りを持っていた。「だから、ただただ英語を勉強するしかなかった」と。この頃は、静臥二時間、勉強二時間として、本を借りるために渋谷図書館、国会図書館へ行くことも多かった。

何を恃《たの》む吾ならねども臥床より出でてわづかに日々を字書繰る　一九五七年
時計鳴る閲覧室の片隅に居つつ思ひは和ぐにはあらず
舗道寒くゆきゆく吾にひとときの没日《いりひ》は近し黄に輝きて　一九五八年
日の没りてたちまち寒きまちなかに癒え得し吾のいのち惜しみつ
辞書置きてせまき机に夜々にむかふまなこの痛みくるまで　一九五九年
霧の中あゆむごとしとわがひとり嘆きて夜半の机片づく

こうして街を歩み、図書館に通い、英語の勉強を続けていた一九五九（昭和三十四）年の五月、姉が夫に、いくら英語ができても翻訳家にはなれない。大学を出て専門を持ったほうがよい、と大学に入ることを勧めてくれた。夫は、今更大学に行っても仕方がない、何とか仕事をみつけたいと思っていた。しかし、独立して食べていける仕事は医師か弁護士しかないと考えて、医師になることを決心した。旧制高校中退の夫は、大学受験資格を得るために大学検定試験を受けなければならない。その年の大検の願書提出期限が終わっていたため、翌年の八月の大検を受けるために勉強を始めた。司法試験も受ける準備を始めた。そのためこの後は、歌はぽつりぽつりとしか詠んでいない。翌年受けた大検は、受検者の中での最高得点者だったため新聞に報道された。知人やご近所にしれてしまい、恥ずかしかったよ、と照れていた。大検の翌年、一九六一（昭和三十六）年二月に受験した東京医科歯科大学医学部にも合格した。この時には司法試験第一次試験にも合格していた。六年後首席で医学部を卒業し、「長尾学術賞」をもらっている。

「東京アララギ歌会」にはじめて参加

夫は、街を歩けるようになった一九五七（昭和三十二）年十一月十日に、神田で行われていた「東京アララギ歌会」にはじめて参加した。大学医学部教養時代まで参加をしたが、それ以降は、大学を卒業するまで歌会には参加していない。また、歌も大学教養時代の二年間に数首を詠んでいるのみである。晩年私に語ってくれたことがあるが、「卒業するまで歌は作らないと決めていた」「いや、作れなかった。どう作ればよいか分からなかった」「でも今思えば作ればよかったね。そうすれば一番にはならなかったのにね」と。また、晩年私に「栄子さんと結婚して楽しかったから歌が作れなくなった」と言ったことがある。それで「楽しい歌が作れないのはなぜか」と聞いた。「歌は悲しみを詠むのにぴったりのもの。悲しみの言葉は先人たちが作ってくれているが、楽しい言葉は自分で言葉を作らなければならない」と。

母のこと、父のこと

夫の母は、明治末期から大正にかけて東京の山の手で女中さん付きのお嬢さんとして育った。その母の父（祖父）は、明治維新に際して豊前小笠原藩から選抜され明治政府の初期の留学生としてペテルブルグに送られ、ロシア語とフランス語を学び、帰朝後は明治政府の外交官になった。

夫の父は、仙台の貧乏士族の家に生まれ父親を早くに亡くしたため、学者であった叔父（赤痢菌発見者　志賀潔）や女学校の教師をしていた姉に援助を受けて北海道大学を出て、卒業後ドイツに留学し帰国後は満州の農産公社に勤務した。

私は、夫が父を詠った歌でとても好きな歌がある。

――一九四三年九月九日、先に父より「秋深し父と母との命の子火をも水をものぐ若き子」の歌を賜いしに答えて――

永病《ながやみ》の病床《とこ》に伏す身をせつなしとひたに思ひぬ父よりの文《ふみ》に

力足らぬわれにはあれど父母の命の子なればくぢけじと思ふ

夫の歌には病気が重くなってきたころから父への恨みの歌が多いが、まだ病気の始まりの頃には幼い少年の父への思いがいじましく伝わって来て、私の好きな歌である。

夫の父とは結婚後三年間ほど一緒に暮らした。やさしい父だった。私は結婚後も一年間ほどは看護師として働いていて、ある朝、私が寝坊してあわてて勤務に向かおうとすると、「朝食を食べて行きなさい」と大声で声をかけてくれたこともある。父は先に起きて姉と夫と私の朝食を作ってくれていたのだ。お昼を一緒に食べることがあった。父が「栄子さん、お昼はハムエッグにしよう」と言う。私がもたもたしていると「いいよ、僕が作ってあげよう」とたちまち二人分を作ってくれたこともある。情けない嫁であったが一度も悪口を言われたことはなかった。一緒に暮らすことを楽しんでくれていた。父と銀座や渋谷に出かけたことがある。父が「おい栄子さん、腕を組んで歩こう」と言う。「信英に叱られるから」と言うと「信英君には僕から言っておく」と言って、二人で腕を組んで街を歩いたことがある。父は脳卒中で一九七四年四月に夫の勤める東京逓信病院で亡くなった。

老い衰へて言葉少く臥す父の病室に日ごとわが来て坐る　一九七四年

母の歌は、夫はたくさん詠っている。夫は一九四六（昭和二十一）年九月より喀血が始まった。喀血を繰り返し一九四八（昭和二十三）年の九月には大量喀血をしている。一九四八年には母の歌の数が一段と増えている。夫は母のやさしさの中で、命を惜しみ生き延びた。夫にやさしく寄り添って看病をする母の歌がたくさん見られる。生活のために母が自分の着物を売りに行く歌もいくつもある。こうした夫と母の日常が浮かんでくる、この頃の歌が私は最も好きだ。少し多いがこうした歌を挙げておきたい。

吾を思ふ母を思へば吾が病癒えなむ望《のぞみ》絶ゆる事あれや　一九四五年
青木の実色づき行くを母語る我が臥床《ふしど》より見えぬ窓外《まどそと》　一九四六年
痰壷を持ちくるる母の黒きまなこうるめるみれば悲しみ深し
夜半《よわ》さめて咳き入る吾やかたはらのくらき外床《そとど》にて母もさめ居る　一九四七年
傍《かたわ》らに眠る吾が母に明方の月が窓よりとどきて居たり　一九四八年
昼寝よりさむれば隣室の母を呼ぶ夕光《ゆうかげ》となりし窓あけむため

朝飯をはぐくまれつつ頃にさびしよべばいらだちて母を泣かせし
カーテンをひきたるままの夕の部屋着物うりにゆきし母をわが待つ
草苺《くさいちご》くひてひそかに母とおり夕映《ゆうばえ》すぎて空暗きこころ
金なき事言ひてさびしく坐る母ぬれし前掛を取る事もなく
涙もろくなりたる母よ今日はわが臥床《とこ》べにてひねもすぼろを繕ふ

このあと二ヵ月ほど歌を作っていない。いや作れなかったのであろう。このあと、大量の喀血をしている（330—331頁）。

おびただしき血をはきて吾はいさぎよし外の嵐の音ききており　一九四八年九月
死ぬるとき或ひは遂に迫りたりよべよりはきし血のおびただし
母と共に泣きたるよべよ今朝は熱き思ひくるまえに少しまどろむ　一九四八年
下痢つづく苦しき夜に涙出づ傍らに優しき母居給へど
濃き重湯たびたび飲みぬ熱ひかぬこの身衰ふる事なかれかし　一九四九年

寝たままの食事終れば寝返へりをうちて背中の汗ふきて貰ふ

集め来しコスモスの種紙につつみ干物に戻りゆきたり母は

不眠続く夜々を嘆きて臥す吾をわが母はひとり知りて居給ふ

わが窓に月明るしと隣室に静かに縫ひて居る母に告ぐ

残りし物売りて再び耐えなむと涙ふきつつ母はつぶやく　一九五〇年

襖の向ふに静かに縫物をする母はわが今日の病状を知つて居るああ

母がかけてくれる便器なれば明方の下痢もわが生の楽しき時間

下痢の便器はづしてくるわが母が涙ぐみつつ何かつぶやく

この年、一九五〇（昭和二十五）年の四月にはじめてストマイを十本打つ（381—385頁）。激しかった下痢が止まり夫は小康状態を取り戻していく。しかしまだ全体としては落ち着かず母の看病が続く。

コデインが切れて激しく痰が出づ母よ吾が部屋に入りて来るなよ　一九五〇年

わが窓は月明《つきあかり》となり隣室に母縫物をしつつ居給ふ
体ふきて貰ひつつ母と語る時此の朝も庭に懸巣《かけす》来て居る
血痰に怖ぢつつ臥して居る吾に夕食は何にしようと母が声かく
いきれたつコスモス移つすを仕事とし雨止みし庭に母いでて居る
曇りたる今朝は殊《こと》の外《ほか》美くしく頬白《ほおじろ》が鳴く朝飯《あさいい》の前に
朝顔に母は夕べの水をやる病床《やみど》の吾に声かけながら
稲妻の今宵近きを言ひながら母はわが窓閉めに来て居り
朝顔の咲き初めし窓朝な朝な楽しみ開く母と二人して
ビールジョッキに挿《さ》して楽しむ朝顔の今朝はさしきれぬ程母切りて来し
コスモスのかげに咲きたるくれなゐの秋のカンナを母きりて来し
病床にてめざめし吾に蟬のからと朝顔の花と母投げてくれし
めがさめしわが朝床に新らしく切りし鶏頭を母持ちて来る　一九五一年
午前二時わが腹の湿布替えくるる母が限りなく吾にやさし
熱の臥床《ふしど》に母を幾度も呼びしことさびしき悔のごとく思ひ出づ　一九五三年

母と居てさびしきあした窓ごしの冬日臥床《ふしど》のわが肩にさす
ヒメジオン厨の窓に見え居りて日々ははかなし病む吾に母に　一九五五年

青山高樹町（現南青山六丁目）に移転

自動車の寝台より仰ぐ冬木の梢夕雲《うれ》はいまだ黄に染まる前　一九四八年一月
移りきて埃多きバラックにいらいらと病み臥す吾よ夜はいねがたし

一九四五年（昭和二十）年五月に東京大空襲を逃れて避難した世田谷の経堂の借家の立ち退きを迫られ、一九四八（昭和二十三）年一月、夫二十一歳の時に青山の焼跡に小さなバラックを建てて移転した。喀血の続く夫は、寝台車で移動した。寝台車からは、歌にあるように焼跡の広く続く中を黄に染まる夕雲を見て移動したのであろう。このあと、住む建物は公庫住宅、その後家族が個室を持つことのできた一戸建てに変わった。現在は五階建てのビルにして、我々夫婦は四階に住むようになった。一九四八（昭和二十三）年に移り住んだこの同じ番地に現在も住んでいる。周りは全く変わってしまった。

この青山高樹町は、夫の大叔父である赤痢菌発見者の志賀潔一家（巻頭口絵頁参照）が住んでいたのだが、志賀一家は青山一帯が戦争で焼ける前に郷里の宮城県亘理郡に引っ越していかれた。志賀の大叔父は、夫の父が仙台藩からの佐藤家の長男であることから、この青山に佐藤家が住むことを願ってのことであった。志賀潔大叔父は、養子に出て志賀の姓になられている。

レムブラント画集によせる

以下の歌は、寝たきりの夫のために、母が購入してくれた美術雑誌「みずゑ」の小画集「レンブラント」を手繰《たぐ》り作った歌である。右記にも述べたが、空襲で避難していた世田谷区の借家から現在の南青山（当時、青山高樹町）に引っ越すことが決まり、その準備をしていたころに詠んだものである。この時夫は二十一歳になっていて、繰り返す大量の喀血に苦しみ、安静しかなかった日々を送っていた中で詠んでいる。夫は、歌は満足できるものではないが、と言っていたが、歌のひとつひとつに夫の気持ちがにじんでいて感慨深い。私の好きな歌を幾つか挙げたい。

レムブラントの薄き画集を恋ふるわが心は人に告ぐべくもなし　一九四七年十二月
嘆きこもる日々の臥床にてレムブラントの薄き画集は幾度かみつ
サスキアの輝く顔よ此の薄き画集の中に秘かに恋ふる
身にかかはる思ひ離れて故知らぬ涙はにぢむこのたまゆらや
エマウスのクリストをかきて限りなく清き光をみなぎらしめつ
光放つ如き画面にて左右よりまぢまぢと画をみつむる三人
老ひし自画像の頁を常に吾はさく涙しみあぐる母の思ひの故に
老ひこはばりし手のあたりには現し世のものともなき光落ちつつ
テイタスの像を最もわが愛す清きもの悲しきもの美しきもの
ほのぼのと眉かがやきて居る者よ絶ゆる事なき愛情うけて
テイタスの顔にほのぼのと光とどく清きものはまなこに沁むよ

蒲団の上に画集打ち伏せてしばしをりとめどなく心に涙はわきて

母は、「レンブラント」の他に「ミロのビーナス」「ミケランジェロ」の三冊を、定価は五円で、当時は安いものではなかったが、自らが選んで購入してくれた。母は夫が「日もすがら微熱出でて居る吾にして本欲しと思ふ絵欲しと思ふ」と歌にも詠っていて、また山田正篤氏からたびたび送られてくる見舞いの絵葉書を繰り返し見て楽しんでいるのを知っていて、寝たきりの夫のために、購入してくれたものである。三冊の中でもレンブラントを気に入っていて、その絵からにじみ出てくる深い感情が少しづつ慰めとなって包み込み、切ない思いにさせると。このころ寝たきりの夫には絵の中の写像を手繰《たぐ》り、自分の思いを詠うことは、現実の身の悲しさから離れることのできるささやかな手段であったのであろう。

レンブラントの中で、夫が最も気に入っていたのは、「本を読むティタス」で、私が勤めていた職場の仲間と夫も一緒にヨーロッパ旅行をした時（一九八六年十月、世界カソリックナース世界大会に参加）に、ルーブル美術館でこの絵を見ることができた。旅行グループと別行動の少しばかりの合間を利用して、早朝の開館を待って夫と二人だけで入館し、まっすぐその部屋に行った。その絵の前に立った夫は、胸の前で手を合わせて、さするようにしながら、静かにうなずきながら、満ちるように見入っていた。その夫の姿と心を今もはっきりと思い出す。

音楽のこと、モーツアルトのこと

焼原《やけはら》の中のバラックに音悪き吾のラジオが今日よりひびく　一九四八年一月
窓外の焼原に暫《しばら》く霙《みぞれ》ふりラジオはシエラザードの曲をかなでる
一時頃にききし「新世界」の旋律が眠らむとする今浮び来る
第六番悲愴のラジオききて臥す冬日かがやき射《さ》す窓のうち
ハイドンの楽がラジオに鳴れる時病床《やみど》の吾の淡きやすらぎ
明るみを保ちて宵になりし部屋ソナタアパッショナタが今ながれ始む
曇り空動きゆく夕の窓をみつむ楽やめば心またうつろにて

ソナタアパッショナタ夕きき終へて眠りに入らむとす夜空白き窓の下の病床《とこ》に

夢なかの吾にだに気力湧きて居よクロイツェル・ソナタききて眠る夜に

ただみじめに臥し居る夕べラジオよりコラールひびく甘き死よ来れと

待宵の月病む窓に昇りゆくラジオにショパンききて居る時　一九五〇年

静かなる悲しみの歌と思ひつつ夕べショパンをしばしききたり

ハイドンを奏するラジオ暮れはてしわが部屋に小さく灯ともりて居り

たまゆらのわがやすらぎよ枕辺に夕のラジオに楽《がく》ひびきつつ

モーツアルトひびき終はれば壁冷ゆる夜の部屋に吾はわが孤独をもつ　一九五四年

カルテットひびき終りし夜の部屋にたまゆらをわが心あたたかし

モーツアルトひびく夜の部屋にわが思ふ働きてさびしく過ぐるひと生《よ》を

レクイエムの曲ききをれば長く長く病み来しことの吾はさびしく　一九五五年

みじろぎて吾うつつなしレクイエムかく清くして部屋にひびけば

モーツアルトひとつききたり夕ぐるる病む部屋にわが生命《いのち》かそけく

モーツアルト今しひびかふ静臥にて思ひ激しく乱れし吾に

夫は、ラジオから流れる音楽を聴いている歌をたびたび詠っている。これは、戦後まもなくラジオが定期番組として山根銀二氏の解説付きでベートーベンやモーツアルトの曲を流していたものを聞いていた時の歌である（本書第三部その二、554―560頁）。夫は、聞いた曲の名前と感想を小さなノートに記載していた。小さな文字で、今では消えそうになっているが、そのノートを開いてみると、最初のページにモーツアルトの弦楽四重奏曲第15番K421二短調、の記載がある。この曲は、夫も私も大好きな曲である。私は夫が亡くなってからモーツアルト好きな人々の集まる会に入った。私は、この会の入会登録番号をK421とした。夫はモーツアルトを中心にしてたくさんのCDを残して行ってくれた。この中でK421を、夫が亡くなってからのこの二年間に何度聞いたか知れない。飽きたと思ったことがない。

夫が私に残して行ってくれたものはたくさんある。結婚後夫が購入してくれたたくさんのモーツアルトの曲は、私の貴重な宝物である。

タイトル「あなたへ」

このタイトルが決まったのは昨年（二〇一五年）の九月頃だったと思う。知人の助言もあって意外と早くに決まり、校正の表紙には「あなたへ（仮称）」が続いた。この短歌集の著作者は夫である。だから「あなたへ」は向き方が逆なように思うときもあって、「あなた」、「あなたと」に変えようかと考えたこともあったが、すぐに「あなたへ」に戻った。あなたは、夫であり、呼びかけているのは、私である。こうした短歌集を私が出版するだろうとは夫は考えてもいなかったであろうが、私に自分の歌を全部読んでほしいと生前から思ってはいた。私は、この短歌集のあちらこちらで、夫への私の思いを述べている。その私の思いを「あなたへ」と夫に呼びかけたいのだ。

この八月、所用で飯田橋に出向いたことがある。飯田橋には夫が八年間勤めていた東京逓信病院があり、思いがたくさんある場所である。到着が早かったので、待ち時間に本屋に寄った。この本屋には前にも何度か立ち寄ったことがあったが、短歌集などは探したけれど一度も目にしたことはなかった。期待をしたわけでもないがある書棚をふっと見上げると『あなた』（岩波書店）というタイトルの短歌集が目に入ってきた。この八月に出版されたばかりであった。著名な歌人であられる河野裕子さんの遺歌集である。私はすでに河野裕子さんの短歌集はいくつかを購入して読んでいたので、タイトルに注目してしまったのだ。「あなた」としなくてよかったと思った。私は、本は殆どアマゾンでネット購入している。重いのにどうしようと思う間もなくレジに向かって購入した。夫は歌人ではない。結核患者として、臨床医として歩んだ中でアララギの歌人たちから学びながら叙情を含んだ叙景歌を詠ってきた素人の歌詠みである。だから、夫と河野裕子さんとは並びようもない距離にあるが、私は河野さんに何か親しみを感じている。河野裕子さんが夫と同じくがんで亡くなられたということ、亡くなられてから出された書籍のあちらこちらからご家族の悲しみが伝わってくることである。この『あなた』を知ってよかった。なかなか書けないでいた「あとがき」に手がつけられるようにもなった。

妻のための小歌集

一九九九年二月二日早朝、夫は結核後遺症による急性呼吸器不全にて大田病院に緊急入院をした。この時から在宅酸素とＮＩＰＰＶ（非侵襲性陽圧喚起治療）が開始された。三月二十五日に退院したが、このあと幾日かして「栄子さん、この僕の歌をいつか読んでほしい」と言って、何冊もの歌稿帳を私にみせた。多くが大学ノートに書かれていた。しばらくノートを開きながらいくつかの歌を読んでみた。しかし、歌は小さな文字でノートにびっしり書かれており、読めない文字や頁がたくさんあった。私は「これだけ全部読んであげられる自信がないから、私に読んでほしい歌を書き出してほしい」と言ったことがあった。今思うと大変な作業を安易に頼んでしまったと後悔している。その幾冊の中から夫は幾日もかかって五百余首の歌をパソコンに入力してくれた。歌の入力が終わった頃、「栄子さんにあとがきを捧げたい」と言って書き出していた。あとがきには、「このつたない歌集をまとめて、さて後記をと思っても、書くことはなにもないような気がするが、この歌集をひとりだけ読んでくれるかもしれないその私の妻のために、歌集の中の大部分の歌を、私が作った頃のことを、つまり私が病床にあったときのことをいくらか書き留めて置きたい気がする」。そう書いて、その後に、私にはとても興味深い発病当時のこと、戦争時代の療養の状況などが記述されていた。この内容は、本書のはじめに「結核発病・診断」「入院生活」「療養仲間」「退院・病変の増悪」「斎木拙児さんからの手紙―俳句から短歌へ」に収めた。夫はまだまだ書くつもりでいたようだが、続かないまま終わってしまった。

この小歌集をパソコンから印刷して、夫が亡くなる一年ほど前に、夫と一緒に読んだことがある。夫から説明や歌の解説を聞いたりもした。このすべての過程を録画して残した。偲ぶ会で流したＤＶＤを作る頃はこの録画を必死で何度も見直したが、今は悲しく再生する気持ちになれないでいる。

この小歌集は喀血が始まった一九四六（昭和二十一）年から亡くなる十五年前のものである。またこの間の全歌ではない。

夫の最後の歌（歌稿帳の最後）は、二〇〇九（平成二十一）年になっている。それ以降夫は歌を作っていない。夫と一緒に読んだ小歌集に書かれていた歌以外、つまり私は夫のほとんどの歌を夫が亡くなってから読んだことになる。また夫は最後まで歌を作れたはずなのに、なぜここで詠わなくなってしまったのか。今思うと残念でならない。もっと夫を促しておけばよかったのに、と残念に思う。私も仕事を辞めてからは、夫と楽しく過ごすことばかりを優先していて、夫の歌作りに思いをはせることはなかったから、仕方のないことなのであろう。

夫の勉強への姿勢

夫は、一九九九年に結核後遺症による呼吸障害から在宅酸素療法とＮＰＰＶ（非侵襲性陽圧呼吸器）療法を開始し、亡くなる二〇一四年十月まで続けられた。二〇一〇年六月に膀胱憩室がんと診断され、がんとも闘わねばならなかった。亡くなる二ヵ月前まで机の前で英語の論文を読み続けていた。名古屋の住居に来て私の帰りを待っている時にも、アメリカから取り寄せた結核の専門書を一日に読む頁数を決めてせっせと読みこなしていた。夫は自分の趣味の本を購入する時には私の手を借りてアマゾンで購入することを嫌って（そう私には思えたのだが…、分かるような気もする）、必ず仕事の帰りかまたは本屋に立ち寄るたびにお気に入りの本を注文していた。本屋さんから「届きました」のお知らせを私は何度も受けたことがあるが、晩年はタイトルを聞いても私には分からないような内容の本になっていた。しかし、先に述べたこの結核の専門書だけは私の手を借りてアマゾンで注文した。この専門書の中に、元の購入者からの購入する人へのメモ書きが密かにみつかり、夫が楽しんで読んでいたのを思い出す。内容は忘れたが小さな英語のメモで知的なメッセージであったように記憶している。この専門書は二巻ともすぐに読み終えてしまった。論文ではなく成書であるため、そのおもしろさには疑いつつ読んでいたようではあるが、今その本を開くと、あちこちにたくさんのメモ書きが残っている。

若いころからの夫の読書量は私には及びつかないほどであった。その読書に裏打ちされてか夫はどんな人とも話ができた。その話が並みの深さのものではないことを相手もまた読み取っている状況に何度か出会ったことがあった。そんな夫が私は密かに自慢であった。しかし、夫が自分の知識を自慢したり誇ったりすることは一度も見たことがない。私があるとき講師からなかなか准教授になれないでいることを嘆いたことがある。夫は一言、「栄子さんね、僕の周りの准教授の人たちは栄子さんなんかよりはるかにもっと勉強しているよ」と言った。私はこの時から自分をどんなに恥じたか知れないし、また夫の勉強への姿勢に心から学んだ。いまでもこの姿勢は私の生き方の大事な信念の一つになっている。

天国の夫へ

私たちには子供がいない。つくらなかったわけではない。できなかったのだ。だから、私には母親が示す子供への愛、というものが本当のところでは分からないのではと思っていたことがある。私は仕事につくようになり、職場での人間関係、仕事のことで悩むこと、辛いことが出て来て、それはだれもが同じことであると思うのだが、私はそういう精神的な悩みのある時に夫の胸や腕に顔を押し付けて黙ってじーっとしていることをよくした。夫は黙ってそのままでいてくれる。私はそうした時に、子供がお母さんにじゃれながら機嫌をなおしていくことがあるが、これがそういうことではないか、と思った。キリスト教の中にある神様の人間への愛という概念の中に、アガペー（無限の愛、無償の愛）という概念がある。神さまは何かの利益を得る訳ではないので、無償の愛なのだと思う。夫は私に生涯を通して無償の愛をしめしてくれたと思っている。辛い時、夫の胸や腕にしがみついていることで心が和いでいく、母親と子の関係のように、アガペーの本質を夫は身をもって体験させてくれた。四十三年間の結婚生活の中で、苦しい時、悲しい時、それをそのまま受け止めてくれる夫が傍に居てくれて、私は人生がつまらない、困難だと感じたことがなかった。だから、夫の死は私には耐えられない考えられないことであった。

夫は「栄子さんのために、僕がんばるよ」と、最後まで私を気遣ってくれた。「結婚してくれてありがとう」。このことばは、結婚四十三年の間中、二人でお互いに言い続けた言葉ではあるが、あらためて天国にいる夫に伝えたい。

最後になるが、本歌集を作るにあたってご協力、ご助言をくださいました多くの皆様に心からの感謝を申し上げます。

佐藤栄子

1978年　愛知県　鞍ヶ池公園

1971年　新婚時代

自宅の庭で

夫と渋谷でデート

自宅の机の前で

結婚式に参加

東京逓信病院　入院中の父の病室で

栄子大学に合格してホッとしている

結婚式に参加

ミュンヘン

ウィーン

ザルツブルグ

万里の長城

審陽

北海道

長野

九州

八ヶ岳

弘前城

酒田港

秋田　山居倉庫

2000年
新幹線の中で
歌を作っている

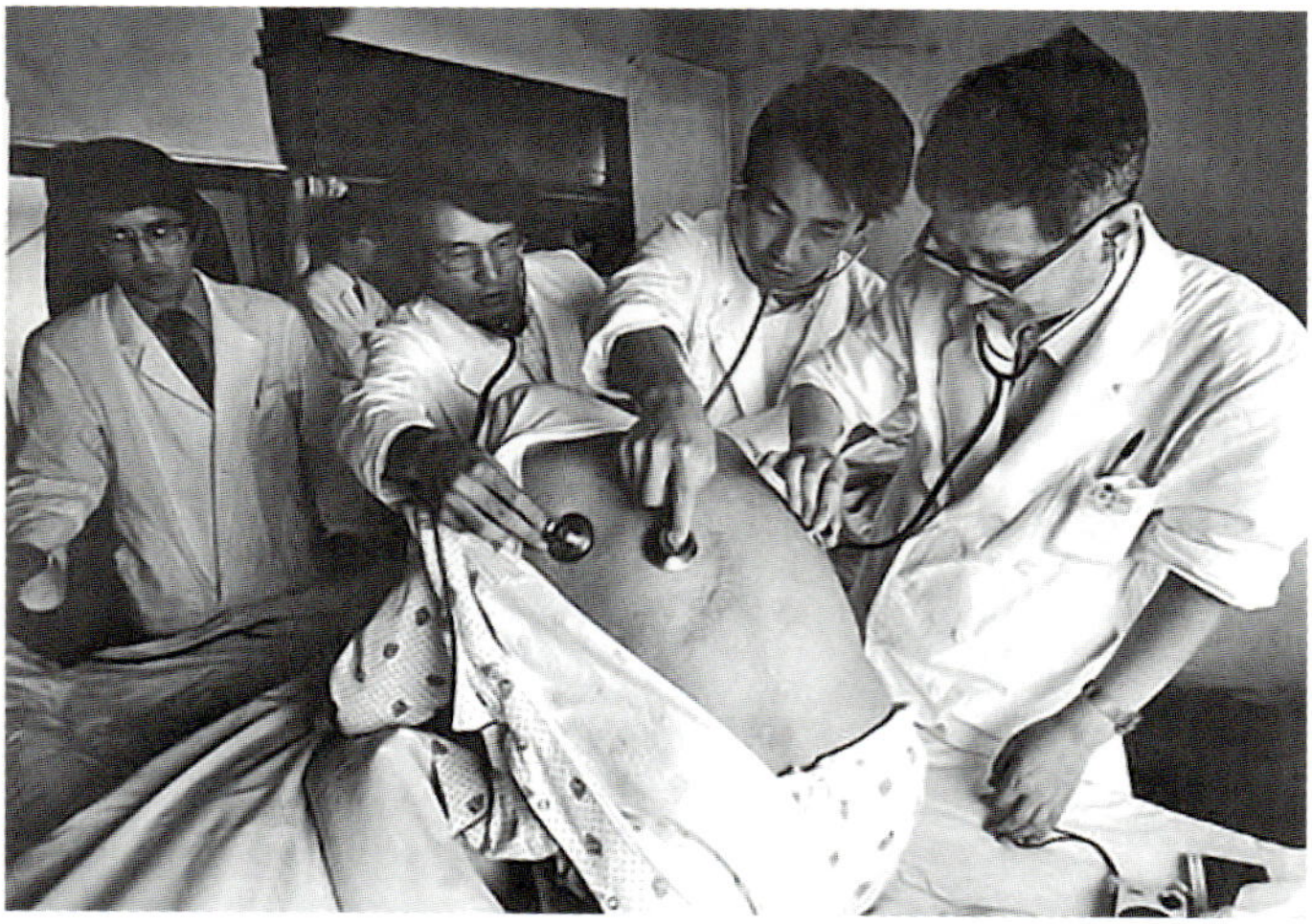

1985年　大田病院

2014年２月11日「佐藤信英偲ぶ会」献花

妻　挨拶

2014年２月11日「佐藤信英偲ぶ会」会場

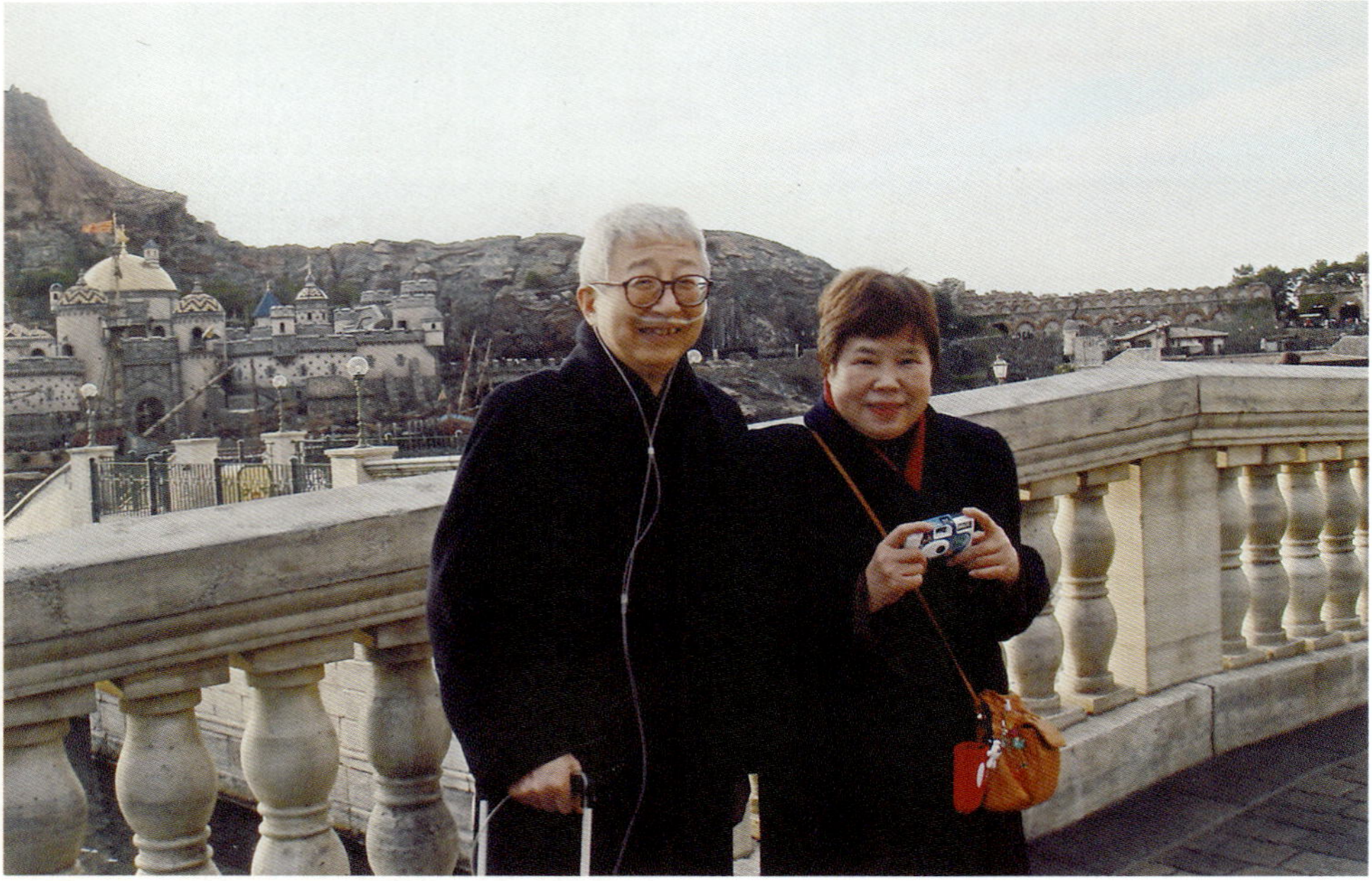

2000年　ディズニーシー

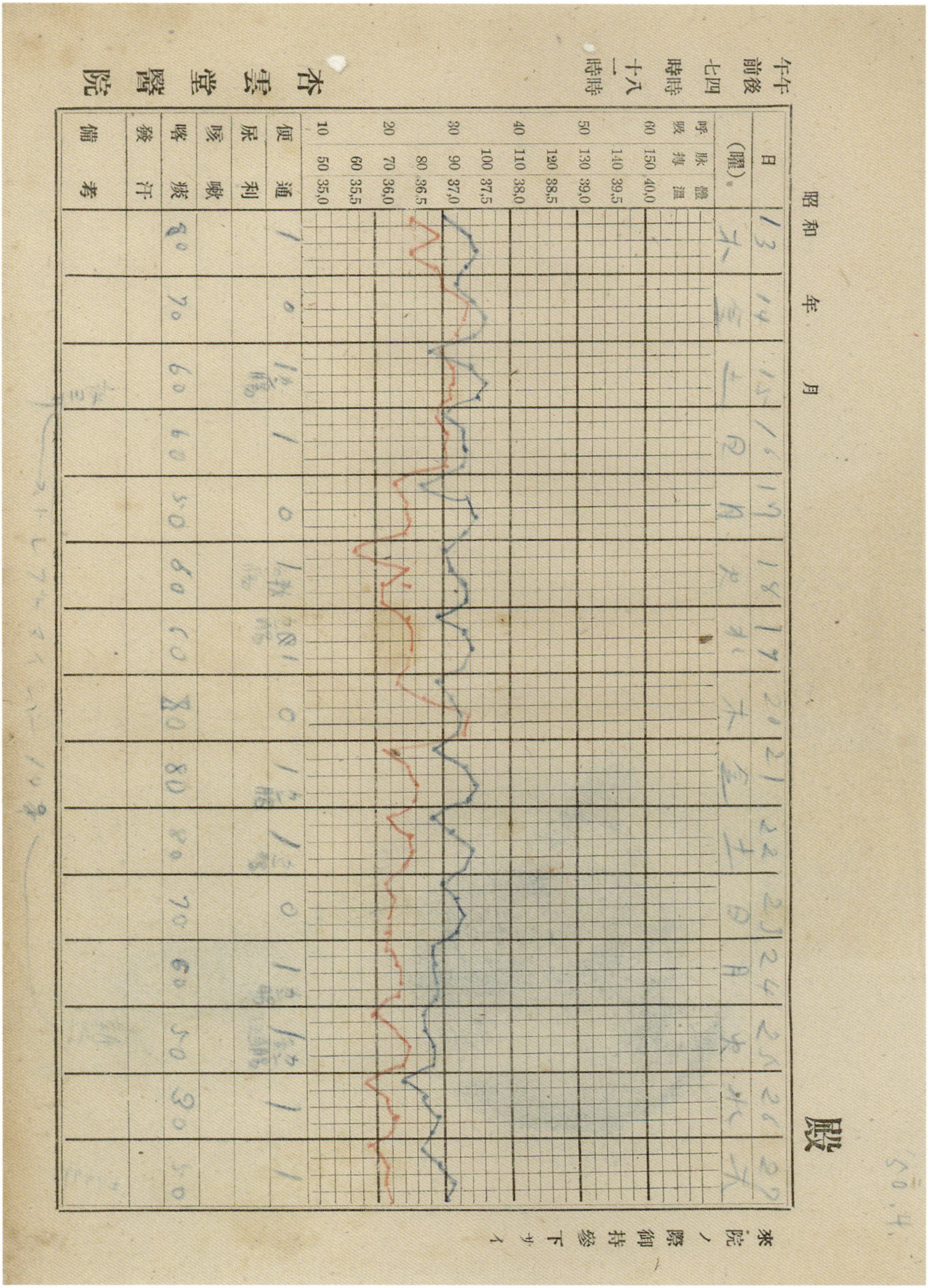

1950年４月　はじめてストマイを打つ　信英25歳

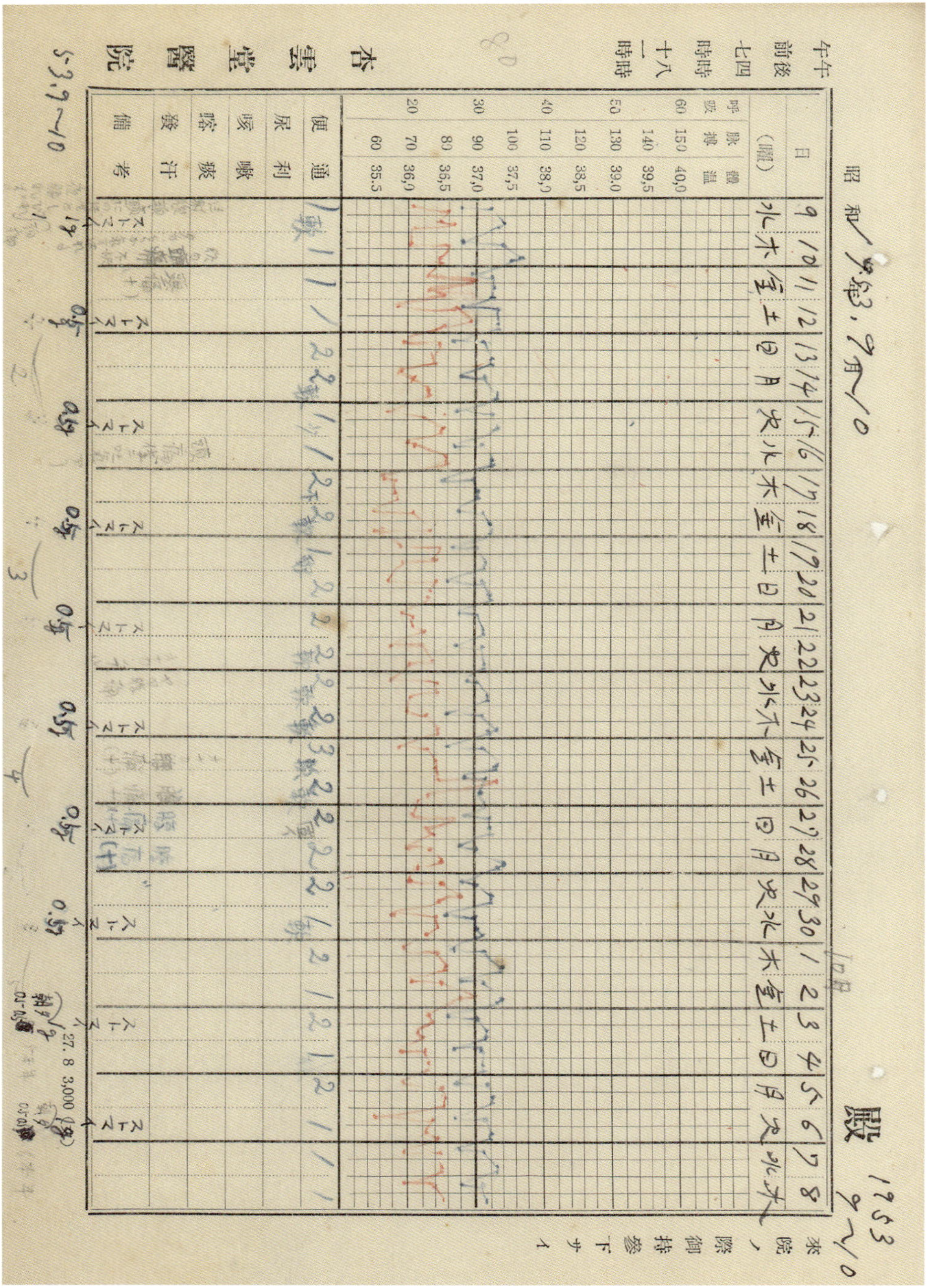

1953年９月から10月　ストマイ40本打つ　信英28歳

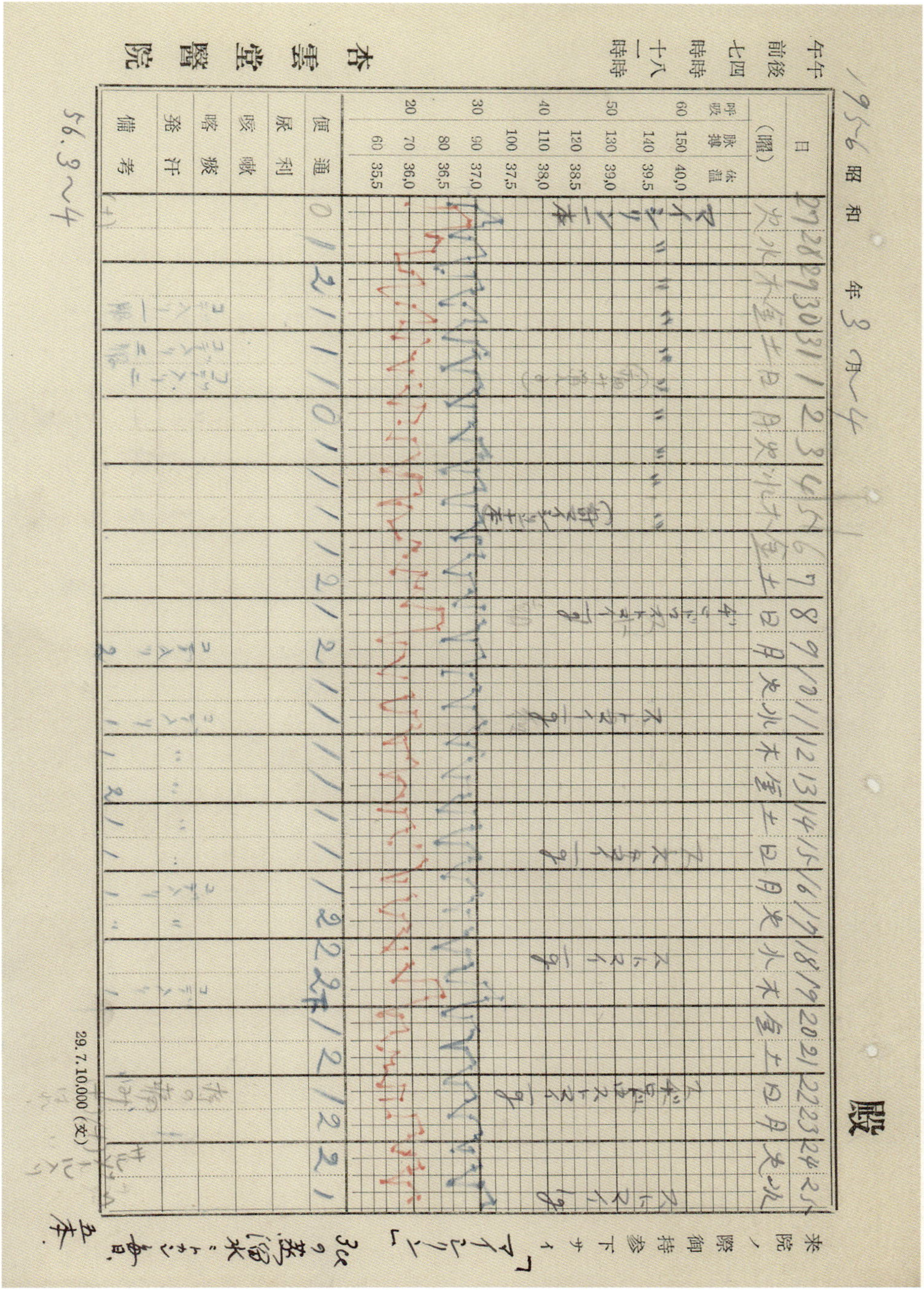

1956年３月から４月　ストマイ20本打つ　信英31歳

著者略歴

佐藤信英（さとう・のぶひで）

父の仕事の関係で幼少時代を中国奉天（現瀋陽）で過ごす。旧制東京高校１年生の時（16歳）肺結核を発症。十数年を結核と闘い療養生活を送る。1944年秋（18歳）、「アララギ」に入会。「アララギ」終刊後は「青南」に所属。29歳になりようやく街を歩けるようになる。1960年大学検定試験を受け、1962年東京医科歯科大学医学部を受験し合格。1967年卒業、長尾学術奨励賞授与。医師の道を歩み始める。４年間の東京医科歯科大学医局員の後、1971年東京逓信病院呼吸器科に勤務、同年４月栄子と結婚。1988年より大田病院呼吸器科に勤務。1995年３月から2000年２月まで日本内科学会認定内科医。2014年10月逝去。

編者略歴

佐藤栄子（さとう・えいこ）

看護師として８年間勤務の後29歳の時佐藤信英と結婚。1977年千葉大学教育学部看護教員養成課程入学。卒業後同大学大学院看護学研究科修士課程入学。修了後聖母女子短期大学講師、日本赤十字看護大学・大学院准教授を経て1995年愛知県立看護大学・大学院教授。2003年藤田保健衛生大学・大学院教授・看護学科長。医学博士（名古屋大学）。著書に、『糖尿病の看護』（桐書房）、『実践POSベーシックマスター』、『中範囲理論入門』、『NANDA看護診断』（以上、日総研）、『疾患別成人看護』（中央法規）など。

佐藤信英全歌集　あなたへ

2016年11月7日　初版第1刷発行

著　者　佐藤信英
編　者　佐藤栄子
発行者　高井　隆
発行所　株式会社同時代社
〒101-0065　東京都千代田区西神田2-7-6
電話　03(3261)3149　FAX　03(3261)3237
装丁　クリエイティブ・コンセプト
組版　いりす
印刷　中央精版印刷株式会社

ISBN978-4-88683-805-6